멋진 신세계

멋진 신세계

펴 낸 날 | 2015년 6월 12일 초판 1쇄
　　　　　　2021년 3월 15일 초판 20쇄

지 은 이 | 올더스 헉슬리
옮 긴 이 | 안정효
펴 낸 이 | 이태권

펴 낸 곳 | 소담출판사
　　　　　서울특별시 성북구 성북로5길12 소담빌딩 301호 (우)02880
　　　　　전화 | 745-8566　팩스 | 747-3238
　　　　　e-mail | sodambooks@naver.com
　　　　　등록번호 | 제2-42호(1979년 11월 14일)
　　　　　홈페이지 | www.dreamsodam.co.kr

ISBN 978-89-7381-472-5 03840

이 도서의 국립중앙도서관 출판시도서목록(CIP)은 서지정보유통지원시스템 홈페이지(http://seoji.nl.go.kr)와 국가자료공동목록시스템(http://www.nl.go.kr/kolisnet)에서 이용하실 수 있습니다.(CIP제어번호: CIP2015014389)

• 책값은 뒤표지에 있습니다.
• 잘못된 책은 구입하신 곳에서 교환해드립니다.

Brave
New World

멋진 신세계

올더스 헉슬리 지음

안정효 옮김

소담출판사

Contents

Brave
New World

—

유토피아의 실현은 과거에 사람들이 믿었던 것보다
가능성이 훨씬 더 커진 듯싶다.
그리고 우리들은 현재
"유토피아의 확실한 실현을 어떻게 피하느냐" 하는
무척 고민스러운 문제에 직면했음을 느낀다.
……유토피아의 실현은 눈앞에 닥쳤다.
그리고 유토피아를 회피하는 길,
'완벽'하면서 무척 자유로운 비이상향적인 사회로
되돌아갈 길을 지성인들과 교양인 계층이 모색하는 시대,
그런 새로운 한 시대가 도래할지도 모른다.

니콜라이 베르댜예프
Nikolai Berdyaev

모든 도덕주의자들이 견해를 같이하듯 만성적인 자책감은 매우 바람직하지 못한 감정이다. 혹시 무슨 나쁜 행위를 저질렀다면, 잘못을 뉘우치며 능력껏 그것을 시정하고, 다음에는 더 잘하도록 스스로 다짐해야 옳다. 어떤 경우에도 자신의 잘못에 두고두고 집착해서는 안 된다. 오물 속에서 뒹구는 것이 몸을 깨끗이 하는 가장 좋은 방법은 아니다.

예술에도 역시 나름대로의 도덕이 존재하는데, 예술의 도덕을 다스리는 여러 법칙은 일반적인 윤리 법칙들과 같거나 어느 정도 유사하다. 예를 들어 미흡한 예술 작품에 대해서 스스로 느끼는 자책감이란, 일상적인 어떤 부족한 행실에 집착하는 죄의식과 마찬가지로 바람직하지 못한 감정이다. 나쁜 요소는 찾아내고, 일단 시인한 다음, 가능하면 되풀이하지 않도록 조심하면 된다. 20년 전에 저지른 문학적인 결함들에 집착하는 행위, 처음 작품을 만들 때 이룩하지 못했던 완벽성을 성취하기 위해 좋지 못한 작품을 뒤늦게 보완하려는 시도, 지금과는 크게 달랐던 젊은 시절에 저질러놓은 예술적인 미숙함을 바로잡기 위해 헛되이 중년 시절을 낭비하는 짓―이는 모두 분명히 쓸모없고 허황된 행위다. 바로 그런 이유 때문에 새로 내놓는 이 『멋진 신세계』는 과거의 작품과 다를 바가 없다. 예술 작품으로서 그것이 지닌 결점들은 상당히 많지만 이를 바로잡으려면 나는 책을 다시 써야 마땅할 테고―그러면 나이를 더 먹은 다른 사람으로서 새 작품을 쓰는 과정을 거치며 나는 아마도 작품의 몇 가지 결함들뿐 아니라 본디 지니고 있던 장점들 역시 제거하게 되었으리라. 그래서 예술적인 자책감에 빠져 허덕이려는 유혹에 저항하며 나는 차라리 좋은 점과 나쁜 점을 다 같이 그대로 내버려두고, 차라리 무슨 다른 얘기를 하고 싶다.

어쨌든 적어도 이 소설이 범한 가장 중대한 결점만큼은 언급해야 옳을 듯싶은데, 그 결점은 바로 이것이다. '야만인'에게는 유토피아에서 미친 삶을 살거나 아니면 원주민 마을에서 원시인으로 살아가는 오직 두 가지 선택만이 허락되었는데, 후자는 몇 가지 양상에서 훨씬 인간적이지만 다른 면에서는 해괴하고 비정상적인 면모가 유토피아에서의 삶과 별로 다를 바가 없었다. 이 책을 집필할 무렵에는 많이 미쳤느냐 아니면 조금 덜 미쳤느냐 사이에서 양자택일을 하는 정도의 자유의지밖에는 인간들에게 용납되지 않았다는 개념이 나로서는 재미있게 여겨졌으며, 사실 그것이 상당히 현실성을 지닌 상황이라는 생각까지 들었다. 하지만 극적인 효과를 노리기 위해서 나는 반쯤은 신령제神靈祭 같고 반쯤은 현실에 실재하는 참회수도회Penitente 같은 가혹한 종교를 섬기는 신자들 사이에서 성장한 '야만인'에게 그가 성장한 배경보다 훨씬 합리적인 발언을 자주 하게끔 용납했다. 아무리 그가 셰익스피어의 작품 세계에 통달했다고 해도 사실 현실적으로 그런 발언이 이루어지기는 불가능한 일이다. 물론 종결 부분에서 그는 건전한 정신세계로부터 이탈하고, 그의 천성이나 마찬가지인 참회수도회적 기질이 다시금 머리를 들어서 결국 미친 듯 자신을 학대하며 절망에 빠져 자살로 삶을 마감한다. 회의적이고 짓궂은 유미주의자가 지어낼 만한 우화에 잘 어울리는 표현을 쓰자면, "그래서 그들은 행복하게 잘 죽었답니다"라고 해야 되겠다.

온전한 정신으로 살아가기가 불가능하다고 주장할 마음이 지금의 나에게는 없다. 건전한 정신적인 삶이 상당히 보기 드문 현상이라는 쓸쓸한 확신이 비록 과거와 별로 달라지지는 않았지만, 이제는 그런 삶을 성취할 가능성이 존재한다고 나는 굳게 믿으며, 그런 세상을 더 많이 보게 되기를 원한다. 최근에 몇몇 저서에서 그런 견해를 피력했을 뿐만 아니라, 무엇보다도 건전한 정신을 지닌 사람들이 건전한 정신적인 삶에 관해서 언급한 내용과 그런 삶을 달성할 수 있는 방법론을 한 권의 책으로 묶어서 펴낸 탓으로, 나는 어느 저명한 학계 비평가로부터 위기를 맞아 실패를 겪은 지식층의 슬픈 본보기라는 소리를 들었다. 내가 판단하기에 이 발언은, 그렇게 지적한 교수와 그의 동료들은 성공을 거둔 유쾌한 본보기들이라는 의미인 듯싶다. 인류에 은혜를 베푼 사람들에게로 영광과 경배를 돌려야 마땅하리라. 교수들을 위해서 신전을 세워야 되겠다. 신전은 불타서 잿더미만 남은 유럽이나 일본의 어느 도시 폐허 한가운데 지어야 잘 어울릴 것이다. 그 납골당의 입구에다 나는 대문짝만한 글씨로 간단한 어구를 새겨 넣으리라. "세계의 교육자들을 거룩하게 기념하기 위해서 마땅히 기념비를 세워야 한다."

하지만 다시 미래에 관한 얘기로 돌아가기로 하자. 만일 지금 이 소설을 다시 써야 한다면 나는 '야만인'에게 세 번째 선택권을 부여하고 싶다. 이상향적인 세계와 원시적인 세계라는 갈등의 두 갈래 사이에는 정신적으로 건전한 세계라는 또 다른 가능성이 존재하는데, 이 가능성은 '멋진 신세계'로부터의 망명자들과 난민들이 공동체를 이루고 살아가는 '보호 지역'의 경계선 내부에서 어느 정도 이미 현실화되었다. 이 공동체에서는 경제 체제가 헨리 조지Henry George*의 관점에 입각하여 분산되고, 정치 체제는 크로폿킨Pyotr Kropotkin**적인 협동체가 되리라. 과학과 기술은 (현재도 그렇고

---

* 미국의 경제학자1839~1897. 토지의 사유는 소수의 부자와 다수의 가난한 사람을 낳는다고 하여, 사유지에 높은 비율의 단세單稅를 매길 것을 주장함
** 제정 러시아의 무정부주의자1842~1921. 혁명 운동에 투신하여 무정부주의를 신봉하였으며, 평등한 이상 사회의 건설을 역설함

'멋진 신세계'에서는 더욱 그렇듯이) 인간이 그에 적응하여 노예가 되는 것이 아니라 안식일과 마찬가지로 인간에게 휴식을 마련해준다. 종교는 숭고한 신격神格이나 바라문婆羅門, 내재적內在的인 도道나 로고스에 대한 일원적인 깨달음, 그리고 인간의 '궁극적인 목적'을 의식과 지성으로 추구하는 행위가 될 것이다. 그리고 보편적인 생활 철학이란 '최대의 행복'이라는 원칙이 '궁극적인 목적' 원칙에 이차적으로 부수되는 일종의 고등실용주의처럼 기능하여, 삶의 모든 우발적인 상황에서 가장 먼저 묻고 대답해야 할 질문은 이렇게 귀결되리라—"이런 생각이나 행동이, 나와 굉장히 다른 많은 사람들이 인간의 궁극적인 목적을 성취하는 데 있어서 어떻게 기여를 하거나, 또는 저해하는가?"

또한 원시인들 속에서 성장한 '야만인'은 (신판新版이라고 우리가 가정하는 이 작품에서는) 건전한 정신의 추구에 헌신하며 자유롭게 서로 협동하는 개인들로 구성된 사회의 본질에 관해서 직접적인 체험을 통해 무엇인가 배울 기회를 거치기 전에는 유토피아로 보내지 않을 것이다. 이렇듯 개작된 『멋진 신세계』는 예술적, 그리고 현재 형태로서는 분명히 결여된 (소설 작품에 관해서 그토록 어마어마한 어휘를 사용해도 괜찮은지는 모르겠지만) '철학적인 완벽함'을 지닐 것이다.

하지만 『멋진 신세계』는 미래에 관한 책이고, 그것이 지닌 예술적 또는 철학적인 요소가 무엇이든지 간에 미래를 다루는 책은 거기에 담긴 예언이 실현되리라고 납득이 가는 경우에만 사람들의 관심을 끌게 된다. 현대 역사라는 비탈을 15년 더 내려가서 현재 우리들이 처한 시점에서 볼 때, 당시의 예측들이 얼마나 타당하게 느껴지겠는가? 1931년의 예언들을 확인하거나 실증할 어떤 사건들이 그 고통스러운 기간 동안에 이루어졌던가?

뚜렷하고도 두드러지게 선견지명이 결여된 한 가지 사례가 당장 밝혀진다. 『멋진 신세계』에는 핵분열에 대한 아무런 언급이 없다. 이 책을 집필하기 여러 해 전부터 원자력의 가능성들은 대화에서 즐겨 나누던 화제였으므로 그런 내용이 언급되지 않았다는 점은 사실 상당히 이상한 일이다. 나의 오랜 친구인 로버트 니콜스Robert Nichols 는 그 소재를 희곡에서 다루어 성공하기도 했으며, 나 자신도 20년 대 후반에 발표한 어느 소설에서 그런 얘기를 잠깐 언급했었던 기 억이 난다. 따라서 '포드 기원紀元' 7세기에 등장한 로켓과 헬리콥터 들이 핵을 분해시켜 얻은 동력을 사용하지 않는다는 점은 아주 이상 하다. 그런 소홀한 결함은 변명의 여지가 없을지도 모르지만, 그나 마 설명만큼은 쉽게 할 수가 있다. 『멋진 신세계』의 주제는 우리들 이 알고 있는 그런 과학의 발달이 아니라, 인간 개개인에게 영향을 미치는 면에서의 과학적 발달이다. 사람들은 물리학과 화학과 공학 이 거둔 업적들을 당연하다는 듯 말없이 받아들였다. 각별히 언급해 야 할 과학적인 발달이라면 생물학, 심리학, 생리학에서 미래의 연 구 결과들이 인간에게 적용되는 그런 분야들뿐이다. 삶의 질을 획기 적으로 변화시킬 수단은 오직 생활 과학뿐이다. 물질을 다루는 학문 들은 삶을 파괴하거나 한심할 정도로 복잡하고 불편하게 만드는 그 런 면으로나 응용이 가능하고, 생물학자나 심리학자들에 의해서 수단으로 이용되기 전에는 삶 자체의 자연스러운 형태와 구현 방식을 수정하는 그 어떠한 기능도 발휘하지 못한다. 원자력의 방출은 인간 역사에 있어서 위대한 혁명의 계기를 마련하겠지만, (우리들이 스스로 자신을 갈기갈기 찢어 역사에 종지부를 찍기 전에는) 가장 탐구적이고 최종적인 혁명은 아니다.

참으로 혁명적인 혁명은 외적인 세계에서가 아니라 인간의 영혼과 육체 속에서 이루어져야 한다. 때마침 혁명적인 시기에 살았던 터라 마르키스 드 사드Marquis de Sade가 그의 독특한 광증의 양상을 합리화시키기 위해서 이 혁명의 이론을 동원했다는 것은 지극히 당연할 따름이다. 로베스피에르Robespierre[*]는 가장 피상적인 종류의 혁명인 정치 혁명을 달성했다. 바뵈프Babeuf^{**}는 조금 더 깊이 들어가서 경제적인 혁명을 시도했다. 사드는 자신을 단순히 정치와

---

* 프랑스 혁명기의 정치가1758~1794. 자코뱅파의 지도자로 왕정을 폐지하고, 1793년 6월 독재 체제를 수립하여 공포 정치를 행했으나, 1794년 테르미도르의 쿠데타로 타도되어 처형됨
** 프랑스 혁명 당시에 공산주의적 이론을 내세웠던 선동가이자, 언론인이었던 프랑수아 에밀 바뵈프

경제를 초월한 참된 혁명적인 혁명의 사도라고 자처했다. 그가 앞장을 섰던 혁명은 남자들과 여자들과 아이들 개개인의 혁명으로서, 전통적인 문명사회에서 애써 습득한 억제 요소들, 즉 온갖 당연한 품격을 이성으로부터 모두 제거하고, 그들의 육체는 이제부터 모든 사람의 성적인 공동 소유물이 되도록 해방시키는 혁명이었다. 사디즘*과 참된 혁명적인 혁명 사이에는 물론 아무런 필연성이나 불가피한 연관성이 존재하지 않는다. 사드는 광인이었으며, 그의 혁명이 내세우던 어설픈 목표는 전반적인 혼돈과 파괴가 고작이었다. 멋진 신세계를 통치하는 사람들은 (절대적인 의미에서 보자면) 정신적으로는 건강하지 못할지도 모르지만, 그래도 그들은 미치광이가 아니다. 그들의 목표는 무정부 상태가 아니라 사회적인 안정이다. 과학적인 수단들을 동원하여 그들이 수행하는 궁극적이고 인간적이며 참된 혁명적인 혁명의 목적은 안정을 성취하는 것이다.

---

* 마르키스 드 사드의 사상

하지만 한편으로 우리들은 선두에서 두 번째일지도 모르는 혁명의 첫 단계를 거치는 중이다. 다음 단계는 핵전쟁일지도 모르는데, 그 경우라면 우리들은 미래에 관한 예언에 신경을 쓸 필요가 없다. 인간이 비록 전쟁을 모두 끝내지는 못할지언정 적어도 18세기에 살았던 조상들이 그랬던 것처럼 이성적으로 행동할 만큼은 지각이 있으리라고 믿어도 될 것이다. 30년 전쟁이 야기했던 끔찍한 공포는 인간에게 참된 한 가지 교훈을 남겼고, 그로부터 100년이 넘는 세월 동안 유럽의 정치가들과 장군들은 파괴력의 한계점까지 이르도록 그들의 군사적인 비축력을 동원하거나 (대부분의 싸움에서) 적이 완전히 전멸될 때까지 싸움을 계속하려는 유혹에 대해서 의식적으로 반발했다. 그들은 물론 영광과 이득을 탐하는 침략자들이었지만, 다른 한편으로는 보수적인 사람들이기도 해서, 어떠한 대가를 치르더라도 그들의 세계를 온전하게 보존하려는 각오가 되어 있었으며, 항상 그런 방향으로 노력을 기울였다. 지난 30년 동안은 보수주의자들이 없었고, 우익 민족주의적 과격파와 좌익 민족주의적 과격파만 있었을 따름이다. 마지막 보수파 정치인은 랜즈다운Lansdowne 5대 후작*이었다. 18세기에 대부분의 전쟁에서 그랬듯이 그가 제1차 세계대전을 타협으로 마무리하자고 제안하는 편지를 「타임스」에 투고했을 때, 보수적이었던 신문사 편집자는 그 편지를 게재하지 못하겠다고 거부했다. 과격한 민족주의자들은 제멋대로 만행을 자행했고, 우리는 결국 볼셰비키 운동, 파시즘, 물가 앙등, 경기 침체, 히틀러와 제2차 세계대전, 유럽의 황폐, 만연했던 기근 따위에 시달려야 했다.

　그렇다면 조상들이 마그데부르크**로부터 배웠던 것처럼 우리들도 히로시마에서 교훈을 배울 능력을 갖추었다고 가정한다면, 인간은 진정한 평화는 아닐지언정 제한되고 부분적으로만 황폐화되는 전쟁의 시대를 기대할 수도 있으리라. 그동안에 핵에너지를 산업용으로 활용할 수 있으리라는 가정도 가능해진다. 거기에서 유발되는

---

* 　보어 전쟁 당시 전쟁상戰爭相
** 독일의 엘베 강변에 있는 도시로, 30년 전쟁 당시 7개월 동안의 공방전 끝에 거의 전소되고 4만 명의 주민이 학살되었음

상당히 확실한 결과는 빠른 속도와 철저함에 있어서 전례를 찾아볼 수 없는 일련의 경제적, 사회적 변화들이다. 원자력이라는 비인간적인 현실에 적응하기 위해서는 인간의 삶이 이루는 모든 기존 과정들이 붕괴되고 새로운 형태들이 생겨나야 하리라. 현대 의상을 걸친 프로크루스테스*라 할 수 있는 핵 과학자들은 인간이 누워야 할 침대를 마련할 텐데, 혹시 인간의 키가 침대에 맞지 않는다면—글쎄, 그렇다면 인류의 운명은 암울해진다. 응용과학이 정말로 발전을 이루게 된 이후에 계속되어온 바로 그런 식의 잡아 늘이고 잘라버리는 행위가 앞으로도 이루어지겠지만, 이제는 과거보다 상당히 더 심해질 것이 분명하다. 무통 수술과는 거리가 먼 이런 작업에서는 고도로 중앙집권화한 독재 정부들이 앞장을 서게 된다. 그럴 수밖에 없는 까닭은, 곧 닥쳐올 미래는 방금 지나간 과거와 비슷할 것이기 때

---

* 그리스 신화에 나오는 아티카의 거인으로, 나그네들을 붙잡아 잠자리를 제공하는데, 집에 크고 작은 두 침대를 놓고 큰 손님은 작은 침대에 재워 침대에서 빠져나온 다리를 톱으로 썰어버리고, 작은 손님은 큰 침대에 맞게 다리를 잡아 늘여 죽이던 흉한. 폴리페몬이라고도 함

문이다. 가까운 과거에서는 대부분이 무산층無産層으로 구성된 사회에서 대량 생산을 지향하는 경제 활동이 이루어진 결과로 기술 개혁이 빠른 속도로 진행되며 항상 경제적, 사회적 혼란을 자아내는 경향을 드러냈었다. 혼란에 대처하기 위해서 권력은 중앙으로 집중되었고 정부의 통제력이 증가했다. 원자력의 응용이 이루어지기 전에도 세계의 모든 정부는 독재적인 체제를 어느 정도 완벽하게 갖출 상당한 잠재성을 보유했으며, 그들이 원자력 응용 과정과 그 이후에 전체주의적인 체제를 갖추리라는 예측은 거의 확실하다. 국가지상론적인 현재의 추세를 억제하는 유일한 길은 분산과 자조自助를 지향하는 대규모적인 민중 운동뿐이다. 현재는 그런 운동이 이루어질 징후가 전혀 보이지 않는다.

　물론 새로운 전체주의 체제들이 옛 체제들을 꼭 닮아야만 한다는 이유는 없다. 몽둥이와 총살로 다스리는 정부들, 인위적인 기근과 대량 투옥과 대규모 추방에 의존해서 통치하는 정부들은 (요즘에는 그런 것쯤은 별로 신경 쓰는 사람도 없지만) 비인간적일 뿐 아니라 두드러질 정도로 비능률적이다. 비능률이란 기술이 발달한 시대에서는 '성령^{聖靈}'에 대한 죄악이다. 정말로 능률적인 전체주의 국가라면 권력을 완전히 장악한 정치 두령들로 이루어진 간부진 그리고 그들이 거느린 대규모 관리층을 동원하여, 노예 생활을 사랑하기 때문에 억압할 필요조차도 없는 무수한 노예들을 통제한다. 오늘날의 전체주의 국가에서는 노예들에게 그런 삶을 사랑하게끔 만드는 것이 선전 기관과 언론인, 학교 선생들에게 부여된 사명이다. 하지만 그들이 동원하는 방법들은 아직 어수룩하고 비과학적이다. 자신들에게 아이들의 학교 교육을 맡기면 인간의 종교적인 견해에 대한 답변을 해줄 수 있을 거라고 과거의 예수회 수도사들이 늘어놓았던 자랑은 비현실적인 소망이 담긴 관념의 산물이었다. 현대의 교육자들은 볼테르_{Voltaire}*를 가르쳤던 성직자들보다 학생의 반사작용을 통제하는 능력이 훨씬 미흡한지도 모른다. 선전 활동이 이룩한 가장 위

---

* 프랑스 계몽기의 사상가1694~1778. 신앙과 언론의 자유를 추구하는 합리주의적인 계몽사상가로 활약함

대한 승리는 무엇을 실행해서가 아니라 무엇을 하지 않도록 억제하는 데서 달성되었다. 진리는 위대하지만 현실적인 측면에서는 진실에 대한 침묵이 더욱 위대하다. 지역의 정치 지도자들이 바람직하지 않다고 간주하는 사실이나 문제를 대중으로부터 차단하기 위해 처칠 수상이 말한 소위 "철의 장막"을 침으로써, 그러니까 어떤 내용들을 단순히 언급하지 않음으로써, 독재 국가의 선전 담당자들은 가장 웅변적인 비판이나 강력한 논리적인 반박보다도 훨씬 효과적으로 여론에 영향을 끼쳤다. 하지만 침묵만으로는 충분하지 못하다. 박해와 처형과 사회적인 갈등 따위의 다른 부작용을 피하려면 선전 활동의 부정적인 면과 마찬가지로 긍정적인 면 또한 효과적으로 도모해야 한다. 미래에 추진될 가장 중요한 '맨해튼 계획'*들은 정부가 뒷받침하는 대규모 연구의 형태를 취할 것이며, 여기에 참여하는 과학자와 정치가들이 주창하는 '행복의 문제'란 사람들에게 노예 생활을

---

* 제2차 세계대전 때 실시된 미국의 원자 폭탄 개발 계획. 1942년에 시작하여 1945년에 완성되었으며, 그 결과 일본의 히로시마廣島와 나가사키長崎에 원자 폭탄이 투하됨

사랑하도록 만드는 과제를 뜻한다. 경제적인 안정이 없다면 노예 생활을 사랑한다는 상황이 이루어질 가능성이 없다. 간단히 얘기하자면, 나는 모든 권력을 장악한 지도층과 그들이 거느린 간부들이 영원한 안정이라는 문제를 해결하는 데 성공하리라고 가정한다. 하지만 안정이란 사람들이 아주 빨리 당연한 것으로 간주하는 경향이 있다. 안정의 성취는 단순히 피상적이고 외적인 혁명에 지나지 않는다. 노예 생활을 사랑하는 속성이란 인간의 이성과 육체 속에서 이루어지는 깊고 개인적인 혁명의 결과 이외에는 무엇으로도 달성되지 못한다. 그런 혁명을 실현하기 위해서 우리는 다음과 같은 발견과 발명들을 필요로 하게 된다. 첫째, 굉장히 발달된 유인의 기술로, 어릴 적에는 조건 유도를 하고, 나중에는 스코폴라민˚ 같은 약의 도움을 받아야 한다. 둘째, 인간적인 차이점들에 대해서 완전히 발달된 학문이 이루어져 정부의 지도자들로 하여금 어떤 특정한 개인에

˚ 수면제 따위로 사용되는 약품

게도 사회적 또는 경제적 구조상에서 그에게 적절한 자리를 제공할 수가 있어야 한다. (사회 부적임자는 사회 체제에 대해서 위험한 관념을 갖게 되고, 그 불만을 타인들에게 전염시키는 경향을 나타낸다.) 셋째, (아무리 이상향이라고 하더라도 사람들은 상당히 자주 현실로부터 휴식을 취할 필요성을 느끼게 마련이기 때문에) 술이나 헤로인보다 덜 해로우면서 기쁨을 더 많이 제공하는 무엇, 그러니까 알코올이나 다른 마약들의 대용품이 필요해진다. 넷째, (비록 이것은 장기간에 걸쳐 실시돼야 할 계획이라 성공적인 결과를 거두려면 전체주의적인 통제가 여러 세대 동안 필요하겠지만) 관리층의 과업을 촉진시키기 위해서는 인간이라는 제품을 규격화할 수 있도록 설계된 완벽한 생물개량학이 필요하다. 『멋진 신세계』에서는 인간이라는 제품에 대한 규격화가, 비록 불가능한 차원까지는 아니더라도, 환상적일 만큼 극단적으로 추진된다. 기술상으로나 관념상으로 우리는 아직 병에 담은 아기들과 반백치인 보카노프스키 집단의 배양 단계까지는 갈 길이 요원하다. 하지만 A. F.포드 기원 600년 정도가 되면 어떤 상황이 벌어질지 누가 알겠는가? 그러나 보다 행복하고 안정된 세계의 두드러진 양상들인 소마soma와 최면 학습과 과학적인 계급 구조에 해당하는 실체들은 아마도 서너 세대가 지나면 현실로 나타날지도 모른다. 『멋진 신세계』에서 서술하는 방종한 성생활 또한 그리 아득한 얘기가 아니다. 미국의 여러 도시에서는 이미 이혼 숫자가 결혼 숫자와 맞먹는 수준이 되었다. 몇 년만 더 지나고 나면 보나마나 결혼 허가서라는 것이 개를 소유하는 12개월짜리 허가서처럼 사고파는 세상이 올 것이다. 그때는 한꺼번에 동물을 여러 마리 키우거나 기르던 개를 교환하더라도 그것을 금지하는 법은 존재조차 하지 않으리라. 정치적, 경제적 자유가 감소하면 그에 대한 보상이라도 하려는 듯 성생활의 자유는 증가하는 경향이 나타난다. 그리고 독재자는 (정복지나 사람이 살지 않는 영토들을 식민지화하기 위한 총알받이 혹은 정착자들을 필요로 하기 전에는) 그런 자유쯤은 촉진시켜도 좋으리라. 마약과 영화와 라디오에 도취되어 공상을 즐기는 자유와 더불어 그것은 운명적인 노예 생활에 백성들을 묶어놓는 데 도움이 될 것이다.

　모든 상황을 고려해보건대 유토피아는 겨우 15년 전*에만 해도 어느 누구도 상상할 수 없었을 만큼 우리들에게 가까워진 듯싶다. 그때 나는 그 상황을 600년 후의 미래로 설정했다. 오늘날에는 그와 같은 공포가 미처 100년도 가기 전에 우리에게 닥칠 가능성이 상당히 많아진 듯싶다. 그보다 먼저 우리가 자신을 스스로 산산조각내지 않도록 자제할 수 있는 경우에 말이다. 인간을 수단으로 삼아 성취하려는 어떤 목적으로서가 아니라 자유로운 개인들로 이루어진 종족을 창출하는 수단으로서 응용과학을 이용하고 분산화하는 쪽을 선택하지 않는다면, 정말로 우리에게는 두 가지 선택권밖에 없을 것이다. 한 가지 선택은 (만일 전쟁이 제한된 경우라면 군국주의가 영구화되겠지만) 원자탄의 공포에 뿌리를 두고 그로 인해서 문명 세계를 파괴하게 될 수많은 무장한 민족주의적 전체주의 국가의 형태

---

* 『멋진 신세계』 초판이 나온 1932년

다. 다른 한 가지 선택은 전반적이고 급속한 기술상의 발달로 유발된 사회적 혼란에 의해서 생성되고, 능률성과 안정의 필요성에 따라 유토피아라는 복지 독재사회로 발전하는 하나의 초국가적 독재 체제다. 인간은 선택을 하면 그에 대한 대가를 지불해야 한다.

1946년

Brave
New World

제1장

/

겨우 34층밖에 안 되는 나지막한 잿빛 건물. 정문 입구 위에는 '부화-습성 훈련 런던 총본부'라는 현판이 걸렸고, 방패꼴 바탕에는 '공동체, 동일성, 안정성'이라는 세계국世界國, World State의 표어.

1층의 거대한 방은 북향이었다. 방에서는 열대 지역처럼 뜨거운 열기가 뿜어져 나오고 유리창 밖은 한창 여름이었지만 냉랭했다. 강렬하고 엷은 광선이 창문을 통해서 쏟아져 들어온 공간엔 옷을 걸쳐 놓은 인체 모형이나 얼굴이 창백하고 섬뜩한 학자풍의 사람은 눈에 띄지 않았고, 음산하게 반짝이는 실험실의 자기 그릇과 니켈, 유리뿐이었다. 싸늘함에 싸늘함이 응답했다. 일하는 사람들은 하얀 통옷 작업복을 걸쳤고, 손에는 시체처럼 새하얀 고무장갑을 꼈다. 빛은 유령처럼 죽어서 얼어붙었다. 죽어버린 광선은 그나마 현미경들의 노란 경통에서 살아 움직이는 어떤 풍요한 힘을 넘겨받았는데, 반들반들하게 윤을 낸 원통들을 따라 나란히 배치된 현미경들은 작업대를 따라 길게 줄지어 늘어서서 매혹적인 광채로 무늬를 이루었다.

"그리고 이곳은 말이다." 문을 열며 소장이 말했다. "수정이 이루어지는 방이다."

부화-습성 훈련국장이 방으로 들어섰을 때는 300명의 수정원受精員이 거의 숨소리조차 나지 않는 정적 속에서 도구를 들고 몸을 숙인 채 일에 몰두해 있었다. 정신을 집중한 그들의 모습은 마치 얼이 빠져 혼잣말을 웅얼거리거나 휘파람을 부는 듯 보였다. 무척 어리고, 얼굴이 발그레하고, 풋내가 나는 학생들 한 무리가 새로 도착해서는 퍽 주눅이 든 불안한 표정으로 국장의 뒤를 바짝 따라다녔다. 그들은 저마다 공책을 손에 들고는 위대한 국장이 무슨 얘기를 할 때마다 필사적으로 받아 적었다. 정통한 권위자에게서 직접 듣는 얘기였기 때문이다. 그것은 존귀한 특권이었다. 런던 총본부의 부화-습성 훈련국장은 항상 신입생들을 직접 데리고 다니며 각 부처를 견학시키는 것을 철칙으로 삼았다.

"전반적인 개념을 알려주기 위해서다." 그는 학생들에게 이렇게 설명하고는 했다. 그 까닭은 물론 그들이 똑똑하게 일을 수행하도록 만들려면 어떤 개괄적인 인식을 주입시켜야 했기 때문이다. 그러나 그들이 훌륭하고 행복한 사회 구성원이 되려면 가능한 한 그런 인식은 조금만 깨우쳐줘야 했다. 그것은 누구나 알고 있듯이 독특한 개성이란 미덕과 행복에 이바지하지만 보편성이란 지적인 필요악이기 때문이다. 사회의 주축을 이루는 계층은 사상가들이 아니라 실톱으로 뇌문雷紋 세공을 하는 기술자나 우표 수집가 따위의 사람들이다.

"내일부터 너희들은 진지한 일을 시작한다." 그는 약간 위협적인 온화함을 보이는 미소를 지으며 덧붙여 말했다. "너희들은 일반적인 얘기에 신경을 쓸 시간이 없어질 것이다. 그렇기는 해도……."

그렇기는 해도 그것은 하나의 특권이었다. 높은 분으로부터 직접 듣고 공책에 적어두는 특권. 소년들은 미친 듯 써내려갔다.

키가 크고 호리호리한 편이지만 자세만큼은 꼿꼿한 국장이 방 한 가운데로 나아갔다. 그는 턱이 길고, 불쑥 튀어나온 커다란 이는 말을 하지 않을 때만 두툼하고 불그스름한 곡선을 이룬 입술이 겨우 가려주었다. 늙었을까, 젊었을까? 서른 살? 쉰 살? 쉰다섯? 나이를 짐작하기가 어려웠다. 그리고 어쨌든 그런 의문은 생기지도 않았으니, 안정의 해 A. F. 632년에는 그런 질문을 할 사람이 아무도 없었다.

"처음부터 얘기를 시작하겠다." 부화-습성 훈련국장이 말했고, 보다 열성적인 학생들은 '처음부터 얘기를 시작한다'는 국장의 의도까지 공책에 기록했다. "이것들은 말이다." 그는 손을 휘저어 보였다. "인공 부화기라고 한다." 그리고 차단된 문을 열더니 그들에게 번호를 붙인 시험관을 줄줄이 꽂아놓은 시렁을 보여주었다. "금주에 생산된 난자다." 그가 설명했다. "이것은 혈액과 같은 온도를 유지해서 보관한다. 반면에 웅성 생식체는 37도가 아니라 35도로 보존해야 한다." 이어서 그는 다른 문을 열었다. "혈액 온도까지 올리면 생식력이 없어지기 때문이다." 열 생성물 따위를 숫양의 생식기에 발라놓으면 새끼를 낳지 못한다.

여전히 인공 부화기에 몸을 기댄 채로 국장이 현대식 수정 방식에 관해서 짤막한 설명을 하는 사이에 학생들은 연필로 자기들만 알아볼 글씨로 공책에 휘갈겨 썼다. 그는 우선 외과 수술 면에서의 서론부터 언급하여 "6개월 치의 봉급에 해당하는 상여금이 지급된다는 사실은 논할 필요도 없겠거니와, 수술은 사회의 이익을 도모하기 위해 자발적으로 이루어진다"고 말한 다음, 도려낸 난소를 산 채로 보존하여 활발하게 발육하도록 만드는 몇 가지 기술을 계속해서 설명했다. 이어서 최적 온도와 염도, 점도를 참작하도록 잠시 설명을 보완하고, 성숙해진 난자들을 분리하여 그 속에 넣어 보관할 액체를 손으로 가리켰다. 그는 자신이 맡은 학생들을 작업용 탁자로 이끌고 가서 그 액체를 시험관에서 어떻게 뽑아내는지를 실제로 보여주었다. 그다음, 그것을 특별히 뜨겁게 덥힌 현미경의 재물대 위에 어떻게 한 방울씩 떨어뜨리고, 액체 속에 담긴 난자들이 비정상적인지 아닌지를 어떻게 검사하고 헤아려서, 구멍이 숭숭 뚫린 그릇으로 어떻게 옮겨 담고, (그리고 수술 장면을 구경하도록 그들을 데리고 가서는) 제멋대로 헤엄쳐 돌아다니는 정충들이 담긴 따뜻한 육수 속에다 구멍 난 그릇을 어떻게 담그는지 시범을 보여주었다. 그가 주장한 바에 의하면 1세제곱센티미터당 최소한 10만 개의 밀도에 이르는 육수에서 10분 후에는 그릇을 어떻게 들어 올려 내용물을 다시 검토하고, 혹시 수정이 안 된 난자가 하나라도 있으면 어떻게 그것을 다시 액체 속에 담그고, 필요하다면 또다시 담그고, 수정이 된 난자는 어떻게 다시 인공 부화기로 옮기는지를 보여주었다. 그리고 지정된 병에 담아두기 전까지 알파와 베타들을 어디에 보관하는지, 감마와 델타와 엡실론을 36시간 후에 다시 꺼내 어떻게 보카노프스키 처리를 하는지 알려주었다.

"보카노프스키 처리 말이다." 국장이 되풀이해서 말했고, 학생들은 그들이 들고 있는 작은 공책에서 그가 강조한 단어에 밑줄을 그었다.

난자 하나에, 태아 하나에, 성인이 하나—그것이 정상이다. 하지만 보카노프스키를 한 난자는 움트고, 발육하고, 분열한다. 8개에서 96개까지 싹이 생겨나고, 모든 싹은 완벽하게 형태를 갖춘 태아가 되고, 모든 태아는 완전히 성숙한 어른이 된다. 전에는 겨우 한 명이 자라났지만 이제는 96명의 인간이 생겨나게 만든다. 그것이 발전이다.

"근본적으로 보카노프스키 처리는 일련의 발육 억제로 이루어진 과정이다." 부화-습성 훈련국장이 결론을 지었다. "우리들이 정상적인 성장을 막으면, 무척 역설적인 얘기지만, 난자에서는 그에 대한 반작용으로 싹이 튼다."

'반작용으로 싹이 튼다.' 연필들이 바삐 움직였다.

국장이 손가락으로 가리켰다. 아주 천천히 이동하는 피대皮帶 위에서는 받침대에 가득 얹힌 시험관들이 커다란 금속 상자로 들어갔고, 그러면 시험관이 잔뜩 얹힌 또 다른 받침대가 나타났다. 기계에서 윙윙거리는 나지막한 소리가 났다. 시험관들이 이곳을 거쳐 나가는 데 8분이 걸린다고 그는 학생들에게 설명했다. 난자가 강력한 X광선을 견뎌내는 시간은 8분이 고작이었다. 몇 개는 죽었고, 나머지 가운데 가장 영향을 덜 받은 것들은 둘로 갈라지고, 대부분은 네 개의 배胚가 움트고, 어떤 것들은 여덟 개가 움텄다. 모두 인공 부화기에 다시 넣으면 그곳에서 배들이 발육하기 시작하고, 그런 다음에는 이틀 후에 갑자기 냉각을 시켜 발육을 억제한다. 둘, 넷, 여덟, 배들이 차례로 싹트고, 배아가 돋아나면 거의 죽음에 이를 상태까지 알코올로 축인다. 이어서 다시 싹이 트고, 싹에서 싹이 나고 그 싹에서 다시 싹이 나는데, 더 이상 억제했다가는 전체적으로 치명적인 결과가 유발되기 때문에 이때부터는 마음 놓고 자라도록 그냥 내버려둔다. 이쯤 이르면 본디 난자는 여덟 개에서 96개의 태아가 되어가는 순조로운 과정으로 접어드는데, 이것이 자연을 경이적으로 발전시킨 과업이라는 사실에 누구나 동의할 것이다. 난자 하나가 우발적으로 갈라져서 옛날 모체발아母體發芽 시절에 찔끔찔끔 둘이나 셋씩 태어나던 일란성 쌍둥이들이 사실상 한꺼번에 수십 명씩 태어난다.

"수십 명씩 말이다." 국장은 하사금을 나눠주기라도 하는 듯 두 팔을 휘저으며 되풀이해서 말했다. "수십 명씩."

하지만 학생 한 명이 그만 어리석게도 그래서 무슨 이득이 생기느

나는 질문을 했다.

"이봐, 학생!" 국장이 그를 향해서 획 돌아섰다. "그것도 몰라? 그걸 모르겠다는 말인가?" 그는 엄숙한 표정을 짓고 한 손을 들었다. "보카노프스키 과정은 사회 안정을 위한 주요 수단들 가운데 하나라고!"

'사회 안정을 위한 주요 수단.'

획일적으로 떼를 지어 태어나는 표준형 남자들과 여자들. 보카노프스키 처리를 거친 단 하나의 난자로부터 생산된 인력으로 몽땅 운영되는 하나의 작은 공장.

"96개의 똑같은 기계에서 96명의 일란성 쌍둥이들이 일한다!" 열띤 흥분으로 국장의 목소리가 떨리는 듯했다. "너희들은 자신이 어떤 현실에서 살아가는지를 확실히 알게 되었다. 역사상 처음으로 말이다." 그는 세계국의 표어를 인용했다. "공동체, 동일성, 안정성." 화려한 미사여구. "만일 우리들이 보카노프스키 처리를 무한히 실행하는 단계에 이른다면 모든 문제가 해결될 것이다."

표준형 감마들과 다양성이 없는 델타들과 획일화한 엡실론들에 의해서 해결이 된다. 수백만 명에 달하는 일란성 쌍둥이들. 대량 생산의 원칙이 마침내 생물학에도 적용된 것이다.

"하지만 안타까운 일이로다." 국장이 머리를 설레설레 흔들었다. "우리들은 한없이 보카노프스키 처리를 할 수가 없으니까."

96명이 한계점이고, 72명이라면 훌륭한 평균치처럼 여겨졌다. 같은 난소로부터 같은 남자의 웅성 생식체로 그만큼 많은 일란성 쌍둥이를 한꺼번에 생산한다는 것, 그것은 (슬프게도 두 번째로 최선이라고 해야 되겠지만) 그들이 달성한 최선의 과업이었다. 그리고 그나마도 쉬운 일은 아니었다.

"그 까닭은 자연계에서는 200개의 난자가 성숙한 단계에 이르기까지 30년이 걸리기 때문이다. 하지만 우리들이 해야 할 일은 지금당장 인구를 안정시키는 것이다. 25년에 걸쳐 쌍둥이들을 찔끔찔끔낳아봤자 그게 무슨 소용이 있겠는가?"

하기야 아무 소용이 없으리라. 하지만 콩깍지 기법은 성숙 과정을굉장히 가속시켰다. 그들은 두 주일 내에 적어도 150개의 성숙한 난자를 어김없이 생산해냈다. 수정시키고 나서 보카노프스키 과정을거치면, 그러니까 72 제곱을 한다면, 모두가 2년 차로 나이가 같은일란성 쌍둥이가 150명 무더기로 태어나 평균 거의 1만 1,000명의형제자매가 생긴다.

"그리고 예외적인 경우에 우리는 하나의 난소로부터 무려 1만5,000명에 달하는 성숙한 어른을 생산해낼 수도 있다."

마침 그때 옆으로 지나가던 혈색이 좋은 금발 머리 청년을 국장이손짓해 불러 세웠다. "포스터 군." 혈색이 좋은 젊은이가 가까이 왔다. "단 하나의 난소가 올린 기록이 무엇인지 알고 있나, 포스터 군?"

"이 본부에서는 1만 6,012명입니다." 포스터 군의 거침없는 대답이었다. 그는 말이 아주 빨랐고, 파란 눈에는 생기가 넘쳤으며, 통계를 환히 꿰뚫는 자신에 대해서 노골적인 기쁨을 드러냈다. "189개의 일란성 배로 1만 6,012명을 생산했습니다. 하지만 물론 몇몇 열대 지역 부화장에서는 실적이 훨씬 더 양호했죠." 그는 거침없이 읊어 댔다. "싱가포르에서는 1만 6,500명 이상의 생산 실적을 자주 올렸고, 몸바사*에서는 1만 7,000명 목표를 사실상 달성했습니다. 하지만 따지고 보면 그들에게는 불공평하게 유리한 여건들이 갖추어져 있기는 했습니다. 흑인의 난소가 뇌하수체에 대해서 어떻게 반응하는지를 꼭 알아둬야 합니다! 유럽산 재료들만 다루는 데 익숙해진 사람에게는 그 반응이 굉장히 놀라운 것입니다. 그렇기는 하지만," 그의 눈에 살기가 어리고 도전적으로 턱을 쳐들기는 했지만, 그래도 웃음을 잃지 않으면서 청년이 덧붙여 말했다. "그렇기는 해도 우리들은 가능하기만 하다면 그들이 세운 기록을 돌파할 각오가 되어 있습니다. 저는 현재 무척 우수한 델타 마이너스 난소를 가지고 작업을 진행하는 중입니다. 겨우 생후 18개월밖에 안 된 난소입니다. 벌써 1만 2,700명의 아이가 출산됐거나 태아 상태로 생산됐습니다. 그리고 아직도 기능이 왕성하죠. 앞으로 우리는 그들을 이겨낼 것입니다."

"나는 그런 정신 자세가 마음에 들어!" 국장이 소리치고는 포스터 군의 어깨를 두드렸다. "우리하고 같이 가서 이 소년들에게 자네의

---

* 케냐 남부의 인도양에 면한 항구 도시

해박한 지식을 베풀어주게."

포스터가 겸손하게 미소를 지었다. "기꺼이 그러겠습니다." 그들은 다시 이동했다.

저장실 안에서는 조화로운 분위기 속에서 모두들 부산하게 움직였고, 작업은 질서정연하게 진행됐다. 적당한 크기로 절단될 준비가 된 싱싱한 암퇘지의 복막이 지하층의 내장 창고에서 작은 승강기에 실려 불쑥불쑥 올라왔다. 휘익 올라와서는 철커덕! 승강구의 뚜껑이 벌컥 열리면, 병을 정돈하는 계원은 그냥 손을 내밀어 복막 조각을 집어 주름을 펴서 병에 넣어주기만 하면 그만이었다. 그러면 줄을 지어 세워놓은 유리병이 끝없는 피대에 실려 손이 닿지 않는 곳까지 벗어나기 전에 휘익, 철커덕! 또 다른 복막 조각이 밑에서 불쑥 올라와 당장 토막으로 잘려서는, 느릿느릿 끝없이 돌아가는 피대 위에 늘어선 다음 병으로 들어갔다.

유리병 담당 계원 다음에는 입병원入瓶員들의 차례였다. 병들의 행렬이 앞으로 나아가고, 난자들은 하나씩 시험관에서 보다 큰 그릇으로 옮겨진다. 입병원들은 재빨리 속에다 붙인 복막 조각을 베어 상실배桑實胚*를 제자리에 투입시키고, 염분 용액을 부어 넣는다……. 그러면 어느새 병이 지나가서 분류표를 붙이는 사람들의 차례가 된다. 형질 유전 요소, 수정이 된 날짜, 소속된 보카노프스키 집

---

* 다세포 동물의 개체 발생에 있어서 극히 초기의 상실기의 배로서, 보통 세포의 덩이로 이것이 발달하면 포배胚胚가 됨

제1장 **039**

단의 명칭 따위의 자세한 내용이 시험관에서 병으로 옮겨진다. 더이상 무명無名의 존재가 아니므로 명칭이 붙고, 분류가 되어 행렬은 천천히 계속해서 나아가며, 벽의 구멍을 지나 천천히 사회 기능 설정실로 이동한다.

"색인표가 88제곱미터에 달합니다." 안으로 들어서며 포스터가 흐뭇한 표정으로 말했다.

"관련된 모든 정보를 담았지." 국장이 덧붙여 말했다. "매일 아침 내용이 새로 갱신되고."

"그리고 매일 오후에 상호 조정이 되죠."

"새 자료를 기초로 삼아서 계산을 해내지."

"어떠어떠한 자질을 지닌 사람들이 얼마나 되는지를요." 포스터가 말했다.

"어떠어떠한 분포로 배정이 되었는지를."

"어떤 한 순간의 최적 배란율이 어느 정도인지도 항상 계산해냅니다."

"예측하지 못했던 낭비 요소는 당장 보완이 되고."

"즉각적으로요." 포스터가 말을 이어받았다. "지난번 일본에서 지진이 일어난 후에 제가 얼마나 특근을 많이 했는지 알면 놀라실 겁니다!" 그는 유쾌하게 웃으며 머리를 설레설레 흔들었다.

"기능 설정원들은 그들이 필요로 하는 수량을 수정원들에게 알려준다."

"수정원들은 청구한 만큼의 태아를 그들에게 내줍니다."

"그리고 유리병들은 이곳으로 들어와 정밀하게 기능이 미리 설정된다."

"그런 다음에 병들을 태아 창고로 내려보냅니다."

"이제 그곳을 견학할 차례다."

그러자 포스터가 문을 열고 지하실로 내려가는 층계로 그들을 안내했다.

온도는 여전히 열대나 마찬가지였다. 그들은 점점 깊어지는 어둠 속으로 내려갔다. 두 개의 문과 이중으로 꺾인 복도는 낮의 기운이 조금이라도 지하실로 침투하는 것을 불가능하게 만들었다.

"태아들은 사진을 찍은 필름이나 마찬가지예요." 두 번째 문을 열면서 포스터 군이 우쭐거리며 말했다. "태아는 빨간 불빛 이외에는 아무것도 견디지를 못해요."

그의 뒤를 따라 학생들이 내려간 후덥지근한 공간의 어둠은 여름 오후에 눈을 감았을 때처럼 진홍 빛깔로 보였다. 층층으로 운반대에 얹혀 실려 나가는 수많은 불룩한 병들이 홍옥처럼 반짝였다. 흐릿한 붉은 유령 같은 모습으로 유리병들을 점검하며 돌아다니는 남자들과 여자들은 눈이 자줏빛이었고 아무리 봐도 낭창狼瘡 환자 같기만 했다. 윙윙거리고 덜컹대는 기계 소리가 주변에서 나지막이 술렁거렸다.

"학생들에게 창고의 재원을 가르쳐주게, 포스터 군." 얘기하기에도 진력이 난 국장이 말했다.

포스터는 몇 가지 지식을 전해주는 일이 즐겁기만 했다.

길이가 220미터, 폭이 200미터, 높이가 10미터였다. 그는 위쪽을 가리켰다. 물을 마시는 닭처럼 학생들은 까마득히 높은 천장을 올려 다보았다.

1층 위로 이어지는 2층 통로와 3층 통로.

거미처럼 흉측하게 강철로 골격을 얽은 가늘고 긴 복도들이 층층을 이루며 사방에서 어둠 속으로 이리저리 사라졌다. 각 층의 입구 근처에는 붉은 유령 관리자 세 명이 이동 층계로부터 목이 가느다란 큰 병들을 분주하게 부리고 있었다.

이동 층계는 사회 기능 설정실과 연결되었다.

모든 병은 따로따로 분류해서 15개의 받침대 가운데 하나에 올려 놓는다. 그러면 저마다의 받침대는 비록 육안으로는 보이지 않지만 한 시간에 33과 3분의 1센티미터씩 병들을 운반한다. 하루에 8미터 씩 267일. 도합 2,136미터. 1층에서 지하실을 한 바퀴 돌고, 2층 통로를 한 바퀴 돈 다음, 3층 통로를 반 바퀴, 그리고 267일째 되는 날 아침에는 출산실에서 천연광을 접한다. 이른바 독립된 존재가 되는 순간.

"하지만 그러는 사이에 우리는 그들에게 굉장히 많은 공을 들입니다." 포스터가 결론을 지었다. "정말로 굉장히 많은 공을 들이죠." 그는 잘난 체하며 호탕하게 웃었다.

"난 그런 정신 자세가 마음에 들어." 국장이 다시 입을 열었다. "우리 한 바퀴 돌아보기로 하지. 학생들에게 하는 설명은 자네가 다 맡게, 포스터 군."

포스터는 성실한 태도로 그들에게 설명을 했다.

복막 바닥에서 자라는 태아 얘기를 그들에게 해주고, 태아가 먹고 자라는 풍요한 대용 혈액을 그들에게 맛보게 했다. 왜 그것을 태반 추출물과 갑상선 호르몬으로 자극을 줘야 하는지를 설명하고, 황체의 정체에 관한 얘기도 했다. 0에서 2,040미터에 이르기까지 12미터를 지날 때마다 자동적으로 주입시키는 분사 장치도 보여줬다. 태아가 거쳐 가는 과정 중 마지막 96미터에서 점점 더 많은 양의 뇌하수체를 공급해야 하는 이유와 112미터 간격으로 모든 유리병에 공급되는 인공적인 모체 혈액 순환을 설명했다. 그러고는 대용 혈액 저장고뿐만이 아니라 액체를 태반 위로 넘겨서 인조 폐를 거쳐 폐기물 수거 장치까지 가도록 해주는 원심 압출기도 학생들에게 보여주었다. 태아가 빈혈증에 걸리기 쉽다는 골치 아픈 확률과 그 결과로 태아에게 공급해야 하는 엄청난 양의 돼지 위장 추출물이나 새끼 망아지의 간장에 관한 언급도 잊지 않았다.

8미터를 거칠 때마다 마지막 2미터에 해당되는 과정에서 모든 태아가 움직임에 익숙해지도록 동시에 흔들어주는 간단한 기계 장치도 그들에게 보여주었다. 이른바 '이동 배양'이라는 정신적 충격의 중대성을 완곡하게 일러주고, 그런 위험한 충격을 최소한으로 줄이기 위해 병 속에 담긴 태아를 적절히 훈련시키는 예방 조처들을 열거했다. 200미터 정도에서 실시되는 성별 검사에 관해서 얘기하고, 남자들에게는 T, 여자들에게는 ○, 생식 기능이 없는 여성으로 태어나도록 결정된 것은 하얀 바탕에 검정으로 의문 부호를 붙여놓는 분류 방법도 설명해주었다.

"그 까닭은 물론 굉장히 많은 경우 임신은 귀찮은 현상에 불과하기 때문입니다." 포스터가 말했다. "1,200개의 난소 가운데 하나만 임신을 한다고 해도, 그만하면 우리의 목적을 충족시키기에는 넉넉하니까요. 하지만 우리는 훌륭한 선택을 해야 합니다. 물론 사람들은 항상 안전할 정도로 여유를 많이 확보하고 싶어 합니다. 그래서 우리는 여성 태아들 가운데 30퍼센트에 이르는 숫자가 정상적으로 발육하도록 내버려두죠. 나머지 여성 태아들은 이 과정이 끝날 때까지 24미터에 한 번씩 남성 호르몬을 주입합니다. 그 결과 그들은 불임 여성으로 배양돼서, 구조상으로는 상당히 정상적이지만 임신만은 하지 않게 됩니다." (수염이 자라나는 지극히 미미한 경향을 보이는 예외가 나타나기는 한다고 마지못해 이쯤에서 인정을 한 다음) 포스터가 얘기를 계속했다. "그러면 불임이 보장되는 거예요. 따라서 결국 우리는 단순히 노예처럼 자연을 모방하기만 하는 차원에서 인간의 발명이라는 흥미진진한 세계로 진입하게 되는 셈입니다."

그는 초조한 듯 두 손을 비볐다. 태아들을 그냥 부화만 시킨다면 그것은 어떤 암소라도 해내는 단순한 일이라 인간으로서는 만족할 수가 없기 때문이다.

"우리는 습성을 미리 결정하고 훈련까지 시킵니다. 우리는 아기들을 사회적인 인간으로 배양시켜서, 알파나 엡실론들을 미래의 하수도 청소부나 미래의……." 그는 "미래의 세계를 장악할 사람들"이라는 말을 하려던 참이었지만, 스스로 자제하고는 "미래의 부화장 국장들을 육성합니다"라는 표현으로 바꾸었다.

부화본부의 국장은 이 찬사를 미소로 받아들였다.

그들은 제11번 작업대의 320미터 지점을 지나가는 중이었다. 젊은 베타 마이너스 기계공이 그의 앞을 통과하는 유리병에 대용 혈액을 넣고 나사 뽑개와 스패너를 가지고 바쁘게 일손을 놀렸다. 그가 죔쇠를 돌리는 동안 윙윙거리는 발전기 소리가 약간 더 높아졌다. 내리고, 또 내리고……. 마지막으로 한 번 비틀고, 회전계를 힐끗 쳐다보고, 그러면 그만이었다. 그는 줄을 따라 두어 걸음 내려가 다음 압출기를 가지고 똑같은 과정을 시작했다.

"매분 회전수를 줄이는 거예요." 포스터가 설명했다. "대용 혈액이 보다 천천히 돌아가고, 따라서 폐를 통과하는 시간적인 간격이 더 길어지면 태아는 산소 공급을 덜 받게 됩니다. 태아를 정상 이하의 상태로 유지하려면 산소를 부족하게 공급하는 방법이 최선입니다." 다시금 그는 두 손을 비볐다.

"하지만 뭐하러 태아를 정상 이하의 상태로 유지합니까?" 어느 순진한 학생이 물었다.

"멍청한 녀석!" 오랫동안 침묵을 지키던 국장이 불쑥 말했다. "엡실론 태아는 엡실론 유전 요소뿐 아니라 엡실론 환경까지도 갖춰야만 한다는 생각이 네 머리에는 떠오르지도 않는단 말이냐?"

보아하니 학생은 미처 그런 생각을 못 했던 모양이었다. 그의 얼굴엔 혼란에 빠진 표정이 역력했다.

"계급이 낮으면 낮을수록 그에 따라서 산소를 더 적게 공급합니다." 포스터가 말했다. 가장 먼저 영향을 받는 기관은 두뇌였다. 다음으로는 뼈대. 정상적인 수준의 산소 가운데 75퍼센트만 공급을 받으면 난쟁이들이 태어난다. 70퍼센트 이하로 내려가면 눈이 없는 괴물들이 태어나고.

"그런 사람들은 아무런 쓸모가 없죠." 포스터가 결론을 지어 말했다.

그렇지만 만일 성숙시키는 기간을 단축하는 기술을 개발한다면 그것은 얼마나 벅찬 승리요, 사회에 얼마나 큰 혜택을 주겠는가! (그의 목소리가 은근하면서도 열띤 어조로 변했다.)

"말을 키운다고 생각해봐요."

그들은 말을 키운다고 생각해보았다.

말은 여섯 살에 다 자라고, 코끼리는 열 살에 다 자란다. 그런 반면에 인간은 열세 살이 되어도 아직 성적으로 성숙하지 못하고, 스무 살이 되어야만 완전히 성장한다. 물론 그렇게 지연된 발육의 결과로 맺어진 열매가 인간의 지성이다.

"하지만 엡실론들의 경우라면 인간의 지능을 필요로 하지 않습니다." 포스터가 아주 당연하다는 듯 말했다.

필요하지 않으니까 주어지지도 않는다. 하지만 비록 엡실론 이성이 열 살에 성숙한다고 해도 엡실론 육체는 열여덟 살이 될 때까지는 일을 하기에 적당하지 못하다. 미숙하기 때문에 쓸모가 없어서 낭비되는 오랜 기간. 만일 암소만큼 육체적인 발육 기간을 단축시킬 방법만 있다면 사회를 위해 얼마나 큰 공헌이 되겠는가!

"굉장한 공헌이 됩니다!" 학생들이 중얼거렸다. 포스터의 열띤 기분이 그들에게까지 전염되었다.

그의 설명은 상당히 전문적인 쪽으로 기울어서, 사람들의 성장을 그토록 느리게 지연시키는 정상적인 내분비선 상호 작용을 언급하고, 배종胚種의 돌연변이가 그 원인이라는 가정을 제시했다. 배종의 돌연변이가 끼치는 영향을 제거할 방법은 있는가? 개별적인 엡실론 태아를 개와 소처럼 정상적인 발육 상태로 되돌아가게 할 적절한 기술은 존재하는가? 그것이 문제였다. 그리고 이 문제 또한 해결될 날이 멀지 않았다.

몸바사에서 필킹턴은 네 살에 성적으로 성숙하고 여섯 살 반이면 완전히 다 자라는 인간들을 생산해냈다. 과학의 승리였다. 그러나 사회적으로는 쓸모가 없는 승리. 여섯 살 난 남자나 여자는 너무 우둔해서 엡실론 작업조차 할 능력이 없었다. 그리고 그 과정은 망하면 완전히 망하고 흥하면 완전히 흥하는 식의 양자택일이어서, 교정

하는 데 완전히 실패하느냐 아니면 완전히 성공하느냐 하는 것이었다. 그들은 아직도 스무 살의 어른과 여섯 살 난 어른 사이에서 이상적인 절충 여건을 발견하려고 노력하는 중이었다. 지금까지는 성공을 거두지 못했지만. 포스터가 한숨을 짓고 고개를 저었다.

진홍빛 희미한 광선을 받으며 이리저리 돌아다니던 그들은 제9번 선반의 170미터 지점 부근에 이르렀다. 여기에서부터 9번 선반이 밀폐되었으며, 유리병은 폭이 2, 3미터쯤 되는 구멍이 여기저기 뚫린 무슨 땅굴 같은 곳을 지나 나머지 여행을 계속했다.

"열처리를 하는 곳입니다." 포스터가 말했다.

뜨거운 땅굴과 차가운 땅굴이 교대로 이어졌다. 차가움은 강력한 X선의 형태로 불편함을 경험하는 연상 작용으로 이루어졌다. 유리병에서 옮겨 배양할 때쯤이면 태아들은 추위에 대한 공포를 느끼게끔 그렇게 훈련이 된다. 그들은 열대 지방으로 보내서 광부와 초산 인조견 직조공과 철강 근로자가 되도록 미리 결정된 인력이었다. 나중에 그들의 이성은 육체의 판단에 따르도록 저절로 길이 들 터였다. "우린 그들이 열기 속에서 활력을 찾도록 습성을 유도해요." 포스터가 결론을 지었다. "위층에서 일하는 우리 동료들은 그들이 열기를 좋아하게끔 가르칩니다."

"자신이 해야 할 일을 사랑한다는 것―." 국장이 단호하게 힘주어 말했다. "그것이야말로 행복과 미덕의 비결이다. 불가피한 사회적인 숙명을 사람들이 좋아하도록 만드는 훈련, 모든 습성 훈련이 목표하는 바가 바로 그것이다."

두 땅굴 사이의 벌어진 공간에서 간호사 한 명이 지나가는 병에 담긴 아교 같은 물질을 길고도 가느다란 주사기로 조심스럽게 찌르고는 살펴보았다. 학생들과 안내자들은 잠깐 동안 말없이 그녀를 지켜보았다.

마침내 주사기를 뽑고 그녀가 몸을 일으키자 포스터가 말했다. "좋아요, 레니나."

여자가 깜짝 놀라서 돌아섰다. 아무리 눈이 시뻘겋고 낭창에 걸린 것 같다고 해도 그녀는 분명히 보기 드문 미녀였다.

"헨리!" 그를 향해서 그녀가 환한 미소를 짓자 가지런한 이가 빨간 산호처럼 빛났다.

"멋있어요, 멋있어요." 국장이 중얼거리며 두세 차례 그녀를 토닥거렸고, 그녀는 아주 공손한 미소로 응답했다.

"무슨 주사를 놓고 있나요?" 대단한 전문가 같은 어조로 포스터가 물었다.

"그야 뭐 흔한 발진티푸스와 수면병이죠."

"열대 지방 근로자들은 150미터에서 접종을 시작합니다." 포스터가 학생들에게 설명했다. "태아들에게는 아직 아가미가 달려 있어요. 우리들은 미래의 인간이 걸릴 병에 대해서 물고기에게 면역성을 부여하는 셈이죠." 그러더니 다시 레니나를 향해 돌아서서 말했다. "이따가 오후 5시 10분 전에 옥상에서 봐요. 보통 때와 마찬가지로요."

"멋있어요." 국장이 다시 한 번 말하고는 마지막으로 토닥거려준 다음에 다른 사람들을 따라갔다.

제10번 선반 위에서는 다음 세대의 화학 공장 근로자들이 줄줄이 납, 가성 소다, 타르, 염소에 대한 저항력 훈련을 받았다. 로켓 조종사가 될 두 집단 가운데 첫 번째인 250개의 태아가 제3번 선반에서 막 1,100미터 지점을 통과하려는 참이었다. 특별한 기계 장치가 그들이 담긴 그릇들을 끊임없이 회전시켰다. "그들의 균형 감각을 향상시키기 위해서죠." 포스터가 설명했다. "로켓 밖으로 나가 허공에 떠서 수행해야 하는 수리 작업은 까다로운 일이니까요. 우린 그들이 똑바로 서서 일할 때는 혈액 순환을 늦춰 반쯤 굶주린 상태로 만들고, 거꾸로 떠 있을 동안에는 대용 혈액이 두 배로 흐르게 합니다. 그들은 거꾸로 뒤집힌 상태가 더 좋다는 연상 작용을 하게끔 길이 들고, 그래서 사실상 그들은 거꾸로 서 있을 때만 참된 행복을 느낍니다."

포스터가 얘기를 계속했다. "그리고 이제는 알파 플러스 지성인을 위한 아주 흥미 있는 어떤 습성 훈련 방법을 여러분에게 보여주겠습니다. 제5번 선반에 가면 그들이 큰 집단을 하나 이루고 있습니다. 제1통로로 가야 해요." 그는 1층으로 내려가려던 두 소년에게 소리 쳤다.

"그들은 900미터쯤 되는 지점에 있습니다." 그가 설명했다. "태아는 꼬리가 없어질 때까지는 사실상 지적인 습성 훈련을 별로 할 수가 없습니다. 따라오세요."

하지만 국장이 시간을 확인했다. "3시 10분 전이군." 그가 말했다. "보아하니 지성인 태아들을 구경할 시간이 없겠는걸. 우린 아이들이 오후 낮잠을 끝내기 전에 육아실로 올라가야 해."

포스터가 실망한 표정을 지었다. "적어도 배양실을 잠깐 들여다보기라도 했으면 좋겠는데요." 그가 부탁했다.

"그렇다면 좋아." 국장이 너그러운 미소를 지었다. "잠깐만 구경시키도록 하지."

/

제2장

포스터는 배양실에 남았다. 부화본부 국장과 학생들은 가장 가까운 승강기를 타고 5층으로 올라갔다.

유아 양육소. 신 파블로프 방식 유도 훈련실. 안내판에 나타난 명칭들.

국장이 문을 하나 열었다. 남쪽 벽 전체가 하나의 창문으로 되어 있어 햇살이 눈부시고 아주 환한 커다랗고 썰렁한 방으로 그들이 들어섰다. 규격에 따른 제복 재킷과 하얀 인조견 바지 차림에 머리카락은 하얀 모자 속으로 빈틈없이 말끔하게 감춘 대여섯 명의 보모가 마룻바닥을 가로질러 기다랗게 줄지어 서서 장미 화분들을 늘어놓는 일에 온통 정신이 팔려 있었다. 꽃을 가득 담은 큼직한 화분들. 비단같이 매끄럽고 통통하게 무르익은 수천 개의 꽃잎들은 무수한 어린 아기 천사들의 뺨을 닮아 있었다. 하지만 그토록 눈부신 빛을 받아서인지 발그레한 아리안인뿐만 아니라 반들반들한 중국인, 멕시코인, 그리고 천국의 나팔을 너무 열심히 불어서 졸도 직전이거나, 벌써 죽어 대리석처럼 새하얗거나, 죽음 자체처럼 창백해진 아기 천사들의 뺨처럼 보였다.

부화본부 국장이 들어서자 보모들은 딱딱하게 차려 자세를 취했다.

"책들을 펼쳐 놔." 그가 퉁명스럽게 말했다.

보모들은 말없이 그의 명령을 따랐다. 장미 화분들 사이에 책들이 가지런히 놓였는데, 한 줄을 이룬 육아용 4절판 책들은 화려한 색깔로 짐승이나 새나 물고기를 그린 그림을 저마다 유혹하듯 펼쳐 보였다.

"이제 아이들을 데리고 들어와."

그들은 서둘러 방에서 나갔다가 잠시 후에 (분명히 하나의 보카노프스키 집단이어서) 모두가 똑같이 생기고 (그들의 신분 계급이 델타였기 때문에) 모조리 황갈색 옷을 입힌 생후 8개월 된 아기들을 네 개의 철사 그물 선반에 담아서 높직한 식기 운반용 수레에 싣고는 저마다 하나씩 밀고 다시 들어왔다.

"아기들을 마룻바닥에 내려놓아."

그들은 아기를 바닥에 부려놓았다.

"이제는 아기들이 꽃과 책을 보게끔 뒤집어."

방향을 돌려놓자 아기들은 당장 조용해지더니, 하얀 종이에 아주 화려하고 눈부시게 그려놓은 고운 색깔을 향해 기어가기 시작했다. 그들이 다가가는 사이에 구름 뒤로 잠깐 숨어버렸던 해가 나왔다. 장미들은 마치 내면에서 갑작스러운 열정이 터져 나오기라도 하는 듯 활활 타올랐고, 빛나는 책들은 펼친 쪽마다 새롭고 심오한 의미로 충일한 것처럼 보였다. 기어가는 아기들의 대열에서 나지막한 흥분의 외침과 기쁨의 목울음과 재잘거리는 소리가 들려왔다.

국장이 두 손을 비볐다. "아주 좋아!" 그가 말했다. "마치 일부러 꾸민 일 같군."

가장 빨리 기어간 아기들은 이미 목표에 이르렀다. 아기들은 자그마한 손을 조심스럽게 뻗더니 장미를 만지고, 움켜잡고, 찬란한 꽃잎들을 땄으며 반짝거리는 책의 지면을 구겨놓았다. 국장은 모든 아기들이 즐거움으로 정신이 빠질 때까지 기다렸다. 그러더니 그는 "조심해서 지켜봐"라고 말했다. 그리고 손을 들어 신호를 했다.

방의 저쪽 끝 배전반 옆에 서서 기다리던 수석 보모가 작은 손잡이를 눌러 밑으로 내렸다.

격렬한 폭음이 울렸다. 더욱더 날카롭게 사이렌이 울렸다. 비상 종소리가 미친 듯 울려댔다.

아기들이 깜짝 놀라 소리를 질렀고, 그들의 얼굴은 공포로 일그러졌다.

"자, 그럼." 국장은 (소음 때문에 귀가 먹먹해서) 목청을 더 높여 소리를 질렀다. "이제는 계속해서 경미한 전기 충격으로 훈련을 시켜 정신을 똑바로 차리게 만들어야 해."

그가 다시 손을 흔들었고 수석 보모가 두 번째 손잡이를 내렸다. 아기들이 시끄럽게 지르던 소리가 갑자기 달라졌다. 그들이 지금 질러대는 날카롭고 발작적인 울부짖음은 거의 광란에 가까울 정도로 어딘가 절망적인 데가 있었다. 그들의 작은 몸이 팔딱거리다가 뻣뻣해졌고, 팔다리는 눈에 보이지 않는 철사로 당기기라도 하는 듯 불끈불끈 움직였다.

"우린 마룻바닥 전체에 전기를 넣을 수도 있어." 국장이 설명을 하느라고 소리를 질렀다. "하지만 그만하면 충분해." 그는 보모에게 신호를 보냈다.

폭발이 그치고, 종소리가 멈추고, 사이렌의 울부짖음이 차츰차츰 낮아지더니 결국 잠잠해졌다. 뻣뻣하게 불끈거리던 몸들은 긴장이 완화되었으며 미친 듯이 아기들이 흐느끼고 울부짖는 소리가 다시금 번져 나가더니 공포에 의한 평범한 아우성으로 변했다.

"아기들에게 다시 꽃과 책을 주도록 해."

보모들이 지시에 따랐지만 장미꽃들이 가까이 다가오고, 새끼 고양이와 꼬꼬댁 닭과 음매 검정 어린 양을 알록달록한 빛깔로 그려놓은 그림들이 그냥 눈에 띄기만 해도 아기들은 겁에 질려 움츠러들며 뒤로 물러났고, 그들의 아우성 소리가 갑자기 한꺼번에 높아졌다.

"잘 살펴봐." 국장이 의기양양하게 말했다. "잘들 보라고."

아기들의 머릿속에서는 이미 책과 시끄러운 음향, 꽃과 전기 충격이 만나 짝을 짓는 연상 작용이 이루어진 상태였다. 똑같거나 유사한 훈련이 200번 반복되면 이들 연결고리는 분리하기가 불가능할 정도로 결합한다. 인간이 맺어놓은 것을 자연은 떼어놓을 힘이 없다.

"그들은 책과 꽃을 보기만 해도 심리학에서 흔히 '본능적인 증오' 라고 일컫는 반응을 보이도록 성장한다. 변하지 못하도록 유도된 조 건반사 때문이지. 그래서 그들은 평생 책과 식물로부터 안전해진 다." 국장은 보모들을 향해 돌아섰다. "아기들을 다시 내보내."

아직도 악악거리는 황갈색 아기들이 식기 수레에 실려 나갔고, 그들의 뒤에는 시큼한 우유 냄새와 지극히 기분 좋은 침묵만이 남 았다.

한 학생이 손을 들었다. 비록 그는 하급 신분 계층 사람들이 책 때 문에 공동체의 시간을 낭비하도록 그냥 내버려두면 안 된다는 사실 을 잘 알고 있었지만, 또한 그들이 지닌 조건반사를 풀어버리는 바 람직하지 못한 결과를 유발할 책을 읽게 될 위험성이 항상 존재한 다는 점도 쉽게 납득이 갔지만, 그래도…… 그렇다, 그는 꽃에 대해 서는 이해가 가질 않았다. 왜 델타들에게 심리적으로 꽃을 좋아하지 않도록 유도하려고 그렇게 애를 쓰는가?

참을성을 보이며 부화본부 국장이 차근차근 설명했다. 아이들이 장미꽃을 보면 기겁해서 비명을 지르게끔 조건반사를 유도해놓은 까닭은 고등 경제정책을 기초로 삼은 조처였다. (한 세기 정도나 될 까) 별로 오래전 일은 아니었지만, 감마들과 델타들과 심지어는 엡 실론들까지도 그때는 꽃을, 특히 온갖 야생화를 좋아하도록 유도를 받았었다. 그들에게 기회가 생길 때마다 시골로 나가기를 원하게 만 들어서 운송 수단을 소비하게끔 하자는 생각에서였다.

"그런데 그들이 운송 수단을 소비하지 않던가요?"

"상당히 많이 이용했지." 부화본부 국장이 대답했다. "하지만 그것이 전부였어."

앵초櫻草*와 풍경은 보상이 없다는 한 가지 중대한 결함을 지녔다고 그가 지적했다. 자연에 대한 사랑은 공장이 바삐 돌아가게 만들지는 못한다. 그래서 자연에 대한 사랑을 하급 계층들 사이에서만이라도 제거하기로 결정이 났는데, 그것을 제거하더라도 교통수단을 쓰려는 성향은 그냥 둬야 했다. 그들이 비록 싫어하기는 하더라도 계속해서 시골을 찾아간다는 조건이 필수적인 요소였기 때문이다. 문제는 단순히 앵초와 풍경에 대한 사랑보다는 훨씬 경제적이고 건전한 이유로 교통수단을 소비하게 만들기 위한 동기를 찾아내야 한다는 것이었다. 결국 그 이유를 찾아냈다.

"우리는 대중이 시골을 증오하도록 유도한다." 국장이 결론을 내렸다. "하지만 동시에 우리는 그들이 시골에서 벌어지는 모든 운동경기를 좋아하도록 유도한다. 그와 더불어 모든 시골 운동이 복잡한 기계 장비를 사용하게끔 신경을 쓴다. 그러면 운동경기를 즐기려고 그들은 교통수단뿐 아니라 생산된 제품들도 소비한다. 그래서 저렇게 전기 충격을 주는 것이다."

"알겠습니다." 학생은 너무나 감격한 나머지 더 이상 할 말을 잃

---

* 앵초과의 여러해살이풀. 꽃줄기는 높이가 20센티미터 정도이며, 잎은 뿌리에서 뭉쳐나고 톱니가 있는 달걀 모양 또는 타원형임

었다.

잠시 침묵이 흘렀다. 그러자 국장이 목청을 가다듬은 다음에 "옛날 옛적에"라고 얘기를 시작했다. "우리 포드 님께서 아직 이 세상에 살아 계시던 시절에, 루벤 라비노비치라고 하는 어린 사내아이가 있었다. 루벤은 폴란드어를 쓰는 부모에게서 태어난 아이였다." 국장은 자신이 하던 얘기를 스스로 잘랐다. "너희들은 폴란드어가 무엇인지 알겠지?"

"죽은 언어입니다."

"프랑스어나 독일어처럼 말입니다." 자신의 지식을 의기양양하게 과시하느라 다른 학생이 말을 거들었다.

"그리고 '부모'는 무엇인가?" 부화본부 국장이 물었다.

불안한 침묵이 흘렀다. 몇몇 소년이 얼굴을 붉혔다. 그들은 순수 학문과 음담패설 사이에 존재하는, 중요하지만 아주 미묘한 차이를 구분하는 능력을 아직 터득하지 못했다. 한 학생이 마침내 용기를 내어 손을 들었다.

"전에는 인간들이 흔히……." 그는 잠깐 우물쭈물했고, 피가 두 뺨으로 발갛게 몰렸다. "그들은 태생胎生이었습니다."

"잘 맞혔어." 국장이 흐뭇하게 머리를 끄덕였다.

"그리고 아기들을 흘린 다음……."

"'태어난'이라고 해야지." 국장이 말을 바로잡았다.

"어쨌든 그렇게 한 다음부터는 그들이 부모가 되는데……, 제 얘기는, 아기들이 아니라 다른 쪽이 부모가 된다는 말입니다." 가엾은 소년은 혼란을 일으켜 말의 갈피를 잡지 못했다.

"간단히 얘기하자면 이렇다." 국장이 요약해서 말했다. "부모란 아버지와 어머니다." 사실은 학구적인 어휘였지만, 출생에 관한 얘기를 더러운 음담패설이라고 여겨 갑자기 크게 당황한 소년들은 입을 다물고 눈길을 돌렸다. "어머니 말이다." 그는 학문을 주입시키기 위해 큰 소리로 되풀이해서 말했고, 의자에 앉아 편안히 뒤로 길게 몸을 기대면서 강의를 이어갔다. "이런 내용이 불쾌한 진실이라는 점은 나도 잘 알지만, 대부분의 역사적인 사실이 알고 보면 정말로 기분 나쁜 내용이지."

그는 어린 루벤의 얘기로 되돌아갔다. 어느 날 저녁, 그의 거시기(아버지)와 거시기(어머니)가 자칫 부주의한 나머지 어린 루벤의 방에 라디오를 그냥 켜놓은 채로 나오고 말았다.

"너희들도 틀림없이 잘 기억하겠지만 추악한 모체 태생으로 생식이 이루어지던 그 시절에는 아이들이 국립 습성 훈련 본부가 아니라 항상 부모의 손에서 자랐단다."

아이가 잠든 사이 런던 방송이 갑자기 라디오에서 흘러나오기 시작했다. 전해 오는 근거가 확실한 얘기에 의하면, (이 대목에서 보다 대담한 소년들은 서로 쳐다보며 히죽거리는 용기를 보였다) 그의 거시기와 거시기가 깜짝 놀라게도, 어린 루벤은 이튿날 아침잠에서 깨어 (오늘날까지 작품들이 전해 내려오도록 허락된 얼마 안 되는 작가들 가운데 한 사람인) 괴짜 늙은이 조지 버나드 쇼가 널리 알려진 버릇을 잘 살려가며 자신의 천재성에 관해 방송에서 늘어놓은 기나긴 강연을 한마디도 빼놓지 않고 그대로 반복했다는 것이다. 어린 루벤이 짓궂게 키득거렸지만 물론 거시기들로서는 그 강연의 내용을 이해하기가 전혀 불가능했고, 그래서 아이가 갑자기 미쳤다고 생각한 그들은 의사를 불렀다. 다행히 영어를 잘 알아들었던 의사는 그 연설이 어젯밤에 쇼가 방송했던 내용이라는 사실을 깨닫고, 무슨 상황이 벌어졌는지 납득했다. 그래서 그 얘기를 편지로 써서 의학 신문에 기고했다.

"잠을 자는 동안 가르친다는 원칙, 즉 최면 학습의 원칙은 그렇게 발견되었다."

부화본부 국장은 의미심장하게 말을 중단했다.

원칙은 발견했지만, 그 원칙이 제대로 유용하게 응용될 때까지는 오래고도 오랜 세월이 흘러야만 했다.

"어린 루벤의 경우는 우리 포드 님의 첫 T형 자동차*가 시장에 나온 지 겨우 23년 만에 벌어진 일이었다." (이 말을 하면서 국장은 가슴에다 T 자를 그렸고 모든 학생이 엄숙하게 그대로 따라 했다.) "그렇지만……."

학생들은 맹렬히 써 내려갔다. '최면 학습, A. F.** 214년에 처음 공

---

*   헨리 포드가 대량 생산했던 유명한 자동차
** 포드 기원

식적으로 썼음. 그 이전에는 왜 안 썼을까? 두 가지 이유. (가)⋯⋯.'

"이런 초기의 실험들은 방향을 잘못 잡았어." 부화본부 국장이 말했다. "사람들은 최면 학습이 지적 교육을 위한 수단이 될 수 있으리라고 생각했지⋯⋯."

오른쪽에 어린 사내아이 하나가 잠이 들어, 침대 언저리로 오른쪽 팔이 뻗어 나와 손이 축 늘어졌다. 근처 상자의 측면에 뚫린 동그란 창살을 통해 나지막한 목소리가 얘기를 들려준다.

"나일 강은 아프리카에서 가장 길고, 세계의 모든 강들 가운데 두 번째로 길다. 비록 그 길이가 미시시피-미주리 강보다는 짧지만, 나일은 위도 35도에 뻗어 있는 유역의 길이로 인해 내만內灣에 있어서는 모든 강들 가운데 으뜸이다⋯⋯."

이튿날 아침 식탁에서 "토미"라고 누가 부른다. "넌 아프리카에서 가장 긴 강이 무엇인지 아니?" 토미는 머리를 설레설레 흔든다. "하지만 넌 '나일 강은⋯⋯'이라고 시작되는 무슨 얘기가 기억나지 않니?"

"나일, 강은, 아프리카에서, 가장, 길고, 세계의, 모든, 강들, 가운데, 두 번째로, 길다." 말이 술술 쏟아져 나온다. "비록, 그, 길이가⋯⋯."

"자, 그렇다면 아프리카에서 가장 긴 강은 무엇이지?"

아이의 두 눈이 몽롱하다. "모르겠어요."

"나일 강은 어떠냐, 토미야."

"나일, 강은, 아프리카에서, 가장, 길고, 세계의, 모든……."

"그렇다면 어느 강이 가장 길지, 토미?"

토미가 울음을 터뜨린다. "모르겠어요." 그가 울부짖는다.

그의 울부짖음이 아주 초기에 연구가들을 좌절시켰노라고 국장이 밝혔다. 실험은 폐기되었다. 잠든 사이에 아이들에게 나일 강의 길이를 가르치려던 시도는 더 이상 이루어지지 않았다. 그럴 만도 했다. 내용을 이해하기 전에는 학문을 터득할 길이 없다.

"그렇지만 만일 그들이 도덕 교육부터 시작했더라면 달랐겠지." 문을 향해 앞장서서 가며 국장이 말했다. 학생들이 그를 따라 승강기까지 걸어가면서 필사적으로 받아쓰기를 계속했다. '도덕 교육이란 어떠한 경우에도 절대로 합리적이어서는 안 된다.'

"정숙하시오, 정숙하시오." 그들이 14층에서 내리자 확성기가 나지막한 목소리로 경고했으며, 복도를 거쳐 지나갈 때마다 띄엄띄엄 설치된 나팔 주둥이가 지칠 줄 모르고 똑같은 경고를 되풀이했다. "정숙하시오, 정숙하시오." 학생들뿐 아니라 국장까지도 자동적으로 발돋움을 하고 걸었다. 그들은 알파이기는 했지만 아무리 알파들이라고 해도 습성 훈련이 잘되어 있었다. "정숙하시오, 정숙하시오." 14층의 모든 공간은 절대적인 명령이 속삭이는 소리로 가득했다.

발돋움으로 50미터를 가서 출입구에 다다르자 국장이 조심스럽게 문을 열었다. 그들은 문턱을 넘어서 철문이 달린 숙사의 희미한 불빛 속으로 들어섰다. 벽을 따라 80개의 간이침대가 줄을 지어 늘어서 있었다. 멀리서 귓속말을 하는 듯 아주 희미한 목소리가 계속해서 웅얼거렸고, 규칙적이고 가벼운 숨소리가 들려왔다.

그들이 안으로 들어가자 보모 한 사람이 몸을 일으켜 국장 앞에서 차려 자세를 취했다.

"오늘 오후에는 무엇을 공부하지?" 그가 물었다.

"처음 40분 동안은 기초 성교육을 했습니다." 그녀가 대답했다. "하지만 지금은 기초 계급의식 학습으로 바뀌었습니다."

국장은 길게 줄지어 선 간이침대를 따라 천천히 걸어 내려갔다. 잠을 자서 피로가 풀리고 얼굴이 발그레한 80명의 어린 사내아이들과 계집아이들이 새근새근 숨을 쉬고 있었다. 모든 베개 밑에서는 귀엣말이 들려왔다. 부화본부 국장이 걸음을 멈추고는 어느 작은 침대 위로 몸을 수그리고 주의 깊게 귀를 기울였다.

"기초 계급의식이라고 그랬나? 어디 확성기로 조금 더 크게 틀어서 다시 들어보지."

방 끝에 확성기 하나가 벽에서 튀어나와 있었다. 국장이 그곳으로 걸어가서 스위치를 눌렀다.

"……모두 초록색 옷을 입어요." 부드럽지만 아주 명확한 목소리가 중간부터 얘기를 시작했다. "그리고 델타 아이들은 황갈색 옷을 입습니다. 아, 싫어요. 난 델타 아이들하고는 놀고 싶지 않아요. 엡실론들은 더 형편없죠. 그들은 너무 우매해서 글을 쓰거나 읽을 능력이 없어요. 그뿐 아니라 그들은 너무나 흉측한 빛깔인 검정색 옷을 입어요. 나는 내가 베타여서 정말로 기쁩니다."

잠깐 침묵이 흐르더니 목소리가 다시 계속되었다.

"알파 아이들은 회색 옷을 입어요. 그들은 너무나 무서울 정도로 총명하기 때문에 우리들보다 훨씬 열심히 일합니다. 나는 그렇게까지 열심히 일을 하지 않아도 되기 때문에 베타가 되었다는 것이 정말로 굉장히 기쁩니다. 그런가 하면 우리들은 감마나 델타보다 훨씬 좋습니다. 감마들은 어리석어요. 그들은 모두 초록색 옷을 입어요. 그리고 델타 아이들은 황갈색 옷을 입습니다. 아, 싫어요, 난 델타 아이들하고는 놀고 싶지 않아요. 엡실론들은 더 형편없죠. 그들은 너무 우매해서 글을……."

국장이 다시 스위치를 눌렀다. 목소리가 잠잠해졌다. 유령처럼 나지막한 목소리가 80개의 베개 밑에서 계속 웅얼거렸다.

"그들은 잠이 깨기 전에 저 소리를 40번이나 50번 거듭해서 듣고, 목요일에 다시, 그리고 토요일에도 또 듣는다. 일주일에 세 번 120번씩 30개월 동안 듣게 된다. 그런 다음에 그들은 보다 상급반 학습으로 넘어간다."

장미꽃과 전기 충격, 델타의 황갈색 옷과 아위阿魏*의 강렬한 냄새—이런 연상 개념들은 아기가 말을 배우기 전에 서로 단단히 엮

---

* 미나리과의 다년초

어진다. 하지만 어휘를 수반하지 않는 습성 훈련은 조잡하고 개괄적이어서, 보다 세밀한 특성을 인식시키지 못하고, 복합적인 행동의 궤도를 치밀하게 가르쳐주지 못한다. 그러기 위해서는 어휘가, 이성이 배제된 어휘가 꼭 필요하다. 간단히 얘기하자면, 최면 학습이 해답이다.

"그 유례를 찾아볼 수 없을 정도로 도덕화, 사회화시키는 가장 훌륭한 힘이다."

학생들은 그의 말을 작은 공책에 받아썼다. 높은 분에게서 직접 들은 얘기를 그대로.

또다시 국장이 스위치에 손을 댔다.

"……너무나 무서울 정도로 총명하기 때문에 우리들보다 훨씬 열심히 일합니다." 나지막하고, 지칠 줄 모르고, 설득력이 강한 목소리가 얘기를 계속했다. "나는 그렇게까지 열심히 일을 하지 않아도 되기 때문에 베타가……."

비록 빗물이 아무리 단단한 화강암이라도 뚫는다고는 하지만, 꼭 물방울이라고 하기는 어렵겠고, 그보다는 밀봉용 액체성 밀랍* 방울이랄까, 어떤 물건 위에 떨어지면 거기에 달라붙어 표면을 덮고는 결국은 모두가 주홍빛 바위와 한 덩어리가 되어버리는 방울들.

"그러다가 마침내 아이의 마음은 이런 암시들과 하나가 되고, 암

---

* 편지나 서류 따위를 봉인하는 재료

시들의 총체는 아이의 이성이 된다. 뿐만 아니라, 어른의 이성도 역시 평생 동안 줄곧 이런 암시들의 지배를 받는다. 판단하고 갈망하고 결정하는 이성은 바로 이런 암시들로 구성되어 있다. 하지만 이런 모든 암시들은 우리들이 제시하는 암시다!" 국장은 의기양양해서 소리를 지르다시피 했다. "국가에서 마련한 암시들이라는 뜻이다." 그는 바로 옆에 놓인 탁자를 손으로 쾅 쳤다. "그로 인하여……."

무슨 소리가 나서 그는 시선을 그쪽으로 돌렸다.

"오, 포드여!"* 그는 목소리를 바꿔서 말했다. "내가 그만 아이들의 수면을 방해했구먼."

---

* 영어에서 불만을 나타내는 가벼운 욕설로 오, 주여 또는 오, 하나님이라고 하는 것을, 포드를 하나님처럼 생각해서 Oh, God 대신에 Oh, Ford라고 한 것

제3장

/

바깥 정원으로 나갔더니 노는 시간이었다. 6월의 뜨거운 땡볕 아래 600명이 넘는 사내아이들과 계집아이들이 잔디밭에서 발가벗은 채 시끄럽게 소리를 지르며 뛰어다니거나 공놀이를 했고, 아니면 꽃이 핀 덤불들 사이에 두세 명씩 말없이 옹기종기 쪼그리고 앉아 있었다. 장미꽃이 만발했고, 지빠귀 두 마리가 숲 속에서 독백을 읊었으며, 참피나무들 속에서는 뻐꾸기 한 마리가 방금 노래를 한 곡 끝내려는 참이었다. 하늘에서는 벌들과 헬리콥터들이 붕붕거리는 나른한 소리가 가득했다.

국장과 학생들은 잠깐 동안 서서 '내쏘고 치기' 경기를 구경했다. 20명의 아이들이 크롬 특수강으로 만든 탑 둘레에 원을 그리고 모여 섰다. 탑의 꼭대기에 마련된 평판 위로 공을 던지면, 그 공은 안쪽으로 굴러 내려가 빠른 속도로 회전하는 원반 위로 떨어진다. 그리고 원통형의 덮개에 뚫린 수많은 구멍들 가운데 하나로 순식간에 빠져 들어갔다가 튀어나오는데, 그 공을 아이들이 잡아야 하는 놀이였다.

"이상한 일이지." 그들이 돌아설 때 국장이 깊은 생각에 잠기며 말했다. "우리 포드 님의 시절에도 대부분의 경기들이란 기껏해야 한두 개의 공과 막대기 몇 개, 그리고 어쩌다가 조그마한 그물을 하나 걸어놓는 것 이상은 아무런 시설도 없이 그냥 진행했다는 걸 생각하면 참 이상해. 소비를 증가시키는 데 아무런 기여도 못 하는 복잡한 경기들을 용납하는 우매함을 상상해보라고. 그건 미친 짓이야. 요즘이라면 통제관들이 훨씬 엄격한 기준을 적용해서, 최소한 기존 경기들 가운데 가장 복잡한 경기에 필요한 그런 정도의 장비를 갖추거나, 그보다 더 많은 장비가 필요하다는 사실을 증명하지 않는 한 어떤 새로운 경기도 승인하지 않을 거야." 그는 하던 얘기를 중단했다.

"귀엽고도 멋진 집단이잖아." 손가락으로 가리키며 그가 말했다.

지중해 개진달래Mediterranean heath가 우거진 사이로 후미진 좁은 공간이 나타났는데, 풀이 무성하게 자란 그곳에서는 일곱 살쯤 된 어린 사내아이와 그보다 한 살 더 먹어 보이는 자그마한 계집아이가 새로운 발견에 온통 몰두한 과학자처럼 모든 신경을 집중해서, 초보적인 성교 놀이를 아주 심각하게 실험하는 중이었다.

"멋있어, 멋있어." 부화본부 국장이 감동해서 되풀이해 말했다.

"멋있습니다." 소년들이 얌전하게 맞장구를 쳤다. 하지만 그들의 미소는 상당히 잘난 체하며 깔보는 그런 미소였다. 그들은 이와 비슷한 어린애 같은 즐거움 따위는 아주 최근에 집어치웠기 때문에 이제 그런 짓을 하는 아이들을 보면 경멸을 느꼈다. 멋있다고? 저것은 어린애 장난에 지나지 않았다. 두 명의 풋내기 어린애들.

"나는 늘 이런 생각을 하지." 국장이 상당히 감상적인 어조로 얘기를 계속하려다가, 어디선가 시끄럽게 울부짖는 소리가 들려오자 중단했다.

근처 수풀에서 보모 한 명이 어린 소년의 손을 잡아당기며 나타났는데, 아이가 발버둥을 치며 끌려 나왔다. 초조한 표정으로 어린 소녀가 바로 뒤따라 나왔다.

"무슨 일인가?" 국장이 물었다.

"별일 아니에요." 보모가 대수롭지 않다는 듯 말했다. "이 사내아이가 평범한 성교 놀이에 가담하기를 꺼렸기 때문이에요. 전 그런 기미를 벌써 한두 번 눈치챘어요. 그런데 오늘 또 그러잖아요. 얘가 방금 소리를 질러대기 시작해서……."

"정말이에요." 초조한 표정의 계집아이가 설명을 보충했다. "난 저 애를 괴롭히거나 뭐 그럴 생각은 전혀 없었어요. 정말이에요."

"물론 네가 잘못한 건 없단다, 얘야." 안심을 시키듯 보모가 말했다. "그래서 말예요." 다시 국장에게로 시선을 돌리며 그녀가 얘기를 계속했다. "전 이 애를 심리부 차장님께 데리고 가서 보이려고 합니다. 혹시 비정상적인 면이 없는지 확인하고 싶어서요."

"아주 잘 판단했어." 국장이 말했다. "끌고 가도록 해. 너는 여기 있거라, 얘야." 여전히 소리를 질러대는 소년을 보모가 끌고 가는 사이에 국장이 계집아이에게 덧붙여 말했다. "이름이 뭐지?"

"폴리 트로츠키요."

"이름이 참 예쁘구나." 국장이 말했다. "어서 가서 같이 놀 다른 어린 소년을 찾아보도록 해라."

아이는 숲으로 달려 들어가 시야에서 사라졌다.

"앙증맞고 귀여운 것 같으니라고!" 계집아이의 뒷모습을 쳐다보며 국장이 말했다. 그러더니 학생들에게로 다시 시선을 돌렸다. "지금 내가 하려는 얘기가 믿어지지 않을지도 모르겠다. 하지만 역사를 잘 모를 때는 과거에 관한 대부분의 사실이 정말로 믿을 수 없는 얘기처럼 들린단다."

그는 놀라운 진실을 털어놓았다. 우리들의 포드 님 시대 이전의 무척 오랜 기간 동안, 그리고 심지어는 그 후에 여러 세대에 걸쳐서 아이들의 성적인 유희는 비정상적이라고 간주되었고(요란한 폭소가 터져 나왔다), 비정상적일 뿐 아니라 사실상 부도덕하다고(세상에!) 사람들은 생각했으며, 따라서 엄격하게 금지했었다.

얘기를 듣던 학생들의 얼굴에는 놀라서 어리벙벙해진 표정이 역력했다. 어린아이들이 불쌍하게도 즐거움을 누리지 못하다니. 그들은 이런 얘기가 좀처럼 믿어지지 않았다.

"사춘기 아이들도 마찬가지였단다." 부화본부 국장이 말했다. "심지어는 너희들 같은 사춘기 아이들까지도 말이다……"

"그럴 리가요!"

"남모르게 행하는 약간의 은밀한 자위행위와 동성연애 이외에는 전혀 아무것도 할 수가 없었어."

"아무것도요?"

"대부분의 경우에는, 스무 살이 되기 전까지 금지했으니까."

"스무 살요?" 믿어지지 않는다는 듯 학생들이 이구동성으로 외쳤다.

"스무 살까지 말이다." 국장이 되풀이해서 말했다. "믿지 못할 거라고 내가 그랬잖아."

"그래서 어떻게 되었나요?" 그들이 물었다. "그 결과는 무엇이었나요?"

"결과는 끔찍했지." 우렁차고 굵은 목소리가 대화에 끼어들자 그들은 깜짝 놀라 뒤를 돌아다보았다. 작은 집단을 이룬 견학단의 곁에 어떤 낯선 사람이 서 있었다. 보통 키에, 머리카락이 검고, 매부리코이며, 붉은 입술은 통통하고, 검은 눈이 아주 예리해 보이는 남자였다. "끔찍하고말고." 그가 되풀이해서 말했다.

이때 부화본부 국장은 꽃밭들 사이에 편리하게 여기저기 배치한 어느 의자에 잠시 앉아 있었는데, 낯선 남자를 보자 강철과 고무로 만든 그 의자에서 벌떡 일어나더니 두 손을 내밀고 잔뜩 미소를 지으며 감격한 표정으로 달려 나갔다. "통제관님! 이 얼마나 생각지도 못했던 기쁨입니까! 얘들아, 뭣들 하고 있느냐? 이분은 통제관이신 무스타파 몬드 포드 님*이시다."

---

* 여기에서 '포드'는 높은 사람을 지칭하는 경칭임

본부의 4,000개 방에서 동시에 4,000개의 전기 시계가 4시를 쳤다. 나팔 주둥이 같은 확성기들에서 형체가 보이지 않는 목소리가 울려 퍼졌다.

"제1주간 근무조 작업 끝. 제2주간 근무조와 임무 교대. 제1주간 근무조 작업 끝……."

탈의실로 올라가는 승강기 안에서 헨리 포스터와 기능 설정 보조원은 심리국의 버나드 마르크스에게 상당히 노골적으로 등을 돌렸다. 두 사람에게 버나드 마르크스는 평판이 좋지 못한 기피 인물이었다.

태아 저장고의 진홍빛 공간 속에서는 아직도 기계가 나지막하게 윙윙거리고 덜컹대는 소리가 울렸다. 근무조들이 교대하여 낭창에 걸린 한 얼굴이 낭창에 걸린 다른 얼굴로 바뀌었고, 운반대는 미래의 남자들과 여자들을 싣고 끝없이 느릿느릿 나아갔다.

레니나 크라운은 활기차게 문을 향해 걸어갔다.

무스타파 몬드 포드 님! 경례를 하는 학생들은 너무나 흥분한 나머지 눈알이 튀어나올 지경이었다. 무스타파 몬드라니! 서부 유럽 주재 통제관이 아닌가! 10명뿐인 세계 통제관들 가운데 한 사람, 10명 가운데 한 사람이…… 바로 그런 대단한 분이 부화본부 국장과 함께 벤치에 마주 앉아서, 자리를 같이하고는, 그렇다, 자리를 같이하고는, 정말로 그들과 얘기를 나누려는 참이었으니…… 그들은 고귀한 분으로부터 직접 얘기를 듣게 되었다. 포드 님 자신으로부터 직접 얘기를.

새우처럼 빨갛게 햇볕에 탄 두 아이가 근처 덤불에서 나오더니 놀라서 휘둥그레진 눈으로 그들을 잠깐 물끄러미 쳐다본 다음에 나뭇잎 속에서 즐기던 장난으로 되돌아갔다.

"너희들 모두 기억할 것이다." 힘차고 굵은 목소리로 통제관이 말했다. "우리 포드 님께서 들려주시던 감동적이고 멋진 말씀을 너희들은 누구나 다 기억할 것이다. '역사는 허튼수작'이다."

그는 마지막 말을 천천히 되풀이했다.

"역사는 허튼수작이다."

통제관이 손을 저었는데, 그것은 마치 눈에 보이지 않는 깃털 총채로 약간의 먼지를 털어버리는 듯한 동작이었다. 그가 쓸어버린 먼지는 하라파*였고, 칼데아**의 우르***였다. 그는 또한 거미줄도 조금쯤 쓸어냈으니 그가 털어낸 거미줄은 테베****와 바빌론*****이요, 크노소스******와 미케네*******였다. 탁탁, 탁탁, 먼지를 털어

---

* 인도의 인더스 강 유역으로서, 모헨조다로와 더불어 유명한 인더스 문명의 유적지
** 티그리스 강과 유프라테스 강의 하류 지역으로 바빌로니아의 고대 영토였으며, 기원전 6세기 전성기의 바빌로니아를 칼데아라고 했음
*** 고대 메소포타미아 남부에 있었던 도시
**** 그리스 보이오티아 지방에 있던 고대 도시 국가
***** 바빌로니아의 수도로서 번영한 고대 도시
****** 그리스 크레타 섬 북쪽 기슭 헤라클리온 시에 있는 언덕. 크레타 왕국의 수도
******* 그리스의 펠로폰네소스 반도 동북쪽에 있던 고대 도시

내니 오디세우스는 어디로 갔고, 욥은 어디로 갔으며, 주피터*와 고타마**와 예수는 어디로 사라졌는가? 탁탁 털면 아테네와 로마, 예루살렘과 중앙 왕국***이라고 일컬어지는 케케묵은 먼지의 얼굴들, 그들 모두가 사라졌다. 탁탁 털어내니 이탈리아가 들어섰던 자리가 텅 비어버렸다. 탁탁, 성당들이, 탁탁, 탁탁,「리어 왕」과 파스칼의 『팡세』가. 탁탁, 그리스도의 수난이, 탁탁, 진혼곡이, 탁탁, 교향악이, 탁탁…….

"오늘 저녁에 촉감 영화 구경 안 가겠어요, 헨리?" 기능 설정 보조원이 물었다. "듣자하니 알람브라에서 상영하는 새 영화는 일급 수준이라던데요. 곰 가죽 융단을 깔고 사랑놀이를 하는 장면이 나온다는데, 기막히다고들 그러더군요. 곰의 털을 한 가닥씩 모조리 재생했다나 봐요. 굉장히 놀라운 촉각 효과를 내겠죠."

"그렇기 때문에 너희들에게 역사를 가르치지 않는 거란다." 통제관이 얘기를 계속했다. "하지만 이제는 때가 되었으니……."

부화본부 국장이 초조한 표정으로 그를 쳐다보았다. 통제관이 자

---

*   그리스 신화에서는 제우스
**   석가모니
*** 고대 이집트에 기원전 2133~1786년에 있었던 왕국, 또한 세계의 중심이라고 믿어졌던 중국을 일컫는 말이기도 함

신의 서재에 있는 금고 속에 금지된 옛날 책들을 숨겨두었다는 이상한 소문이 언제부터인가 나돌았다. 성경과 시집 그리고 또 도대체 무슨 서적을 숨겨두었는지 아무도 모를 일이었다.

무스타파 몬드는 그의 불안한 눈초리를 알아챘다. 붉은 입술이 냉소적으로 잠깐 씰룩거렸다.

"걱정하지 말아요, 국장." 그는 조롱하는 어조가 어렴풋이 담긴 목소리로 말했다. "난 학생들을 타락시키지는 않을 테니까."

부화본부 국장은 주체하기 힘든 혼란에 빠졌다.

자신이 경멸을 받는다고 느끼는 사람은 똑같이 상대방을 경멸하는 표정을 보이는 것이 상책이다. 버나드 마르크스의 얼굴에 떠오른 미소에는 경멸하는 기색이 역력했다. 곰의 털을 모조리 재생하다니!

"나도 꼭 가보겠어요." 헨리 포스터가 말했다.

무스타파 몬드가 상반신을 앞으로 내밀고는 손가락 하나를 학생들에게 흔들어 보였다. "그냥 상상만 해봐." 통제관이 말했다. 그의 목소리는 그들의 고막을 진동시켜 이상한 흥분감을 전달했다. "아이를 낳는 어머니를 두었다면 기분이 어떨지 상상해보라고."

또다시 그 추잡한 말. 하지만 이번에는 그들 가운데 어느 누구도 미소를 지을 엄두를 내지 못했다.

"'가족과 함께 산다'는 말이 의미하는 바가 무엇인지를 상상하려고 노력해봐."

그들은 노력했지만, 보아하니 전혀 성공을 못 한 듯싶었다.

"그리고 '가정'이 무엇인지 너희들은 알겠니?"

그들은 고개를 저었다.

레니나 크라운은 그녀가 일하는 침침한 진홍빛 지하에서 17층으로 단숨에 올라가, 승강기에서 내리자마자 오른쪽으로 방향을 꺾어 긴 복도를 걸어갔다. 그리고 '여자 탈의실'이라는 표지가 붙은 문을 열고 안으로 들어가자, 속옷과 팔뚝과 젖가슴이 마구 뒤엉켜 정신없이 소용돌이치는 혼돈이 그녀를 둘러쌌다. 100개의 욕탕으로 뜨거운 물이 폭포처럼 쏟아져 들어갔다가 철벅거리며 흘러나왔다. 덜커덩거리고 쉭쉭 소리를 내는 80개의 진동 진공 안마기들이 동시에 진동하며 60명의 우수한 표본 여성들의 탄탄한 피부를 빨아들이고 햇볕에 탄 건강한 살을 주물렀다. 너도나도 경쟁을 벌이듯 목청을 한껏 올려 떠들어댔다. 합성 음악 발생기에서 초대형 코넷 독주가 흘러나왔다.

"안녕, 패니." 레니나가 그녀의 옆 사물함을 사용하는 젊은 여자에게 말했다.

패니는 유리병 처리실에서 근무했는데, 그녀의 성도 역시 크라운이었다. 하지만 지구에 거주하는 20억 주민들 중에서 성이 겨우 1만 가지뿐이었으니 그런 우연은 별로 놀랄 만한 일이 아니었다.

레니나는 여러 개의 지퍼를 차례로 내렸다. 상의의 지퍼를 내리고, 바지가 흘러내리지 않게 잡아주는 두 개의 지퍼를 양쪽 손으로 내리고, 속옷을 벗으려고 또다시 지퍼를 내렸다. 구두와 스타킹은 그냥 신은 채 그녀는 욕실 쪽으로 걸어갔다.

가정―가정이라는 것은 한 남자와, 주기적으로 애를 낳는 한 여자와, 나이가 저마다 다른 한 무리의 사내아이들과 계집아이들이 모여서 숨이 막힐 정도로 꽉꽉 들어찬 몇 개의 작은 방으로 구성된다. 숨 쉴 공기도 없고, 공간도 없고, 소독도 제대로 되지 않은 감옥으로서, 암흑과 질병 그리고 악취뿐이다. (통제관의 서술이 어찌나 실감이 났는지 다른 아이들보다 훨씬 민감했던 한 소년은 얘기만 듣고도 당장 토할 것처럼 얼굴이 창백해졌다.)

레니나는 욕실에서 나와 수건으로 몸을 닦고는, 벽에 꽂힌 길고 유연한 대롱을 잡아 꼭지를 젖가슴에 대고 자살이라도 하려는 듯 방아쇠를 눌렀다. 뜨거운 바람이 확 쏟아져 나오며 지극히 미세한 탤컴파우더*를 그녀의 몸에 뿌려주었다.

여덟 가지 다른 향수와 오드콜로뉴 화장수가 세면대에 설치된 작은 수도꼭지들 위에 놓여 있었다. 그녀는 왼쪽에서 세 번째 꼭지를

---

* 활석 가루에 봉산 가루나 향료 따위를 섞어서 만든 화장용 분粉. 주로 땀띠약으로 씀

틀어 시프레*를 몸에 찍어 바르고는, 구두와 스타킹을 손에 들고 나가서 아무도 사용하지 않는 진동 진공 안마기가 혹시 남아 있는지 찾아보았다.

그리고 가정이란 육체적으로뿐 아니라 심리·정신적으로 더할 나위 없이 추악한 곳이었다. 정신적으로 볼 때 가정은 비좁아 붐비는 생활의 마찰로 숨이 막히고, 감정이 악취를 뿜는 토끼 굴이요, 누추하기 짝이 없는 곳이었다. 집안 식구들 사이의 관계란 얼마나 답답할 정도로 밀착되었으며, 얼마나 위험하고, 음탕하고, 비정상적인 요소인가! 어머니는 미치광이처럼 아이들을 ('그녀의' 아이들을) 품었다……. 마치 새끼들을 품는 고양이처럼. 인간 고양이는 거듭거듭 "우리 아가, 우리 아가" 소리까지 할 줄 아는 고양이, 말하는 고양이었다. "우리 아가야, 오, 작디작은 손들이 내 젖가슴에 매달리고, 배고프다며 매달리고, 오, 형언할 수 없이 괴로운 기쁨이여! 마침내 아기가 잠이 들 때까지, 입가에 하얀 거품을 물고 내 아기가 잠이 들 때까지 젖을 먹이고. 우리 예쁜 아기가 잠이 들 때까지……."

"그래." 머리를 끄덕이며 무스타파 몬드가 말했다. "여러분이 몸서리를 치는 것도 무리가 아니지."

---

* 키프로스를 뜻하는 프랑스 말로서, 기름과 송진으로 만든 향수

"오늘 밤엔 누구와 외출할 거예요?"

안마기에서 돌아온 레니나가 내부에서 빛을 발하는 진주처럼 발그레한 광채를 내며 물었다.

"같이 나갈 사람이 없어요."

레니나는 깜짝 놀라서 눈썹이 쫑긋 올라갔다.

"난 요즘 웬일인지 기분이 좋지 않아요." 패니가 설명했다. "닥터 웰스는 나더러 임신 대용약을 들라고 권했어요."

"하지만 이봐요, 패니는 겨우 열아홉 살밖에 안 되었잖아요. 그런 대용품은 스물한 살까지는 복용할 의무가 없어요."

"그건 나도 알아요. 하지만 보다 일찍 시작하는 편이 바람직한 사람들도 있잖아요. 닥터 웰스는 나처럼 검은 머리에 골반이 넓은 여자들은 열일곱 살부터 임신 대용약을 먹어야 한다고 그랬어요. 그러니까 난 사실 2년이 빠른 게 아니라 2년이나 늦은 셈이죠."

그녀는 사물함의 문을 열고는 위쪽 선반을 손으로 가리켰는데, 그곳에는 딱지를 붙인 작은 병들과 상자들이 줄지어 쌓여 있었다.

"난소 황체 시럽." 레니나가 병에 적힌 이름들을 읽었다. "신선함을 보장하는 난소 정제, 포드 기원 632년 8월 1일 이후에는 사용을 금함. 유선乳腺 추출액, 물을 약간 타서 하루에 3회 식사 전에 복용. 태반 정제, 사나흘에 한 번씩 정맥 주사로 5시시씩…… 맙소사!" 레니나가 몸을 부르르 떨었다. "난 정맥 주사가 정말로 싫어요. 패니는 안 그래요?"

"그래요. 하지만 저 주사가 좋은 점이 한 가지……." 패니는 보기 드물게 똑똑한 여자였다.

(무슨 아리송한 이유에서인지는 몰라도 우리의 포드 님은 심리학적인 문제들을 얘기할 땐 언제나 자신을 '프로이트'라고 스스로 불렀으므로 그 호칭을 따르자면) 우리의 프로이트 님은 가족생활의 소름 끼치는 위험성들을 최초로 폭로한 인물이었다. 세상은 아버지 투성이었고, 따라서 비참한 일이 만연했다. 또한 어머니투성이었고, 따라서 가학성 음란증에서 순결을 지키려는 집념에 이르기까지 온갖 성도착증이 만연했다. 그리고 형제들과 누이들과 삼촌들과 숙모들로 인해 광증과 자살이 만연했다.

"그렇기는 해도 뉴기니 연안의 어떤 섬에 사는 사모아의 야만인들 사이에서는……."

열대의 햇살은 따끈한 꿀처럼 히비스커스 꽃들 사이에서 혼음을 즐기며 뛰노는 아이들의 발가벗은 몸을 비추었다. 종려나무로 이엉을 얹은 스무 채의 집은 어디나 다 가정이었다. 트로브리안드 제도*에서는 임신이란 조상들의 혼령이 행하는 일이고, 아버지라는 말은 어느 누구도 들어본 적이 없었다.

"양극은 서로 만납니다." 통제관이 말했다. "필연적으로 만나게끔

---

* 동남 뉴기니 연안의 작은 섬들로 이루어진 제도로 파푸아의 일부

되어 있어요."

"닥터 웰스는 임신 대용약을 3개월만 복용하면 앞으로 3, 4년 안에 내 건강이 굉장히 달라질 거라고 그랬어요."

"글쎄요, 의사 선생님의 말대로 되었으면 참 좋겠군요." 레니나가 말했다. "하지만 패니, 그럼 앞으로 석 달 동안 패니는 전혀 그러지 않을 생각이……."

"오, 그건 아녜요. 한두 주일 정도면 그만이죠. 나는 저녁이면 회관에 가서 음악 휴식을 취하며 시간을 보낼 작정이에요. 레니나는 외출하려는 모양이죠?"

레니나가 머리를 끄덕였다.

"누구하고요?"

"헨리 포스터요."

"또요?" 무척 둥글고 상냥해 보이는 패니의 얼굴에서는 못마땅하고 고통스러운 경악의 표정이 나타났다. "그러니까 레니나는 아직까지 헨리 포스터하고만 같이 다닌다는 얘긴가요?"

어머니와 아버지, 형제와 자매가 있었다. 그리고 남편과 아내와 연인도 존재했다. 그뿐만이 아니라 일부일처제와 낭만이라는 것도 있었다.

"너희들은 아마 그것들이 무엇인지 이해조차 못 하겠지만 말이다." 무스타파 몬드가 말했다.

학생들은 머리를 끄덕였다.

가족, 일부일처제, 낭만. 그로 인해서 어디를 가나 배타성이 존재했고, 어디를 가나 관심은 한곳으로만 쏠렸고, 충동과 정력은 좁다란 분출구를 통해서만 발산되었다.

"하지만 모든 사람은 다른 모든 사람을 공유한다." 최면 학습에 나오는 잠언을 인용해서 그는 결론을 내렸다.

어둠 속에서 6만 2,000번 이상 반복하여 들었던 잠언인지라 학생들은 그 결론에 완전히 동의했다. 그들은 단순한 진실로서만이 아니라 자명하고 전혀 반박의 여지가 없으며 격언이 되다시피 한 진리로서 받아들이겠다는 뜻으로 머리를 끄덕였다.

"하지만 내가 헨리하고 사귄 건 이제 겨우 4개월밖에 안 되었어요." 레니나가 항의했다.

"겨우 4개월밖에라니요! 거참, 말 한번 잘했군요. 그게 전부가 아니죠."

꾸짖기라도 하듯 손가락질을 해가며 패니가 말을 이었다. "그토록 오랫동안 레니나는 헨리 이외에 어느 누구하고도 관계가 없었단 얘기잖아요. 안 그래요?"

레니나는 얼굴이 새빨개졌지만, 그녀의 눈초리와 목소리는 여전히 당당했다. "그래요, 다른 사람은 아무도 없었어요." 그녀는 대들기라도 할 기세로 대답했다. "그리고 난 왜 꼭 다른 남자를 사귀어야만 하는지 납득도 안 가요."

"저런, 왜 꼭 다른 남자를 사귀어야만 하는지 납득이 안 간다 이 말이군요." 마치 레니나의 뒤에 숨어서 엿듣는 누군가라도 있는 듯, 패니가 레니나의 왼쪽 어깨 너머로 되풀이해서 말했다. 그러더니 그녀는 갑자기 어조를 바꾸었다. "하지만 이건 진지한 얘기인데요. 난 정말이지 레니나가 조심해야 한다고 생각해요. 이런 식으로 한 남자하고만 계속해서 사귄다는 건 한심할 정도로 나쁜 태도예요. 마흔 살이나 서른다섯 살이라면 그것도 별로 나쁘지 않겠지만요. 하지만 이 나이에 그러다니, 레니나! 그래요, 정말 그래서는 안 돼요. 정열적이거나 오래 질질 끄는 모든 관계를 부화본부 국장님이 얼마나 강력히 반대하시는지는 레니나도 잘 알잖아요. 다른 남자는 한 명도 사귀지 않고 헨리 포스터와 넉 달 동안이나 그러다니, 세상에, 국장님이 알기라도 했다가는 굉장히 화를 내시겠어요……."

"수도관 속에 갇혀 압력을 받는 물을 생각해보거라." 학생들은 그런 생각을 해보았다. "내가 거기에 구멍을 하나 뚫는다면 어떻게 될까?" 통제관이 말했다. "얼마나 힘차게 물이 뿜어져 나오겠는가!"

그가 구멍을 20개 뚫었다고 해보자. 20개의 물줄기가 힘없이 졸졸 흘러나올 것이다.

"우리 아가, 우리 아가……!"

"어머니!" 광증이 전염병처럼 번져 나간다.

"내 사랑, 오직 하나뿐인 아이, 소중하고도 소중한……."

어머니, 일부일처제, 낭만. 높이 세차게 분출되어 나오는 물, 거품을 뿜고 사납게 마구 쏟아져 나오는 물길. 충동은 분출구가 오직 하나뿐이다. 내 사랑, 내 아기. 현대인 이전의 한심한 인간들이 사악하고 미치고 비참했다는 사실은 전혀 놀랄 일이 아니다. 그들의 세계는 그들에게 일을 쉽게 처리하도록 용납하지 않았고, 건전하고 행복한 덕망의 삶을 살아가게끔 용납해주지도 않았다. 어머니들과 연인들, 금기들로 인해 그들은 복종하게끔 훈련되지 않았고, 온갖 유혹과 고통스러운 양심의 가책 때문에, 온갖 질병들과 끝없이 홀로 시달려야 하는 고통 때문에, 불확실성과 가난 때문에 그들은 억지로 강한 척해야만 했다. 그리고 강한 척하면서, (더구나 무기력하게 혼자 고립된 상태에서, 혼자 존재하는 상태에서) 어떻게 그들이 안정을 찾을 수 있었겠는가?

"물론 그 남자를 포기할 필요는 없어요. 때때로 다른 사람과도 사귀어보라는 게 전부예요. 그 남자는 다른 여자들하고도 사귀겠죠. 안 그래요?"

레니나는 그렇다고 시인했다.

"물론 그에게 여자들이 없을 리가 없겠죠. 헨리 포스터는 완벽한 신사라서, 항상 처신이 올바르다고 믿어도 좋아요. 하지만 국장님도 염두에 둬야 해요. 얼마나 깐깐한 사람인지는……."

머리를 끄덕이며 레니나가 말했다. "그분이 오늘 오후에 내 엉덩이를 만져주었어요."

"그것 보라고요!" 패니가 의기양양해서 말했다. "그걸 보면 국장님이 원하는 바가 무엇인지 분명해지잖아요. 가장 엄격한 원칙이죠."

"안정이다." 통제관이 말했다. "안정을 추구해야 한다. 사회적인 안정이 없다면 어떤 문명 세계도 존재하지 못한다. 개인적인 안정이 마련되지 않으면 어떤 사회의 안정도 존재하지 못한다." 그의 목소리는 나팔 같았다. 그 소리를 듣자 학생들은 훨씬 으쓱하고 아늑한 기분이 들었다.

기계가 돌아가고, 돌아가고, 계속해서 영원히 돌아가야만 한다. 가만히 서 있으면 그것이 바로 죽음이다. 10억의 인간이 지구의 표면에서 바글바글 끓었다. 바퀴들이 돌아가기 시작했다. 150년이 지나고 나자 인구는 20억이 되었다. 모든 바퀴들을 멈추어보라. 150주일이 지나면 1,000 곱하기 1,000 곱하기 1,000명의 남자들과 여자들이 굶어 죽어서 인구는 다시금 겨우 10억으로 줄어들 터였다.

바퀴들은 끊임없이 돌아가야 하지만 누가 돌보지 않으면 돌아가지 못한다. 바퀴들을 돌봐야 하는 사람들이, 축에 달린 바퀴들만큼이나 변함없이 꿋꿋한 사람들이, 건전한 사람들이, 순종하는 사람들이, 만족스러운 삶에서 안정을 찾는 사람들이 필요하다.

우리 아기, 우리 어머니, 오직 나만의 소유, 하나뿐인 사랑을 외치고, 내가 저지른 죄, 내가 섬기는 무서운 하나님을 부르며 신음하고, 고통스러워서 비명을 지르고, 열병에 시달려 헛소리를 하고, 늙고 가난한 신세를 한탄한다면, 그런 자들이 어찌 바퀴를 보살필 능력이 있겠는가? 그리고 만일 그들이 바퀴를 돌보지 못한다면…… 1,000 곱하기 1,000 곱하기 1,000명의 남자들과 여자들의 시체를 매장하거나 태워버리기는 힘든 일이리라.

"그리고 어쨌든 헨리 이외의 남자를 한두 명 더 사귄다고 해도 전혀 고통스럽거나 불쾌한 일도 아니잖아요." 패니의 어조는 타이르는 말투였다. "그리고 레니나가 조금쯤 더 혼음을 즐겨야 한다는 사실이 분명한 마당에……."

"안정이다." 통제관이 주장했다. "안정을 추구해야 한다. 최초의 그리고 최후의 필요성이기 때문이다. 안정. 이 모두가 다 그것 때문에 필요하다."

그는 손을 저어서 꽃밭들과, 거대한 습성 훈련 본부 건물과, 수풀 속에서 은밀한 장난을 치거나 잔디밭을 뛰어다니는 발가벗은 아이들을 가리켰다.

레니나는 설레설레 고개를 저었다. "웬일인지 몰라도 나는 최근에 방종한 성생활은 별로 마음이 내키지 않았어요." 그녀는 깊은 생각에 잠겨 말했다. "사람이란 그런 기분을 느끼지 않을 때도 있잖아요. 패니는 그런 마음이 들 때가 없었나요?"

패니는 이해하고 공감이 간다는 뜻으로 머리를 끄덕였다. "하지만 노력이라도 해봐야죠." 훈계조로 그녀가 말했다. "할 바는 다 해야 돼요. 누가 뭐라고 해도 모든 인간은 서로 공유해야 하니까요."

"그래요, 모든 사람은 서로 공유해야 되죠." 레니나가 천천히 되풀이해서 말하며 한숨을 짓고는 잠시 침묵을 지켰다. 그러더니 패니의 손을 살그머니 잡았다. "패니의 말이 정말 옳아요, 늘 그렇지만. 나도 나름대로 노력을 하겠어요."

억제된 충동들은 넘쳐흐르고, 감정은 범람하고, 범람은 정열이고, 광증이기까지 해서, 그것은 물줄기의 분출력 그리고 장애물의 높이와 힘에 의해서 좌우된다. 가로막지 않으면 물길은 지정된 수로를 따라 거침없이 흘러 내려가 평온한 안정을 찾는다. (태아는 배가 고프고, 날이면 날마다 대용 혈액 압출기는 끊임없이 1분에 800회전씩 돌아간다. 흘러나온 유아가 울부짖고, 외분비물 한 병을 든 보모가 당장 나타난다. 욕구와 해소 사이에 감정이 숨어서 기다린다. 그 사이를 단축시키고, 불필요한 모든 낡은 장애물을 무너뜨려라.)

"복을 받은 소년들이로다!" 통제관이 말했다. "너희들의 삶에서 감정의 부담을 덜어주고, 너희들로 하여금 가능한 한 아무런 감정을 지니지 않게끔 보호해주기 위해서 우리는 어떤 고통도 마다하지 않았어."

"다 포드 님 덕택이란다." 부화본부 국장이 중얼거렸다. "세상만사 태평이야."

"레니나 크라운은 어떤 여자냐고요?" 바지 지퍼를 올리면서 헨리 포스터가 기능 설정 보조원의 질문을 흉내 내듯 말했다. "그야 물론 대단한 여자죠. 탄력이 기가 막혀요. 그 여자를 상대해보지 못했다니, 놀랍군요."

"내가 왜 그녀를 가져보질 않았는지 나도 모르겠어요." 기능 설정 보조원이 말했다. "꼭 가져봐야 되겠어요. 기회만 생기면 당장요."

그들이 주고받던 얘기를 탈의실 통로 건너편에서 우연히 듣고 버나드 마르크스는 얼굴이 파랗게 질렸다.

"그리고 솔직히 얘기하면 말이에요." 레니나가 말했다. "날마다 오직 헨리만 바라보며 지내려니까 조금씩 싫증이 나기 시작했어요." 그녀는 왼쪽 스타킹을 끌어올렸다. "버나드 마르크스 알아요?" 그녀는 지나치게 자연스러운 체하려다가 오히려 억지스러워진 목소리로 물었다.

패니가 놀란 표정을 지었다. "그렇다면……?"

"그게 뭐가 잘못인가요? 버나드는 알파 플러스예요. 그뿐 아니라 그는 나더러 야만인 보호 구역으로 같이 가보자고 청하기까지 했어요. 난 그전부터 야만인 보호 구역이 보고 싶었거든요."

"하지만 그 남잔 평판이 좀 그렇잖아요?"

"평판 따위야 내가 알 게 뭐예요?"

"사람들 얘기를 들어보면 그 남잔 장애물 골프를 좋아하지 않는다고 그러더군요."

"사람들 얘기가 무슨 상관인가요." 레니나가 비웃었다.

"그런가 하면 그 사람은 외톨이라서, 대부분의 시간을 홀로 보낸대요." 패니의 목소리에는 공포감이 역력했다.

"하지만 나하고 같이 있게 되면 혼자가 아니잖아요. 그리고 여하튼 사람들은 왜 그 남자를 그토록 못살게 굴죠? 내가 보기엔 상당히 다정한 남자 같은데요." 어처구니없을 정도로 얼마나 그가 수줍어했었는지를 생각하며 그녀는 혼자 미소를 지었다. 마치 그녀가 세계 통제관이요 그는 감마 마이너스 기계공의 신분이기라도 한 것처럼 겁을 내지 않았던가.

"너희들 자신의 삶을 돌아보아라." 무스타파 몬드가 말했다.

"너희들 가운데 혹시 극복할 수 없는 장애물에 한 번이라도 봉착했던 사람이 있는가?"

그렇지 않다는 뜻으로 그들은 침묵을 지켰다.

"너희들 가운데 혹시 욕망을 의식하고 시달리면서 그것이 충족될 때까지 오랜 기간을 견디며 억지로 살아야 했던 사람은 없었나?"

"글쎄요……." 한 소년이 말문을 열고는 머뭇거렸다.

"어서 얘기해봐." 부화본부 국장이 말했다. "포드 님께서 기다리시게 하지 말고."

"저는 언젠가 어느 소녀가 저를 원할 때까지 거의 4주일을 기다려야만 했던 적이 있었습니다."

"그래서 그 결과로 강렬한 감정을 느꼈나?"

"끔찍했어요!"

"끔찍했다는 것, 바로 그거야." 통제관이 말했다. "우리 조상들이 얼마나 어리석고 근시안적이었는가 하면, 처음 개혁자들이 대두하여 그런 끔찍한 감정들로부터 해방을 시켜주겠노라고 나섰을 때, 그들은 전혀 아랑곳하지 않았어."

"마치 그녀가 무슨 고깃덩어리라도 되는 듯 얘기를 하는구나." 버나드는 이를 악물었다. "그 여자 여기를 맛보고, 저기를 즐기고. 마치 양고기처럼 말이야. 그녀를 양고기 정도로 몰락시키다니. 그녀는 생각해보겠다고 하고는, 이번 주일에 대답을 해주겠다고 약속했는데. 오, 포드 님이여, 포드 님이여, 포드 님이여." 버나드는 그들에게로 달려가서 면상을 냅다 갈기고 또 후려갈겨주고 싶었다.

"그래요, 정말 그 여자 한번 먹어볼 만해요." 헨리 포스터가 말했다.

"체외 생식體外生殖을 예로 들어보겠다. 피츠너와 가와구치는 모든 기술을 이미 개발해놓았다. 하지만 각국 정부가 그런 기술을 거들떠 보기나 했던가? 아니다. 기독교 사상이라는 것이 문제였지. 여자들 은 계속해서 억지로 모체 태생을 할 수밖에 없었다."

"그 사람 너무나 못생겼어요!" 패니가 말했다.

"하지만 난 인상이 꽤 마음에 들던데요."

"또 너무나 키가 작아요." 왜소함이란 너무나도 전형적인 하층 계 급의 흉측함을 상징했기 때문에 패니는 얼굴을 찡그렸다.

"난 그 사람이 작아서 오히려 상당히 정이 가던데요." 레니나가 말 했다. "어루만져주고 싶은 기분이 들 지경이죠. 알잖아요, 고양이처럼."

패니는 충격을 받았다. "사람들 얘기를 들어보니까 그가 아직 병 속 에 들어 있을 때 누가 실수를 해서, 그가 감마인 줄 알고는 대용 혈 액 속에 알코올을 넣었대요. 그래서 그렇게 발육이 안 됐다는군요."

"그게 무슨 말도 안 되는 소리예요!" 레니나가 격분했다.

"수면 학습이 사실상 영국에서는 금지되었어. 자유주의라는 것 때 문이었지. 무슨 집단인지 너희들은 잘 모르겠지만 어쨌든 의회라는 기관에서 그것을 반대하는 법을 통과시켰단다. 참고가 될 만한 기록 들이 남아 있지. 백성의 자유에 관한 연설들이 말이야. 비능률적이고 비참해질 수 있는 자유. 엉덩이에 뿔이 난 소처럼 살아가는 자유."

"하지만 내가 장담하겠는데, 당신도 환영이에요. 당신도 환영이라고요." 헨리 포스터가 기능 설정 보조원의 어깨를 두드렸다. "누가 뭐라고 해도 모든 사람은 만인의 공동 소유물이니까요."

'4년에 걸쳐 일주일에 3일 밤 동안 100번씩 반복되었지.' 최면 학습의 전문가인 버나드 마르크스는 생각했다. 6만 2,400번의 반복은 하나의 진리를 만든다. 백치들!

"신분 제도 역시 마찬가지였어. 끊임없이 제안하고, 끊임없이 거부당하고. 민주주의라고 하는 것이 있었기 때문이지. 마치 인간이 물리적으로 그리고 화학적으로 동등한 존재 그 이상은 아무것도 아니라는 진리를 알지도 못하는 듯 떠들어대기만 했으니 말이야."

"글쎄요, 난 그의 초청을 받아들이겠다는 얘기밖에는 못 하겠어요."

버나드는 그들을 증오하고, 또 증오했다. 하지만 그들은 둘이었고, 몸집이 컸으며, 힘으로는 당해낼 재간이 없었다.

"9년 전쟁은 포드 기원 141년에 시작되었다."

"비록 그의 대용 혈액 속에 알코올이 들어갔다는 얘기가 사실이더라도 마찬가지예요."

"포스겐,* 클로로피크린,** 요오드 아세트산에틸, 디페닐 청산화
비소青酸化砒素, 삼염화三鹽化 메틸, 클로로포름에이트, 황화黄化 디클
로로에틸이 동원되었다. 청산青酸은 말할 것도 없고."

"난 그 말을 절대로 믿을 수가 없어요." 레니나가 결론을 지었다.

"산개 대형散開隊形으로 발진하는 1만 4,000대의 비행기가 일으키
는 소음. 하지만 쿠르퓌르스텐담과 제8아롱디스망***에서는 비탈저
탄脾脫疽彈****의 폭발이 종종 봉투를 터뜨리는 소리보다 별로 크지
도 않았어."

"난 정말로 야만인 보호 구역을 보고 싶으니까요."

$CH_3C_6H_2(NO_2)_3 + Hg(CNO)_2$ = 글쎄, 뭐랄까? 땅바닥에 뚫린 거
대한 구멍, 돌무더기, 살점과 점액 몇 덩어리, 아직 군화를 그대로 신
은 발 하나가 공중으로 날아가서 주홍빛 양아욱 꽃들 한가운데 털썩

---

* 제1차 세계대전에 사용된 독가스
** 독가스, 살충제의 원료로 쓰임
*** 파리의 한 구역
**** 패혈증을 일으켜 죽게 만드는 폭탄

떨어졌다. 그 해 여름은 정말로 장관이었다!

"레니나는 희망이 없어요. 난 레니나한테 손들었어요."

"물의 공급원을 오염시키는 러시아의 기술이 특히 기발했어."

서로 등을 돌리고 패니와 레니나는 말없이 계속해서 옷을 갈아입었다.

"9년 전쟁, 경제의 대붕괴. 세계를 통제하느냐 아니면 파괴하느냐 양자택일이 이루어져야 했어. 안정이냐 아니면……."

"패니 크라운도 좋은 여자예요." 기능 설정 보조원이 말했다.

유아실에서는 '기초 계급의식' 강의가 끝났고, 목소리들은 미래의 소비량에 맞춰 미래의 산업 공급량을 조정하는 중이었다. "나는 비행을 좋아합니다." 목소리들이 조용히 속삭였다. "나는 비행을 좋아하고, 나는 새 옷을 좋아하고, 나는……."

"물론 자유주의는 비탈저탄으로 죽었지만, 그래도 강제로 일을 처리할 수가 없기는 마찬가지였지."

"레니나만큼 탄력은 없지만요. 그래요, 어림도 없죠."

"그리고 헌 옷은 누추합니다." 지칠 줄 모르는 속삭임이 계속되었다. "우리들은 항상 낡은 옷을 버립니다. 꿰매어 입기보다 버리는 편이 좋습니다. 꿰매어 입기보다 버리는 편이 좋습니다, 꿰매어 입기보다……."

"행정이란 앉아서 처리하는 일이지 주먹을 휘두르는 것이 아니다. 너희들은 두뇌와 엉덩이로 통치를 해야지, 주먹을 써서는 절대로 안 된다. 예를 들면, 소비 부담이라는 제도가 있었다."

"자, 난 준비가 끝났어요." 레니나가 말했지만 패니는 아무 말도 않고 딴청을 부렸다. "우리 화해해요, 패니."

"모든 남자, 여자, 아이는 해마다 일정한 양을 소비할 의무가 있었지. 산업을 위해서 말이다. 거기에서 얻어진 결과라고는……."

"꿰매어 입기보다는 버리는 편이 좋습니다. 많이 꿰매면 꿰맬수록 그만큼 더 가난하고, 많이 꿰매면 꿰맬수록 그만큼……."

"그러다가 언젠가는 난처한 꼴을 당할 거예요." 불길한 표정으로 패니가 힘주어 말했다.

"양심적인 집단의 반발이 엄청난 규모로 이루어졌다. 아무것도 소비하지 않겠다는 반발이었지. 자연으로 돌아가자고."

"나는 하늘을 날고 싶어요. 나는 비행을 정말로 좋아해요."

"문화를 되찾으려고 했지. 그래, 실제로 문화를 되찾겠다고 말이다. 가만히 앉아서 책만 읽는다면 소비를 많이 하기가 어려워."

"나 괜찮아 보여요?" 레니나가 물었다. 그녀의 상의는 짙은 초록색 인견이었고, 옷깃과 소맷자락에는 초록색 인조견사가 달려 있었다.

"소박한 삶을 지향하는 800명의 사람들이 골더스 그린에서 기관총 사격을 받고 추풍낙엽처럼 쓰러졌어."

"꿰매어 입기보다는 버리는 편이 좋습니다. 꿰매어 입기보다는 버리는 편이 좋습니다."

초록색 코듀로이 반바지에, 흰 인조견 모직 스타킹이 무릎 아래로 내려와 있었다.

"이어서 유명한 영국 박물관 대학살이 벌어졌지. 2,000명의 문화 애호가들이 황화 디클로로에틸 가스로 처형을 당했다."

레니나는 초록과 흰색이 어우러진 승마용 모자를 깊이 눌러 쓰고, 잔뜩 윤을 낸 밝은 초록빛 구두를 신었다.

"결국 통제관들은 강제로 시켜봤자 아무 소용이 없다는 사실을 깨달았다." 무스타파 몬드가 말했다. "훨씬 시간이 많이 걸리기는 하지만 대단히 확실한 체외 생식과 신 파블로프 습성 훈련과, 최면 학습이라는 방법들은……."

그리고 레니나는 은박을 입힌 초록색 대용 염소 가죽 허리띠를 탄띠처럼 허리에 둘렀는데, (그녀는 불임성 쌍태 여성이 아니었으므로) 허리띠에는 정기적으로 배급해주는 피임약이 가득 들어 있었다.

"피츠너와 가와구치가 발견한 생식 기술이 드디어 사용되었다. 모체 태생을 반대하는 본격적인 선전 활동이……."

"완벽해요!"

패니가 흥분해서 소리쳤다. 그녀는 레니나의 매력에 더 이상 저항할 수가 없었다. "정말로 완벽하고 아름다운 맬서스°식 허리띠예요!"

"그와 더불어 과거를 반대하는 운동과, 박물관들의 폐쇄와, (9년 전쟁 동안 다행히도 대부분 이미 파괴되었지만) 역사적인 기념물들의 폭파와, 포드 기원 150년 이전에 출판된 모든 책들에 대한 탄압이 병행되었다."

"나도 그런 걸 하나 꼭 구해야겠어요." 패니가 말했다.

"예를 들면, 피라미드라는 건축물이 있었지."

"내가 착용하는 낡은 탄띠식 검정 에나멜 멜빵은……."

"그리고 셰익스피어라는 사람이 있었지. 물론 너희들은 그런 얘기를 들어보지도 못했겠지만."

"창피해 죽겠어요. 내 멜빵 말이에요."

● 『인구론』을 쓴 영국의 경제학자

"참된 과학적인 교육의 혜택이었지."

"많이 꿰매면 꿰맬수록 그만큼 더 가난하고, 많이 꿰매면 꿰맬수록 그만큼……."

"포드 님의 T형 자동차가 처음 등장한 시기*를……."

"난 그걸 거의 석 달 동안이나 찼다고요."

"새로운 시대가 시작된 기원으로 결정했다."

"꿰매어 입기보다는 버리는 편이 좋습니다. 꿰매어 입기보다는 버리는 편이……."

"아까도 얘기했지만 기독교 사상이라는 것이 있었다."

"꿰매어 입기보다는 버리는 편이 좋습니다."

"소비 미달의 윤리성과 철학은……."

---

* 1908년

"나는 새 옷을 좋아하고, 나는 새 옷을……."

"생산 미달의 시대에는 분명히 필수적이었지만, 기계와 질소 고정의 시대에는 분명히 사회에 대한 범죄가 된다."

"헨리 포스터한테서 선물로 받은 거예요."

"모든 십자가는 윗부분을 잘라버려서 T 자가 되게 했다. 또한 신이라는 개념도 있었다."

"진짜 대용 염소 가죽이에요."

"우리들은 이제 세계국을 이루었다. 그리고 포드의 날을 기념하는 행사들과 공동체 찬가와, 단체 예배식이 생겨났다."

'정말이지 난 저들이 너무나 밉다!' 버나드 마르크스가 생각했다.

"천국이라는 개념도 있었지만, 그럼에도 불구하고 어쨌든 사람들은 굉장히 많은 양의 술을 마셨다."

'고깃덩이처럼, 온통 고깃덩이뿐이라는 것처럼.'

"영혼 그리고 불멸이라는 개념도 있었다."

"그걸 어디서 구했는지 헨리에게 꼭 물어봐줘요."

"하지만 사람들은 모르핀과 코카인을 복용했다."

'그리고 더욱 한심한 건 그녀도 스스로 자신이 고깃덩이라고 생각
한다는 사실이야.'

"2,000명의 약학자藥學者들과 생화학자들은 포드 기원 178년에
보조금을 받았어."

"저 친구 심통이 난 표정이군요."
기능 설정 보조원이 버나드 마르크스를 손으로 가리키며 헨리 포
스터에게 말했다.

"6년 후에 그것은 상업적으로 대량 생산이 되었다. 완벽한 약이."

"우리 저 친구 골탕 좀 먹일까요?"

"도취제, 최면제, 유쾌한 환각제."

"뿔이 났군요, 마르크스, 뿔이 났어요." 어깨를 탁 치는 바람에 깜짝 놀라서 그가 머리를 들었다. 짐승 같은 헨리 포스터였다. "당신한테 필요한 건 소마 한 알이죠."

"기독교 사상과 술의 모든 이점을 지녔지만 결점은 하나도 없어."

'포드 님이여, 나는 저자를 죽여버리고 싶습니다!'
생각은 그렇게 했지만 버나드 마르크스는 "아뇨, 감사합니다"라고 말하고는 상대방이 내민 알약 통을 물리쳤을 뿐, 아무런 행동도 취하지 않았다.

"원한다면 언제라도 현실로부터 떠나 휴식을 취하고, 두통이나 헛된 관념에 시달리지 않고 다시 돌아올 수 있어."

"받아요." 헨리 포스터가 부추겼다. "어서 받으라고요."

"안정은 실질적으로 확보되었다."

"1세제곱센티미터의 양이면 열 가지 침울한 기분이 물러가요." 최면 학습에서 얻은 어설픈 한낱 지혜를 들먹이며 기능 설정 보조원이 말했다.

"노쇠 현상을 정복하는 과제만이 남았다."

"망할 자식, 이 망할 자식!" 버나드 마르크스가 소리쳤다.

"이런, 이런."

"생식선生殖腺 호르몬, 젊은 피의 수혈, 마그네슘염……."

"그리고 욕설을 퍼붓는 것보다는 1그램이 더 좋다는 걸 잊지 말아요." 그들은 웃어대며 밖으로 나갔다.

"노쇠에 따른 모든 생리학적인 징후가 제거되었다. 그리고 그와 더불어 물론……."

"맬서스 허리띠 얘기를 잊지 말고 그 사람에게 꼭 물어봐요." 패니가 말했다.

"그와 더불어 노인의 모든 정신적인 특징들도 제거되었다. 평생 동안 개성들은 변함이 없다."

"……날이 저물기 전에 난 장애물 골프를 두 차례 쳐야 해요. 어서 서둘러야 해요."

"일하거나, 놀거나—나이 예순에도 우리들의 힘과 취향은 열일곱
살 때나 마찬가지다. 고생스러웠던 옛날에는 노인들이 자포자기를
하고, 은퇴하고, 종교에 의지하고, 독서를 하거나 사색하면서, 그렇
다, 사색이라는 걸 하면서 시간을 보내고는 했다!"

"한심한 멍청이들, 돼지 같은 놈들이야!" 승강기를 향해 복도를 걸
어가면서 버나드는 혼잣말을 했다.

"이제는 어찌나 크나큰 발전이 이루어졌는지 노인들도 일을 하고,
성행위를 하고, 가만히 앉아서 생각에 잠길 짬을 낼 틈도 없고, 쾌락
이외의 시간이나 여유를 짜낼 수가 없으며, 어쩌다가 불운한 우발적
상황으로 오락으로 꽉 짜인 그들의 생활에 그런 시간의 공백이 생
겨난다고 해도, 그럴 때는 항상 진미의 소마가 마련되어 있어서, 반
공일을 위해서는 2분의 1그램, 주말을 위해서는 1그램, 화려한 동양
으로의 여행을 위해서는 2그램, 그리고 달나라에서 어둠의 영원성
을 누리기 위해서는 3그램만 복용하면 그만이지. 그런 휴식에서 돌
아오고 나면 그들은 공백을 극복해서 견고한 땅을 밟고 안전하게,
날마다 일을 하거나 오락을 즐기고, 촉감 영화를 찾아다니며 구경하
고, 발랄한 여자들을 즐기고, 전자 골프까지도……."

"저리 비켜, 이 계집애야!" 부화본부 국장이 화가 나서 소리쳤다. "저리 비켜, 이 꼬마 녀석아! 너희들은 포드 님이 바쁘시다는 걸 보면 모르겠느냐? 성적인 유희는 다른 곳에 가서 해."

"아이들이 귀찮게 구는 것쯤은 참아야지!" 통제관이 말했다.

천천히, 꿋꿋하게, 은은하게 기계 소리가 윙윙거리면서 운반대들은 한 시간에 33센티미터씩 앞으로 나아갔다. 붉은 어둠 속에서 무수한 유리병들이 반짝였다.

제4장

1

승강기는 알파 탈의실에서 나온 남자들로 만원이었고, 레니나가 들어서자 많은 사람들이 친근하게 머리를 끄덕이거나 미소로 인사를 했다. 그녀는 인기가 높아서 그들 거의 모두와 한 번씩은 밤을 같이 보낸 적이 있었다.

그들의 인사에 답례를 보내면서 그녀는 모두가 사랑스러운 청년들이라고 생각했다. 매력 있는 청년들이지! 그렇기는 해도 그녀는 조지 에드젤의 귀가 그렇게까지 크지 않았더라면 좋았겠다는 생각이 들었다. (어쩌면 그는 328미터에서 부갑상선 주사가 약간 과잉 주입되었는지도 모를 일이었다.) 그리고 베니토 후버를 보자 그녀는 옷을 다 벗은 그의 온몸에 난 무성한 털이 자꾸만 눈앞에 어른거렸다.

베니토의 곱슬거리는 시커먼 털이 생각나서 침울해진 그녀는 시선을 돌렸는데, 한쪽 구석에서 버나드 마르크스의 우울한 얼굴과 자그마하고 야윈 모습이 눈에 띄었다.

"버나드!" 그녀는 그에게로 다가갔다. "당신을 찾던 참이었어요."
그녀의 낭랑한 목소리가 상승 중인 승강기의 나지막한 소음보다 훨씬 크게 울렸다. 무슨 일인가 싶어서 다른 사람들이 그녀에게로 고개를 돌렸다.

"우리들이 얘기했던 뉴멕시코 계획에 대해서 당신하고 의논을 좀 하고 싶어서요."

그녀는 입이 딱 벌어진 베니토 후버를 힐끗 곁눈질해 보았다. 그의 놀란 표정이 비위에 거슬렸다. '저하고 같이 놀자고 내가 또 애걸하지 않아서 놀란 모양이로군!' 그녀는 속으로 생각했다. 그래서 그녀는 더 큰 소리로, 아까보다 훨씬 다정하게 말을 이었다.

"7월에 일주일 동안 당신하고 같이 여행할 생각을 하니 정말 기뻐요." (어쨌든 그녀는 헨리 한 남자에게만 자신이 집착하지 않는다는 사실을 지금 만천하에 공공연하게 증명하고 있는 셈이었다. 아무리 버나드가 한심한 상대이기는 해도 패니가 틀림없이 기뻐할 일이었다.) "그러니까 당신이 아직도 나를 가지고 싶은 생각이 있다면 말예요."

레니나는 지극히 감미롭고도 의미심장한 미소를 그에게 지어 보였다.

버나드의 창백한 얼굴이 화끈 달아올랐다. '도대체 왜 저럴까?' 그녀는 의아한 생각이 들었지만, 그러면서도 그녀의 매력에 대해 남자가 드러내는 이런 희한한 반응에 마음이 흐뭇했다.

"우리 그런 얘기는 어디 다른 곳으로 가서 하는 게 좋지 않을까요?"

무척이나 거북해하면서 그가 말을 더듬었다.

'마치 내가 무슨 충격적인 얘기라도 한 것처럼 그러네.' 레니나는 생각했다. '내가 어머니가 누구냐고 묻거나 뭐 그런 지저분한 농담을 했더라도 저렇게까지 당황할 필요는 없는데.'

"내 얘긴, 이렇게 사람들이 잔뜩 있는 자리에서……." 그는 너무 혼란스러워서 말문이 막혔다.

레니나의 웃음은 솔직하고 전혀 악의가 없었다. "당신 정말 우스워요!" 그를 우습다고 한 레니나의 말은 진심이었다. "당신은 적어도 일주일쯤은 여유를 두고 저한테 연락해주시겠죠?" 그녀는 어조를 바꾸어 말을 이었다. "우린 '청색 태평양 호' 로켓을 타고 가겠죠? 그 로켓이 채링* T 타워에서 출발하나요, 아니면 햄프스테드** 에서 떠나나요?"

버나드가 미처 대답도 하기 전에 승강기가 멈춰 섰다.

"옥상입니다!" 삑삑거리는 듯한 목소리가 외쳤다.

승강기 안내원은 키가 작고 원숭이처럼 생긴 사람으로, 엡실론 마이너스 반백치의 제복인 검정색 통옷 차림이었다.

---

* 런던 중심부에 있는 번화한 광장
** 런던 서북부의 높은 지대로 공공 유원지

"옥상입니다!"

안내원이 문을 활짝 열었다. 따스하고 찬란한 오후 햇살이 쏟아져 들어오자 그는 흠칫 놀라 눈을 깜박였다. "아, 옥상이로군요!" 그는 환희하는 듯한 목소리로 되풀이해서 말했다. 그는 마치 어둡고도 숨 막히는 몽롱한 상태에서 오랜만에 갑자기 깨어난 듯 즐거워했다. "옥상이라고요!"

그는 기대에 차서 무엇인가를 기다리는 개를 연상시키는 표정으로 승강기에 탄 사람들의 얼굴을 올려다보며 미소를 지었다. 함께 웃고 떠들며 그들은 환한 바깥으로 나섰다. 승강기 안내원은 그들의 뒷모습을 지켜보았다.

"옥상인가요?" 그는 질문을 하듯 다시 한 번 말했다.

그러자 종이 울리더니, 승강기의 천장에 달린 확성기가 아주 부드러우면서도 위압적인 목소리로 명령을 내렸다.

"내려갑니다." 확성기가 말했다. "내려갑니다. 18층으로. 내려갑니다, 내려갑니다. 18층으로. 내려갑니다, 내려……."

승강기 안내원이 문을 쾅 닫고 단추를 누르고는, 윙윙거리기 시작하는 침침한 수직 통로 속으로, 그에게 익숙해진 일상적인 몽롱함 속으로 다시 내려갔다.

옥상은 따스하고 눈부셨다. 여름날 오후, 지나가는 헬리콥터들의 나지막한 소음은 나른한 졸음을 불러왔고, 눈에 보이지는 않았지만 5킬로미터쯤 되는 상공에서 빠른 속도로 날아가는 로켓 비행기들이 우르릉대며 내는 묵직한 소음은 아늑한 하늘을 어루만지는 기분을 느끼게 했다. 버나드 마르크스는 심호흡을 했다. 그는 하늘과 둥글고 푸른 지평선을 올려다보고, 마침내 레니나의 얼굴로 시선을 돌렸다.

"정말로 아름답군요!" 그의 목소리가 약간 떨렸다.

그녀는 크게 공감하고 이해하는 표정으로 그에게 미소를 지었다. "장애물 골프를 즐기기에는 더할 나위 없이 좋은 날씨예요." 그녀가 황홀한 목소리로 말했다. "그리고 이제 난 서둘러 비행기를 타야 해요, 버나드. 기다리게 하면 헨리가 화를 내거든요. 날 만날 생각이라면 시간을 충분히 두고 연락해줘요." 그러고는 손을 흔들며 넓고 평평한 옥상을 가로질러 격납고 쪽으로 뛰어갔다. 버나드는 가만히 서서 그녀의 뒷모습을 지켜보았다. 별처럼 반짝이는 하얀 스타킹과 햇볕에 탄 두 무릎이 활기차게 굽혔다가 펴지고, 또다시 굽혔다가 펴지기를 반복하면서 멀어져 갔다. 그녀의 짙은 초록색 상의 밑에서는, 코듀로이 반바지가 터져 나갈 듯 탐스러운 엉덩이가 부드럽게 씰룩이며 율동을 했다. 그의 얼굴에 고통스러운 표정이 나타났다.

"저 여자가 예쁘다는 건 나도 인정하겠어요." 바로 등 뒤에서 쾌활한 목소리가 큰 소리로 말했다.

버나드는 깜짝 놀라서 뒤를 돌아다보았다. 베니토 후버의 불그레하고 통통한 얼굴이 그를 내려다보면서 빙그레 웃고 있었는데, 예의를 갖추려는 태도가 역력히 드러나는 그런 미소였다. 베니토는 성격이 지나치게 선량하기로 널리 소문이 난 사람이었다. 사람들은 그를 소마라고는 전혀 입에 대지 않고도 한평생을 무난히 살아갈 수 있는 남자라고 말했다. 다른 사람들이 어떻게 해서든지 벗어나려고 기를 쓰는 원한이나 나쁜 감정들은 전혀 그를 괴롭히지 않았다. 베니토에게는 현실이 항상 밝기만 했다.

"발랄하기도 하고. 그리고 얼마나 대단한가요!" 그러더니 어조를 바꾸어서 그가 말을 이었다. "하지만 당신은 무척이나 처량해 보이는군요! 당신 아무래도 소마 한 알이 필요하겠어요." 베니토는 오른쪽 바지 호주머니를 뒤져서 작은 약병을 하나 꺼냈다. "1세제곱센티미터의 양이면 열 가지 침울한 기분이 물러가요……. 정말이라고요!"

버나드는 갑자기 몸을 돌려 달아나버렸다.

베니토는 그의 뒷모습을 물끄러미 쳐다보았다. '저 친구는 왜 저럴까?' 그는 의아한 생각이 들었으나, 저 불쌍한 친구의 대용 혈액에 알코올이 들어갔다는 얘기가 정말인 모양이라고 판단하고는 머리를 설레설레 흔들었다. "아마 두뇌에 영향을 주었나 봐."

그는 소마 병을 집어넣고, 성호르몬 껌 통을 꺼내 한 개를 입속으로 집어넣고는 무엇인가 곰곰이 생각하며 격납고 쪽으로 천천히 걸어갔다.

레니나가 도착했을 때 헨리 포스터는 격납고에서 헬리콥터를 벌써 끌어내고 조종석에 앉아서 기다리던 참이었다.

"4분 늦었어요." 그녀가 옆자리로 올라오는 사이에 그가 한 말은 이것이 전부였다. 그는 헬리콥터에 시동을 걸고 추진기의 기어를 넣었다. 헬리콥터가 수직으로 총알처럼 솟아올랐다. 헨리가 속력을 올리자, 말벌처럼 붕붕거리던 프로펠러의 소음이 나나니벌처럼 고음으로 바뀌더니 다시 모기 소리로 변했다. 속도계는 그들이 분속分速 2킬로미터의 최고 속도*로 상승하고 있음을 보여주었다. 그들의 발밑에서 런던이 점점 작아졌다. 거대한 탁자 표면처럼 보이던 건물 옥상들은 몇 초 사이에 기하학적인 버섯 크기로 줄어들어서 푸른 공원과 꽃밭들 사이로 무늬를 수놓았다. 그 한가운데서 눈부시게 빛나는 콘크리트 원반을 하늘로 떠받친 채링 T 타워가 가늘고 키가 큰 곰팡이 기둥처럼 솟아올랐다.

뭉클뭉클 살찐 허리통까지만 대충 만들어놓은 옛날 운동선수들의 조각상처럼 거대한 구름들이 그들 머리 위 푸른 하늘에서 흐느적거렸다. 구름들 사이로 갑자기 붕붕거리는 소음을 내며 작은 주홍빛 곤충 한 마리가 떨어져 나왔다.

"적색 로켓이에요." 헨리가 말했다. "방금 뉴욕에서 들어온 모양이로군요." 그러고는 시계를 보았다. "7분 연착했네요." 그는 고개를 저으며 덧붙여 말했다. "대서양의 교통편들 말이에요. 정말로 한심하게 시간을 안 지켜요."

---

* 원문에 이렇게 되어 있으나 저자는 초속을 생각했던 것 같음

그는 가속기에서 발을 떼었다. 머리 위에서 윙윙거리던 추진기의 소음이 한 옥타브 반쯤 떨어져 다시 나나니벌과 말벌을 거쳐 땅벌로, 떡갈잎풍뎅이로, 사슴벌레로 바뀌었다. 헬리콥터가 위로 치솟던 추진력이 늦춰지고, 잠깐 동안 그들은 꼼짝도 못하고 공중에 매달려 있었다. 헨리가 조종간을 한 칸 밀자 덜컥 소리가 났다. 처음에는 천천히, 그러다 더 빨리, 그들의 눈앞에서 프로펠러가 회전하기 시작하더니, 곧 동그란 안개처럼 보였다. 버팀줄에서는 수평으로 날아가는 속도 때문에 바람이 더욱 날카롭게 울렸다. 헨리는 회전계에서 눈을 떼지 않았고, 바늘 눈금이 1,200에 이르자 헬리콥터 추진기의 기어를 풀었다. 헬리콥터는 자체의 날개판만으로도 충분히 날아갈 만큼 추진력을 얻었다.

레니나는 발밑에 있는 바닥 창문을 통해 아래를 내려다보았다. 그들은 런던 중심부를 벗어나 위성 교외 지역으로 진입해 첫 번째 환형 공원에서 6킬로미터 지점의 상공을 날아가고 있었다. 푸른 풀밭의 생명체들이 까마득히 멀어서 구더기들처럼 보였다. 촘촘히 들어선 내쏘고 치기 탑들이 나무들 사이에서 반짝였다. '양치기의 숲 Shepherd's Bush' 근처에서는 2,000쌍의 베타 마이너스 혼성 복식조가 정구를 치고 있었다. 에스컬레이터 파이브스Fives* 구장들이 두 줄로 간선도로를 따라 노팅힐에서 윌스덴까지 늘어섰다. 일링 경기

---

* 손이나 배트로 공을 벽에 치며 하는 경기

장에서는 델타 체조 시범과 공동체 노래가 진행되는 중이었다.

"황갈색은 정말 흉측한 색깔이에요." 레니나가 그녀의 신분 계급이 받은 최면 학습에서 습득한 편견을 드러내며 한마디 했다.

하운슬로 촉감 영화 제작소 건물들은 7.5헥타르에 걸쳐 자리를 잡고 있었다. 영화사 근처에는 검정과 황갈색 차림의 근로자 대집단이 서부대로의 지면에 유리를 다시 입히느라 바빴다. 그들이 상공을 비행하는 사이에 밑에서는 거대한 이동 저장고 하나가 용액을 쏟아냈다. 녹은 광석이 도로를 가로질러 눈부신 백열白熱을 뿜으며 줄줄 흘러갔고, 지면을 고르는 석면 기계들이 이리저리 돌아다녔다. 절연 살수차의 꽁무니에서는 흰 구름처럼 수증기가 피어올랐다. 브렌트퍼드에서는 텔레비전 회사의 공장이 하나의 작은 도시처럼 보였다.

"교대 시간인가 봐요." 레니나가 말했다.

초록빛 감마 여자들과 검정 반백치들이 진딧물과 개미들처럼 입구 주변에 잔뜩 모여 서성거리거나 통근 전차를 타려고 차례를 기다리며 줄지어 서서 기다렸다. 오디빛의 베타 마이너스들은 군중 속에서 오락가락했다. 본부 건물의 옥상은 착륙하거나 떠나가는 헬리콥터들로 분주했다.

"정말이에요." 레니나가 말했다. "내가 감마로 태어나지 않은 게 얼마나 다행인지 모르겠어요."

10분 후에 그들은 스토크 포지스에 도착해서 장애물 골프 첫 경기를 시작했다.

2

버나드는 거의 줄곧 눈을 내리깔고, 어쩌다가 같은 계급의 사람들과 시선이 마주치면 남들이 눈치채지 못하게 재빨리 얼굴을 돌리며 서둘러 옥상을 가로질러 갔다. 그는 마치 누군가에게 추적을 당하는 것처럼 보였다. 혹시 자신을 미워하는 적들을 실제로 만나면 상상했던 것보다 그들이 훨씬 더 가혹하게 느껴질지도 모르고, 그러면 자신이 더욱 죄의식을 느끼고 주체할 수 없을 정도로 외톨이가 된 기분이 들 것 같아, 그는 자꾸만 도망을 쳤다.

"베니토 후버는 흉악한 놈이야!"

그렇지만 그는 악의가 있어서 그랬던 것은 아니었다. 어떻게 생각하면 그래서 훨씬 더 기분이 나빴다. 선의를 보이는 사람들은 악의를 품은 사람들과 똑같이 행동했다. 레니나까지도 그에게 고통을 주었다. 그는 소심한 자신이 그녀에게 접근할 용기가 언제 생길지 따져보고 갈망하고 절망하며 우유부단하게 보낸 여러 주일이 머리에 떠올랐다. 경멸에 찬 그녀의 거절로 인해 모욕을 당할지도 모르는 모험을 감수할 용기가 과연 그에게 있었던가? 하지만 만일 그녀가 좋다고 한다면, 얼마나 벅찬 황홀감을 맛보게 될 것인가! 그렇다. 이제 그녀에게서 동의를 받은 셈인데, 그럼에도 불구하고 그는 여전히 비참한 기분이었다. 그녀가 지금이 장애물 골프를 치기에 더할 나위 없이 좋은 오후라고 말했기 때문에 비참했으며, 그녀가 헨리 포스터와 만나려고 가버렸기 때문에 비참했고, 두 사람 사이의 지극히 개인적인 일을 다른 사람들 앞에서 입에 올리길 원하지 않았다고 해서 그녀가 그를 우습게 생각했기 때문에 비참했다. 간단히 얘기하면, 그녀가 어떤 다른 비정상적이고 별난 행동을 했기 때문이 아니라, 모든 건전하고 올바른 영국 여자답게 행동했기 때문에 그는 비참했다.

그는 개인 격납고의 문을 열고는 빈둥거리던 델타 마이너스 심부름꾼 두 명을 불러 그의 헬리콥터를 옥상으로 끌어내라고 시켰다. 격납고 근무는 단 하나의 보카노프스키 집단이 맡았는데, 그들은 모두가 작고 검고 흉측한 쌍둥이들이었다. 버나드는 자신의 우월성에 대해서 별로 확신이 서지 않는 사람처럼 신경질적이고 상당히 교만하며 불쾌감을 주기까지 하는 어조로 명령을 내렸다. 버나드에게는 하급 신분의 사람들을 다루는 일이 무엇보다도 부담스러웠다. (사고란 언제든지 일어나게 마련이어서, 그의 대용 혈액에 알코올이 들어갔다는 최근의 소문은 사실일 가능성도 상당히 많았지만) 이유야 어쨌든 간에 버나드의 체격은 평균치 감마보다 별로 나을 바가 없었다. 그의 키는 표준 알파보다 8센티미터가 모자랐으며 몸집이 훨씬 호리호리했다. 하급 신분의 사람들과 접촉할 때면 그는 항상 이런 신체적인 결함을 의식하며 괴로워했다. "나는 이런 남자이고, 지금의 내가 싫다"는 그의 자아의식은 쓰라린 절망을 안겨주었다. 어느 델타를 만나서 얼굴을 내려다보는 것이 아니라 같은 높이에서 마주

볼 때마다 그는 수치심을 느꼈다. 과연 상대방이 그의 신분에 맞는 존경심을 느끼며 그를 대할 것인가? 이 질문이 그의 머릿속에서 떠나지 않았다. 그럴 만도 했다. 감마들과 델타들과 엡실론들은 사회적인 우월성을 어느 정도까지는 육체의 크기와 결부지어 연상하도록 길이 들었기 때문이다. 사실상 큰 체구를 중요시하는 최면 학습의 편견은 미약하게나마 만인이 지니게 된 속성이었다. 그래서 그가 접근했던 여자들이 그를 보고 웃었으며, 그와 동등한 사람들 사이에서는 같은 이유로 짓궂은 농담이 오고 갔다. 조롱은 그를 외톨이 같은 기분이 들게 했고 행동 또한 외톨이처럼 변하게 했다. 이로 인해 그에 대한 편견이 굳어졌고, 그의 신체적인 결함으로 야기된 경멸과 적대감은 더욱 심해졌으며, 이방인 같다는 그의 인식도 자꾸만 강해졌다. 무시를 당하리라는 만성적인 걱정은 그에게 동등한 계급의 사람들을 회피하게 하고 자기보다 열등한 자들 앞에서는 더 의식적으로 위엄을 갖추려고 애쓰게 만들었다. 그가 헨리 포스터와 베니토 후버 같은 남자들을 얼마나 괴로울 만큼 부러워했던가! 엡실론이 명령에 복종하도록 만들기 위해 소리를 지를 필요가 전혀 없는 남자들, 자신의 신분을 당연하다고 생각하는 남자들, 신분 조직 속에서 물 만난 고기처럼 자유롭게 행동하면서, 어찌나 자연스러운지 그들 자신이나 그들이 살아가는 환경이 편안하고 즐겁다는 사실을 의식조차 못 하는 사람들.

헬리콥터를 옥상으로 끌어내는 쌍둥이 심부름꾼들이 그의 눈에는 마지못해서 태만하게 억지로 지시를 따르는 듯 보였다.

"빨리 해!" 버나드가 짜증을 부리며 말했다. 한 사람이 그를 힐끗 쳐다보았다. 그의 멍청한 회색 눈에서 방금 일종의 야수 같은 조롱이 스쳐 지나갔던가? "어서 하라니까!" 더욱 큰 소리로 외치는 그의 목소리가 추악하게 날카로워졌다.

그는 헬리콥터로 기어 올라갔고, 잠시 후 강을 향해서 남쪽으로 날아갔다.

갖가지 선전국들과 감정공학 대학이 플리트가*의 60층짜리 건물 하나에 다 들어가 있었다. 지하층과 그 아래쪽 여러 층에는 상류 계급 신문 「라디오 시보時報」와 연두색 「감마 가제트」, 그리고 황갈색 종이에 한 음절짜리 단어로만 이루어진 「델타 미러」 이렇게 3대 런던 신문의 인쇄소와 사무실이 자리를 잡았다. 다음에는 텔레비전, 촉감 영화, 합성 음향과 음악을 매개체로 삼는 각종 선전국이 22층까지 차지했다. 그 위로는 녹음 작가들과 합성 음악 작곡가들이 세밀한 작업을 하도록 방음 시설을 갖춘 방들과 연구 실험실들이 있었다. 꼭대기 18층에는 감정공학 대학이 들어서 있었다.

버나드는 선전 본부의 옥상에 착륙한 다음 헬리콥터에서 내렸다.

"헬름홀츠 왓슨 씨에게 연락해서 버나드 마르크스가 옥상에서 기다린다고 전해." 그는 감마 플러스 짐꾼에게 명령한 뒤 자리를 잡고

---

* 런던 언론계의 중심 거리. 영국의 주요 신문사가 밀집해 있음

앉아 담배에 불을 붙였다.

전갈이 내려왔을 때 헬름홀츠 왓슨은 글을 쓰고 있었다.

"당장 올라가겠다고 전해." 그가 말하고는 전화를 끊었다. 그러더니 비서에게로 돌아서서 "내 물건들을 치워줘요"라고 변함없이 사무적이고 냉정한 어조로 말했다. 헬름홀츠는 여비서의 환한 미소를 무시하고 몸을 일으켜 활기차게 문으로 걸어갔다.

그는 몸집이 건장한 남자였으며, 두툼한 가슴에 어깨가 딱 벌어졌고, 체구가 육중하면서도 동작은 탄력성 있게 빠르고 민첩했다. 그의 목은 아름답게 생긴 머리를 튼튼하고 둥근 기둥처럼 떠받치고 있었다. 검은 곱슬머리에 인상이 뚜렷했다. 그는 힘차고 강인한 매력이 넘쳤으며, 그의 비서가 입에 침이 마르도록 자꾸만 되풀이하던 말대로, 어느 구석으로 보나 철저한 알파 플러스였다. 그의 직업은 감정공학 대학의 (문예창작과) 강사였으며, 교육 활동을 하는 틈틈이 감정공학자로 일했다. 그는 「라디오 시보」에 정기적으로 글을 기고했으며, 촉감 영화의 대본을 만들었고, 최면 학습을 위한 시와 표어를 써내는 등 재능을 한껏 발휘하는 인물이었다.

"유능함"이 그에게 내린 상관들의 일관된 평가였다. (그리고 그들은 보통 머리를 설레설레 흔들고는 의미심장하게 목소리를 낮추었다.) "약간 지나치게 유능하다는 게 걱정이지만."

그렇다, 약간 지나치게 유능하다는 그들의 말이 옳았다. 헬름홀츠 왓슨의 경우에는 정신적인 과잉 능력이 버나드 마르크스의 신체적인 결함이 남긴 결과와 비슷한 영향을 주었다. 버나드는 뼈와 근육이 너무 빈약해서 같은 계급의 사람들로부터 고립되었고, 최근의 기준에 따르면 이런 소외감은 정신적인 과잉 상태나 마찬가지여서 더 큰 괴리의 원인이 되었다. 반면 헬름홀츠로 하여금 거북할 정도로 자신을 의식하고 혼자뿐이라는 기분을 느끼게 만드는 원인은 지나치게 넘치는 능력이었다. 두 남자가 가진 공통점은 그들이 혼자라는 인식이었다. 하지만 신체적인 결함으로 인해 버나드가 혼자라는 의식에 평생 시달려온 반면에, 헬름홀츠 왓슨은 비교적 최근에 와서야 자신의 정신적인 과잉 상태를 점점 의식하면서 주변 사람들로부터 이질감을 느끼게 되었다. 에스컬레이터 스쿼시 공놀이의 명수이자, (4년도 안 되는 사이에 640명의 다른 여자들을 섭렵했다고 소문이 날 정도로) 지칠 줄 모르는 호색가였고, 위원회의 우수한 회원이며 사람들과 지극히 잘 어울리는 이 남자는 운동과 여자와 단체 활동 따위가 그의 인생에서 최고의 가치가 아니라는 인식을 갑작스럽게 깨달았다. 마음속 깊은 곳에서 그는 다른 무엇인가를 추구했다. 하지만 그것이 무엇일까? 무엇일까? 이 문제를 놓고 그와 의논하기 위해 버나드가 찾아온 것인데, 의논이라고는 하지만 얘기는 항상 헬름홀츠가 도맡아서 했기 때문에 사실 그는 친구의 주장을 들어주기만 하려고 찾아왔다는 표현이 더 정확하겠다.

헬름홀츠가 승강기에서 내리려는데, 합성 목소리 선전국 소속의 매혹적인 세 여자가 미리 나와서 기다리다가 앞을 가로막았다.

"아, 사랑하는 헬름홀츠, 우리들하고 엑스무어*로 가서 저녁 식사나 같이해요." 여자들이 애걸하며 그에게 매달렸다.

그는 고개를 저으며 그들을 밀치고 지나갔다. "싫어요, 싫어요."

"우린 다른 남자는 한 명도 초청하지 않을 거예요."

하지만 헬름홀츠는 이런 즐거운 유혹에도 불구하고 계속 요지부동이었다. "싫어요." 그가 되풀이해서 말했다. "난 바빠요." 그리고 그는 고집스럽게 나아갔다. 여자들이 그의 뒤를 따라갔으나 그가 버나드의 헬리콥터로 올라가 문을 쾅 닫은 다음에야 그들은 추적을 포기했다. 물론 잔소리가 뒤따르기는 했지만.

"여자들은 골치 아파요!" 헬리콥터가 공중으로 솟아오르는 사이에 그가 말했다. "여자들이 지겨워요!" 그리고 그는 고개를 저으며 얼굴을 찡그렸다. "너무나 한심해요." 버나드는 겉으론 그렇다고 동의했지만, 그런 말을 하면서도 그는 헬름홀츠처럼 별로 힘들이지 않고 그렇게 많은 여자들을 손에 넣을 수 있으면 정말로 좋겠다고 생각했다. 그는 갑자기 자랑을 하고 싶은 강렬한 욕구를 느꼈다. "난 레니나를 데리고 뉴멕시코에 가기로 했어요." 그는 최대한 느긋하고 자연스러운 어조로 말했다.

"그런가요?" 전혀 관심이 없다는 태도로 헬름홀츠가 말했다. 그러더니 잠깐 침묵을 지킨 다음에 말을 이었다. "지난 한두 주일 동안에

• 영국 잉글랜드 남서부 데번주州 북부와 서머싯주 북동부에 걸쳐 있는 초원

나는 내가 접촉하던 위원회와 여자들의 숫자를 줄여왔어요. 그걸 가지고 대학에서 얼마나 야단들이었는지 당신은 상상도 못 할 거예요. 그래도 그럴 만한 가치는 충분했어요. 그 결과로……." 그가 머뭇거렸다. "뭐랄까, 그들은 이상해요. 아주 이상하죠."

육체적인 결함은 일종의 정신적인 과잉을 유발시킨다. 같은 과정이 역으로 작용하는 경우도 가능한 듯했다. 정신적인 과잉은 나름대로의 목적을 성취하기 위해서 금욕주의라는 인위적인 불감증을 유발시키기도 하는데, 고의적으로 자초한 이런 고독은 보지도 듣지도 못하는 상태로 이어지기 때문이다.

나머지 짤막한 시간 동안의 비행은 침묵 속에서 이루어졌다. 버나드의 방에 도착해서 그들이 푹신한 소파에 편안하게 자리를 잡은 다음에 헬름홀츠가 다시 얘기를 시작했다.

아주 느린 목소리로 그가 물었다. "당신의 내면에서 밖으로 나올 기회만 기다리는 무엇이 존재한다는 기분을 느껴본 적이 있나요? 당신이 사용하지 않는 여분의 힘이랄까, 아시잖아요, 발전소에서 터빈을 통과하지 않고 폭포처럼 그냥 쏟아지는 물 같은 것 말입니다." 그는 호기심 어린 표정으로 버나드를 쳐다보았다.

"그러니까 만일 상황이 달라지면 인간이 느끼게 될지도 모르는 그런 모든 정서 말인가요?"

헬름홀츠는 고개를 저었다. "꼭 그런 얘기는 아니에요. 내가 알고 싶은 게 뭐냐면, 가끔 난 이상한 기분을 느끼는데, 나에게는 무엇인가 꼭 해야 할 중요한 말이 있고 그 말을 할 능력도 지녔지만, 그러면서도 이상하게 그 말이 무엇인지 모르겠고 그것을 표현하는 능력 또한 전혀 쓰지 못한다는 그런 기분이 들어요. 그것을 글로 표현하는 다른 방법은 혹시 없을까……. 아니면 글로 표현할 무슨 다른 대상이 없을까……." 그는 잠시 침묵을 지키다가 마침내 다시 말을 이었다. "당신도 알다시피 나는 새로운 표현을 지어내는 솜씨가 꽤 좋아요. 그러니까 최면 학습상으로는 빤한 내용이면서도 너무나 새롭고 흥분을 자아내서 마치 바늘방석을 깔고 앉기라도 한 듯 갑자기 벌떡 일어나게 만드는 그런 표현 말이에요. 하지만 그것으로는 충분하지 못한 듯싶어요. 표현뿐만 아니라, 그런 표현으로 구성되는 개념들 역시 좋아야 하니까요."

"하지만 당신이 쓴 글들은 훌륭하잖아요, 헬름홀츠."

"아, 그야 쓸 만한 정도는 되겠죠." 헬름홀츠가 어깨를 으쓱했다. "하지만 별로 대단치는 않아요. 웬일인지 그런 것들은 별로 중요하지 않다는 생각이 들어요. 나는 훨씬 더 중요한 무엇을 해낼 능력을 지녔다는 기분이랄까요. 그래요, 훨씬 강렬하고 훨씬 격렬한 무엇을요. 하지만 그것이 무엇일까요? 내가 해야 할 더 중요한 말은 무엇일까요? 그리고 우리들은 글로 써야 할 그런 대상들에 관해서 어떻게 정열적으로 행동할 수가 있을까요? 어휘들이란 X선이나 마찬가지여서 제대로 사용하기만 한다면, 그것은 무엇이라도 뚫고 들어갑니다. 글을 읽는 사람이 거기에 찔리는 셈이죠. 무엇인가를 뚫고 들어가는 글을 어떻게 쓰느냐, 바로 그것을 난 학생들에게 가르치고 싶어요. 하지만 공동체 노래나 최근에 이루어진 후각 기관의 발달에 관한 글에 찔려 봤자 그게 도대체 무슨 대수냐고요? 그뿐 아니라, 그런 종류의 글을 쓰는 경우에, 아시잖아요, 아주 강한 X선처럼 어떻게 어휘들이 마음을 꿰뚫고 들어가게 만들 수가 있을까요? 시시한 내용을 가지고 어떻게 대단한 웅변을 할 수가 있나요? 결국은 그것이 문제입니다. 나는 노력하고 또 노력하는데……."

"쉬!" 버나드가 갑자기 손가락 하나를 들어 보이며 조심하라고 말했다. 그들은 귀를 기울였다. "문밖에 누가 와 있는 것 같아요." 그가 나지막이 말했다.

헬름홀츠가 몸을 일으켜 발끝으로 방을 가로질러서 재빠른 동작으로 문을 벌컥 열었다. 물론 그곳에는 아무도 없었다.

"미안합니다." 거북한 기분으로, 겸연쩍은 표정으로, 버나드가 말했다. "아마 신경이 좀 날카로워진 모양이에요. 누가 날 의심하면 나도 상대방을 의심하게 되기 마련이니까요."

버나드는 손으로 두 눈을 문지르고 한숨을 지었다. 그의 목소리는 애원하는 어조로 바뀌었다. 그는 자신을 변호하려고 했다. "최근에 내가 어떤 일들을 겪었는지 당신은 상상도 못 할 거예요." 당장 눈물이 쏟아질 것 같은 얼굴로 그가 말했다. 그의 자아 연민은 갑자기 터져 나오는 분수처럼 분출했다. "당신은 상상도 못 한다고요!"

헬름홀츠는 조금쯤 거북한 기분을 느끼며 그의 얘기를 들었다.

'가엾은 버나드!' 그는 속으로 생각했다. 하지만 동시에 그는 친구가 상당히 창피하게 느껴졌다. 그는 버나드가 조금이나마 자신감을 보여주기를 바랐다.

제5장

/

1

8시가 되자 날이 저물었다. 스토크 포지스 회관 탑의 확성기에서는 굵직한 목소리로 구장들이 문을 닫는다는 방송을 시작했다. 레니나 와 헨리는 경기를 중단하고 회관 쪽으로 되돌아 걸어갔다. 내분비– 외분비 합동 작업장에서는 파넘 로열의 거대한 공장에서 쓸 원료로 호르몬과 우유를 공급하느라 수천 마리의 소들이 나지막하게 울어 대는 소리가 들려왔다.

석양이 깃든 하늘에는 끊임없이 윙윙거리는 헬리콥터들의 소음 이 가득했다. 골프를 치던 하급 신분의 사람들을 저마다의 경기장에 서 대도시로 실어 나르는 경량급 모노레일 기차의 출발을 알리느라 2분 30초마다 한 번씩 시끄러운 호루라기와 종소리가 울렸다.

레니나와 헨리는 그들의 헬리콥터를 타고 출발했다. 300미터 상 공에서 헨리는 헬리콥터 추진기의 회전 속도를 천천히 늦추었다. 그 들은 희미해지는 풍경 위에 떠서 잠깐 동안 균형을 잡고 그대로 머물렀다. 버넘 너도밤나무 숲이 서쪽 하늘의 환한 언저리를 향해서 거대한 암흑의 늪지대처럼 뻗어 나갔다. 지평선에서는 진홍빛이던 마지막 석양이 위로 올라가면서 주황빛으로 바뀌더니, 노랑을 거쳐 물처럼 연한 초록빛으로 점점 엷어졌다. 북쪽으로는 나무들 너머로 20층에 달하는 내분비-외분비 공장의 모든 창문이 강렬하고 눈부신 전기 불빛을 휘황찬란하게 쏟아냈다. 그 아래쪽에는 골프 클럽 건물들이 자리를 잡아서, 가운데를 막아 갈라놓은 벽의 한쪽에는 하급 신분을 위한 커다란 막사들, 그리고 다른 쪽에는 알파와 베타 회원들을 위해서 보다 작은 건물들을 따로 배정해놓았다. 모노레일 정거장으로 접근하는 길들은 낮은 신분의 사람들이 개미처럼 새까맣게 모여들어 분주히 돌아다니느라 부산해 보였다. 유리로 된 둥근 지붕 밑으로 불을 환하게 밝힌 기차 한 대가 튀어나왔다. 어두운 평원을 가로질러 남동쪽으로 달리는 기차를 쫓아가던 그들의 시선은 슬라우 화장터에 이르렀다. 야간 비행의 안전을 위해서 화장터의 높다란 굴뚝에는 네 개의 투광 조명등이 설치돼 있으며 꼭대기에는 진홍빛 위험 신호 표지등을 달아놓았다. 화장터는 이정표 노릇을 했다.

"왜 굴뚝마다 저렇게 발코니 같은 걸 둘러놓았나요?" 레니나가 물었다.

"인燐을 회수하기 위해서죠." 헨리가 지극히 간결하게 설명했다. "굴뚝을 따라 올라가는 사이에 가스는 네 차례 개별적인 처리 과정을 거쳐요. 전에는 사람을 화장시킬 때마다 오산화인P_2O_5이 대기 중에 그냥 날아가서 순환되지 않았지만, 이제는 98퍼센트 이상 회수합니다. 성인의 시체 한 구당 1.5킬로그램 이상을 말이에요. 그러면 영국에서만 한 해에 400톤 상당의 인을 생산할 수 있습니다." 그것이 마치 자신이 이루어놓은 업적이기라도 한 듯 진심으로 즐거워하며 헨리는 행복한 자부심을 드러냈다. "죽은 다음에도 우리들이 계속해서 사회적으로 쓸모가 있다는 생각을 하면 기분이 좋아요. 식물들을 자라게 해주니까요."

그러는 사이에 레니나는 시선을 돌려 수직으로 아래쪽에 아득하게 위치한 모노레일 정거장을 내려다보았다. "좋은 일이죠." 그녀가 동의했다. "하지만 알파들과 베타들이라고 해서 저 아래 지저분하고 하찮은 감마들이나 델타들, 엡실론들보다 식물이 조금이라도 더 잘 자라도록 하지 못한다는 걸 생각하면 기분이 묘해져요."

"모든 인간은 물리-화학적으로 평등하기 때문이죠." 헨리가 단호하게 말했다. "그뿐 아니라 엡실론들까지도 없어서는 안 될 존재들입니다."

"엡실론들까지도 말이죠……."

레니나는 학교를 다니던 어린 소녀였을 때 한밤중에 잠에서 깨어났던 기억이 갑자기 머릿속에 떠올랐다. 그녀는 밤마다 잠을 자는 동안 은은하게 들려오던 속삭임을 그날 밤 처음 맑은 정신으로 똑똑히 들었다. 여느 때처럼 방 안을 비추는 달빛과, 줄지어 늘어선 작고 하얀 침대들이 다시 보였고, (매일 밤새도록 수없이 반복돼서 잊힐 리도 없거니와 사실상 잊을 수도 없는) 귀에 익은 어휘들을 그대로 되풀이하는 나지막하고도 나지막한 목소리가 들렸다. "모든 사람은 다른 모든 사람을 위해서 일합니다. 우리는 누구 하나라도 없으면 살아갈 수가 없습니다. 엡실론들까지도 쓸모가 있습니다. 우리는 엡실론들이 없으면 살아갈 수가 없습니다. 모든 사람은 다른 모든 사람을 위해서 일합니다. 우리는 누구 하나라도 없으면 살아갈 수가……." 레니나는 그날 밤 처음으로 느꼈던 공포와 놀라움의 충격을 떠올렸다. 그리고 반 시간 동안 멍하니 깨어 있다가, 끝없이 반복되던 어휘들에 최면이 걸려 서서히 마음이 가라앉고, 점점 편안하고 차분해지더니, 슬그머니 잠이 찾아오던 순간을 기억했다…….

"내 생각에 엡실론들은 자기가 엡실론이 되었다는 걸 조금도 개의치 않는 모양이에요." 그녀가 정신을 가다듬고 말했다.

"물론 개의치 않죠. 그럴 리가 있겠어요? 그들은 다른 신분이 되면 어떻게 되는지 알지도 못하는데요. 우리들이라면 물론 못마땅해하겠지만요. 하지만 우리들은 다른 습성 훈련을 받았잖아요. 그뿐 아니라 우리들은 조상도 달라요."

"난 내가 엡실론이 아니어서 기뻐요." 레니나가 확신을 얻었다는 듯 자신만만하게 말했다.

"그리고 만일 당신이 엡실론이라면 당신이 받은 조건반사 습성 훈련 때문에 자신이 베타나 알파가 아니라는 데 대해서 마찬가지로 감사하게 생각했을 거예요." 헨리가 말했다. 그는 전진 프로펠러에 기어를 넣고 헬리콥터를 런던 쪽으로 몰았다. 그들 뒤의 서쪽에서는 진홍빛과 주황빛 노을이 거의 다 사라지고, 시커먼 구름 기둥들이 절벽을 타는 것처럼 하늘 꼭대기를 향해 기어 올라갔다. 화장터 위로 날아가자 헬리콥터는 굴뚝들에서 뿜어져 나오는 뜨거운 공기 기둥에 밀려 위로 껑충 날아올랐고, 공기가 차가운 지역으로 들어서자 갑자기 다시 떨어졌다.

"정말로 기막힌 곡예로군요!" 레니나가 유쾌하게 웃었다.

하지만 헨리의 어조는, 비록 잠깐 동안이었으나, 우울한 분위기로 바뀌었다. "헬리콥터가 왜 곡예를 부렸는지 알아요?" 그가 말했다. "그건 어떤 인간이 마지막으로 확실하게 사라지면서 만들어낸 가스 때문이었어요. 한 차례 거세게 뿜어 나오는 뜨거운 바람이 되어 올라가 사라지는 인간 말입니다. 그것이 누구였는지, 여자인지 남자인지, 알파인지 엡실론인지, 그걸 알면 기분이 묘해질 거예요……." 그는 한숨을 쉬었다. 그러더니 단호하고도 쾌활한 목소리로 결론을 지었다. "어쨌든 한 가지 분명한 사실은, 그가 누구였든지 간에 살아 있을 때는 행복했으리라는 점이죠. 지금은 누구나 행복하니까요."

"그래요, 지금은 누구나 다 행복하죠." 레니나가 맞장구를 쳤다. 매일 밤 150번씩 반복되는 이 말을 그들은 12년 동안 들어왔다.

헨리가 거주하는 웨스트민스터의 40층짜리 아파트 옥상에 내린 그들은 곧장 식당으로 내려갔다. 그들은 시끄럽고 유쾌한 사람들과 함께 그곳에서 기막힌 식사를 즐겼다. 커피와 함께 소마가 나왔다. 레니나는 반 그램짜리 두 개를 그리고 헨리는 세 개를 먹었다. 9시 20분에 그들은 길을 건너 새로 문을 연 웨스트민스터 대사원 무도장으로 갔다. 구름이 거의 끼지 않고 달도 뜨지 않아 별이 총총한 밤이었지만, 전체적으로 따지면 우울한 이런 분위기를 레니나와 헨리는 다행히 의식하지 못했다. 공중에 설치한 전기 간판들이 바깥의 어두운 하늘을 효과적으로 차단했기 때문이다. 신축한 대사원 건물의 정면에서 '캘빈 스토프스와 16인의 색소폰 연주자들'이라는 거대한 글자들이 손짓해 유혹하듯 반짝거렸다. '런던 최고의 향기와 빛깔 풍금. 최신 합성 음악 총동원.'

그들은 안으로 들어갔다. 실내 공기가 뜨거운 듯했고, 용연향龍涎香*과 백단향白檀香** 냄새로 숨이 막힐 지경이었다. 연회장의 둥근 지붕 천장에는 빛깔 풍금이 어느새 열대의 석양을 그려내기 시작했다. 16인의 색소폰 연주자들은 옛날에 인기가 높았던 '귀엽고 작은 내 유리병보다 좋은 유리병은 세상에 없다네'를 연주했다. 400쌍의 남녀가 윤을 낸 무도장에 둘러서서 다섯 박자의 춤을 추었다. 잠시 후에 레니나와 헨리는 401번째의 쌍이 되었다. 색소폰은 달밤에 노래하는 고양이처럼 흐느껴 울었고, 죽음이 그들의 눈앞에 다가오

---

* 향유고래에서 채취하는 송진 비슷한 향료
** 단향과의 상록 활엽 교목. 나무의 속은 누르스름하고 좋은 향기가 나며, 향료·약품·세공물 따위에 쓰임

기라도 하는 듯 알토와 테너의 음조로 신음했다. 색소폰들의 갖가지 화려한 화음이 넘쳐나면서 합창을 하듯이 절정을 향해 올라가며 커지고 떨리다가 또 커졌다. 그러다가 마침내 지휘자가 손을 한 번 흔들자 에테르 음악이 찢어지는 듯 마지막으로 터져 나왔는데, 기껏해야 인간에 지나지 않는 열여섯 연주자들의 존재는 음향에 휩쓸려 흔적조차 남기지 않고 사라져버릴 것만 같았다. 천둥소리 같은 A플랫 장조. 그러고는 온통 침묵과 어둠 속에서, 디미누엔도˚가 점점 약하게 서서히 미끄러지면서 점진적인 약화음이 뒤따랐고, 4분음이 떨어지고 또 떨어져서 희미하게 속삭이는 제5음 화음이 되어 끈질기게 남아 울려서 (아직 밑에서는 5-4음률이 맥동하는 동안) 몇 초 동안 어둠의 공간을 강렬한 기대감으로 가득 채웠다. 그리고 마침내 기대감은 충족되었다. 갑작스럽고 폭발적인 해돋이가 나타났으며, 동시에 16명이 노래를 불렀다.

> "나의 병이여, 나는 항상 그대를 원했어요!
> 나의 병이여, 왜 나는 태어났을까요?
> 그대의 품속에서는 하늘이 푸르고
> 날씨가 항상 좋았답니다.
> 왜냐하면 귀엽고 작은 내 유리병보다 좋은 병은

˚ 악보에서, 점점 여리게 연주하라는 말

세상에 없기 때문입니다."

웨스트민스터 대사원에서 다섯 박자를 밟으며, 다른 400쌍과 빙글빙글 돌며, 레니나와 헨리는 또 다른 세계에서, 따스하고 빛깔이 화려하고 한없이 포근한 소마 휴일의 세계에서 춤을 추었다. 모든 사람이 얼마나 친절하고, 얼마나 인상이 좋고, 얼마나 유쾌하고 재밌었던가! "귀엽고 작은 내 유리병보다 좋은 병은……." 그리고 레니나와 헨리는 그들이 원하던 바를 이루었다……. 그들은 지금 이곳에, 안쪽에 존재하여, 날씨가 화창하고 하늘은 영원히 푸르기만 한 내부에 안전하게 존재했다. 이윽고 지친 16명이 색소폰을 내려놓았고, 합성음악 기계가 맬서스풍의 느린 블루스 최신 곡을 틀어주는 동안 그들은 대용 혈액이 담긴 병 속의 바다에서 파도에 실려 함께 부드럽게 출렁이는 쌍둥이 태아라도 된 기분이었다.

"안녕히 가세요, 다정한 친구들이여! 안녕히 가세요, 다정한 친구들이여." 확성기에서는 온화하고 듣기 좋은 공손함으로 위장한 명령이 전달되었다. "안녕히 가세요, 다정한 친구들이여……."

고분고분하게, 다른 모든 사람들과 함께, 레니나와 헨리는 건물을 나섰다. 침울한 별들이 하늘을 가로질러 어느새 상당히 멀리 기울어진 다음이었다. 하지만 비록 하늘을 단절시키는 공중 광고가 이제는 무척 많이 사라졌어도 두 젊은이는 아직 밤을 잊은 기쁨에 빠져 있었다.

문을 닫기 반 시간 전에 복용한 두 번째 소마는 실재하는 세상과 그들의 이성 사이에 뚫을 수 없는 벽을 쌓아올렸다. 그들은 병 속에 담겨 길을 건넜고, 28층에 있는 헨리의 방으로 올라가는 승강기를 탔다. 그러나 병에 담긴 상태이고 두 번째 소마를 먹었음에도 불구하고, 레니나는 규정에 따라 처방된 피임 사전 조처들을 하나도 잊지 않았다. 열두 살 때부터 열일곱 살에 이르기까지 수년간 일주일에 세 차례씩 맬서스 훈련을 받고 집중적인 최면 학습을 완수한 덕택에 그녀는 거의 본능적으로 그리고 기계적으로 이런 사전 조처들을 거침없이 취했다.

　"아 참, 그러니까 생각나는 게 있어요." 욕실에서 나오며 그녀가 말했다. "당신이 나한테 선물로 준 멋진 초록색 대용 염소 가죽 탄띠형 허리띠를 어디서 구했는지 패니 크라운이 알고 싶다더군요."

2

　격주에 한 번씩 목요일은 버나드가 친목 집회에 참석하는 날이었다. (제2항 규칙에 따라 헬름홀츠가 최근에 회원으로 선정된) 아프로디테움에서 그는 저녁 식사를 일찍 끝낸 다음, 친구와 헤어져 옥상에서 비행 택시를 불러 운전사에게 포드슨 단체 음악당으로 가자고 말했다. 택시가 200미터쯤 공중으로 솟아오른 뒤 동쪽으로 향했고, 방향을 바꾸는 사이에 버나드의 눈앞에는 거대하고 아름다운 음악당 건물이 나타났다. 320미터에 달하는 하얀 모조 대리석 건물이 러드 게이트 힐 너머에서 투광 조명을 받고 눈처럼 새하얗게 빛났으며, 헬리콥터 착륙장의 네 모서리에 세워놓은 거대한 T 자가 어두운 밤하늘을 배경으로 저마다 진홍빛으로 빛났다. 그리고 주둥이가 널찍한 24개의 황금빛 나팔 확성기에서 엄숙한 합성 음악이 우르릉거리며 울려 퍼졌다.

"제기랄, 지각이로군." 버나드는 음악당의 빅 헨리 시계°가 눈에 띄자마자 혼잣말을 했다. 그가 택시비를 내는 사이에 빅 헨리가 시간을 알렸다. "포드!"°° 모든 황금빛 나팔들로부터 우렁찬 저음의 목소리가 울려 퍼졌다. "포드, 포드, 포드……." 포드 소리가 아홉 번 반복되었다. 버나드는 승강기로 뛰어갔다.

포드의 날 기념행사와 다른 대규모 단체 노래 모임이 열리는 대강당은 건물의 맨 아래층에 있었다. 그 위로는 한 층에 100개씩 모두 7,000개의 방이 있어서, 두 주일 동안 집회에 참석하는 단체들이 사용했다. 버나드는 33층에서 내려 복도를 따라 서둘러 걸어가서는 3210호실 문밖에 서서 잠깐 머뭇거리다가, 결국 용기를 내어 문을 열고 안으로 들어갔다.

° 영국 국회의사당의 대형 시계종을 Big Ben이라고 하는데, Big Henry의 헨리는 물론 헨리 포드에서 따온 것임

°° 시계를 치는 '뗑그렁' 소리에 해당함

포드 님이시여, 감사합니다! 그는 꼴찌가 아니었다. 둥근 탁자 주변에 늘어놓은 12개의 의자 가운데 3개가 아직 비어 있었다. 그는 가능한 한 남들의 눈에 띄지 않도록 가장 가까운 자리에 슬그머니 앉아서는 더 늦게 오는 사람들이 들어올 때마다 얼굴을 찡그릴 준비를 갖추었다.

왼쪽에 앉은 여자가 그에게로 시선을 돌리며 물었다. "오늘 오후에 무슨 오락을 했나요? 장애물 골프인가요, 아니면 전자 골프였나요?"

버나드가 그녀를 쳐다보았는데, 포드 님이시여, 모르가나 로스차일드가 아닌가! 그는 낯을 붉히며 장애물 골프와 전자 골프 두 가지를 다 하지 않았다고 시인할 수밖에 없었다. 모르가나는 깜짝 놀라서 그를 빤히 쳐다보았다. 어색한 침묵이 흘렀다.

그러자 그녀는 매섭게 왼쪽으로 얼굴을 돌려 훨씬 활동적인 남자에게 말을 붙였다.

'오늘의 친목 집회는 시작부터 싹수가 노랗구나!' 버나드는 비참하게 생각했고, 자신이 또다시 명예 회복에 실패하리라는 예감이 들었다. 가장 가까이 놓인 의자에 무턱대고 서둘러 앉는 대신에 주위를 한번 둘러보았다면 얼마나 좋았을까! 피피 브래들래프와 조애나 디젤 사이에도 빈자리는 있었다. 그런데 하필이면 그는 장님처럼 모르가나 옆에 덜컥 앉고 말았다. 모르가나 옆에 말이다! 포드 님이시여! 그녀의 저 시커먼 두 눈썹, 아니, 눈 위에서 붙어버린 저 일자 눈썹! 포드 님이시여! 그리고 그의 오른쪽에 앉은 여자는 클라라 디터딩이었다. 클라라는 물론 일자 눈썹은 아니었다. 하지만 그녀의 몸은 탄력이 정말로 지나칠 정도였다. 그런 반면에 피피와 조애나는 전혀 흠잡을 데가 없었다. 통통하고, 금발이고, 몸집이 너무 크지도 않고……. 그런데 지금 그들 사이에 자리 잡고 앉은 사람은 저 형편없는 녀석 톰 가와구치였다.

마지막으로 도착한 사람은 사로지니 엥겔스였다.

"당신은 지각을 했어요." 집단의 회장이 준엄하게 말했다. "다시는 이런 일이 없도록 하세요."

사로지니는 사과를 하고 짐 보카노프스키와 허버트 바쿠닌 사이에 끼어 앉았다. 회원들은 이제 다 모였고 친목 단체는 아무런 결함도 없이 완벽한 구색을 갖추었다. 남자, 여자, 남자의 순으로 탁자 언저리를 따라 번갈아 가며 빙 둘러앉았다. 그들 12명은 당장이라도 하나가 될 준비를 갖추었다. 서로 결합하여 보다 큰 하나의 존재 속에서 12개의 분리된 주체성을 상실하게 될 때를 기다렸다.

회장이 일어서서 T 자를 손으로 그어 보이고는 합성 음악을 틀었다. 그러자 지칠 줄 모르고 나지막이 두드려대는 북소리에 맞춰, 유사 관악기와 초超현악기 따위의 악기들이 친목 찬가를 화려하게 되풀이해서 연주했다. 짤막하면서도 집요하게 따라오는 반복 찬가에서 그들이 도피할 길은 없었다. 다시, 또다시, 그리고 맥박처럼 힘차게 반복되는 음률은 그들의 귀가 아니라 횡격막을 공격했으며, 끊임없이 흐느끼며 요란하게 울리는 반복 화음들이 뒤쫓던 대상은 이성이 아니라 공감을 갈망하는 오장육부였다.

회장은 다시 손으로 T 자를 그어 보이고는 자리에 앉았다. 집회가 시작되었다. 오직 한 가지 목적만을 위해서 존재하는 소마 정제들이 탁자 한가운데 놓여 기다리고 있었다. 소마가 담긴 사랑의 잔이 이 손에서 저 손으로 옮겨 가는 사이에 "나는 자신을 소멸시키기 위해서 마시는도다"라는 구절을 읊으며 12명이 그 딸기 아이스크림 소마를 차례로 들이켰다. 이어서 그들은 종합 관현악단의 반주에 맞춰 첫 번째 친목 찬가를 불렀다.

"포드 님이시여, 우리들은 열두 사람, 오, 하나로 만드소서.
사회의 강을 이루는 물방울들처럼 하나로 만드소서.
오, 우리들이 함께 흐르도록 하소서,
그대의 번쩍거리는 플리버 자동차처럼."

열망이 넘치는 열두 소절의 노래. 그러고는 사랑의 잔이 두 번째로 한 바퀴 돌았다. 이제는 "보다 위대한 존재를 위해서 나는 마시는도다"라는 구절을 읊어야 할 차례였다. 모두들 마셨다. 지칠 줄 모르고 음악이 연주되었다. 북들이 울렸다. 녹아내린 오장육부 속에서 집요한 화음들이 소리치고 울려댔다. 그들은 두 번째 친목 찬가를 불렀다.

"오라, 더욱 위대한 존재여, 사회의 친구여,
하나 속에서 열둘이 소멸되도다!
우리들은 죽기를 갈망하도다,
종말이 오면 보다 큰 삶이 시작될지니!"

또다시 열두 소절의 노래. 이번에는 소마가 효과를 나타내기 시작했다. 그들의 눈이 빛나고, 뺨이 발갛게 상기되고, 넘치는 자비의 빛이 행복하고 다정한 미소와 더불어 모든 얼굴에서 발산되었다. 버나드까지도 자신이 조금쯤 녹아내린 기분을 느꼈다. 모르가나 로스차일드가 그에게로 얼굴을 돌리고 미소를 지었을 때, 그는 마주 미소를 지어주려고 최선을 다했다. 하지만 눈썹이 둘이면서도 하나인 그 시커먼 일자 눈썹이 슬프게도 아직 그대로였으며, 아무리 애를 써도 그는 그녀의 눈썹을 무시할 수가 없었다. 아직 완전히 녹아내리지 못했기 때문이다. 만약 그가 피피와 조애나 사이에 앉았더라면…….

세 번째로 사랑의 잔이 한 바퀴 돌았다. 이번 예식을 시작하는 차례가 된 모르가나 로스차일드가 선창했다. "나는 눈앞에 닥친 그분의 강림을 위해서 마시는도다." 환희에 찬 그녀의 어조는 힘이 넘쳤다. 그녀는 소마를 마신 다음에 잔을 버나드에게 넘겨주었다. "나는 눈앞에 닥친 그분의 강림을 위해서 마시는도다." 그가 강림이 눈앞에 닥쳤다는 기분을 느끼려는 진지한 시도를 과시하며 되풀이해서 말했다. 하지만 일자 눈썹이 계속해서 그를 끈질기게 물고 늘어져 그에게는 '강림'이 까마득히 멀게만 느껴졌다. 그는 마시고 나서 잔을 클라라 디터딩에게 건네주었다. '또 실패할 거야.' 그는 속으로 생각했다. '그렇게 될 게 확실해.' 하지만 그는 계속해서 미소를 지으려고 최선을 다했다.

사랑의 잔이 한 바퀴를 다 돌았다. 회장이 손을 들어 신호를 했고, 그들은 세 번째 친목 찬가를 불렀다.

"보다 위대한 존재가 어떻게 오는지를 느껴보라!
환희하라, 그리고 환희하며 죽음을 맞아라!
북들이 울리는 음악 속에 도취하라!
나는 너이고 너는 곧 나일지니."

노래가 이어지고 또 이어짐에 따라 그들의 들뜬 목소리는 점점 더 강해지며 흥분 상태로 빠져들었다. 눈앞에 임박한 강림에 대한 인식은 전기 충격 같은 긴박감으로 사방에 가득 찼다. 회장이 음악을 껐고, 마지막 소절의 마지막 음이 끝남과 더불어 완전한 침묵이 뒤따랐다. 그것은 전류가 관통하는 듯 생명이 진동하고 흐느적거리며 길게 이어지는 기대감을 머금은 그런 침묵이었다. 회장이 손을 내밀자, 갑자기 어느 '목소리'가, 힘차고도 굵은 목소리가, 단순한 어떤 인간의 목소리보다도 훨씬 음악적이고, 풍요하고, 온화하고, 사랑과 그리움과 자비가 더 짙고, 경이적이고, 신비하고, 초자연적인 '목소리'가 그들의 머리 위에서 울렸다. 목소리는 음계가 내려가듯 아주 천천히 점점 멀어지며 말했다. "오, 포드 님이시여, 포드 님이시여, 포드 님이시여." 이 소리를 듣는 사람들의 몸에서는 따뜻한 감각이 명치부터 모든 말초 신경까지 퍼져나갔고, 눈에서는 눈물이 흘렀다. 그들의 심장과 오장육부가 내면에서 마치 저마다 독립된 생명이기라도 한 듯 따로 움직이는 것만 같았다. "포드 님이시여!" 그들은 녹아내리는 중이었다. "포드 님이시여!" 붕괴되고, 또 붕괴되고. 그러더니 갑자기 목소리가, 모두 깜짝 놀랄 만큼 달라진 어조로 "귀를 기울이시오!"라고 외쳤다. "들으시오!" 그들은 귀를 기울였다. 잠깐 침묵이 흐른 뒤에 목소리가 귓속말처럼 나지막해졌지만, 그것은 어떤 우렁찬 함성보다도 훨씬 폐부를 찌르는 그런 귓속말이었다. "보다 위대한 존재의 두 발이 다가옵니다." 목소리가 다시 되풀이해서 말했다. "보다 위대한 존재의 두 발이 층계에 이르렀습니다." 그리고 또다시 침묵이 흘렀다. 잠시 풀어졌던 기대감이 다시금 살아나며 더욱 팽팽해졌는데, 어찌나 팽팽한지 거의 끊어질 지경에 이르렀다. 보다 위대한 존재의 발소리를, 오, 그들은 발걸음 소리를 들었고, 조용히 층계를 내려오는 소리, 눈에 보이지 않는 층계를 내려오며 점점 더 가까워지는 발소리를 들었다. 보다 위대한 존재의 발걸음 소리. 그리고 갑자기 폭발 단계에 이르렀다. 모르가나 로스차일드가 벌떡 일어섰는데, 그녀의 몽롱한 눈은 허공을 응시했고, 입이 저절로 벌어졌다.

"내 귀에는 그분의 소리가 들려요." 그녀가 소리쳤다. "나한테는 그분의 소리가 들려요."

"그분이 오세요." 사로지니 엥겔스가 소리쳤다.

"그래요, 그분이 오세요. 나는 그분의 소리가 들려요." 피피 브래들래프와 톰 가와구치가 동시에 벌떡 일어섰다.

"오, 오, 오!" 조애나의 간증은 무슨 뜻인지 불확실했다.

"그분이 오십니다!" 짐 보카노프스키가 소리쳤다.

회장이 몸을 앞으로 내밀었다. 그의 손놀림 한 번으로 심벌즈와 관악기가 황홀하게 울리기 시작했으며 북소리가 열병처럼 정신없이 둥둥 울렸다.

"오, 그분이 오십니다!" 클라라 디터딩이 비명을 질렀다. "아이예!" 마치 목이 잘려나가기라도 하는 듯한 비명이었다.

자신도 무엇인가 해야 할 때가 되었다는 기분이 들어서 버나드 역시 벌떡 일어나 소리쳤다. "그분이 오시는 소리가 내 귀에도 들립니다. 그분이 오십니다." 하지만 그것은 사실이 아니었다. 그는 아무 소리도 듣지 못했고, 그에게는 아무도 찾아오지 않았다. 아무리 음악이 울리고, 흥분된 분위기가 고조되어도 그를 찾아오는 사람은 없었다. 하지만 그는 일부러 두 팔을 휘젓고, 어느 누구 못지않게 고함을 질렀다. 다른 사람들이 몸을 흔들고 발을 구르며 춤추기 시작하자 그도 역시 몸을 흔들고 춤을 추었다.

저마다 앞에서 춤추는 사람의 엉덩이에 두 손을 얹고, 원을 그려 행진하며 빙빙 돌았다. 빙빙 돌고 또 돌면서, 똑같은 소리를 동시에 외치고, 음악의 박자에 맞춰 발을 구르고, 앞사람의 엉덩이를 두 손으로 두드렸다. 열두 쌍의 손들이 하나처럼 일사불란하게 두드렸고, 하나처럼 열두 엉덩이가 철썩철썩 소리를 냈다. 열둘이 하나로, 열둘이 하나로. "나는 그분의 소리가 들려요. 나는 그분이 오시는 소리가 들려요." 음악이 빨라지자 발을 움직이는 박자가 점점 더 빨라지고, 손의 율동도 더 빨라졌다. 그리고 저음의 합성 음향들이 한꺼번에 우렁차게 울려 나왔는데, 무궁한 단결과 속죄의 순간이 가까웠음을 선포하고, '열둘이 하나'가 되는 순간이 강림한다고 외치며, '보다 위대한 존재'의 출현을 힘차게 알렸다. "흥겹고도 흥겹구나." 나지막한 음성들이 노래하는 동안 북들이 열광적으로 계속해서 울려댔다.

"흥겹고도 흥겹구나, 포드 님과 즐거움,
여자들에게 입을 맞추며 하나가 될지어다.
여자들과 하나가 된 남자들은 평화로우니
흥겨운 만남은 해방감을 주도다."

"흥겹고도 흥겹구나." 춤추는 사람들은 기도문처럼 후렴을 따라 읊었다. "흥겹고도 흥겹구나, 포드 님과 즐거움, 여자들에게 입을 맞추며……." 그들이 노래를 부르는 사이에 불빛들이 서서히 어두워지기 시작했다. 어두워지면서 동시에 점점 은은하게 따뜻해지고, 풍요로워지고, 붉어졌다. 그러다가 결국 그들은 태아 저장고 같은 진홍빛 침침한 조명 속에서 춤을 추게 되었다. "홍겹고도 홍겹구나……" 사람들은 태아 때의 핏빛 속에서 얼마 동안 계속 빙빙 돌고, 그칠 줄 모르는 율동에 맞춰 두드리고 또 두드렸다. "홍겹고도 홍겹구나……" 이윽고 동그라미 대형이 흔들려 무너지고, 부분적으로 와해되더니 (동그라미를 둘러싼 다른 동그라미처럼) 탁자와 그 주변에 위성처럼 늘어선 의자들을 다시 바깥에서 둥글게 에워싼 긴 의자들 위로 그들이 쓰러졌다. "홍겹고도 홍겹구나……" 부드럽게 저음의 목소리가 홍얼거리고 노래했다. 춤을 추다가 이제는 엎드렸거나 모로 누운 사람들 위에서 침침한 붉은빛이 마치 거대하고 시커먼 비둘기처럼 자비롭게 굽어보며 선회하는 것 같았다.

그들이 옥상으로 올라가기 직전에 빅 헨리가 11시를 알렸다. 밤은 평온하고 따스했다.

"멋지지 않았어요?" 피피가 말했다. "정말 기막히지 않았어요?" 그녀는 황홀한 표정으로 버나드를 쳐다보았다. 그러나 마음의 동요나 홍분은 흔적조차 없는 상태였다. 홍분 상태는 아직 만족하지 못했음을 의미하기 때문이다. 그녀의 황홀감은 단순히 공허한 포만감과 허망함이 아니었으니, 그것은 균형을 이룬 삶, 안식과 안정의 활력, 그리고 성취감이 가져다준 차분한 황홀경이었다. 그것은 생동하는 풍요와 평화였다. 왜냐하면 친목 집회는 빼앗기만 하는 게 아니라 베풀기도 하며, 고갈시키는 것도 다시금 보충하기 위해서였기 때문이다. 그녀는 충만하고, 완전해졌고, 그녀 자신을 초월한 경지에 이르렀다.

"당신은 좋지 않았어요?" 초현실적으로 빛나는 눈으로 버나드의 얼굴을 살피면서 그녀가 끈질기게 물었다.

"그래요, 나도 좋았습니다." 그는 거짓말을 하고 시선을 돌렸는데, 찬란해진 그녀의 얼굴이 그의 고립 상태를 비난하면서도 냉소적으로 상기시키는 것 같았기 때문이다. 그는 집회가 시작되었을 때 못지않게 지금도 비참할 만큼 격리된 상태였다. 그는 다시금 충족되지 못한 공허함과 죽어버린 포만감으로 인해 더 고립되고 말았다. 다른 사람들이 보다 위대한 존재 속에서 융화하고 몰입한 반면에 홀로 떨어져 재생되지 못했던 그는 모르가나의 포옹을 받던 순간까지도 홀로였으며, 사실상 과거의 어느 때보다도 더욱 절망적으로 혼자였다. 그가 침침한 진홍빛에서 평범한 전깃불이 빛나는 현실로 되돌아왔을 때 의기소침한 그의 마음은 고뇌의 상태로까지 전락하고 말았다. 그는 한없이 비참했다. (그녀의 빛나는 눈이 노골적으로 비난했듯이) 어쩌면 그것은 그의 잘못인지도 몰랐다. "상당히 좋았어요." 그가 되풀이해서 말했지만 그의 머릿속에서는 모르가나의 일자 눈썹만이 어른거렸다.

제6장

/

1

버나드 마르크스에 대한 레니나의 판단은 이상하고, 이상하고도, 정말 이상한 사람이라는 것이었다. 어찌나 이상했던지 그 후 몇 주일 동안 그녀는 뉴멕시코에서 보내기로 했던 휴가 계획을 바꿔 대신 베니토 후버와 북극으로 가야 하나 생각했던 적이 한두 번이 아니었다. 문제는 지난여름에 조지 에드셀과 이미 다녀왔던 터라 그녀는 북극이 얼마나 음산한 곳인지 잘 알고 있었다. 할 일도 없고, 호텔은 너무나 한심할 정도로 구식이어서 침실에는 텔레비전조차 없으며, 냄새 풍금도 없고, 지극히 역겨운 합성 음악뿐이었다. 손님은 200명이 넘는데도 에스컬레이터 스쿼시 구장은 25개밖에 안 되었다. 그렇다, 그녀는 절대로 북극을 다시 보고 싶지 않았다. 게다가 그녀는 아메리카를 여태껏 한 번밖에 가보지 못했다. 그리고 그것은 얼마나 아쉬운 여행이었던가! 뉴욕에서 싸구려로 겨우 주말을 보내고 말았는데, 같이 갔던 남자가 장자끄 하비불라였던가 아니면 보카노프스키 존스였던가? 그녀는 기억나지 않았다. 어쨌든 그것은 전혀 중요하지 않았다. 다시 서쪽으로 날아가, 일주일 내내 그곳에서 지내게 된다면 그것은 아주 입맛이 당기는 일이었다. 그뿐 아니라 일주일에 적어도 3일 동안 그들은 야만인 보호 구역에서 지낼 작정이었다. 본부 전체에서 야만인 보호 구역에 들어가 본 적이 있는 사람은 겨우 대여섯 명에 지나지 않았다. 버나드는 알파 플러스 심리학자였으므로, 그녀가 알기로는 버나드야말로 허가서를 받을 자격이 충분한 몇 안 되는 사람들 가운데 하나였다. 레니나에게는 둘도 없는 기회였다. 그렇기는 해도 버나드의 이상한 성격이 너무나 마음에 걸려서 그녀는 이런 좋은 기회를 누리기가 썩 내키지 않았고, 그래서 쾌활하고 친근한 베니토와 다시 북극으로 가는 모험을 무릅쓸 생각까지 했었다. 적어도 베니토는 정상적인 남자였다. 그런 반면에 버나드는······.

'대용 혈액에 알코올이 들어갔기 때문'이라는 것이 모든 남자들의 괴팍함에 대한 패니의 설명이었다. 하지만 새로 사귄 애인 헨리와 어느 날 저녁 잠자리를 같이하면서 레니나가 상당히 걱정스러운 태도로 버나드에 관한 얘기를 했을 때 헨리는 한심한 버나드를 코뿔소에 비유했다.

"코뿔소한테는 재주를 가르칠 방법이 없어요." 짤막하면서도 활력이 넘치는 독특한 말투로 헨리가 말했다. "어떤 남자들은 기능 설정을 유도할 때 제대로 반응하지 않아요. 불쌍한 친구들 같으니라고!

버나드도 그런 인물이죠. 그나마 다행한 일이지만, 그래도 버나드는 일 하나만큼은 상당히 잘해요. 그렇지 않았다면야 국장님이 절대로 그를 기용하지 않았을 거예요." 그러고는 헨리가 위로하듯 덧붙여 말했다. "하지만 난 그가 남들에게 별로 해를 끼치지는 않을 사람이라고 생각해요."

별로 해를 끼치지는 않을지 모르겠지만, 그는 상당히 사람을 불안하게 만드는 남자이기도 했다. 우선 남들이 모르게 혼자서 일을 처리하려는 괴이한 면이 있었다. 사실상 그것은 아무것도 안 하겠다는 의미였다. 사람이 혼자서만 할 수 있는 일이 뭐가 있겠는가? (물론 잠이야 혼자 자겠지만, 줄곧 잠만 잘 수야 없는 노릇이었다.) 그렇다, 무엇을 혼자 하겠는가? 그런 일은 정말로 몇 가지 안 되었다. 그들이 함께 외출을 나갔던 첫날 오후에는 날씨가 유난히 좋았다. 레니나는 토키 마을회관에서 수영을 한 다음 옥스퍼드 유니언에서 저녁 식사를 하자고 제안했다. 하지만 버나드는 사람이 너무 많을 거라고 했다. 그렇다면 세인트앤드루스 골프장에서 전자 골프를 한 차례 치면 어떨까? 하지만 버나드는 전자 골프가 시간 낭비라면서 또다시 싫다고 했다.

"그렇다면 시간을 어떻게 보내나요?" 약간 놀라서 레니나가 물었다.

그는 호수 지역으로 산책을 가자고 제안했는데, 보아하니 버나드는 그런 식으로 시간을 보내야만 낭비가 아니라고 생각하는 듯했다. 스키도 산꼭대기에 내려 개진달래 덤불이 자라는 황무지를 두어 시간 동안 걸어 다니는 것. "당신하고 단둘이서요, 레니나."

"하지만 버나드, 우린 밤새도록 줄곧 단둘이 지낼 텐데요."

버나드는 얼굴을 붉히며 시선을 돌렸다. "내 말은, 단둘이서 얘기를 나누자는 거예요." 그가 어물어물했다.

"얘기요? 하지만 무슨 얘기를 한다는 거예요?" 걸어 다니며 얘기만 주고받으면서 한나절을 보내는 방법이 그녀에게는 아주 황당하게 여겨졌다.

결국 버나드의 심한 반대에도 불구하고 그녀는 겨우 그를 설득해서 암스테르담으로 날아가 중량급 여자 레슬링 선수권 대회의 준준결승전을 구경하기로 결정했다.

"군중 속에 섞여서 말이죠." 그가 투덜거렸다. "늘 그런 식이죠." 그는 오후 내내 고집스럽게 침울한 기분을 떨쳐버리지 않았다. (레슬링 시합 중간의 휴식 시간에 소마 아이스크림을 파는 매점에서 만난 수십 명에 달하는) 레니나의 친구들과도 얘기를 나누려 하지 않았고, 비참한 기분이었으면서도 그녀가 억지로 권하던 나무딸기 아이스크림 반 그램조차 먹지 않겠다고 단호하게 거절했다. "난 차라리 나 자신 그대로 남아 있고 싶어요." 그가 말했다. "불쾌하더라도 나 자신 그대로요. 아무리 즐겁더라도 남이 되고 싶지는 않아요."

"때맞춰 1그램을 먹으면 10배의 효과가 나는 셈이라고요." 잠든 사이에 배운 지혜를 눈부신 보물처럼 과시하며 레니나가 말했다.

버나드는 그녀가 내미는 유리잔을 짜증스럽게 밀쳐버렸다.

"그렇게 신경질 부리지 말아요." 그녀가 말했다. "1세제곱센티미터만 들면 열 가지 침울한 기분이 물러간다는 걸 잊지 말아요."

"정말이지 포드 님의 이름으로 빌겠는데, 입 좀 닥쳐요!" 그가 소리쳤다.

레니나가 고개를 저었다. "1그램이 불쾌감보다는 항상 좋기 마련이라고요." 그녀는 점잖게 결론을 내린 다음에 자기가 아이스크림을 먹었다.

버나드는 해협을 횡단해서 돌아오던 길에 헬리콥터의 프로펠러를 멈추고 파도 위 100미터도 안 되는 높이에서 추진기로만 부양해 보겠다고 고집을 부렸다. 날씨가 나빠지더니 남서풍이 일었고 을씨년스러운 하늘에는 구름이 잔뜩 껴 있었다.

"보라고요." 그가 명령했다.

"하지만 무서운 걸요." 레니나가 창문에서 몸을 움츠리고 물러나며 말했다. 그녀는 사방에서 몰려드는 캄캄한 허공이 무서웠고, 그들 밑에서 시커먼 바닷물에 거품이 술렁이며 일으키는 얼룩이 무서웠고, 바람에 날려 서둘러 흘러가는 구름들 속에서 넋이 나간 듯 겁에 질려 핼쑥해진 달의 창백한 얼굴 때문에 무서웠다. "라디오를 틀어요. 얼른요!" 그녀는 계기판에서 다이얼로 손을 뻗어 아무 방송이나 틀었다.

"……그대의 마음속에 있는 하늘은 푸릅니다." 16명이 떨리는 가성으로 노래를 불렀다. "날씨는 언제나……."

그러더니 딸깍 소리가 나고는 정적이 이어졌다. 버나드가 방송을 꺼버렸기 때문이다.

"난 평화로운 분위기에서 바다를 보고 싶어요." 그가 말했다. "그런 흉측한 소음을 계속 틀어놓았다가는 무엇 하나 눈에 들어오질 않는다고요."

"하지만 좋은 노래잖아요. 그리고 난 바다를 보고 싶지 않아요."

"난 보고 싶어요." 그가 고집을 부렸다. "바다를 보고 있으면 나는 마치……." 그는 자신이 느끼는 바를 표현하기에 적절한 어휘를 찾느라 잠시 머뭇거렸다. "내 말이 무엇을 의미하는지 당신이 알아들을지는 모르지만, 내가 훨씬 더 나다워지는 기분이 들어요. 그토록 철저히 어떤 다른 존재의 한 부분이 되기보다는 진정으로 나 자신다워진다는 거죠. 사회적인 집단의 세포 하나가 아니고요. 당신은 그런 기분을 느끼지 않나요, 레니나?"

그러자 레니나가 울음을 터뜨렸다. "무서워요, 무섭다고요." 그녀가 자꾸 되풀이해서 말했다. "사회 조직의 한 부분이 되기 싫다는 소리를 어쩌면 당신은 그렇게 아무렇지도 않게 하나요? 누가 뭐라고 해도 모든 사람은 다른 모든 사람을 위해서 일하잖아요. 누구 하나라도 없으면 우리들은 살아갈 수가 없어요. 심지어는 엡실론들까지도……."

"그래요, 나도 알아요." 조롱하는 어조로 버나드가 말했다. "'엡실론들까지도 다 쓸모가 있어요'란 얘기잖아요! 나도 마찬가지고요. 그렇지만 난 정말 그런 존재가 되고 싶지 않아요!"

레니나는 그의 격한 말투에 충격을 받았다. "버나드!" 그녀는 놀라고 실망한 목소리로 반박했다. "무슨 말을 그렇게 해요?"

"무슨 말을 그렇게 하느냐고요?" 그가 명상에 잠기듯 어조를 바꿔서 말했다. "아니죠, 진짜 문제는 어째서 내가 그런 말을 하면 안 되느냐가 아니에요. 그래요, 그보다는 오히려, 왜 내가 그럴 수 없는지 이미 잘 알고 있으니까, 정말로 따져봐야 할 문제는 만일 내가 진정 자유의 몸이라면, 내가 받은 기능 설정의 유도로 인해 노예가 되지 않았다면, 내가 그런 말을 해도 된다면 과연 어떻게 될까 하는 점이죠."

"하지만 버나드, 당신은 지극히 끔찍한 얘기들만 하는군요."

"당신은 자유롭고 싶지 않나요, 레니나?"

"난 당신 얘기를 이해하지 못하겠어요. 나는 자유로워요. 지극히 즐거운 시간을 보낼 자유를 누리며 살죠. 지금은 누구나 다 행복해요."

그가 웃었다. "그럼요, 지금은 누구나 다 행복하고말고요. 우린 다섯 살 때부터 아이들에게 그런 소리를 하죠. 하지만 당신은 다른 방법으로 행복해지는 자유를 누리고 싶지 않나요, 레니나? 예를 들면, 모든 사람의 방법이 아니라 당신 나름대로의 방법으로 말이에요."

"난 당신이 하는 얘기를 못 알아듣겠어요." 그녀가 되풀이해서 말했다. 그러더니 그에게로 시선을 돌리며 "오, 우리 돌아가요, 버나드"라고 애원했다. "난 이곳이 정말 싫어요."

"당신은 나하고 같이 있는 게 싫은가요?"

"그야 물론 좋죠, 버나드. 난 그냥 이곳이 지겨울 뿐이에요."

"난 달과 바다만 있는 곳에서라면 우리가 훨씬…… 훨씬 진정한 친밀감을 느끼리라고 생각했어요. 군중 속이나, 심지어는 내 방보다도, 이런 곳에서라면 훨씬 더 가까워지리라고 말이에요. 당신은 그걸 이해할 수가 없나요?"

"난 아무것도 이해를 못 하겠어요." 그녀는 모르는 상태를 그대로 유지하리라고 결심한 듯 단호하게 말했다. "아무것도요." 그녀는 어조를 바꿔 얘기를 계속했다. "그중에서도 왜 이런 끔찍한 생각들을 하면서도 당신이 소마를 먹지 않는지가 가장 납득이 안 가요. 당신은 그런 생각을 모두 잊어버리게 될 텐데요. 그리고 비참한 기분을 느끼는 대신에 즐거워질 거예요. 너무나 즐거워질 텐데." 마지막 말을 되풀이하면서 레니나가 미소를 지었는데, 비록 눈에는 어리둥절하고 초조한 표정이 가득했으나 그녀의 목소리에는 음란한 유혹을 암시하는 장난기가 엿보였다.

그는 아무런 반응도 보이지 않고 아주 심각한 얼굴로 말없이 그녀를 뚫어져라 쳐다보았다. 레니나는 곧 주눅이 들어 시선을 피했고, 짤막하고 불안하게 잠깐 웃었다. 무슨 얘기를 하면 좋을까 생각해봤지만, 할 말이 머리에 떠오르지 않았다. 침묵이 길게 이어졌다.

마침내 버나드가 말문을 열었지만, 그의 목소리는 지치고 나지막했다.

"그렇다면 좋아요." 그가 말했다. "우리 돌아가기로 하죠." 그가 가속기를 세게 밟자, 헬리콥터가 하늘로 치솟아 올랐다. 고도가 4,000미터까지 높아지자 그는 프로펠러를 작동시켰다. 그들은 1, 2분가량 말없이 비행했다. 그러더니 갑자기 버나드가 웃음을 터뜨렸다. 레니나는 상당히 묘한 웃음이라고 생각했지만, 어쨌든 웃음은 웃음이었다.

"기분이 좋아졌나요?" 그녀가 용기를 내서 물었다.

대답 대신에 그는 조종간에서 한 손을 들어 팔로 그녀를 감싸 안고 젖가슴을 어루만지기 시작했다.

'포드 님 감사합니다.' 그녀는 속으로 생각했다. '버나드가 다시 정상으로 돌아온 모양이야.'

반 시간 후에 그들은 버나드의 방으로 돌아왔다. 그는 소마 네 알을 단숨에 꿀꺽 삼키고, 라디오와 텔레비전을 틀고, 옷을 벗었다.

"어때요?" 이튿날 오후, 옥상에서 만났을 때 음흉하고 교활한 태도로 레니나가 물었다. "어제 재미있었다고 생각해요?"

버나드가 머리를 끄덕였다. 그들은 헬리콥터를 탔다. 약간 기우뚱거린 후에 기체가 이륙했다.

"모두들 내 몸이 굉장히 탄력이 좋다고 그래요." 레니나가 자신의 두 다리를 쓰다듬으며 흐뭇한 생각에 잠겨 말했다.

"굉장히 좋죠." 하지만 버나드의 눈에서는 고통스러운 표정이 어른거렸다. 그는 이런 생각을 했다. '고깃덩어리처럼 말이야.'

그녀는 조금 불안한 얼굴로 그를 올려다보았다. "혹시 당신은 내가 너무 살이 쪘다고 생각하지는 않나요?"

그는 고개를 저었다. 어디를 보나 그냥 고깃덩어리.

"당신은 내가 괜찮다고 생각하는군요." 그는 또다시 머리를 끄덕였다. "모든 면에서요?"

"완벽해요." 그가 말했다. 그리고 마음속으로는 이렇게 생각했다. '이 여자는 자신을 그런 식으로 생각해. 자신이 고깃덩어리라는 걸 개의치 않으니까.'

레니나는 의기양양하게 미소를 지었다. 하지만 그녀가 자만하기에는 아직 일렀다.

"그렇기는 해도 말이에요." 잠깐 침묵을 지킨 다음에 그가 말을 이었다. "그래도 난 모든 것이 달리 끝났더라면 좋았으리라는 생각이 들어요."

"다르게요?" 다르게 끝나는 가능성이 존재한다는 말인가?

"난 우리가 잠자리에 드는 것으로 끝나는 걸 원하지는 않았어요." 버나드가 구체적으로 설명했다.

레니나는 깜짝 놀랐다.

"거침없이 첫날에 말이에요."

"하지만 그렇다면 무엇하러……?"

그는 납득이 안 가고 위험하고 어처구니없는 얘기를 잔뜩 늘어놓기 시작했다. 레니나는 마음의 귀를 막아버리려고 최선을 다했지만, 그의 말이 가끔 한마디씩 끈질기게 그녀의 속으로 파고들었다. "……내가 지닌 충동들을 억제하는 효과를 시험하려고요." 그녀는 그가 하는 말을 들었다. 그 말은 그녀의 마음속에 숨겨놓은 용수철을 건드리는 듯했다.

"오늘 누려도 되는 즐거움을 절대 내일로 미루지 말아요." 그녀가 진지하게 말했다.

"열네 살 때부터 열여섯 살 6개월이 될 때까지 일주일에 두 번씩 200차례 반복한 거로군요." 그가 한 말은 이것이 전부였다. 미치광이처럼 그는 나쁜 얘기를 마구 쏟아냈다. "나는 정열이 무엇인지 알고 싶어요." 그녀는 그가 하는 말을 들었다. "나는 강렬한 무엇을 느끼고 싶어요."

"개인이 감정을 느끼면 집단생활이 비틀거려요." 레니나가 반박했다.

"글쎄요, 집단생활이 조금쯤 비틀거려서 안 될 건 또 없잖아요?"

"버나드!"

하지만 버나드는 요지부동이었다.

"일하는 시간 동안에만, 그리고 지적으로만 어른이죠." 그는 얘기를 계속했다. "감정과 욕망에 있어서는 아기들이지만요."

"우리 포드 님은 아기들을 사랑하셨어요."

"지난번에 불쑥 이런 생각이 들더군요." 그녀가 끼어든 말은 아랑 곳하지 않으면서 버나드가 얘기를 계속했다. "인간이 항상 어른일 가능성이 존재할지도 모른다고요."

"난 이해를 못 하겠어요." 레니나의 어조는 단호했다.

"당신이 이해를 못 한다는 건 나도 알아요. 그리고 바로 그런 이유 때문에 우리들은 어른답게 기다리는 대신 어제 곧바로 잠자리를 같 이했던 거예요."

"하지만 그러니까 좋았잖아요." 레니나는 집요했다. "안 그랬어요?"

"물론 굉장히 좋았죠." 버나드가 대답했지만, 그의 목소리가 어찌 나 처량하고 표정이 비참해 보였는지 레니나는 방금까지 그녀가 느 꼈던 모든 승리감이 삽시간에 사라지는 것 같았다. 결국 버나드는 그녀가 너무 살이 쪘다고 생각하는 모양이었다.

"그러게 내가 말했잖아요." 레니나의 사연을 들은 후에 패니가 한 말은 그것이 전부였다. "대용 혈액에 들어간 알코올 때문이라고요."

"아무리 그래도 말이에요." 레니나가 고집스럽게 말했다. "난 버나 드를 정말로 좋아해요. 손이 너무 멋있다고요. 그리고 어깨의 움직 임, 그게 아주 매력적이죠." 그녀는 한숨을 지었다. "하지만 그렇게 이상한 사람만 아니었으면 참 좋겠어요."

2

안으로 들어가면 국장이 보나마나 싫어하고 못마땅해하는 태도를 노골적으로 드러내리라고 예상한 버나드는 사무실 문밖에서 잠깐 멈춰 어깨를 펴고 심호흡을 하면서 마음을 단단히 먹었다. 그는 문을 두드리고 안으로 들어갔다.

"허가서에 서명을 받으러 왔습니다, 국장님." 그는 한껏 경쾌한 말투로 말하면서 서류를 책상 위에 놓았다.

국장은 떫은 눈길로 그를 힐끗 쳐다보았다. 하지만 서류의 꼭대기에는 세계 통제관의 직인이 이미 찍혔고, 아래쪽에는 무스타파 몬드의 굵직하고 시커먼 서명이 당당하게 자리를 잡고 있었다. 모든 면에서 빈틈없이 격식을 갖추고 있었다. 국장에게는 선택의 여지가 없었다. 그는 (무스타파 몬드의 직인 밑에, 이를테면 발뒤꿈치쯤 되는 곳에 작고 힘없는 글씨로 비굴하게) 자기 이름의 두 머리글자를 적었다. 그리고 아무런 언급도 하지 않은 채 포드 님의 이름으로 잘 다녀오라는 친절한 말 한마디 없이 서류를 되돌려주려다가, 허가서의 본문에 적힌 어떤 내용에 시선이 끌렸다.

"뉴멕시코의 보호 구역으로 간다는 얘기야?" 이렇게 말하는 그의 어조와 버나드를 쳐다보느라 치켜든 얼굴에는 다 같이 어떤 착잡한 놀라움의 감정이 드러났다.

그가 놀랐다는 사실에 덩달아 놀라며 버나드가 머리를 끄덕였다.

침묵이 흘렀다.

국장은 얼굴을 찡그리며 의자 뒤로 몸을 기댔다. "그게 얼마나 오래전이었더라?" 그는 버나드에게 묻는 질문이라기보다는 혼잣말 비슷하게 말했다. "아마 20년은 되었을 거야. 25년이 더 가깝겠지. 내 나이가 틀림없이 자네쯤 되었겠고……." 그는 고개를 저으며 한숨을 쉬었다.

버나드는 지극히 거북한 기분이 들었다. 국장처럼 그렇게 보수적이고, 빈틈없이 정확하기만 한 사람이 그토록 심한 위반을 범하다니! 이 사실을 알게 된 그는 얼굴을 돌려 표정을 감추고 방에서 당장 뛰쳐나가고 싶었다. 까마득한 과거를 얘기하는 사람들에게 어떤 비난할 만한 요소가 내재한다고 생각했기 때문에 그런 기분이 들었던 것은 아니었다. 그런 최면 학습적인 편견은 (그의 상상인지는 몰라도) 이미 자신에게서 완전히 제거한 성향이었다. 그를 당황하게 만들었던 점은 국장이 스스로 반대했던 행위를 저질렀고, 반대했으면서도 그 일을 용납함으로써 자기 자신을 배반했다는 사실이었다. 그의 내면에서 어떤 충동이 머리를 들었기에 그랬을까? 거북함을 느끼면서도 버나드는 열심히 귀를 기울였다.

"나도 자네하고 똑같은 생각을 했었지." 국장이 말했다. "야만인들을 구경하고 싶었어. 뉴멕시코로 가는 허가서를 받아내고는 여름휴가 때 그곳으로 찾아갔지. 그 무렵에 내가 데리고 다니던 여자와 함께 말이야. 그 여자는 아마 베타 마이너스였을 거야."(그는 기억을 더듬는 듯 눈을 감았다.) "아마 그 여잔 노랑머리였을 거야. 각별히 탄력이 좋았다는 게 기억나. 어쨌든 우리는 그곳으로 갔어. 야만인들을 구경하고, 말을 타고 돌아다니기도 하고, 뭐 그랬지. 그러다가 내 휴가의 거의 마지막 날이 되었을 때인데…… 그러니까, 그녀가 실종되었어. 우리는 말을 타고 굉장히 기분 나쁜 어느 산으로 올라갔는데, 날씨가 엄청나게 덥고 답답해서 점심 식사를 한 다음 낮잠을 잤지. 우리들이 아니라 내가 잠들었다고나 할까. 그녀는 틀림없이 혼자 산책을 갔을 거야. 어쨌든 내가 잠에서 깨자 그녀가 없어졌더군. 그리고 내가 한 번도 겪어본 적이 없을 정도로 굉장히 무시무시한 천둥이 막 울려대기 시작했어. 그러더니 폭우가 쏟아지고 천둥이 치고 번갯불이 번쩍거렸는데, 말들이 제멋대로 날뛰고 도망치려 했지. 나는 말들을 잡으려다가 넘어져 무릎을 다치는 바람에 걷기가 어려울 지경이 되었어. 그래도 나는 그녀의 이름을 소리쳐 부르며 계속 찾아다녔어. 하지만 그녀의 자취는 찾을 수가 없었지. 그때 그녀가 혼자 휴게소로 돌아가지 않았을까 하는 생각이 들더군. 그래서 나는 우리들이 올라온 길을 되짚어 계속 내려갔지. 나는 무릎이 견디기 힘들 만큼 아팠고, 소마도 잃어버렸어. 몇 시간이나 걸렸지. 나는 자정이 지난 다음에야 휴게소에 도착했다네. 그런데 그녀는 그곳에 없었어. 그곳에 없었지." 국장이 되풀이해서 말했다. 침묵이 흘렀다. "그래." 마침내 그가 다시 말을 이었다. "이튿날 수색이 벌어졌다네. 하지만 우리는 그녀를 찾아내지 못했어. 어느 골짜기로 떨어겼거나 산짐승에게 잡아먹힌 모양이야. 포드 님이나 아실 노릇이지. 어쨌든 그것은 끔찍한 경험이었어. 당시에는 그 사건이 내 마음을 무척 언짢게 만들었어. 뭐랄까, 필요 이상으로 나를 괴롭혔지. 그건 어느 누구에게나 발생할 만한 그런 종류의 사고였어. 그리고 구성하는 세포들이 달라지더라도 사회 집단은 굳세게 변화가 없어야 하지. 하지만 그런 최면 교육적 위안은 별로 효과가 없는 것 같았어. 사실 난 가끔 그때 꿈을 꾸곤 해." 국장은 머리를 설레설레 흔들고 나지막한 목소리로 말을 이었다. "우르릉거리는 천둥소리에 잠이 깨어 그녀가 없어진 걸 알게 되는 꿈. 나무들 밑에서 그녀를 찾고 또 찾아다니는 꿈." 그는 회상의 침묵 속으로 빠져 들어갔다.

"굉장히 심한 충격을 받으셨겠군요." 거의 부러워하는 듯한 어조로 버나드가 말했다.

그의 목소리를 듣자 국장은 깜짝 놀라 정신을 차리고는 거북해했고, 버나드를 잠깐 쏘아보더니 시선을 돌리며 심하게 낯을 붉혔다. 그리고 갑자기 의심하는 눈초리로 그를 다시 쳐다보고는 위엄을 되찾으려는 듯 화를 내며 말했다. "내가 그 여자하고 무슨 나쁜 관계가 있었으리라는 상상은 하지 말게. 우린 감정이 얽힌 적도 전혀 없고 오래 끄는 관계도 아니었으니까. 그건 어디로 보나 완전히 건전하고 정상적인 관계였어." 그는 버나드에게 허가서를 내주었다. "이런 시시한 얘기로 왜 내가 자네를 지루하게 만들었는지 정말 모르겠군." 약점을 잡힐 만한 비밀을 털어놓은 자신에 대해 화가 치민 그는 버나드에게 분풀이를 했다. 그의 눈에는 노골적인 악의가 드러났다. "그리고 난 이 기회에 해두고 싶은 말이 있네, 마르크스 군." 그가 말을 이었다. "근무 시간이 아닐 때 자네가 하는 행동에 관해서 내가 받은 보고들이 난 전혀 마음에 들지 않아. 자넨 그것이 내가 상관할 일이 아니라고 하겠지. 하지만 역시 내가 상관할 일이야. 나는 본부에 대한 평판을 염두에 둬야 하니까. 내가 거느린 직원들은, 특히 가장 높은 신분의 사람들이라면, 남들의 의심을 받아서는 안 돼. 알파들은 구태여 애를 쓰지 않더라도 정서적인 면에서 저절로 아이들처럼 행동하도록 길이 들었어. 그렇기 때문에 그들은 당연히 더욱 집단에 순응하도록 노력해야만 하지. 비록 마음이 내키지 않더라도 어린애처럼 행동하는 것이 그들의 의무니까. 바로 그런 이유 때문에, 마르크스 군, 난 자네에게 정당한 경고를 하는 거야." 자신이 느끼는 분노를 당당하게 완전히 공식화하려는 듯 이제는 국장의 목소리가 떨리기까지 했다. 그것은 사회 자체를 못마땅하게 여기는 분노인 듯했다. "혹시 유아 행동 규범의 적절한 기준을 조금이라도 어겼다는 보고를 내가 다시금 받게 된다면, 자네가 하급 기관으로, 그것도 이왕이면 아이슬란드 같은 곳으로 전출 발령이 나도록 신청하겠네. 그럼 잘 가게나." 그리고 그는 의자를 빙글 회전시켜 펜을 들어 써 내려가기 시작했다.

'그만하면 정신이 좀 들었겠지.' 그는 속으로 생각했다. 하지만 그의 판단은 착각이었다. 개인으로서의 자신이 지닌 중요성과 위치를 확인한 버나드는 오히려 그런 의식에 도취되어 의기양양해졌다. 그리고 체제의 질서에 대항해 자신이 투쟁하고 혼자 우뚝 서게 되었다는 생각에 젖어 환희에 차서는, 활기차게 나가 문을 쾅 닫았다. 잠시 시달림을 당했다는 생각까지도 절망은커녕 활력소 노릇을 해서, 그는 조금도 기가 꺾이지 않았다. 그는 고난에 맞서 극복하기에 충분할 만큼 자신이 강하다고 느꼈으며, 심지어 아이슬란드로 쫓겨 가는 처지까지도 감당할 용기가 생겼다. 그리고 이런 자신감은 사실상 그가 무엇인가 직시하고 타개해야 할 일이 생기리라고는 한순간도 믿지 않았기 때문에 더욱 커졌다. 그런 정도의 일로 전출 명령이 나지는 않으니까. 아이슬란드는 단순한 위협에 불과했다. 가장 자극적이며 생명력을 불어넣는 위협. 복도를 걸어가며 그는 자기도 모르게 휘파람까지 불었다.

그날 저녁에 그는 부화-습성 훈련국장과 가졌던 면담을 영웅적인 무용담처럼 얘기했다. "그래서 말이에요." 그가 결론을 내렸다. "난 그냥 국장에게 과거라는 끝없는 나락으로 떨어져버리라고 말하고는 방에서 나와버렸어요. 그렇게 된 거라고요." 그는 자신이 받아 마땅한 공감과 격려와 찬사의 보답을 기다리며 기대를 품고 헬름홀츠 왓슨을 쳐다보았다. 하지만 아무 말도 나오지 않았다. 헬름홀츠는 마룻바닥을 물끄러미 쳐다보면서 잠자코 앉아 있었다.

그는 버나드를 좋아했고, 아는 사람들 가운데 자기가 중요하다고 생각하는 문제들에 관해서 얘기를 나눌 수 있는 유일한 남자였기 때문에 그를 고맙게 생각했다. 그렇기는 해도 그는 버나드의 어떤 면모들은 싫어했다. 예를 들면, 이렇게 잘난 체하는 태도. 그리고 그렇지 않을 때의 맥 빠진 자아 연민의 폭발 따위. 또한 일이 끝난 다음에야 대담해지거나 쓸데없는 곳에서 지극히 침착한 태도를 과시하는 한심한 습성. 그는 버나드의 이런 면모들을 싫어했는데, 그 이유 역시 버나드를 좋아하기 때문이었다. 시간이 흘렀다. 헬름홀츠는 계속해서 마룻바닥을 물끄러미 내려다보았다. 그러자 갑자기 버나드는 낯을 붉히고 시선을 돌렸다.

3

여행 동안에는 별다른 사건이 없었다. 청색 태평양 로켓은 2분 30초 일찍 뉴올리언스에 도착했다. 텍사스 상공에서 회오리바람을 만나 4분 연착했지만, 서경 95도에서 순조로운 기류를 만나 산타페에 예정보다 겨우 40초 정도 늦은 시간에 도착했다.

"6시간 반의 비행에서 40초라. 별로 나쁘지는 않군요." 레니나가 그만하면 봐주겠다는 듯 말했다.

그날 밤 그들은 산타페에서 숙박했다. 호텔은 훌륭했으며, 작년 여름에 레니나가 너무나 고생을 많이 했던 끔찍한 오로라 보라 팰리스하고는 비교가 안 될 정도였다. 액화 공기, 텔레비전, 진동 진공 안마기, 라디오, 절절 끓는 카페인 용액, 따끈한 피임약, 그리고 여덟 가지 다른 종류의 향수가 침실마다 가지런히 비치되었다. 그들이 정문으로 들어서자 합성 음악 장치까지 작동 중이었으므로 더 이상 바랄 것이 없었다. 승강기 안에 붙은 게시판을 확인해보니 호텔에는 60개의 에스컬레이터 스쿼시 구장이 갖춰져 있고, 공원에서는 장애물 골프와 전자 골프 두 가지를 다 즐길 수 있다고 했다.

"기가 막히게 멋진 곳이에요." 레니나가 소리쳤다. "여기 아예 눌러앉아 살았으면 좋겠다는 생각이 들 정도예요. 에스컬레이터 스쿼시 구장이 60개라니……."

"보호 구역에 가면 하나도 없을 거예요." 버나드가 그녀에게 귀띔을 해주었다. "그리고 향수도 없고, 텔레비전도 없고, 심지어는 더운물도 없어요. 그런 곳에서 견딜 자신이 없으면 당신은 내가 돌아올 때까지 여기서 지내도록 해요."

레니나는 상당히 기분이 상했다. "물론 난 그런 것도 잘 견딜 수 있어요. 내가 이곳이 좋다고 말했던 이유는 다만…… 뭐랄까, 발전이란 좋은 거잖아요, 안 그래요?"

"열세 살 때부터 열일곱 살 때까지 일주일에 한 번씩 500번 반복해서 들었던 말이로군요." 버나드가 혼잣말처럼 짜증스럽게 말했다.

"뭐라고 하셨나요?"

"발전이란 아름다운 것이라고 그랬어요. 그렇기 때문에 당신이 진심으로 가고 싶다는 마음이 없다면 보호 구역으로 가서는 안 되죠."

"하지만 난 진심으로 가고 싶어요."

"그렇다면 좋아요." 버나드의 말은 거의 위협에 가까웠다.

그들의 허가서에는 보호 구역 감독관의 서명이 필요했기 때문에, 이튿날 아침 두 사람은 감독관의 사무실로 찾아갔다. 엡실론 플러스 흑인 짐꾼이 버나드의 출입증을 접수하고는 그들을 들여보내 주었다.

감독관은 금발 머리에 단두형短頭形 알파 마이너스였다. 키가 작고, 혈색이 불그레하고, 달처럼 둥그런 얼굴에, 어깨가 딱 벌어지고, 목소리는 우렁찼으며, 최면 학습의 구절들에 적응이 아주 잘된 인물이었다. 그는 관련이 없는 갖가지 정보와 청하지도 않은 충고 사항을 저장한 광산이나 마찬가지였다. 일단 말문이 열리면 그는 우렁찬 목소리로 얘기를 계속하고 또 계속했다.

"……56만 제곱킬로미터의 면적이 고압 철조망으로 둘러싸인 4개의 보호구로 뚜렷하게 구분되어 있습니다."

바로 그 순간 뚜렷한 이유도 없이, 버나드는 불현듯 욕실에서 화장수 수도꼭지를 틀어놓은 채로 그냥 왔다는 사실이 생각났다.

"……그랜드캐니언 수력 발전소에서 전류를 공급받아요."

'내가 돌아갈 때쯤이면 요금이 엄청나게 많이 나오겠구나.' 버나드는 향수 계기의 바늘이 개미처럼 쉬지 않고 자꾸만 자꾸만 기어가듯 돌아가는 장면이 눈앞에 선했다.

'얼른 헬름홀츠 왓슨에게 전화를 걸어야겠어.'

"······6만 볼트의 전기가 흐르는 철책이 5,000킬로미터가 넘습니다."

"정말로 대단하군요." 상대방이 무슨 얘기를 하는지 전혀 이해하지 못하면서도 레니나는 감독관이 극적인 효과를 노리느라 잠깐 설명을 멈춘 틈을 타서 공손하게 맞장구를 쳤다. 감독관이 시끄러운 목소리로 얘기를 시작했을 때 그녀는 아무도 모르게 반 그램짜리 소마를 하나 삼켰다. 덕분에 그녀는 지금 남의 얘기를 듣지 않고, 아무 생각 없이 황홀한 표정으로 커다랗고 푸른 눈을 감독관의 얼굴에 고정시킨 채 차분하게 앉아서 버틸 수 있었다.

"철책을 손으로 건드리기만 해도 즉사예요." 감독관이 엄숙하게 엄포를 놓았다. "그러니까 야만인 보호 구역에서 도망칠 방법은 없어요."

'도망'이라는 표현은 암시적인 어휘였다. "아무래도 우린 가봐야겠어요." 버나드가 반쯤 몸을 일으키며 말했다. 한 마리의 곤충처럼 시간을 야금야금 파먹어 들어가고, 그의 돈을 먹어 치우며 달려가는 작고 검은 바늘.

"도망칠 길이 없다고요." 감독관이 다시 의자에 앉으라고 그에게 손짓해 보이며 되풀이해서 말했다. 허가서에 아직 확인 서명을 받지 못했으므로 버나드는 지시에 따르는 수밖에 없었다. "보호 구역에서 태어난 사람들은 말이죠, 젊은 아가씨, 이걸 잊지 말아요." 그는 음탕한 곁눈질로 레니나를 힐끔거리며 목소리에 어울리지 않는 속삭임으로 덧붙여 말했다. "보호 구역에서는 아이들이 지금까지도 모체에서 태어나요. 그래요, 역겹다고 생각될지 모르겠지만 어쨌든 정말로 그렇게 태어난다는 걸 잊지 말아요……." (그는 이런 수치스러운 문제에 관한 언급에 레니나가 낯을 붉히기를 바랐지만, 그녀는 이미 알고 있다는 듯 미소를 지으며 "그럴 리가요!"라고만 말했다. 실망한 감독관이 다시 얘기를 계속했다.) "다시 말하는데, 보호 구역에서 태어난 사람은 그곳에서 죽어야 할 운명입니다."

죽어야 할 운명이라고……. 1분마다 1데시리터의 오드콜로뉴 화장수가. 한 시간이면 6리터. 버나드가 다시 시도를 했다.

"이제 우린……."

감독관은 앞으로 몸을 내밀면서 집게손가락으로 책상을 톡톡 쳤다. "보호 구역에 얼마나 많은 사람들이 살고 있는지 나한테 물어본다면 내 대답은ㅡ." (그는 의기양양하게 말했다.) "내 대답은 모르겠다는 거예요. 우린 추산밖에 할 수가 없어요."

"그럴 리가요!"

"젊은 아가씨, 그럴 리가 있답니다."

6 곱하기 24면ㅡ아니지, 6 곱하기 36에 더 가깝겠다. 버나드는 창백해진 얼굴로 초조하게 몸을 떨었다. 하지만 우렁찬 목소리는 가차없이 이어갔다.

"……5만 명의 원주민들과 1차 교배 혼혈아들…… 철저한 야만인들이고…… 우리 감시인들이 가끔 찾아가 보지만…… 그 이외에는 어떤 문명 세계와의 접촉도 이루어지지 않으니…… 아직도 역겨운 그들의 습성과 관습들을 보존해서…… 우리 젊은 아가씨도 알고 있겠지만, 결혼이니, 가족이니…… 기능 설정 훈련은 받지도 않고…… 흉악한 미신들을 믿어서…… 기독교니, 토템 숭배니, 조상 숭배니…… 주니어,* 스페인어, 아타파스카어** 따위의 죽어버린 언어들에…… 퓨마와 고슴도치와 다른 맹수들…… 전염병들…… 성직자들…… 독성 도마뱀들…….”

"그게 정말인가요?"

드디어 그들은 풀려났다. 버나드는 당장 전화기가 있는 곳으로 달려갔다. 어서, 어서! 하지만 그가 헬름홀츠 왓슨과 통화를 하기까지에는 거의 3분이나 걸렸다. "우린 벌써 야만인들을 만났어야 마땅해요." 그가 불평했다. "이렇게 비능률적으로 일을 하다니!"

"이거 1그램 들어요." 레니나가 권했다.

그는 화를 내는 편이 더 좋기 때문에 싫다고 거절했다. 그리고 마침내 포드 님 덕분에 그는 목적을 달성했다. 그렇다, 버나드가 전화로 무슨 문제가 생겼는지 설명했더니 헬름홀츠는 지금 당장 가서 수도꼭지를 잠그겠다고 약속했다. 그리고 마침 이렇게 통화할 기회가 생겼으니 부화본부 국장이 어제저녁에 공식 석상에서 한 말을 전해주었는데…….

---

* 서부 뉴멕시코 아메리카 원주민이 쓰던 언어, Zuñi
** 나바호와 아파치를 포함한 북아메리카 원주민들이 쓰던 언어, Athapascan

"뭐라고요? 내 후임이 될 사람을 구한다는 말이에요?" 버나드가 고통스러운 목소리로 말했다. "그렇다면 정말로 결정이 난 일이겠군요? 국장이 아이슬란드 얘기를 하던가요? 그런 말을 했다고요? 포드 님 맙소사! 아이슬란드라니……." 그는 수화기를 내려놓고 레니나를 향해 다시 돌아섰다. 그의 얼굴은 창백했고, 표정은 완전히 절망적이었다.

"왜 그러세요?" 그녀가 물었다.

"왜 그러느냐고요?" 그는 의자에 털썩 주저앉았다. "난 아이슬란드로 전출을 가게 됐어요."

그는 과거에 자주 (소마나 그 무엇의 도움도 없이 자신의 내적인 자질에만 의존해서) 어떤 커다란 시련, 고통, 박해에 맞서게 되면 어떨까 하고 궁금하게 생각했었고, 심지어는 그런 고난을 갈망하기까지 했었다. 일주일 전만 해도 그는 국장의 사무실에서 자신이 용기 있게 저항하고, 말없이 참고 고통을 받아들일 수 있다고 생각했었다. 국장의 위협은 사실상 그의 사기를 높여주었고, 무슨 대단한 인물이라도 된 듯한 기분을 느끼게 했다. 하지만 지금에서야 깨달았듯이 그것은 위협을 별로 심각하게 받아들이지 않았기 때문에 가능한 일이었으니, 군이 따지자면 부화본부 국장이 절대로 그런 짓을 할리가 없으리라고 믿었기 때문에 부렸던 만용에 지나지 않았다. 막상 그 위협이 현실로 나타나려고 하자 버나드는 잔뜩 겁이 났다. 그가 상상했던 극기, 가상했던 용기는 흔적조차 남지 않고 사라졌다.

그는 (얼마나 한심한 바보인가! 하고) 자신에 대해서, (그에게 다시 한 번 기회를 주지 않고, 언제라도 다시 받아들일 마음이 있었다는 사실이 이제야 의심할 나위 없이 확실해진 그 기회를 다시 주지 않다니 그렇게 못마땅할 수가 없는) 국장에 대해서 격분했다. 그리고 아이슬란드. 아이슬란드……

레니나가 그러지 말라고 머리를 저었다. "과거가 어떻든 앞으로가 어떻든지 간에 이것저것 따져봤자 골치만 아파져요." 그녀가 말했다. "소마 1그램이면 그런 걱정은 다 없어진다니까요."

결국 그녀는 소마를 네 알이나 삼키도록 그를 설득했다. 5분 후에 근심의 나무에서는 원인의 뿌리와 결과의 열매들이 사라졌고, 현재의 꽃만이 장미처럼 활짝 피었다. 짐꾼의 전갈로는 감독관의 명령에 따라 보호 구역 경비대에서 헬리콥터를 가지고 와 호텔 옥상에서 기다린다고 했다. 그들은 당장 위로 올라갔다. 초록색 감마 제복 차림의 8분 혼혈아*가 경례를 붙이고는 오전의 계획을 읊어댔다.

10여 개의 주요한 푸에블로 토인 부락들을 상공에서 살펴본 다음에 말파이스 계곡El Malpaís**에 내려 점심 식사를 할 것이다. 그곳에는 편안한 휴게소가 있으며, 푸에블로 마을에서는 야만인들이 아마도 여름 축제를 열고 있을 터였다. 밤을 보내기에는 그곳이 가장 좋으리라.

---

* 흑백 혼혈로서 흑인의 피가 8분의 1 섞여 있음
** 천연기념물로 지정된 화산 지대

그들은 헬리콥터를 타고 곧 출발했다. 10분 후에 그들은 문명 세계와 야만 세계를 분리시키는 변경을 넘어섰다. 산을 오르락내리락하며, 소금과 모래의 사막을 가로질러, 숲을 지나 깊고 깊은 보랏빛 계곡들 속으로, 거대한 바위와 산봉우리와 책상처럼 꼭대기가 평탄한 암석 지대 위로 지나갔다. 인류의 목적이 승리했음을 보여주는 기하학적인 상징처럼 울타리가 일직선으로 한없이 뻗어 나갔다. 그 밑에는 여기저기 하얀 뼈들이 조각 무늬를 이루고 있었다. 사슴이나 황소, 퓨마나 고슴도치, 코요테, 이리, 아니면 게걸스러운 칠면말똥가리*가 부패한 고기 냄새에 이끌려 하마터면 울타리를 파괴할 정도로 너무 가까이 접근했다가, 인과응보를 따르기라도 하듯 감전되어 타 죽어서 황갈색 땅에다 시커먼 얼룩을 남겨놓은 것이다.

"통 버릇을 못 고친다니까요." 저 아래 땅바닥에 널린 뼈들을 가리키며 초록색 제복의 조종사가 말했다. "그리고 앞으로도 절대로 버릇을 못 고치겠죠." 그는 감전으로 죽은 짐승들에 대해서 개인적인 승리를 거두기라도 한 것처럼 말을 덧붙이고는 웃었다.

버나드도 따라 웃었는데, 소마 2그램을 먹고 나서인지 그런 농담이 웬일인지 재미있게 들렸다. 그러고는 금방 잠이 들었다. 그가 잠든 사이에 그들은 타오스와 테스크, 남베와 피쿠리스, 포조아크, 시아와 코치티, 라구나와 아코마, '마법의 분지', 주니와 시볼라와 오조

---

* 남미와 중미산 독수리의 일종으로 시체를 뜯어 먹고 살아감

칼리엔테를 지났다. 마침내 그가 잠에서 깨어났을 때는 헬리콥터가 이미 착륙한 다음이었으며, 레니나는 옷가방들을 작고 네모난 집으로 옮기는 중이었다. 초록색 감마 8분 혼혈아는 어느 젊은 원주민과 알아들을 수 없는 언어로 얘기를 주고받았다.

"말파이스에 도착했습니다." 버나드가 헬리콥터에서 내리자 조종사가 설명했다. "여기는 휴게소예요. 그리고 오늘 오후에 푸에블로 마을에서 무도회가 열린다는군요. 저 사람이 그곳으로 안내해줄 겁니다." 그는 무뚝뚝한 얼굴의 젊은 야만인을 가리켰다. "아마 재미있을 거예요." 그는 히죽 웃었다. "그들이 하는 모든 짓이 우스우니까요." 이 말과 함께 그는 헬리콥터에 올라 시동을 걸었다. "내일 다시 오겠습니다. 그리고 잊지 마세요." 그는 안심을 시키느라 레니나에게 덧붙여 말했다. "야만인들은 완전히 길이 들었기 때문에 전혀 해를 끼치지 않을 거예요. 그들은 가스 폭탄으로 잔뜩 혼이 나서 어떤 수작도 벌여서는 안 된다는 걸 잘 알고 있죠." 그는 여전히 웃으면서 헬리콥터 추진기를 작동시키고는 그곳을 떠나버렸다.

제7장

암석 지대는 사자의 털 빛깔 같은 먼지가 덮힌 해협에서 바람이 불지 않아 앞으로 나아가지 못하는 돛배처럼 보였다. 깎아지른 절벽들 사이로 물길이 구불구불 흘러갔고, 한 줄기 강과 들판이 초록빛 띠를 이루며 한쪽 절벽에서 다른 쪽 절벽으로 계곡을 가로질러 내려갔다. 해협의 한가운데 멈춰 선 돛배처럼 보이는 바위의 뱃머리 쪽에는, 말파이스의 푸에블로 마을이 벌거숭이 돌덩어리를 기하학적으로 잘 가꾸어놓은 듯 툭 불거져 나와 있었다. 위로 올라갈수록 작아지는 높다란 집들이 층층으로 계단을 이룬 피라미드처럼 푸른 하늘을 향해 솟아올라 있었다. 그 밑에는 나지막한 건물들이 산재했고 벽들이 서로 엇갈려 이어졌으며, 절벽의 삼면은 평원을 향해 급경사를 이루고 있었다. 바람이 불지 않는 공중으로 연기 몇 가닥이 수직으로 올라가다가 사라졌다.

"괴이해요." 레니나가 말했다. "너무나 괴이해요." 이것은 그녀가 흔히 무엇을 비난할 때 자주 쓰는 표현이었다. "난 이곳이 마음에 들지 않아요. 그리고 저 사람도 싫어요." 그녀는 그들을 푸에블로 마을로 데리고 올라가는 일을 맡은 원주민 안내자를 가리켰다. 보아하니 상대방도 그녀와 마찬가지였는지, 앞에서 걸어가는 남자의 뒷모습에는 악의에 차서 말없이 경멸하는 분위기가 잔뜩 서려 있었다.

"게다가 말예요." 그녀는 목소리를 낮추었다. "악취까지 풍겨요."

버나드는 그녀의 말에 반박할 마음이 들지 않았다. 그들은 계속해서 걸었다.

갑자기 대기 전체가 생동하고, 지칠 줄 모르는 피의 흐름으로 고동치는 듯했다. 저 꼭대기 말파이스에서 북소리가 울렸다. 그 신비스러운 심장의 고동 소리에 따라 그들의 걸음이 빨라졌다. 그들은 절벽 밑으로 뻗어 내려간 길을 따라갔다. 거대한 암석 돛배의 양쪽 뱃전이 그들의 머리 위로 100미터나 높이 솟아 있었다.

"헬리콥터를 가지고 왔더라면 좋았을 걸 그랬어요." 위압적이고 살벌한 바위 표면을 못마땅한 눈으로 올려다보면서 레니나가 말했다. "난 걷는 것이 싫어요. 그리고 산기슭의 땅바닥에 서 있으면 내가 너무나 왜소해진 기분이 들어요."

그들은 암석 지대의 그늘을 따라 얼마 동안 걸었다. 돌출된 부분을 돌고 나니 홍수로 둥그렇게 깎인 골짜기 안에 배의 갑판 사다리 같은 계단식 통로가 위로 뻗어 있었다. 그들은 비탈길을 올라갔다. 아주 가파른 그 길은 골짜기의 이쪽저쪽으로 구불거렸다. 때때로 고동치는 북소리가 거의 안 들리기도 하다가 모퉁이 바로 저쪽에서 울리는 것처럼 커지기도 했다.

길을 반쯤 올라갔을 무렵 독수리 한 마리가 가까이 날아와 지나 갔는데, 날개가 일으킨 차가운 바람이 그들의 얼굴에 느껴질 정도였 다. 바위의 어느 틈바구니에는 뼈가 한 무더기 쌓여 있었다. 모든 것 이 답답할 만큼 괴이했고, 원주민의 악취는 점점 더 심해졌다. 그들 은 마침내 골짜기에서 눈부신 햇살이 비치는 곳으로 나왔다. 암벽의 꼭대기는 갑판처럼 평평했다.

"채링 T 타워 같군요." 레니나가 한마디 했다. 하지만 그녀는 마음 을 편하게 해주는 낯익은 풍경을 별로 오래 즐길 여유가 없었다. 조 심스럽게 타박거리는 발소리에 그들은 시선을 돌렸다. 두 명의 원 주민이 길을 따라 뒤에서 달려왔는데, 그들은 목에서부터 배꼽까지 벌거벗고, (나중에 레니나가 설명한 바로는 "아스팔트 정구장처럼") 암갈색 몸에다 하얀 줄을 그리고, 주홍과 검정과 황토색을 잔뜩 찍 어 발라서 얼굴이 사람 같지 않았다. 그들은 머리카락을 여우 털과 붉은 헝겊으로 땋아 내렸다. 그들의 어깨에서는 칠면조 깃털로 만든 외투가 펄럭거렸으며, 머리에 두른 커다란 깃털 관은 장식이 요란했 다. 그들이 발걸음을 옮길 때마다 뼈와 청록색 옥으로 만든 묵직한 목걸이와 은팔찌들이 짤그랑거렸다. 그들은 한마디 말도 없이 사슴 가죽신을 신고 조용히 달려왔다. 그들 가운데 한 사람은 깃털로 엮 은 솔을 손에 들었고, 다른 한 사람은 멀리서 보기에 서너 개의 굵은 밧줄 같은 것을 양손에 들고 있었다. 밧줄 하나가 불안하게 몸부림 쳤는데, 레니나는 그것들이 뱀이라는 사실을 깨달았다.

남자들이 점점 더 가까이 다가와 까만 눈으로 그녀를 쳐다보았지만 아무런 인식의 기미도 드러나지 않았다. 그녀를 보았다거나 그녀의 존재를 의식한다는 어떤 반응조차 찾아보기가 힘들었다. 몸부림치던 뱀이 다른 뱀들처럼 다시 축 늘어졌다. 그들이 지나갔다.

"난 이런 거 싫어요." 레니나가 말했다. "난 이런 거 싫어요."

푸에블로 마을의 입구에서 무엇인가 지시를 받으려고 안내자가 안으로 들어가고 그들 두 사람만 남았을 때 주위를 둘러본 그녀는 더욱 심하게 역겨움을 느꼈다. 우선 오물과, 쓰레기 더미와, 먼지와, 개들과 파리 떼가 싫었다. 그녀는 비위가 상해서 잔뜩 얼굴을 찡그렸다. 그리고 손수건으로 코를 막았다.

"도대체 어떻게 이런 곳에서 사람들이 살아간다는 말이죠?" 그녀는 믿기지 않는다는 듯 짜증스럽게 신경질을 부렸다. (도저히 상상할 수가 없었다.)

버나드는 염세주의적인 냉정함을 보였다. "어쨌든 그들은 5,000년이 넘도록 이런 식으로 살아왔어요." 그가 말했다. "그러니까 아마 그들은 이런 삶이 익숙해졌을 거예요."

"하지만 청결함은 포드다움에 버금가는 일이잖아요." 그녀가 고집스럽게 말했다.

"그래요, 뿐만 아니라 문명은 살균 활동이고요." 버나드는 기초 위생학의 최면 교육 제2과의 내용을 비꼬는 어조로 언급했다. "하지만 이곳 사람들은 우리 포드 님 얘기를 들어본 적도 없고, 개화하지도 못 했어요. 그러니까 따져봤자…….."

"맙소사!" 그녀는 그의 팔을 움켜잡았다. "저길 보세요."

거의 벌거벗다시피 한 모습의 원주민이 옆집의 2층 테라스에서 아주 천천히 사다리를 타고 내려오는데, 너무 나이가 많아 몸을 제대로 가누지 못하고 부들부들 떨면서 조심스럽게 한 칸씩 내려왔다. 그의 얼굴은 깊게 주름이 지고 새카매서 오석烏石으로 만든 가면을 쓴 사람 같았다. 치아가 없어서인지 입은 푹 꺼져 있었다. 입가와 턱의 양쪽에서는 몇 가닥의 길고 뻣뻣한 털이 시커먼 피부와 대조적으로 하얗게 반짝거렸다. 땋지 않은 기다란 머리는 그의 얼굴 주위로 회색 다발을 이루며 흘러내렸다. 그는 몸이 구부정했으며 살이 거의 없을 정도로 뼈만 앙상하게 말랐다. 다시 발을 옮기기 전에 한 계단마다 멈춰 잠깐씩 쉬면서 그는 아주 천천히 내려왔다.

"저 사람 왜 저래요?" 레니나가 숨죽여 물었다. 공포와 놀라움으로 그녀의 눈이 휘둥그레졌다.

"그냥 늙어서 그래요." 버나드는 가능한 한 무관심하게 말했다. 그역시 놀랐지만 마음의 동요를 보여주지 않으려 나름대로 애를 썼다.

"늙어요?" 그녀가 되풀이해서 말했다. "하지만 국장님도 늙었고, 많은 사람들이 늙었지만 누구 하나 저렇지는 않잖아요."

"그건 우리들이 저렇게 되도록 그냥 내버려두지 않았기 때문이죠. 우린 사람들을 질병으로부터 보호합니다. 내분비 활동을 인공적으로 조절해서 젊은 단계와 평형을 유지해요. 우린 마그네슘과 칼슘의 비율이 서른 살 때의 비율 밑으로 떨어지지 않게 해놨어요. 그리고 사람들에게 젊은 피를 수혈해서 그들의 신진대사를 영원히 자극받는 상태로 유지해요. 그래서 그들은 저런 모습이 되지 않죠." 그가 덧붙여 말했다. "그들이 저 늙은이의 나이가 되기 훨씬 전에 대부분 죽는다는 사실도 부분적인 이유로 꼽아야 되겠죠. 젊음이 육십 살까지 거의 훼손되지 않고 지속되다가 갑자기 덜컥! 끝장이에요."

하지만 레니나는 그의 얘기에 귀를 기울이지 않았다. 그녀는 노인을 지켜보았다. 천천히, 천천히, 늙은이가 내려왔다. 그의 두 발이 마침내 땅에 닿았다. 늙은이가 돌아섰다. 푹 꺼진 둥그런 구멍 속에서 그의 두 눈이 아직도 놀랄 만큼 번득였다. 노인은 마치 그녀의 모습이 전혀 보이지 않는 듯 놀라지도 않고 무표정하게 한참 동안 그녀 쪽을 물끄러미 쳐다보았다. 그러더니 천천히, 구부정한 몸으로 터벅터벅 두 사람의 곁을 지나 어디론가 가버렸다.

"정말로 끔찍한 일이에요." 레니나가 숨을 죽여 말했다. "한심하다고요. 우린 이곳에 오지 말았어야 하는 건데 그랬어요." 그녀는 소마를 찾으려고 호주머니 속을 더듬었지만, 여태껏 저질러본 적이 없는 실수로 병을 휴게소에 두고 그냥 올라왔음을 깨달았다. 버나드의 호주머니 역시 텅 비어 있었다.

레니나는 아무런 도움도 없이 스스로 말파이스의 온갖 공포에 직면하게 되었다. 공포는 무더기로 한꺼번에 그녀에게 몰려들었다. 두 명의 젊은 여자가 아기에게 젖을 내미는 광경을 보자 그녀는 낯을 붉히고 눈길을 돌렸다. 그녀는 평생 이토록 불결한 꼴은 본 적이 없었다. 그리고 더욱 난처했던 노릇은, 눈치껏 못 본 체하기는커녕 버나드가 이렇게 구역질 나는 모체 태생에 대한 장면을 놓고 노골적인 언급을 계속했다는 사실이었다. 소마의 효력이 사라진 지금 그는 오늘 아침에 호텔에서 보였던 자신의 나약함을 창피하게 생각해서인지 짐짓 강하고도 이단적인 인상을 주려고 애썼다.

"이 얼마나 친밀하고 멋진 광경인가요!" 고의적으로 반발심을 자극하려는 듯 그가 말했다. "그리고 거기에서 발생하는 감정은 얼마나 강렬할까요! 난 인간이 어머니를 가져보지 못했기 때문에 무언가 상실했을지도 모른다는 생각을 자주 해요. 아마 당신도 어머니가 되지 않아서 무엇인가를 상실한 셈인지도 몰라요, 레니나. 자신의 어린 아기를 데리고 저기 앉아 있는 당신의 모습을 상상해 봐요……."

"버나드! 어쩌면 그런 소리를 하세요?" 피부병에 걸리고 안염眼炎을 앓는 늙은 여자가 지나가는 것을 보고 그녀의 분노가 잠시 다른 곳으로 쏠렸다.

"우리 떠나도록 해요." 그녀가 애원했다. "난 이런 거 싫어요."

하지만 바로 그때 안내자가 돌아와서 따라오라고 그들을 손짓해 부르고는 집들 사이로 난 좁은 길을 앞장서서 내려갔다. 그들은 모퉁이를 하나 돌았다. 죽은 개 한 마리가 쓰레기 더미 위에 버려져 있었고, 갑상선종甲狀腺腫이 난 여자가 어린 계집아이의 머리카락을 뒤져 이를 잡아주고 있었다. 안내자가 사다리 밑에서 걸음을 멈추더니 손을 수직으로 들었다가 수평으로 재빨리 앞을 향해 뻗었다. 그들은 말없이 그가 시키는 대로 했으며, 사다리를 기어 올라가 문간을 하나 통과했다. 그러자 좁고 기다란 방이 나왔는데, 상당히 컴컴한 그 골방에서는 요리를 한 기름 냄새와 연기 냄새, 그리고 오랫동안 빨지 않고 그냥 입은 옷 냄새가 풍겼다. 방의 반대편 끝에는 문이 또 하나 있었는데, 그쪽에서 햇빛이 쏟아져 들어오고, 가까운 곳에서는 아주 시끄러운 북소리가 들려왔다.

그들이 문턱을 넘어서자 널찍한 테라스가 나왔다. 발밑에는 높다란 집들이 사방을 둘러싸고 늘어서 있었는데, 원주민들이 잔뜩 모인 마을의 공터가 시야에 들어왔다. 환한 빛깔의 담요들과 검은 머리에 꽂은 깃털들, 터키옥의 광채, 열기로 반들거리는 검은 피부. 레니나는 다시 손수건으로 코를 막았다. 공터 한가운데 탁 트인 공간에는 짓이긴 진흙과 돌을 섞어 만든 두 개의 둥그런 단이 자리 잡고 있었다. 보아하니 지하에 만든 무슨 방들의 지붕인 모양이었다. 불룩 솟은 단마다 중앙에 승강구가 뚫려 있었으며 캄캄한 밑에서 올라오는 사다리를 그곳에 걸쳐 놓았다. 지하에서 연주하는 피리 소리가 잠시 들려오더니 줄기차게 사정없이 두드리는 북소리 속으로 어느새 잠겨버렸다.

레니나는 북소리가 마음에 들었다. 그녀는 눈을 감고 나지막이 반복되는 천둥소리에 자신을 내맡겼다. 낮은 북소리가 그녀의 의식 속으로 점점 더 철저하게 침투해서 결국은 육중한 북의 고동 이외에는 세상에 아무것도 남지 않았다. 북소리는 친목 집회와 포드의 날 행사 때 울리는 합성 음악들을 연상시켜서 그녀의 마음에 위안을 주었다. "홍겹고도 홍겹구나." 그녀는 혼자 속삭였다. 북들이 똑같은 박자로 울려댔다.

두 사람이 깜짝 놀랄 만큼 갑작스럽게 노래가 터져 나왔는데, 수백 명의 남자 목소리가 동시에 날카로운 금속성 소리를 내며 맹렬하게 울려 나왔다. 몇 개의 긴 선율, 그리고 침묵이 이어졌고, 천둥 같은 북소리 뒤에 다시 침묵이 흘렀다. 그러고는 말이 힝힝거리듯 날카롭게 떨리는 목소리로 여자들이 응답했다. 그러더니 다시 북소리, 다시금 남자들의 굵직하고 야만스러운 목소리가 그들의 남성다움으로 화답했다.

괴이했다. 그렇다, 이 장소도 괴이하고, 음악도, 옷도, 갑상선종도, 피부병과 늙은 사람들도 괴이했다. 하지만 공연 자체만큼은 특별히 이상한 점이 없는 것 같았다.

"저건 하급 계층의 공동체 노래를 연상시키는군요." 그녀가 버나드에게 말했다.

하지만 아무에게도 해를 끼치지 않는 노래는 잠시 후에 더 큰 불쾌한 무엇을 연상시켰다. 지하의 원형 방들로부터 갑자기 흉측한 괴물 집단이 무더기로 올라왔기 때문이다. 그들은 인간과 비슷한 모습이 몽땅 사라질 정도로 요란한 칠을 하거나 해괴한 가면을 쓰고 광장을 돌며 이상하게 절름거리는 듯한 춤을 추었다. 그들은 노래를 부르고 돌고 또 돌았으며, 그렇게 한 바퀴를 돌 때마다 조금씩 춤과 노래가 빨라졌다. 북소리가 달라지자 박자 역시 빨라졌으며, 귓속에서 열병에 걸린 듯 고동치는 소리가 되었고, 군중은 춤추는 사람들과 어울려 점점 더 큰 소리로 노래를 부르기 시작했다. 처음에는 한 여자, 그러고는 또 한 여자, 또 그다음 여자가 마치 누가 그들을 죽이기라도 하는 듯 비명을 지르자, 갑자기 춤을 이끌던 사람이 줄에서 떨어져 나와 광장의 한쪽 끝에 세워둔 커다란 나무 궤짝으로 달려가 뚜껑을 들어 올리고는 검은 뱀 두 마리를 꺼냈다. 군중에서 우렁찬 함성이 터져 나왔고, 춤을 추던 다른 모든 사람들이 팔을 벌리고 그를 향해 달려갔다. 그는 제일 먼저 달려온 사람들에게 뱀을 던져준 다음에 궤짝 속으로 다시 손을 넣어 검정 뱀과 갈색 뱀, 얼룩 뱀들을 꺼내 던져주었다. 그러더니 다른 율동을 타고 춤이 다시 시작되었다. 빙빙 돌고 또 돌면서 그들은 뱀을 들고, 무릎과 엉덩이를 유연하게 뱀처럼 꿈틀거리며 놀렸다. 돌고 또 돌면서. 앞장선 사람이 신호를 하자, 모두들 차례로 뱀을 광장 한가운데로 내던졌다. 그러더니 지하에서 한 노인이 나와 맷돌로 간 옥수수를 뱀들에게 뿌렸다. 또 다른 승강구에서는 한 여자가 나오더니 검은 항아리에서 물을 쏟아 뿌렸다. 그때 노인이 손을 들자, 놀랍고도 절대적인 적막함이 흘렀다. 북소리가 멎고, 생명이 종말을 맞은 듯했다. 노인은 지하 세계로 내려가는 입구 노릇을 하던 두 승강구 쪽을 손으로 가리켰다. 그러자 천천히, 눈에 보이지 않는 손들이 밑에서 받쳐 올리듯, 한쪽 승강구에서는 독수리의 형상을 그린 그림이, 다른 승강구에서는 발가벗고 십자가에 매달린 남자의 그림이 나타났다. 그림들은 사방을 살피기라도 하듯, 스스로 공중에 매달린 것처럼 허공에 떠올라 그냥 걸려 있었다. 노인이 손뼉을 쳤다. 하얀 무명으로 밑을 가렸을 뿐 발가벗은 모습의 열여덟 살쯤 되는 소년이 군중에서 뛰쳐나와 가슴에다 두 손을 포개고 머리를 숙인 채 노인 앞에 섰다. 노인은 그에게 십자가를 그어주고는 돌아섰다. 소년은 꿈틀거리는 뱀 무더기 주위를 천천히 돌기 시작했다. 그가 한 바퀴를 완전히 다 돌고 나서 다시 반 바퀴가량 돌았을 때, 춤추는 사람들 중에 들개 가면을 쓰고 손에는 가죽끈을 꼬아 만든 채찍을 든 키 큰 남자가 그를 향해 다가갔다. 소년은 다른 사람들의 존재를 의식하지도 못하는 듯 계속해서 걸었다. 들개 남자가 채찍을 치켜들었다. 기대감이 감도는 순간이 한참 흘렀다. 그러더니 재빠른 동작으로 채찍이 휘익 소리를 내며 철썩 살을 때리는 소리가 크게 울렸다. 소년의 몸이 경련을 일으켰지만, 그는 아무 소리도 내지 않고 똑같이 느리고 변함없는 걸음걸이로 계속해서 걸었다. 들개가 다시, 그리고 또다시 때렸다. 소년이 채찍을 맞을 때마다 처음에는 숨을 몰아쉬고, 다음에는 깊은 신음을 하는 소리가 군중들로부터 들려왔다. 소년은 걸었다. 두 바퀴, 세 바퀴, 네 바퀴를 계속해서 걸었다. 피가 줄줄 흘러내렸다. 다섯 바퀴, 여섯 바퀴. 갑자기 레니나가 두 손으로 얼굴을 가리고 흐느껴 울기 시작했다. "오, 저 사람들을 말려요, 저 사람들을 말리라고요!" 그녀가 애원했다. 하지만 채찍은 가차 없이 소년을 내리쳤다. 일곱 바퀴. 돌연 소년이 비틀거리더니, 여전히 아무 소리도 내지 않으면서 앞으로 고꾸라졌다. 노인은 그를 굽어보면서 길고 하얀 깃털을 소년의 등에 대었다. 그리고 사람들이 보게끔 새빨개진 깃털을 잠깐 동안 치켜들었다가 뱀들의 위로 세 차례 흔들었다. 피가 몇 방울 떨어지자 갑자기 북들이 다시금 울려 숨 가쁜 소음이 진동했으며, 요란한 함성이 터져 나왔다. 춤추는 사람들이 앞으로 몰려나와 뱀을 집어 들고는 광장으로 달려 나갔다. 남자, 여자, 아이 할 것 없이 군중 전체가 그들을 뒤따라 달려갔다. 잠시 후에 광장은 텅 비었고, 쓰러진 자리에 뻣뻣하게 그대로 엎드려 있는 소년만이 남았다. 세 명의 늙은 여자가 어느 집에서 나와 힘에 겨운 듯 그를 일으키더니 안으로 데리고 들어갔다. 독수리와 십자가에 매달린 남자가 텅 빈 푸에블로 마을을 잠깐 동안 지켜보더니 그만하면 실컷 구경했다는 듯 승강구를 통해 지하 세계로 천천히 내려가 시야에서 사라졌다.

레니나는 여전히 흐느껴 울었다. "너무 끔찍해요." 그녀는 자꾸만 되풀이해서 말했다. 버나드가 아무리 위로를 해도 소용없었다. "너무 끔찍해요! 저 피를 봐요!" 그녀는 치를 떨었다. "아, 난 소마가 필요해요."

안쪽 방에서 발소리가 났다. 레니나는 얼굴을 두 손으로 가리고는 소리가 나는 쪽은 쳐다보지도 않고 혼자 떨어져 앉았다. 버나드는 궁금해서 시선을 돌렸다. 테라스로 나선 젊은 남자는 원주민 옷차림이었지만 땋아 내린 머리는 밀짚처럼 노란 빛깔이었고, 눈은 엷은 푸른빛이었으며, 하얀 피부는 햇빛에 약간 그을려 있었다.

"안녕하신가요?" 흠잡을 데 없지만 묘한 영어로 낯선 남자가 말했다. "당신은 문명인이로군요, 안 그래요? 당신은 '타처他處'에서, 보호 구역 밖에서 왔군요."

"도대체……?" 버나드가 놀라서 말문을 열었다.

젊은 남자가 한숨을 짓고 고개를 저었다. "지극히 불행한 사람이죠." 그리고 광장 한가운데 얼룩진 핏자국을 손으로 가리키며 감정이 격해서 떨리는 목소리로 물었다. "저 저주받아 마땅한 얼룩이 보이죠?"

"저주보다는 1그램이 훨씬 효과가 좋아요." 두 손으로 얼굴을 가린 채 레니나가 기계적으로 말했다. "소마가 있었으면 좋겠어요!"

"내가 저기로 나갔어야 합니다." 젊은 남자가 말을 이었다. "왜 그들은 내가 제물이 되게 해주지 않을까요? 나 같으면 열 바퀴, 열두 바퀴, 열다섯 바퀴라도 돌았을 텐데요. 팔로위티와는 겨우 일곱 바퀴밖에 못 돌았어요. 그들은 나한테서라면 두 배의 피를 얻었을 겁니다. 광대한 바다를 진홍빛으로 물들일 정도로요." 그는 두 팔을 왈칵 내밀며 요란한 시늉을 했다가 절망적으로 다시 축 늘어뜨렸다. "하지만 그들은 내 얘기를 들으려고 하질 않았어요. 그들은 피부색 때문에 나를 싫어했죠. 항상 그런 식이었습니다. 항상요." 젊은이의 눈에서는 눈물이 글썽거렸다. 그는 창피해서인지 시선을 돌렸다.

놀라서 어리벙벙해진 레니나는 소매가 없다는 사실을 아예 잊어버렸다. 그녀는 처음으로 얼굴에서 손을 치우고는 낯선 남자를 쳐다보았다. "그럼 당신은 저기서 채찍으로 맞고 싶었다는 얘긴가요?"

여전히 그녀에게서 시선을 돌린 채로 젊은 남자가 그렇다는 시늉을 했다. "푸에블로 마을을 위해서, 비가 내리고 곡식이 잘 자라게 하기 위해서요. 그리고 푸콩*과 예수님을 기쁘게 해드리기 위해서요. 그리고 또 눈물을 흘리지 않으면서 내가 고통을 견디어낸다는 걸 보여주려고요. 그래요." 그의 목소리가 갑자기 생기를 띠었다. 그는 어깨를 활짝 펴고, 자랑스럽고도 도전적으로 턱을 치켜들면서 돌아섰다. "내가 남자라는 걸 증명하기 위해서요……. 아!" 레니나의 얼굴을 보고 그는 갑자기 숨이 막힌 듯 입을 벌린 채로 조용해졌다. 젊은 남자는 그녀처럼 뺨이 초콜릿이나 개의 가죽 빛깔이 아닌 여자를 생전 처음 보았는데, 다갈색 머리카락을 물결 모양으로 틀을 잡아 고정시킨 그녀는 (신기하고 놀랍게도!) 관심을 나타내는 상냥한 표정을 짓고 있었다. 레니나는 그에게 미소를 지으며 너무나 잘생기고, 체격이 아름다운 남자라고 생각했다. 젊은이는 얼굴로 피가 왈칵 몰렸다. 잠깐 고개를 떨구었다가 다시 들어보니, 그녀는 여

---

* 호피 인디언이 섬기는 대지의 신으로 비와 전쟁을 다스림

전히 그에게 미소를 짓고 있었다. 그는 너무나 당황한 나머지 다시 시선을 돌려 광장의 다른 쪽에 있는 무언가를 열심히 쳐다보는 척 했다.

버나드가 질문을 쏟아내는 바람에 두 남녀의 관심이 다른 곳으로 쏠렸다. 당신은 누구인가? 어떻게 이곳으로 왔는가? 언제? 어디에서? (미소를 짓는 레니나의 모습을 너무나 보고 싶었으나 감히 그녀를 쳐다볼 용기조차 나지 않아서) 젊은이는 버나드의 얼굴에 시선을 고정시킨 채로 자신이 누구인지를 설명하려고 애썼다. 린다와 (느닷없이 여자 이름을 듣고 레니나가 순간적으로 거북한 표정을 짓기는 했지만) 그는 보호 구역 출신이 아니라고 했다. 린다는 그의 어머니였다. 린다는 그가 태어나기 오래전에 아버지였던 남자와 '타처'에서 왔다. (버나드는 귀가 솔깃해졌다.) 그녀는 산 속에서 혼자 북쪽을 향해 가다가 가파른 곳에서 떨어져 머리를 다쳤다. ("어서 얘기를 계속해요, 어서요." 버나드가 흥분해서 재촉했다.) 말파이스의 사냥꾼 몇 사람이 그녀를 발견해서 푸에블로 마을로 데리고 왔다. 린다는 그의 아버지였던 남자를 다시 만나지 못했다. 그의 이름은 토마킨*이었다. (그렇다, '토마스'는 부화본부 국장의 이름이었다.) 매정하고, 사악하고, 인간답지 못한 남자 토마킨. 그는 그녀를 남겨

---

* 1980년에 제작된 텔레비전 영화를 보면 린다는 토마스의 정확한 이름을 기억하지 못하고, 토마킨이라는 애칭만 기억함

두고 다시 타처로, 혼자 멀리 날아가버렸으리라.

"그리고 난 말파이스에서 태어났답니다." 청년이 말끝을 맺었다. "말파이스에서요." 그러고는 머리를 설레설레 흔들었다.

푸에블로 마을 외곽에 위치한 청년의 작고 초라한 집은 누추하기 짝이 없었다. 그의 집과 마을 사이에는 쓰레기와 흙더미가 경계선 노릇을 했다. 두 마리의 굶주린 개가 문간에서 지저분하게 쓰레기를 코로 후벼댔다. 그들이 안으로 들어가자 악취를 풍기는 침침한 방에서 파리 떼가 요란하게 윙윙거렸다.

"린다!" 젊은이가 소리쳐 불렀다.

안쪽 방에서 상당히 거센 여자 목소리가 대답했다. "나간다."

그들은 기다렸다. 마룻바닥의 그릇에는 음식 찌꺼기가 수북했는데, 여러 끼의 식사에서 남은 찌꺼기가 쌓인 모양이었다.

문이 열렸다. 아주 건장한 금발의 원주민 여자가 문턱을 넘어 들어와 멈춰 서더니 입을 벌리고는 의아한 눈으로 낯선 사람들을 물끄러미 쳐다보았다. 앞니 두 개가 빠진 그녀의 모습이 레니나의 눈에는 역겨워 보였다. 그리고 남은 이들은 빛깔이……. 그녀는 부르르 몸을 떨었다. 늙은 남자보다도 훨씬 더 흉측한 꼴이었다. 너무나 뚱뚱했다. 그리고 얼굴의 저 많은 주름살, 흐물흐물한 몸, 잔주름들. 축 늘어진 뺨에는 푸르스름한 반점들이 얼룩져 있었다. 코의 붉은 핏줄과 충혈된 두 눈. 그리고 저 목, 저 목덜미. 또 그녀가 머리에 두른 담요는 더럽고 너덜너덜했다. 그리고 자루처럼 생긴 갈색 통옷 속에는 어마어마하게 큰 젖통, 불룩 튀어나온 배, 엉덩이. 아, 늙은 여자란 남자보다 훨씬 더 추악했다! 그런데 갑자기 이 괴물이 폭포처럼 말을 쏟아내고, 두 팔을 벌리며 그녀에게로 달려들었다. 그러고는—포드 님! 포드 님 맙소사! 그것은 너무나 역겨운 광경이어서, 조금만 더 계속되었어도 속이 뒤집힐 노릇이었지만—그녀는 육중한 몸집과 젖가슴으로 눌러대며 레니나에게 입을 맞추기 시작했다. 포드 님 맙소사! 침을 질퍽거리며 입을 맞추는데 전혀 목욕을 안 해서인지 너무나 끔찍한 냄새를 풍겼다. 그녀는 델타와 엡실론 유리병에 넣는 흉측한 물질의 악취를 (그렇다, 버나드에 관한 소문은 사실이 아닐 것이다.) 마구 풍겼는데, 그것은 분명히 알코올의 냄새였다. 레니나는 있는 힘을 다해서 얼른 몸을 빼내었다.

일그러지고 울상이 된 얼굴이 그녀의 눈앞에 보였다. 괴물 같은 여자가 울고 있었다.

"오, 세상에, 세상에." 그녀는 울부짖으며 마구 지껄였다. "그토록 오랜 세월이 흘러갔으니, 내 마음이 얼마나 기쁜지 당신들은 알지 못할 거예요! 문명인의 얼굴을 보다니. 그래요, 그리고 문명인의 옷하고요. 난 진짜 아세테이트 비단 조각은 다시는 보지 못하리라고 생각했으니까요." 그녀는 레니나의 상의 소매를 만지작거렸다. 그녀의 손톱 밑에는 시커멓게 때가 끼어 있었다. "그리고 이 멋진 인조견 벨벳 반바지! 이봐요, 난 내 낡은 옷들, 그러니까 내가 이곳으로 올 때 입었던 옷들을 지금까지도 궤짝에 잘 보관하고 있답니다. 나중에 그걸 당신들한테 보여주겠어요. 물론 아세테이트는 구멍이 잔뜩 나기는 했지만요. 당신이 찬 초록색 가죽 허리띠가 더 아름답기는 하지만, 내 하얀 허리띠도 정말 멋있었어요. 하기야 그런 허리띠가 나한테는 별로 도움이 되지도 못했지만요." 그녀는 다시 눈물을 흘리기 시작했다. "아마 존한테서 얘기를 들으셨을 테지만, 나는 너무나 심한 고통을 겪었고, 거기다가 1그램의 소마도 구할 길이 없었답니다. 포페가 가끔 가져다주면 어쩌다 한 번씩 메스칼주*를 마시기는 하지만요. 포페는 전에 내가 알았던 청년이에요. 하지만 그걸 마시면 나중에 기분이 너무나 나빠져요. 메스칼주는 물론이고, 페요틀**도 속을 뒤집히게 만드는데다가, 이튿날이면 훨씬 더 심한 수치심을 느끼게 해서 기분이 영 나빠지죠. 그리고 난 너무나 부끄러웠어요. 베타인 내가 아기를 낳다니, 내 입장이 되었다고 한번 상상이나 해봐요." (레니나는 그녀의 말만 듣고도 몸이 부르르 떨렸다.) "하지만 맹세컨대 그건 내 잘못이 아니었어요. 모든 맬서스식 훈련을 쌓았던 나로서는, 당신들도 알잖아요, 맹세컨대 항상 하나, 둘, 셋, 넷 숫자를 헤아려 가면서 실행했어요. 어쩌다가 그런 일이 벌어졌는지 난 아직도 납득이 안 가지만, 어쨌든 그런 일이 벌어졌어요. 물론

---

*   멕시코의 화주火酒
** 페요테라고도 하며, 선인장에서 뽑은 자극제로 원주민들이 종교 의식에서 사용했음

이곳에는 낙태 본부 같은 것도 없었어요. 참, 첼시에는 아직도 낙태 본부가 있나요?" 그녀가 물었다. 레니나는 머리를 끄덕였다. "화요일과 금요일마다 투광 조명을 하고요?" 레니나가 다시 머리를 끄덕였다. "그 아름다운 분홍빛 유리 건물이 생각나요!" 가엾은 린다는 머리를 들고, 두 눈을 지그시 감고는 머리에 떠오르는 눈부신 영상을 황홀하게 음미했다. "그리고 밤에 본 강은 또 어떤가요." 그녀가 속삭였다. 꼭 감은 그녀의 눈에서 눈물이 천천히, 흥건하게 흘러내렸다. "저녁에는 스토크 포지스에서 비행기를 타고 돌아오죠. 그런 다음에는 뜨거운 물로 목욕하고 진동 진공 안마를……. 하지만 내가 이래서는 안 되겠죠." 그녀는 심호흡을 하고 머리를 설레설레 흔들더니, 다시 눈을 뜨고 한두 차례 훌쩍인 다음에 손으로 코를 풀고는 손가락을 통옷의 치맛자락에 문질렀다. "오, 미안해요." 레니나가 자기도 모르게 역겨워서 반사적으로 얼굴을 찡그리는 것을 보고 그녀가 말했다. "더러운 꼴을 보였군요. 미안합니다. 하지만 손수건이 없으니 어쩌나요? 사방에 오물투성이지만 방부 처리를 할 길이 없어서 내가 얼마나 속이 상했었는지 기억이 나는군요. 그들이 나를 처음 이곳으로 데리고 왔을 때 난 머리에 심하게 찢어진 상처가 났어요. 그들이 상처에다 무엇을 발랐는지 당신들은 상상이 안 갈 거예요. 더러움, 온통 더러움뿐이었어요. 나는 그들에게 '문명은 살균'이라는 말을 자주 했어요. 그리고 마치 어린아이들을 달래듯이 '스트렙토콕-지에서 밴버리-T까지 훌륭한 욕실과 화장실을 찾아봐요'

라고 동요까지 불러주었어요. 하지만 물론 그들은 이해를 못 했어요. 그들이 어떻게 이해했겠어요? 결국 나는 자포자기한 끝에 그런 상황에 익숙해진 셈이죠. 뜨거운 물이 없는데 어떻게 물건들을 청결히 할 수가 있겠어요? 그리고 이 옷들을 봐요. 이 불결한 모직물은 아세테이트 인견하고는 달라요. 이건 계속해서 입고 또 입어요. 그리고 찢어지면 꿰매서 다시 입어야 해요. 하지만 나는 베타이고, 수정실에서 근무했기 때문에, 나한테 그런 한심한 짓을 하라고 가르친 사람은 아무도 없었어요. 그건 내가 상관할 일이 아니었으니까요. 그뿐 아니라 옷을 꿰매 입는다는 건 절대로 옳은 일이 아니죠. 구멍이 나면 헌 옷은 버리고 새 것을 사야 해요. '꿰매면 꿰맬수록 가난이 깃든다'고 그러죠. 그 말이 옳잖아요? 꿰맨다는 건 사회에 역행하는 짓이에요. 하지만 이곳에서는 모든 것이 달라요. 이건 마치 미치광이들하고 같이 살아가는 셈이에요. 그들이 하는 모든 행동은 미친 짓이에요." 그녀가 주위를 살펴보니 존과 버나드는 그들을 남겨두고 집 밖으로 나가 먼지와 쓰레기 속에서 오락가락 서성거리고 있었다. 하지만 린다는 전혀 아랑곳하지 않은 채 은근하게 목소리를 낮추며 몸을 앞으로 내밀었다. 태아의 독약*이 풍기는 악취가 입김에 섞여 그녀의 뺨에 난 털을 스치자 레니나는 뻣뻣하게 몸을 움츠렸다. "예를 하나 들겠어요." 그녀는 거센 목소리로 속삭였다. "이곳

---

* 알코올을 뜻함

에서 사람들이 서로 소유하는 관습을 살펴보세요. 미쳤어요, 정말이지 완전히 미쳤다고요. 모든 사람은 다른 모든 사람의 소유예요, 그렇지 않아요? 안 그래요?" 레니나의 소매를 끌어당기며 그녀가 집요하게 물었다. 레니나는 시선을 돌린 채로 머리를 끄덕이고, 여태까지 참고 있던 숨을 내쉬고는 비교적 오염이 덜 된 공기를 들이마셨다. "한데 이곳에서는 말이에요." 상대방은 얘기를 계속했다. "어느 누구도 한 사람 이상의 소유가 되어서는 안 돼요. 그리고 일반적인 방식으로 사람들을 소유했다가는 다른 사람들에게 반사회적이고 사악하다는 소리를 들어요. 사람들이 경멸하고 미워하죠. 언젠가는 자기네 남편들이 나를 만나러 찾아온다고 해서 여자들이 떼로 몰려와 난장판을 벌였어요. 글쎄, 왜 그러면 안 되나요? 그러더니 그들은 나한테 달려들어서……. 정말이지, 그건 너무나 끔찍한 일이었어요. 난 당신들한테 차마 그 얘기를 할 수가 없어요." 린다는 두 손으로 얼굴을 가리고 치를 떨었다. "이곳 여자들, 그들은 너무 증오심이 강해요. 미쳤죠, 미쳤고 잔인해요. 물론 그들은 맬서스식 훈련이나, 유리병이나, 태아 제조법이나, 그런 종류의 것들은 하나도 알지 못한답니다. 그래서 그들은 개처럼 항상 아이를 직접 낳아요. 그건 너무나 역겨운 일이죠. 그리고 내 처지를 생각해보면……. 오, 포드 님이시여, 포드 님이시여, 포드 님이시여! 그렇기는 해도 존이 나에게는 커다란 위안이 돼요. 존이 없었다면 내가 어떻게 살아왔을지 모르겠어요. 아무리 남자가 찾아올 때마다 존이 화를 내기는 해도……. 상당히 어린아이였을 때도 그랬어요. 언젠가 (걔가 더 컸을 때의 일이지만) 존은 나하고 가끔 잠자리를 같이한다는 이유 때문에 가엾은 와이후시와를, 아니, 포페였는지도 모르겠지만, 어쨌든 내 상대 남자를 죽이려고 했어요. 문명인들은 마땅히 자유롭게 그래야만 한다는 사실을 내가 존한테 납득시킬 방법이 전혀 없었기 때문이죠. 미친다는 건 전염병이나 마찬가지인 모양이에요. 어쨌든 존은 원주민들에게서 그런 미친 사고방식이 옮았을 거예요. 물론 존이 그들과 무척 오래 같이 지냈기 때문이겠죠. 그들이 항상 존한테 못된 짓을 하고, 다른 소년들이 함께 놀아주질 않는데도 말이에요. 덕택에 내가 걔를 조금쯤 길들이는 것이 훨씬 용이했으니까 어떻게 보면 그건 잘된 일이기도 했어요. 존을 제대로 길들이기가 얼마나 힘들었는지 당신은 상상도 못 하겠지만요. 무엇을 알려고 한다는 것이 나에게 주어진 일은 아니었기 때문에 난 알지 못하는 게 굉장히 많았어요. 내 얘긴, 어린아이가 헬리콥터는 어떻게 작동하고 세상은 누가 만들었느냐는 따위를 물어볼 때를 의미하는데—글쎄요, 베타의 신분으로 항상 수정실에서만 근무한 사람이라면 그럴 때 무슨 대답을 할 수가 있겠어요? 어떻게 대답하겠느냐고요."

/

제8장

(어느새 개가 네 마리나 모여든) 바깥에서는 버나드와 존이 오락가락 천천히 거닐었다.

"난 납득하기가 너무나 힘들어요." 버나드가 말했다. "다시 적응하기가 말입니다. 마치 우리들은 다른 혹성에서 왔고, 다른 세기에 사는 것 같아요. 어머니라는 존재라든가, 이런 모든 오물과, 제신들과, 늙는다는 현상과, 질병 따위……." 그는 고개를 저었다. "거의 상상도 못 할 지경이에요. 당신이 설명해주지 않는다면 난 절대로 이해하지 못할 거예요."

"무엇을 설명해요?"

"이거요." 그는 푸에블로 마을과 마을 밖에 있는 작은 집을 가리켰다. "저것도. 모든 것을요. 당신들의 삶에 관한 모든 것들 말입니다."

"하지만 무슨 할 얘기가 있겠어요?"

"처음부터요. 기억이 나는 대로 아주 옛날부터요."

"내가 기억하는 것 모두를 말인가요." 존이 얼굴을 찡그렸다. 한참 동안 침묵이 흘렀다.

날씨가 아주 더웠다. 어린 존과 린다는 달착지근한 옥수수와 호떡을 잔뜩 먹었다. 린다가 말했다. "이리 와서 눕거라, 아가야." 그들은 커다란 침대에 나란히 누웠다. "노래를 불러주세요." 그러자 린다가 노래를 불렀다. '스트렙토콕-지에서 밴버리-T까지 훌륭한 욕실과 화장실을 찾아봐요'와 '머지않아 태어날 때가 될 테니까 잘 가요, 밴팅 아가야'를 노래했다. 그녀의 목소리가 점점 아득해졌다…….

존은 요란한 소리에 깜짝 놀라 잠에서 깨어났다. 몸집이 육중하고 무시무시하게 생긴 사내가 침대 옆에 서서 굽어보고 있었다.* 남자가 린다에게 무슨 얘기를 했고, 린다가 웃었다. 그녀가 담요를 턱까지 끌어올렸지만 남자가 다시 끌어내렸다. 그의 머리카락은 시커먼 두 가닥의 밧줄 같았으며, 팔에는 푸른 보석이 박힌 아름다운 은팔찌를 끼고 있었다. 존은 팔찌가 마음에 들었지만 그래도 겁이 나서 린다의 품에 얼굴을 파묻었다. 린다의 손길이 닿자 그는 훨씬 안전한 기분이 들었다. 그가 잘 알아듣지 못하는 다른 언어로 그녀가 남자에게 말했다. "존이 있으니까 여기서는 곤란해요." 남자가 그를, 그러고는 다시 린다를 쳐다보더니 부드러운 목소리로 몇 마디 했다.

---

* 어떤 개정판에서는 이 문장이 빠졌음

린다가 말했다. "싫어요." 하지만 남자가 침대 위로 몸을 수그리고는 그를 내려다보았다. 남자의 얼굴은 거대하고 무시무시했으며, 검은 밧줄 같은 머리카락이 담요에 닿았다. "안 돼요." 린다가 다시 말했다. 그는 어머니의 손이 자신의 손을 더 꼭 움켜쥐는 것을 느꼈다. "안 돼요. 안 돼요!" 하지만 남자가 그의 한쪽 팔을 잡았다. 그는 팔이 아파 비명을 질렀다. 남자가 다른 손으로 그를 들어 올렸다. 린다는 그를 붙잡고, 여전히 "안 돼요, 안 돼요"라고 말했다. 남자가 화가 나서 짤막하게 뭐라고 말하자 갑자기 그녀의 손이 사라졌다. "린다, 린다." 그는 발버둥을 치고 몸을 뒤틀었지만, 남자는 그를 들고 다른 방으로 가 문을 열었다. 그리고 방바닥 한가운데에다 그를 내려놓고는, 밖으로 나가 문을 닫았다. 그는 일어나서 문으로 달려갔다. 발돋움을 하자 커다란 나무 빗장에 겨우 손이 닿았다. 그는 빗장을 들어 올리고 밀었지만 문이 열리지 않았다. "린다!" 그가 소리쳤다. 그녀는 대답이 없었다.

존은 상당히 컴컴하고 커다란 방을 기억해냈다. 나무에 줄이 달린 커다란 물건들이 여기저기 널렸으며, 많은 여자들이 나무틀 주변에 둘러서서 (린다의 설명으로는) 담요를 짜고 있었다. 린다는 그에게 다른 아이들과 함께 구석에 가서 앉아 있으라고 말하고는 여자들을 도와주러 갔다. 그는 한참 동안 다른 어린 사내아이들과 같이 놀았다. 갑자기 사람들이 아주 큰 소리로 떠들기 시작했다. 여자들이 린다를 밀쳐대자, 그녀는 울음을 터트렸다. 그녀가 문 쪽으로 가자 그가 뒤따라 달려갔다. 그는 왜 사람들이 화를 냈느냐고 물었다. "내가 무엇을 깨뜨렸기 때문이란다." 그녀가 말했다. 그러더니 그녀도 화를 냈다. "그런 천한 여자들이나 짜는 담요를 내가 어떻게 짤 줄 알겠니?" 그녀가 말했다. "천박한 야만인들 같으니라고." 그는 야만인이 무엇이냐고 물었다. 두 사람이 집으로 돌아가자 포페가 문간에서 기다리고 있었다. 그들은 함께 안으로 들어갔다. 포페는 물 같은 것이 가득 담긴 커다란 바가지를 들고 있었는데, 그것은 물이 아니라 나쁜 냄새를 풍기고 입안이 화끈해지면서 기침이 나게 만드는 것이었다. 린다와 포페는 그것을 조금 마셨다. 그러더니 린다가 실컷 웃으며 아주 큰 소리로 떠들었고, 나중에 그들은 함께 다른 방으로 갔다. 포페가 나간 다음에 존은 옆방으로 들어갔다. 린다가 침대에서 어찌나 곤히 잠들었든지 그는 차마 그녀를 깨울 엄두가 나지 않았다.

포페는 자주 찾아왔다. 그는 바가지에 담긴 물이 메스칼주라고 말했지만 린다는 그것을 소마라고 불러야 옳다고 했다. 어쨌든 그것을 마시고 나면 나중에 속이 뒤집히고는 했다. 그는 포페를 미워했다. 그들 모두, 린다를 만나러 오는 모든 남자를 증오했다. (산 위에는 눈이 덮였고 날씨가 추웠다고 기억되는) 어느 날 오후, 다른 아이들과 같이 놀던 그는 집으로 돌아왔다가 침실에서 나는 성난 목소리들을 들었다. 여자들의 목소리였는데, 그들은 그가 이해하지 못하는 말을 했지만, 끔찍한 소리라는 사실만큼은 알 수가 있었다. 그러더니 꽈당! 무엇이 엎어졌다. 그는 사람들이 분주하게 오락가락하는 소리를 들었다. 또다시 꽈당 소리가 나더니 노새를 때리는 듯한 소리가 들려왔는데, 매를 맞는 대상은 노새처럼 앙상한 짐승이 아니었다. 린다가 비명을 질렀다. "제발, 이러지 말아요, 이러지 말아요, 이러지 말아요!" 그녀가 말했다. 그는 안으로 달려 들어갔다. 검은 담요를 두른 세 명의 여자가 있었고, 린다는 침대 위에 자빠져 있었다. 여자들 가운데 한 명이 그녀의 두 손목을 잡았다. 또 한 여자는 그녀가 발버둥 치지 못하도록 두 다리를 깔고 걸터앉았다. 세 번째 여자가 그녀를 채찍으로 때렸다. 한 번, 두 번, 세 번, 그리고 그때마다 린다가 비명을 질렀다. 그는 울면서 린다를 괴롭히는 여자의 담요 자락을 끌어당겼다. "부탁이에요, 부탁이에요." 그녀는 채찍을 들지 않은 손으로 그를 밀어냈다. 여자가 채찍을 내려쳤고, 린다가 다시 비명을 질렀다. 그는 두 손으로 여자의 큼직한 갈색 손을 꽉 움켜잡고는 있는 힘을 다해 깨물었다. 그녀는 소리를 지르며 손을 비틀어 빼더니 그가 자빠질 정도로 왈칵 밀었다. 땅바닥에 쓰러진 그를 여자가 채찍으로 세 번이나 때렸다. 채찍은 그가 여태껏 느껴본 무엇보다도 아파서, 불에 덴 것처럼 쓰라렸다. 채찍이 다시 휘익 소리를 내면서 그를 후려쳤다. 이번에는 린다가 비명을 질렀다.

"도대체 왜 그들이 그렇게 괴롭혔나요, 린다?" 그날 밤에 존이 물었다. 그는 등의 시뻘건 채찍 자국이 아직도 심하게 쑤셔서 울었다.

또한 사람들이 너무나 야비하고 부당하게 굴었기 때문에, 그리고 자신이 어린 소년에 불과해서 아무것도 할 수가 없었기 때문에 억울해서 울었다. 린다 역시 울었다. 그녀는 어른이었지만 세 명과 맞서 싸울 만큼 힘이 세지는 못했다. 그녀에게도 그것은 억울한 일이었다.

"왜 그들이 못살게 굴었냐고요?"

"나도 모르겠어. 내가 그걸 어떻게 알겠니?" 그녀가 얼굴을 베개에 파묻고 엎드려 울었기 때문에 말이 잘 들리지 않았다. "그 남자들이 자기들 남편이라고 그러더구나." 그녀가 말을 이었는데, 그에게 하는 말이 아니라 그녀의 내면에 존재하는 누군가와 얘기를 나누는 듯했다. 그가 이해하지 못하는 긴 대화가 이어지더니, 결국 그녀는 더욱 큰 소리로 울기 시작했다.

"제발 울지 말아요, 린다. 울지 말아요."

그는 린다에게 다가가 그녀의 목을 팔로 껴안았다. 린다가 소리쳤다. "조심해라. 내 어깨 말이야! 이런!" 그러더니 그녀는 그를 힘껏 밀쳐버렸다. 그의 머리가 벽에 쾅 부딪혔다. "멍청한 녀석!" 그녀가 소리치더니 갑자기 그의 뺨을 때리기 시작했다. 철썩, 철썩, 철썩……

"린다." 그가 소리쳤다. "제발, 어머니, 그러지 마세요!"

"난 네 엄마가 아냐. 난 네 엄마가 되지 않겠어."

"하지만, 린다……. 제발!"

그녀는 그의 뺨을 갈겼다. "야만인이 돼버렸어." 그녀가 소리를 질렀다. "짐승처럼 새끼를 낳고……. 너만 없었다면 나는 검사관을 찾아가서 이곳을 벗어날 방법을 찾아냈을지도 몰라. 하지만 아기가 있으면 그럴 수가 없어. 그건 너무 수치스러운 일이니까 말이야."

그는 그녀가 다시 때리려는 기미를 눈치채고는 얼굴을 막으려고 팔을 치켜들었다. "제발, 이러지 말아요, 린다, 제발 이러지 말아요."

"이 짐승 같은 자식!" 린다는 그의 팔을 끌어내려 얼굴에서 치웠다.

"그러지 말아요, 린다." 그는 얻어맞으리라고 예상해서 눈을 감았다.

하지만 그녀는 그를 때리지 않았다. 잠시 후에 존이 다시 눈을 떠 보니 린다가 자기를 빤히 쳐다보고 있었다. 그는 그녀에게 미소를 지으려고 했다. 갑자기 그녀가 그를 끌어안더니 입을 맞추고 또 맞추었다.

때때로 린다는 며칠 동안 전혀 자리에서 일어나려고 하지 않았다. 그녀는 슬픔에 빠져 침대에 누워서 지냈다. 아니면 포페가 가져다준 물을 마시고는 무척 많이 웃다가 잠이 들었다. 때때로 그녀는 아프기도 했다. 걸핏하면 그녀는 그를 씻겨주는 걸 잊어버렸고, 식은 옥수수빵 이외에는 먹을 것이 없었다. 존은 그의 머리카락 속에서 작은 벌레들을 처음 발견하고 그녀가 비명을 지르고 또 질러대던 때가 머리에 떠올랐다.

그녀가 '타처'에 관해서 얘기해줄 때가 그는 가장 행복했다. "그리고 원하기만 하면 정말 언제라도 하늘을 날아갈 수가 있었나요?"

·┉"원하면 언제라도." 그녀는 나무 상자에서 흘러나오는 아름다운 음악과, 사람들이 즐기던 온갖 놀이와, 먹고 마시는 맛 좋은 음식들과, 벽에 달린 조그마한 단추를 누르기만 하면 켜지는 불과, 눈으로 보는 것뿐만 아니라 소리도 들리고 감촉도 느껴지고 냄새까지 나는 그림과, 훌륭한 향기를 풍기는 또 다른 상자와, 산처럼 높다란 분홍빛과 초록빛, 푸른빛, 은빛의 집들을 얘기해주었다. 슬프거나 화를 내는 적이 전혀 없고 행복하기만 한 모든 사람과, 다른 모든 사람의 소유인 모든 사람과, 세상의 다른 쪽 끝에서 벌어지는 일들을 눈으로 보고 소리로 들을 수 있도록 만든 상자들과, (모든 것이 너무나 깨끗해서 고약한 냄새가 전혀 나지 않고 오물도 없는 환경에서) 멋지고도 깨끗한 유리병에 담긴 아기들과, 이곳 말파이스에서 벌어지는 여름 무도회처럼 무척이나 즐겁고 행복하게, 그보다도 훨씬 더 행복하게 함께 살아가며 전혀 외롭지 않은 사람들과, 날이면 날마다 계속되는 행복…… 린다는 그런 얘기들을 그에게 들려주고는 했다. 그는 몇 시간씩이나 얘기에 귀를 기울였다. 그리고 때때로, 다른 아이들과 너무 오래 놀아서 지치고 나면, 그들은 푸에블로 마을의 어느 노인이 다른 언어로 해주는 옛이야기에 귀를 기울이고는 했다. 그것은 세상을 개혁한 위대한 인물에 관한 이야기, 오른손과 왼손, 그리고 장마와 가뭄 사이에서 벌어진 기나긴 싸움에 관한 이야기, 밤에 명상을 통해 굉장한 안개를 만들고 그 안개로 세상을 만들어낸 아워나윌로나에 관한 이야기, 땅 어머니와 하늘 아버지에 관한 이

야기, 전쟁과 승부의 쌍둥이 아하이유타와 마르사일레마에 관한 이야기, 예수와 푸콩 신에 관한 이야기, 스스로 다시 젊어질 수 있었던 여자 에트사나틀레히와 마리아에 관한 이야기, 라구나의 검은 돌과 위대한 독수리와 아코마 성녀에 관한 이야기였다. 다른 언어로 들었기 때문에 제대로 이해를 못 해서 더욱 신기하기만 했던 이야기들. 그는 침대에 누워서 천국과 런던과 아코마의 성녀와 깨끗한 유리병에 담겨 줄줄이 늘어선 아기들과 하늘로 올라가는 예수와 비행하는 린다와 위대한 세계 부화 공장의 국장과 아워나윌로나를 생각하고는 했다.

많은 남자들이 린다를 만나러 왔다. 소년들은 그에게 손가락질을 하기 시작했다. 그들은 이상한 다른 언어로 린다가 나쁜 여자라고 말했으며, 존이 이해는 못 하더라도 분명히 나쁜 욕처럼 들리는 그런 소리를 늘 하곤 했다. 어느 날 그들은 린다에 관한 노래를 되풀이해서 부르고 또 불렀다. 존은 그들에게 돌을 던졌다. 그들이 마주 돌을 던지자 그는 날카로운 돌멩이에 맞아 뺨이 찢어졌다. 피가 멎지 않아서 그는 온몸이 피투성이가 되었다.

린다는 그에게 글 읽는 법을 가르쳤다. 그녀는 숯 토막으로 앉아 있는 동물이나, 병 속에 담긴 아기의 그림을 벽에다 그린 다음에 글씨를 썼다. '고양이가 깔개 위에 앉아 있다. 아기가 병 속에 들어 있다.' 그는 별 힘도 안 들이고 빨리 배웠다. 그녀가 벽에다 써주는 단어들을 모두 배워 술술 읽게 되자, 린다는 커다란 나무 궤짝을 열어 그녀가 한 번도 입지 않고 넣어 두었던 작고 빨갛고 해괴한 바지 밑에서 얇고 자그마한 책 한 권을 꺼냈다. 그가 전에 여러 번 보았던 책이었다. "너도 더 크면 이 책을 읽을 수 있어." 그녀가 말했었다. 그렇다, 이제 그는 자랄 만큼 자라 있었다. 그는 자랑스러웠다. "네가 이 책을 별로 흥미 없다고 생각할지도 모르겠구나." 그녀가 말했다. "하지만 내가 가지고 있는 건 그것뿐이란다." 그녀는 한숨을 지었다. "우리들이 런던에서 사용하던 멋진 독서 기계를 네가 볼 수만 있다면 얼마나 좋을까!" 그는 읽기 시작했다. 『태아의 화학적·박테리아학적 기능 설정. 베타 태아 저장고 근무를 위한 실질적인 지침서』. 그가 제목을 읽는 데만도 15분이나 걸렸다. 그는 마룻바닥으로 책을 던져버렸다. "지겨워, 지겨운 책이에요!" 그가 말하고는 울기 시작했다.

아이들은 여전히 린다에 관한 못된 노래를 불렀다. 때때로 그들은 옷차림이 너무 너덜너덜하다고 그를 비웃기도 했다. 그가 옷을 찢어버리자 린다는 어떻게 꿰매야 할지 몰랐다. 그녀는 타처 사람들은 옷에 구멍이 나면 그냥 버리고 새 옷을 구한다고 그에게 말했다. "걸레야, 걸레야!" 소년들이 그에게 소리를 지르며 놀려댔다. "하지만 나는 글을 읽을 줄 알아." 그는 자신을 위로했다. "그리고 쟤들은 글을 못 읽어. 그들은 글을 읽는다는 게 무엇인지조차 몰라." 글을 읽을 수 있다는 사실을 생각하면, 그들이 놀려대도 태연한 척하기가 더 쉬웠다. 그는 린다에게 책을 도로 달라고 했다.

소년들이 손가락질을 하고 노래를 부르면 부를수록 그는 그만큼 더 열심히 책을 읽었다. 얼마 안 가서 그는 모든 단어를 별로 어렵지 않게 읽어내는 수준에 이르렀다. 아무리 긴 단어까지도 그는 읽을 줄 알았다. 하지만 그것들은 대체 무슨 뜻일까? 린다에게 물어보았지만 그녀가 대답을 해줘도 그 뜻이 분명하게 이해되지 않았다. 게다가 그녀가 전혀 대답을 못 하는 경우가 다반사였다.

"화학 물질이라는 게 뭐예요?" 그가 물었다.

"아 그건, 델타들과 엡실론들을 작고 퇴화된 상태로 유지하기 위한 알코올이나, 마그네슘염이나, 뼈를 만들어주는 탄산칼슘 뭐 그런 것들이지."

"하지만 화학 물질을 어떻게 만드나요, 린다? 그런 것들을 어디서 구하죠?"

"글쎄, 난 모르겠다. 그냥 병에서 꺼내 쓰던데. 그리고 병이 비면 화학품 창고에 가서 더 달라고 신청하지. 내 생각엔 화학품 창고 사람들이 만드는 것 같아. 아니면 공장에 주문해서 만들어 오던가. 잘 모르겠어. 난 화학 공부는 전혀 하지 않았으니까. 내가 맡았던 일은 항상 태아들만 다루는 것이었단다."

그가 물어본 다른 모든 질문에 대해서도 똑같은 대답이었다. 린다는 통 알지를 못하는 눈치였다. 푸에블로 마을의 노인들 대답이 훨씬 더 분명했다.

"인간들과 모든 짐승의 씨앗, 태양의 씨앗과 지구의 씨앗과 하늘의 씨앗, 그런 모든 씨앗을 아워나윌로나가 번식의 안개로부터 만들어냈단다. 세상에는 네 개의 자궁이 있고 아워나윌로나는 네 자궁의 가장 밑바닥에다 씨앗을 내린단다. 그러면 서서히 씨앗들이 자라기 시작하고……."

(존의 짐작으로는 그가 12번째 생일을 지낸 얼마 후였던 듯싶지만) 어느 날 집으로 돌아온 그는 침실 바닥에서 그가 여태껏 본 적이 없는 책을 발견했다. 그것은 두툼했고 아주 오래된 책 같았다. 장정은 생쥐가 뜯어 먹었고 몇 쪽은 찢어지고 구겨져 있었다. 그는 책을 집어서 표지를 보았다. 책의 제목은 『윌리엄 셰익스피어 전집』이었다.

린다는 침대에 누워 냄새가 고약한 메스칼주를 잔에다 따라서 천천히 마시고 있었다. "포페가 그걸 가지고 왔단다." 그녀가 말했다. 그녀의 목소리는 정신이 나간 사람처럼 거칠고 탁했다. "앤틸로프 키바antelope kiva* 예배당에 있는 어떤 궤짝 속에서 찾아냈다고 하

---

* 앤틸로프는 영양羚羊이라는 뜻이고 키바는 호피 말로 푸에블로 인디언이 거주하는 큰 방을 뜻하는데, 흔히 종교적인 목적을 위해 사용됨

더라. 아마 수백 년 동안 그 속에 담겨 있었던 모양이야. 내가 살펴보니 한심한 소리가 잔뜩 쓰여 있는 걸로 보아 포페 말이 정말인 것 같더구나. 미개한 얘기투성이니까 말이다. 그래도 네가 독서 훈련을 계속하기에는 그만하면 도움이 되겠어." 그녀는 마지막 한 모금을 천천히 마신 다음에 잔을 침대 옆 마룻바닥에 내려놓았다. 그리고 몸을 돌려 모로 누워서 한두 차례 기침을 하고는 잠이 들었다.

그는 책을 아무 곳이나 펼쳐 보았다.

무슨 말씀을, 타락에 잠겨
추악한 돼지우리에서 뒹굴며 육욕에 빠지고 탐닉하여
기름으로 범벅된 침대의 썩은 땀 냄새 속에서
살아가다니…….*

이상한 어휘들이 그의 머릿속을 헤집고 굴러다니며, 말을 하는 천둥처럼 우르릉거렸다. 만일 북이 말을 한다면 여름 춤을 출 때의 북소리가 바로 그런 얘기를 했을 것이다. 아름답고도 아름다워서 눈물을 흘리게 만드는 '수확의 노래'를 부르는 남자들, 조각된 막대기들과 뼈나 돌조각들 그리고 깃털들을 늘어놓고 ('키아슬라 칠루 실로퀘 실로퀘 실로퀘. 키아이 실루 실루 치슬'이라고) 미치마 노인

---

* 「햄릿」의 3막 4장 103~106행으로 햄릿이 어머니에게 하는 말임

이 외우는 마법의 주문과도 같았다. 하지만 그에게 뜻이 전해졌기 때문에 미치마의 마술보다 더 많은 의미가 담기고 더 좋은 얘기였다. 겨우 반쯤만 이해가 가더라도 신비하기 짝이 없는 얘기가, 린다에 관한 무섭고도 아름다운 얘기가, 침대 옆 마룻바닥에 빈 잔을 떨어뜨린 채로 저기 누워 코를 고는 린다에 관한 얘기가, 린다와 포페, 그렇다, 린다와 포페에 관한 얘기가 그런 어휘들로부터 울려 퍼졌다.

그는 포페를 점점 더 미워하게 되었다. 인간이란 겉으로는 미소를 짓고 또 지으면서도 흉악한 짓을 서슴지 않는다. 양심의 가책도 받지 않고, 배반을 일삼고, 색욕적이고, 무자비하고, 흉악한 인간. 이런 어휘들이 의미하는 바가 정확히 무엇일까? 그는 겨우 반쯤만 이해가 갔다. 하지만 그런 어휘들의 마력은 강렬했고, 계속해서 그의 머릿속에서 우르릉거렸다. 웬일인지 그는 여태껏 포페를 진심으로 미워한 적이 없었다는 느낌이 들었는데, 따지고 보면 얼마나 포페를 미워하는지 적절하게 표현할 길이 전혀 없었기 때문에 사실상 그를 미워하지 않은 셈이었다. 하지만 이제 그에게는 이런 어휘들이, 북소리와 노래와 마법 같은 어휘들이 생겨났다. 그가 알게 된 어휘들과, 그리고 바로 그런 어휘들로 엮어진 (그것들이 무엇인지 그로서는 알 길이 없었지만 여하튼 멋지고도 멋지며) 이상하고도 이상한 이야기들은 포페를 증오해야 할 이유를 그에게 마련해주었다. 그가 느끼는 증오를 훨씬 실감나게 형언하고, 심지어 포페라는 인간 자체까지도 훨씬 현실적인 존재로 느껴지게끔 했다.

어느 날 그가 밖에서 놀다가 들어와 보니 안쪽 방의 문이 열려 있었다. 그는 침대에서 그들이 함께 잠든 모습을 보았다. 하얀 린다와 나란히 누워 있어서인지 유난히 검게 보이는 포페가 한쪽 팔을 그녀의 어깨 밑으로 넣고는, 다른 시커먼 손은 젖가슴에 얹고 있었다. 기다랗게 땋아 내린 머리 한 가닥은 목을 졸라 죽이려고 덤비는 검은 뱀처럼 그녀의 목으로 늘어졌다. 포페의 바가지와 잔 하나가 침대 근처의 마룻바닥에 놓여 있었다. 린다는 코를 골았다.

그는 마음이 사라지고 대신 그곳에 구멍이 뻥 뚫린 듯한 기분이 들었다. 공허했다. 허망하고, 쓸쓸하고, 무척 역겹고, 현기증이 났다. 그는 몸을 가누려고 벽에 기대었다. 양심의 가책도 받지 않고, 배반을 일삼고, 색욕적이고……. 북소리처럼, 풍년을 위해 노래를 부르는 사람들처럼, 마술처럼, 어휘들은 그의 머릿속에서 저절로 반복되고 또 반복되었다. 오한이 들다가 갑자기 뜨겁게 열이 났다. 그의 두 뺨은 피가 몰려 화끈거렸고, 방 안이 빙빙 돌며 그의 눈앞에서 어두워졌다. 그는 이를 갈았다. "죽여버리겠다, 죽여버리겠다, 그를 죽여버리겠다." 그가 거듭거듭 말했다. 그러자 갑자기 더 많은 어휘들이 흘러나왔다.

그가 취해서 잠들었거나 격노했거나

침대에서 근친상간의 쾌락에 빠져 있을 때…….*

마력은 그의 편이었다. 마력이 그에게 설명하고, 명령을 내렸
다. 그는 뒤로 물러나서 바깥방으로 나갔다. "그가 취해서 잠들었거
나……." 고기를 써는 칼이 벽난로 근처의 마룻바닥에 놓여 있었다.
그는 칼을 집어 들고, 까치발로 문까지 갔다. "그가 취해서 잠들었거
나, 취해서 잠들었거나……." 그는 방을 가로질러 달려가서 힘껏 찔
렀다. 오, 피가 쏟아지는구나! 그는 다시 찔렀다. 포페가 숨을 몰아
쉬며 잠에서 깨어나자 또다시 찌르려고 손을 치켜들었다. 하지만 곧
손목이 잡혔고 (오, 오!) 비틀렸다. 그는 움직일 수가 없었다. 함정에
빠진 것이다. 포페의 작고 검은 눈이 잔뜩 부릅뜨고, 아주 바싹 그
의 눈을 노려보았다. 그는 시선을 피했다. 포페의 왼쪽 어깨에는 두
군데 찔린 상처가 있었다. "아, 저 피 좀 봐!" 린다가 울부짖었다. "저
피 좀 봐!" 그녀는 피를 보면 전혀 참을 수가 없었다. 포페가 다른 손
을 치켜들었다. 존은 때리려고 그러는 모양이라고 생각했다. 그는
얻어맞을 걸 예상하고는 온몸이 빳빳하게 굳었다. 하지만 손은 그의
턱밑을 잡아 얼굴을 돌리기만 했을 뿐이었다. 그는 다시 포페의 눈
을 억지로 볼 수밖에 없었다. 오랫동안, 몇 시간이나 계속되는 듯했

---

* 「햄릿」 3막 3장 92~93행에서 왕이 기도하는 모습을 보고 햄릿이 죽이기를 포기하며 말하는
대사

다. 갑자기 (주체할 수가 없어서) 그는 울기 시작했다. 포페가 웃음을 터뜨렸다. "가거라." 그가 다른 원주민 언어로 말했다. "가라고, 우리 용감한 아하이유타*야." 그는 눈물을 감추려고 다른 방으로 달려나갔다.

"넌 열다섯 살이 되었어." 원주민 언어로 미치마 노인이 말했다. "이제 너한테 질그릇 만드는 일을 가르쳐줘도 되겠구나."

그들은 강가에 쪼그리고 앉아서 함께 일했다.

"우선 말이다." 젖은 진흙 한 덩어리를 두 손으로 잡고 미치마가 말했다. "우리 자그마한 달을 하나 만들어보자." 노인은 덩어리를 짓이겨 원판으로 만든 다음에 가장자리를 따라가며 꺾어 올렸다. 달은 납작한 그릇이 되었다.

천천히, 어수룩한 솜씨로, 그는 노인의 섬세한 손놀림을 흉내 냈다.

"달을 만들고, 그릇을 만들고, 그리고 이제는 뱀이다." 미치마는 또 다른 진흙 한 덩어리를 말아서 기다랗고 흐물흐물한 대롱으로 만들고는 동그랗게 고리를 지어서 그릇의 가장자리에다 눌러 붙였다. "그러고는 또 한 마리의 뱀. 그리고 또 한 마리, 또 한 마리." 한 켜 한 켜씩, 미치마는 항아리의 옆면을 쌓아 올렸는데, 밑은 좁고 위로 갈수록 넓어지다가 목에 가까워지면서 다시 좁아졌다. 미치마는 주무

---

* 전쟁의 신

르고 토닥거리고 쓰다듬고 긁어냈다. 마침내 낯익은 말파이스의 물동이 모양이 갖춰졌다. 검은흙이 어느 틈에 우유 덩어리처럼 하얀 빛깔이 되었고, 손으로 만져보니 감촉이 아직 부드러웠다. 존이 미치마를 엉성하게 흉내 내어 항아리를 만들어 바로 옆에 놓았다. 두 항아리를 비교해 보고 그는 절로 웃음이 나왔다.

"하지만 이번에는 훨씬 잘 만들어야지." 그가 말하고는 또다시 진흙 한 덩어리를 물에 적시기 시작했다.

모양을 빚어 형태를 갖추면서 그의 손가락들이 기교와 힘을 얻는 느낌이 그에게 보기 드문 기쁨을 주었다. "A, B, C, 그리고 비타민 D." 그는 일을 하면서 혼자 노래를 불렀다. "지방질은 간에 있고, 대구는 바다에서 살아요." 미치마도 노래를 불렀는데, 곰을 사냥해서 죽이는 내용에 관한 노래였다. 그들은 하루 종일 흙일에 몰입했다. 존의 마음은 강렬한 행복감으로 가득했다.

"다음 겨울에는 활을 만드는 방법을 가르쳐주마." 미치마 노인이 그에게 약속했다.

존은 한참 동안 집 밖에 서서 기다렸다. 마침내 집 안에서 열리던 예식이 끝났다. 문이 열리고 사람들이 밖으로 나왔다. 무슨 소중한 보물을 쥐기라도 한 듯, 오른손을 앞으로 내밀고 꼭 쥔 채로 코슬루가 가장 먼저 나왔다. 키아키메 역시 꼭 움켜진 손을 비슷하게 내밀고는 뒤따라 나왔다. 두 남녀는 말없이 걸었다. 그들 뒤에서는 형제

자매들과 사촌들, 그리고 모든 늙은 사람들이 조용히 떼를 지어 따라갔다.

그들은 푸에블로 마을에서 걸어 나와 암석 고원을 횡단했다. 그리고 절벽 끝에서 걸음을 멈추고는 이른 아침의 태양을 향해 마주 섰다. 코슬루가 손을 폈다. 손바닥에는 하얀 옥수숫가루가 조금 있었다. 코슬루는 거기에 입김을 불고, 몇 마디 중얼거린 다음에, 태양을 향해서 하얀 가루 한 줌을 뿌렸다. 키아키메도 똑같은 동작을 취했다. 다음에는 키아키메의 아버지가 앞으로 나서서 깃털이 달린 예배 지팡이를 치켜들고 길게 기도를 하고는, 옥수숫가루가 날아간 쪽으로 지팡이를 던졌다.

"다 끝났어요." 늙은 미치마가 큰 목소리로 말했다. "두 사람은 부부가 되었습니다."

"한심해." 구경을 끝내고 돌아서며 린다가 존에게 말했다. "하찮은 일로 너무나 요란하게 법석을 떤다는 얘기밖에 할 말이 없구나. 개화된 세상에서는 남자나 여자를 가지고 싶으면 그냥……. 한데 넌 도대체 어디를 가려고 그러니, 존?"

그는 린다가 부르는 소리에 신경조차 쓰지 않고 멀리, 아주 멀리, 혼자 있고 싶어서 무작정 달려갔다.

다 끝났다던 미치마 노인의 말이 그의 머릿속에서 메아리를 일으켰다. 끝났다, 끝났다……. 말없이, 멀리 떨어져서, 하지만 열정적으로, 절망적으로, 필사적으로, 그는 키아키메를 사랑했었다. 그리고 이제는 다 끝났다. 그의 나이는 이제 열여섯 살이었다.

보름달이 뜰 때면 앤틸로프 키바 예배당에서는 비밀스러운 얘기들이 오가고, 은밀한 행위들이 이루어졌다. 남자들은 소년으로서 키바에 들어갔다가 어른이 되어 다시 나왔다. 소년들은 키바의 비밀을 누구나 두려워하면서도 초조하게 기다리기도 했다. 해가 지고 달이 떴다. 그는 다른 소년들과 같이 갔다. 키바의 입구에서는 시커먼 모습의 남자들이 서서 기다리고 있었고, 붉은 불을 켜놓은 깊숙한 밑으로 내려가는 사다리가 놓여 있었다. 앞장선 소년들은 벌써 밑으로 내려가기 시작했다. 갑자기 어른 한 명이 앞으로 나서더니 그의 팔을 잡고 열에서 끌어냈다. 그는 손을 뿌리치고는 다른 사람들 사이로 들어가 숨으려고 했다. 이번에는 남자가 그를 때리고 머리카락을 잡아끌었다. "너는 안 돼, 이 하얀 머리야!" "암캐 같은 여자의 자식은 안 돼." 다른 남자가 말했다. 소년들이 웃었다. "저리 가!" 아직도 무리를 지어 모인 소년들의 언저리에서 여전히 어물어물하는 그를 보고 남자들이 다시 소리쳤다. "가라니까!" 그들 가운데 한 사람이 돌멩이를 집어 그에게 던졌다. "저리 가라고, 어서 가, 가라니까!" 돌멩이들이 소나기처럼 쏟아졌다. 그는 피를 흘리며 어둠 속으로 도망쳤다. 빨간 불을 밝힌 키바로부터 노래를 부르는 소리가 들려왔다. 마지막 소년이 사다리를 내려갔다. 그는 완전히 혼자 남았다.

푸에블로 마을 밖에, 고원의 쓸쓸한 들판에 그는 완전히 홀로 남았다. 바위는 달빛을 받아서 표백된 뼈들처럼 보였다. 저 아래 계곡에서는 이리 떼가 달을 보고 울부짖었다. 멍든 상처들이 쑤시고 찢어진 곳에서는 아직도 피가 났지만, 그가 흐느껴 울었던 까닭은 아픔 때문이 아니었다. 그가 완전히 혼자였기 때문에, 바위들과 달빛으로 이루어진 해골의 세계로 혼자서만 쫓겨났기 때문이었다. 그는 절벽의 가장자리에 앉아 달을 등지고 절벽의 검은 그림자 속을, 죽음의 검은 그림자 속을 내려다보았다. 한 발자국만 내디디면, 조금 뛰어내리기만 하면……. 그는 달빛 속으로 오른손을 내밀었다. 손목의 찢어진 상처에서 아직도 피가 흘러내렸다. 죽음의 빛 속에서 시커멓고, 거의 빛깔이 없어진 피가 몇 초에 한 방울씩 떨어졌다. 뚝, 뚝, 뚝. 내일, 내일, 그리고 내일…….

그는 시간과 죽음과 신을 발견한 것이다.

"외톨박이, 항상 외톨박이였습니다." 젊은이가 말을 계속했다.

청년의 말이 버나드의 마음속에서 서글픈 반향을 불러일으켰다. 외톨박이, 외톨박이……. "나도 마찬가지예요." 속마음을 왈칵 털어놓고 싶은 충동을 느끼며 그가 말했다. "무서울 만큼 외톨박이죠."

"그래요?" 존이 놀란 표정을 지었다. "내가 생각하기에는 타처에 서라면…… 내 얘긴, 그곳에서는 어느 누구도 절대 혼자가 아니라고 린다가 항상 말했거든요."

버나드는 거북한 기분으로 낯을 붉혔다. "그건 말이죠." 그가 시선을 피하고 우물우물하면서 말했다. "내가 대부분의 사람들과 상당히 다르기 때문인가 봐요. 만일 누군가 태아 숙성 과정에서 어쩌다가 다르게 된다면……."

"예, 바로 그겁니다." 젊은이가 머리를 끄덕였다. "남들하고 다른 사람은 외롭기 마련이에요. 사람들이란 냉혹하니까요. 그들은 철저히 모든 것에서 나를 배척했어요. 산에서 밤을 보내라고 다른 소년들을 내보낼 때, 그러니까 자신이 성스럽게 섬겨야 할 동물이 무엇인지 꿈을 통해 만나게 하기 위해 내보낼 때, 그들은 내가 같이 가도록 허락하지 않았고, 어떤 비밀도 나한테는 알려주지 않았어요. 하지만 나는 내 나름대로 해결했습니다." 그가 덧붙여 말했다. "닷새 동안 아무것도 먹지 않고 지내다가 어느 날 밤, 난 혼자서 저 산으로 갔습니다." 그가 손으로 가리켰다.

버나드가 어른스럽게 빙그레 웃었다.

"그래 꿈에서 뭔가 보았나요?" 그가 물었다.

상대방이 머리를 끄덕였다. "하지만 그것이 무엇인지 난 당신한테 얘기하면 안 됩니다." 그는 잠깐 침묵을 지키더니 나지막한 목소리로 "언젠가 말입니다"라면서 얘기를 계속했다. "난 어느 누구도 하지 않은 일을 했는데…… 난 여름에, 어느 날 한낮에, 십자가에 매달린 예수처럼 두 팔을 벌리고 바위 앞에 섰어요."

"도대체 무엇 때문에요?"

"난 십자가에 매달리면 어떤지 알고 싶었어요. 땡볕에서 그렇게 매달려……."

"하지만 왜 그랬죠?"

"왜냐고요? 글쎄요……." 그가 머뭇거렸다. "그렇게 해야만 된다고 느꼈기 때문이에요. 만일 예수가 그것을 견뎌냈다면, 그리고 만일 누군가 무슨 잘못을 저질렀다면……. 그뿐 아니라 나는 불행했어요. 그것이 또 다른 이유였어요."

"그건 불행을 고치는 방법치고는 좀 희한하군요." 버나드가 말했다. 하지만 다시 생각해본 그는 따지고 보면 그런 행동도 괜찮겠다고 판단했다. 소마를 먹기보다는…….

"얼마 후에 나는 기절했어요." 젊은이가 말했다. "앞으로 엎어졌죠. 내 얼굴에 찢어진 상처가 보이죠?" 그는 이마에서 숱이 많은 노란 머리카락을 들어올렸다. 오른쪽 관자놀이에 하얗고 쪼그라든 상처가 나타났다.

상처를 본 버나드는 잠깐 몸을 부르르 떨고는 얼른 시선을 돌렸다. 그가 받았던 길들이기 훈련은 버나드에게 청년이 불쌍하기는커녕 심한 역겨움만 느끼게 했다. 질병이나 상처를 단순히 암시하는 정도만으로도 그는 공포감뿐 아니라 상당히 심한 역겨움과 구역질까지 느끼고는 했다. 오물이나, 불구의 몸이나, 노화 따위가 그러했다. 그는 서둘러 화제를 돌렸다.

"혹시 우리하고 같이 런던으로 갈 생각은 없는지 모르겠군요." 젊은 야만인의 '아버지'가 누구인지 누추한 집에서 확실히 깨달은 이후로 남모르게 치밀한 작전을 짜오던 버나드가 계획의 첫 행동을 취하며 물었다. "가고 싶지 않아요?"

젊은이의 얼굴이 환하게 밝아졌다. "그거 진심이에요?"

"물론이죠. 내가 허락을 받아낼 수만 있다면 말이에요."

"린다도요?"

"글쎄요……." 그는 미심쩍어서 어물어물했다. 그 흉측한 괴물! 그렇다, 그것은 불가능한 일이었다. 그래도 혹시, 혹시……. 불현듯 버나드는 그녀의 역겨운 모습 자체가 엄청나게 큰 자산 노릇을 할지도 모른다는 생각이 들었다. "그야 물론입니다!" 지나치게 예의를 과시함으로써 조금 아까 주저하던 태도를 상쇄하려고 그가 소리쳤다.

젊은이가 심호흡을 했다. "내가 평생 꿈꾸어오던 것—그것이 실현된다고 생각하니 가슴이 벅차군요. 미란다*가 한 말 기억하세요?"

"미란다가 누군데요?"

하지만 젊은이는 그의 질문을 듣지 못한 눈치였다. "오, 경이로움이여!"** 이 말을 하면서 그의 눈이 빛났고, 얼굴은 눈부시게 상기되었다. "이곳에는 훌륭한 존재들이 얼마나 많은가요! 인간이란 얼마나 아름다운가요!"*** 레니나를 생각하자 그의 상기된 얼굴이 갑자

---

*   셰익스피어의 연극 「템페스트」의 주인공인 프로스페로의 딸
** 「템페스트」 5막 1장 181행으로, 미란다의 대사
*** 같은 출처 222~223행

기 더욱 붉어졌다. 젊음과 더불어 피부 영양제로 윤기가 나고, 포동 포동하고, 상냥한 미소를 짓고, 진한 초록색 인조견을 걸치고 있는 그녀의 모습은 영락없는 천사였다. 존은 말을 더듬거렸다. "오, 멋진 신세계여."* 그는 말문을 열었다가 갑자기 입을 다물었다. 그의 뺨에서 핏기가 사라지고 백지장처럼 얼굴이 창백해졌다. "당신하고 그 여자 결혼한 사이인가요?" 그가 물었다.

"우리가 어쨌다고요?"

"결혼했느냐고요. 아시잖아요, 영원히. 원주민 말로는 '영원히'라고 하는데, 그건 깨뜨릴 수가 없다는 뜻이죠."

"포드 님 맙소사, 아닙니다!" 버나드는 저절로 웃음이 터져 나왔다.

존도 역시 웃었지만, 다른 이유 때문에, 순수한 기쁨 때문에 웃었다.

"오, 멋진 신세계여." 존이 같은 말을 되풀이했다. "오, 그런 사람들이 사는 멋진 신세계여. 우리 당장 출발합시다."

"가끔 당신 말투가 무척 특이하다는 생각이 드는군요." 당황하고 놀란 표정으로 젊은이를 빤히 쳐다보면서 버나드가 말했다. "그리고 어쨌든 당신이 신세계를 실제로 볼 때까지는 판단을 보류하는 게 좋지 않을까요?"

---

* 이 소설의 제목이기도 한데, 여기에서 brave는 '화려한'이나 '훌륭한'이라는 의미임

제9장

／

괴이한 공포의 하루를 지낸 다음인지라 레니나는 철저하고도 절대적인 휴식을 누릴 권리가 있다고 느꼈다. 휴게소로 돌아가자마자 그녀는 반 그램짜리 소마를 6개나 삼킨 다음에 침대에 누웠고, 10분도 안 되어서 몽롱한 영원의 세계로 빠져 들어갔다. 그녀가 다시 현실로 돌아오려면 적어도 18시간은 지나야 할 터였다.

한편 버나드는 어둠 속에서 말똥말똥한 정신으로 깊은 생각에 잠겼다. 그는 자정이 한참 지난 다음에야 잠이 들었다. 그렇지만 그의 불면증은 무의미하게 낭비한 시간이 아니었다. 그에게는 어떤 계획이 하나 마련되었다.

정확히 시간을 맞춰 이튿날 아침 10시에 도착한 헬리콥터에서 초록색 제복의 8분 혼혈아가 내렸다. 버나드는 용설란龍舌蘭 숲 속에서 그를 기다리고 있었다.

"미스 크라운은 소마 휴식을 취하는 중이에요." 그가 설명했다. "5시 전에는 깨어나기 어려울 거예요. 그러니까 우리에게는 7시간의 여유가 생긴 셈이죠."

그가 산타페로 날아가서 할 일을 모두 마치고도 그녀가 깨어나기 전에 말파이스로 돌아올 시간이 넉넉했다.

"여자 혼자 여기 남겨둬도 괜찮을까요?"

"헬리콥터만큼이나 안전하죠." 8분 혼혈아가 그를 안심시켰다.

그들은 헬리콥터를 타고 당장 출발했다. 10시 34분에 그들은 산타페 우체국 옥상에 착륙했다. 버나드는 10시 37분에 화이트홀의 세계 통제관 사무실과 연락이 닿았으며, 10시 39분에 포드 님의 제4비서관과 얘기를 나누었다. 10시 44분에는 제1비서관에게 똑같은 얘기를 되풀이했고, 10시 47분 30초가 되어서야 그는 무스타파 몬드의 굵고도 우렁찬 목소리를 직접 그의 귀로 듣게 되었다.

버나드가 말을 더듬었다. "제 나름대로의 생각입니다만, 포드 님께서 충분히 과학적인 흥미를 느낄 만한 문제 같아서……."

"그래, 아닌 게 아니라 충분히 과학적인 흥미가 느껴지는군." 굵은 목소리가 말했다. "그 두 사람을 런던으로 데려오게."

"포드 님께서도 아시겠지만 저는 특별 허가가 필요해서……."

"필요한 명령서들은 지금 당장 보호 구역의 감독관에게 보내겠네." 무스타파 몬드가 말했다. "당신은 당장 감독관의 사무실로 가도록. 그럼 수고하게, 마르크스 군."

침묵이 흘렀다. 버나드는 수화기를 놓고 서둘러 옥상으로 올라갔다.

"감독관 사무실로 갑시다." 그는 초록색 감마 8분 혼혈아에게 말했다.

버나드는 10시 54분에 감독관과 악수를 했다.

"기꺼이 그렇게 하겠습니다, 마르크스 씨, 기꺼이 그러겠어요." 그의 목소리는 굵직하고 겸손했다. "우리는 방금 특별 명령을 받아서……."

"알아요." 그의 말을 가로막으며 버나드가 말했다. "조금 전에 포드 님과 통화를 했습니다." 그는 날마다 포드 님과 일상적으로 대화를 나누는 사이라는 암시를 주기 위해 일부러 따분해하는 어조로 말했다. 그는 털썩 의자에 앉았다. "가능한 한 빨리 필요한 조치들을 취해주셨으면 좋겠습니다. 가능한 한 빨리요." 그는 강조를 하느라 같은 말을 되풀이했다. 그는 한껏 즐거운 기분을 내는 중이었다.

11시 3분에 필요한 모든 서류들이 그의 호주머니에 들어왔다.

"수고했어요." 승강기 입구까지 따라 나온 감독관에게 그가 오만하게 말했다. "잘 있어요."

그는 호텔로 걸어가서 목욕을 하고 진동 진공 안마와 전기 분해식 면도를 한 다음 아침 뉴스를 듣고 텔레비전을 반 시간 동안 보고는, 2시 반에 8분 혼혈아와 함께 말파이스로 돌아갔다.

젊은이가 휴게소 밖에 나타났다.

"버나드!" 그가 소리쳐 불렀다. "버나드!" 대답이 없었다.

그는 사슴 가죽으로 만들어 소리가 나지 않는 털신을 신고 층계를 달려 올라가서 문을 밀어보았다. 문은 잠겨 있었다.

그들이 가버렸다! 가버렸다! 여태까지 그에게 이토록 무서운 일이 벌어졌던 적은 없었다. 그녀가 자기들을 만나러 오라고 그에게 청했었는데, 지금 그들은 가고 없었다. 그는 층계에 앉아서 울었다.

반 시간이나 흘러간 후에 그는 창문으로 안을 들여다봐야겠다는 생각이 떠올랐다. 가장 먼저 눈에 띈 것은 뚜껑에 L. C.라는 머리글자*가 박힌 초록색 옷가방이었다. 그의 마음속에서 기쁨이 불길처럼 치솟아 올랐다. 그는 돌멩이를 하나 집어 들었다. 산산조각이 난 유리가 짤그랑거리며 마룻바닥으로 떨어졌다. 그는 재빨리 방 안으로 들어갔다. 초록색 옷가방을 열자 왈칵 코를 찌르는 레니나의 향수 냄새가 그의 폐를 그녀의 본질로 가득 채웠다. 그는 가슴이 마구 뛰었고, 이러다가는 기절할 것만 같았다. 그는 보석 상자를 굽어보고 만지다가, 환한 곳으로 가져가 들어 올려서 살펴보았다. 레니나의 여벌 인조견 벨벳 반바지에 달린 지퍼를 보고 처음에는 어리둥절했지만, 궁금증이 풀리자 그는 재미가 생겼다. 주루룩, 그러고는 주루룩, 주루룩, 그러고는 주루룩, 참으로 신기했다. 그녀의 초록색 실내화는 지금까지 그가 본 적이 없을 정도로 지극히 아름다운 물건이었다.

그는 지퍼가 달린 속옷을 펼쳐 보고는 낯을 붉히며 황급히 치웠지

---

* 레니나 크라운의 이름임

만, 향수를 뿌린 아세테이트 손수건에 입을 맞추고는 스카프 하나를 목에 감아보았다. 어떤 상자를 열다가 그는 향내가 나는 가루를 엎질렀다. 그의 두 손에 향기로운 가루가 밀가루처럼 잔뜩 묻었다. 그는 가루를 가슴에다, 어깨에다, 겉으로 드러낸 두 팔에다 문질렀다. 감미로운 향기! 그는 눈을 감고 가루가 묻은 팔에다 뺨을 비볐다. 얼굴에 닿는 매끄러운 살갗의 감촉, 코를 찌르는 사향 향기―그녀의 진실한 면모였다. "레니나." 그가 속삭였다. "레니나!"

무슨 소리가 나자 그는 깜짝 놀라 죄라도 지은 듯 몸을 돌렸다. 그리고 몰래 꺼냈던 물건들을 옷가방에 황급히 쑤셔 넣고는 뚜껑을 닫은 다음에 다시 귀를 기울이며 살펴보았다. 아무 소리도 나지 않았다. 생명의 흔적조차 없었다. 그렇지만 그는 분명히 무엇을, 한숨 비슷한 소리를, 널빤지가 삐걱거리는 듯한 무슨 소리를 들었다. 그는 발돋움을 하고 입구로 가서 조심스럽게 문을 열었다. 널찍한 층계참이 눈에 띄었다. 층계참 저쪽 편에는 또 다른 문이 하나 빼꼼히 열려 있었다. 그는 그쪽으로 가서 문을 열고 살그머니 안을 들여다보았다.

그곳 나지막한 침대 위에는 홑이불을 홀렁 젖힌 채 상하의가 하나로 이어진 분홍빛 파자마 차림으로 레니나가 곤히 잠들어 있었다. 곱슬거리는 머리가 너무나 아름답고, 발그레한 발가락들이 너무나 가련할 정도로 여리고, 잠든 얼굴이 너무나 진지했으며, 축 늘어진 두 손과 맥이 풀린 팔다리가 너무나 무방비 상태로 무기력해서, 그는 눈물이 날 지경이었다.

(권총을 쏘지 않고서는 레니나를 소마 휴식에서 지정된 시간이 되기 전에는 깨울 길이 없으므로) 별로 필요도 없는 조심을 하느라 꽤나 신경을 쓰면서 그는 방으로 들어가 침대 옆에 무릎을 꿇고 앉았다. 그는 레니나를 물끄러미 쳐다보면서 두 손을 맞잡고 조용히 입을 열었다. "그녀의 눈." 그가 중얼거렸다.

> "그녀의 두 눈, 머리카락, 뺨, 걸음걸이, 목소리—
> 그대의 말마따나, 오! 그녀의 손에 비하면
> 하얗다고 뽐내는 모든 것이 스스로 추악함을 고백하는
> 먹물이나 마찬가지요, 그녀의 부드러운 손길에 비하면
> 백조의 털도 거칠기만 하나니······."•

그녀의 주변에 파리 한 마리가 나타나서 윙윙거리며 날아다니자 그는 손을 저어 쫓아버렸다. "파리들은······." 그는 기억을 더듬었다.

> "경이롭고 새하얀 줄리엣의 손에 앉아도 좋고,
> 순수하고도 처녀다운 겸손함 속에서나마
> 그들의 입맞춤을 죄라 생각하여 아직도 낯붉히는

• 셰익스피어의 「트로일러스와 크레시다」 1막 1장의 54~56행까지

그녀의 입술로부터 영원한 축복을 훔치기도 합니다."[*]

어쩌면 상당히 위험할지도 모르는 새를 쓰다듬어 보려는 사람처럼, 그는 머뭇거리면서 아주 천천히, 조심스럽게 손을 앞으로 내밀었다. 축 늘어진 그녀의 손가락과 한 뼘도 안 떨어진 거리에서, 닿기 직전에, 그의 손이 공중에 멈춘 채 떨렸다. 감히 이래도 된다는 말인가? 하찮은 자신의 손으로 감히 어떻게 그런 욕된 짓을……. 아니다, 그는 그러면 안 된다고 판단했다. 새가 너무 위험했다. 그는 다시 손을 내렸다. 그녀는 얼마나 아름다운가! 얼마나!

갑자기 그의 머릿속에 어떤 생각이 떠올랐다. 그녀의 목 밑에 달린 지퍼를 잡고 한 번 길게, 힘차게 당기기만 하면……. 그는 눈을 감고, 물에서 나올 때 두 귀를 흔들어 터는 개와 비슷한 동작으로 머리를 설레설레 흔들었다. 흉측한 생각이다! 그는 자신이 창피했다. 순수하고도 처녀다운 정숙함 앞에서…….

허공에서 윙윙거리는 소리가 났다. 또 한 마리의 파리가 영원한 축복을 훔치려고 날아오는 것일까? 말벌인가? 그가 둘러보았지만 아무것도 눈에 띄지 않았다. 윙윙거리는 소리가 점점 더 커졌다. 그것은 덧문을 내린 창문의 바깥에서 들려오는 소리였다. 헬리콥터구

---

[*] 「로미오와 줄리엣」 3막 3장 38~41행까지인데, 로미오가 파리들을 부러워하며 신부님에게 하는 얘기임

나! 잔뜩 겁이 난 그는 몸을 일으켜 다른 방으로 달려가 열린 창문을 뛰어넘었다. 그리고 높다란 용설란들 사이로 뻗어 나간 길을 따라 서둘러 가서는, 헬리콥터에서 내리는 버나드 마르크스를 때맞춰 마중했다.

제10장

블룸즈버리 본부의 4,000개에 달하는 방에 걸린 전기 시계 4,000개는 바늘이 모두 2시 27분을 가리키고 있었다. (국장이 '산업의 벌집'이라고 즐겨 부르는 본부 건물은 일을 하는 소음으로 온통 시끄러웠다.) 모든 사람이 바빴고, 모든 과정이 질서정연하게 돌아갔다. 현미경 아래에서 정충들이 기다란 꼬리를 맹렬히 휘저으며 머리부터 처박고 난자 속으로 파고들었고, 수정된 난자들이 자라면서 분열을 계속했다. 보카노프스키 처리를 거친 난자들은 발아를 하고 갈라져 수많은 태아가 되었다. 사회 기능 설정실에서는 에스컬레이터들이 우르릉거리며 지하실로 내려갔고, 지하실에서는 진홍빛 어둠 속에서 복막 위의 태아가 푹푹 찌는 듯한 열을 받으며 대용 혈액과 호르몬을 공급받고 점점 자라났다. 반면에 독소가 주입된 태아들은 쇠약해져서 발육이 중단된 엡실론들이 되었다. 나지막이 윙윙거리고 덜컹대는 선반들이 몇 주일 동안 한없이 반복되는 발달 단계를 거쳐, 눈에 띄지 않을 정도로 기어가듯 느릿느릿 이동해 태아 숙성실로 들어가고, 병에서 갓 나온 아기들은 공포와 경악의 첫 고함을 질렀다.

지하 2층 이하에서는 발전기들이 우릉우릉 돌아갔고 승강기가 바빠 오르락내리락했다. 11층에 달하는 유아실은 어디를 가나 급식 시간이었다. 세밀하게 분류된 1,800명의 유아들이 저온으로 살균해서 그들에게 배당된 외분비액을 0.5리터씩 1,800개의 병으로부터 동시에 빨아대는 중이었다.

유아실 위쪽으로는 층층이 10층에 걸친 공동 침실에서 아직도 오후에 잠이 필요할 정도로 어린 사내아이들과 계집아이들이, 무의식 중에 위생과 사교 생활, 계급의식, 그리고 아장아장 걷는 아이들의 성생활에 관한 최면 교육 강의를 듣느라 누구 못지않게 바빴다. 그보다 더 위쪽에는 놀이방이 마련되어서, 날씨가 궂어 비가 내리면 좀 더 나이가 많은 900명의 아이들이 벽돌과 진흙 빚기와 지퍼 찾기와 선정적인 놀이를 즐겼다.

웅성웅성, 웅성웅성! 벌집은 기쁨에 차서 분주히 웅성거렸다. 시험관들 위로 몸을 수그린 젊은 여자들의 노래는 유쾌하기만 했고, 기능 설정 요원들은 휘파람을 불며 일했다. 숙성실에서는 빈 병들을 둘러보며 얼마나 호쾌한 농담들이 터져 나왔던가! 하지만 헨리 포스터와 함께 수정실로 들어선 국장의 얼굴은 엄숙하고 준엄해서, 돌처럼 딱딱해 보였다.

"다른 사람들을 위한 본보기로 삼아야 해." 그가 말했다. "본부의 어느 다른 곳보다도 상류 계급의 직원들이 훨씬 많이 소속된 부처이기 때문에 난 이 방을 선택했지. 그에게 이곳으로 2시 반까지 오라고 그랬어."

"그는 맡은 일을 아주 잘해요." 헨리가 위선적인 너그러움을 보이며 한마디 했다.

"나도 알아. 하지만 바로 그 이유 때문에 더 엄격하게 다루어야 하지. 그의 뛰어난 지성은 거기에 해당되는 도덕적인 책임들을 수반해. 사람이란 재능이 많으면 많을수록 길을 잘못 드는 가능성이 그만큼 더 커지니까. 많은 사람들이 타락하는 것보다는 한 사람이 고통을 겪는 게 더 나은 선택이겠지. 이번 문제를 냉정하게 따져보면, 포스터 군, 이단적인 행동만큼 막중한 죄는 또 없을 듯하네. 살인은 한 사람만을 죽일 뿐인데, 따지고 보면 개인 한 사람은 아무것도 아니잖아?" 그는 한꺼번에 손으로 훑는 듯한 동작으로 줄줄이 늘어선 현미경과 시험관과 배양기들을 가리켰다. "우린 원하는 대로 얼마든지, 지극히 간단하게 새로운 인간을 만들어낼 능력을 갖추었어. 이단은 단순히 한 개인의 삶보다는 더 많은 것들을 동시에 위협해서, 사회 자체를 공격하는 격이야. 그래, 사회 자체를 말이야." 그가 되풀이해서 말했다. "아, 저 친구 이제야 오는군."

버나드가 방으로 들어와 줄줄이 늘어선 수정 계원들 사이로 그들을 향해 걸어왔다. 얇은 한 겹의 경쾌한 자신감으로 희미하게 가려 위장하려는 것 같았지만, 그에게서는 초조한 분위기가 역력하게 풍겼다. "안녕하십니까, 국장님"이라고 말한 그의 목소리는 어울리지 않을 정도로 컸는데, 자신의 실수를 만회하려는 생각에서였는지 곧 우스꽝스러울 만큼 나지막이 찍찍거리는 말투로 바뀌었다. "저더러 이리 와서 얘기를 나누자고 하셨다고요."

"그래, 마르크스 군." 국장이 불길한 어조로 말했다. "이곳에서 만나자고 내가 청했지. 듣자하니 휴가에서 어젯밤에 돌아왔다던데."

"그렇습니다." 버나드가 대답했다.

"그렇―군." 마지막 음절 '군'에서 구렁이처럼 꾸물거리는 말투로 국장이 확인했다. 그러더니 갑자기 목청을 높여 "신사 숙녀 여러분!"이라고 소리쳤다. "신사 숙녀 여러분!"

시험관들 위로 허리를 굽히고 일하던 여자들의 노래와 현미경 담당자들의 도취된 휘파람 소리가 갑자기 중단되었다.

"신사 숙녀 여러분." 국장이 다시 한 번 되풀이해서 말했다. "이렇게 여러분의 일을 방해해서 미안합니다. 하지만 나에게는 고통스러운 의무가 있습니다. 사회의 안정과 안전이 위험에 처했으니까요. 그래요, 위험에 처했어요. 신사 숙녀 여러분, 이 사람은." 그는 고발하듯 버나드를 손으로 가리켰다. "여기 여러분 앞에 선 이 남자, 그토록 많은 혜택을 받은 알파 플러스, 그래서 또한 너무나 많은 기대를 마땅히 불러일으켰던 여러분의 동료―아니, 앞날을 미리 내다보고 차라리 '과거의 동료'라고 말해야 맞을까요? 어쨌든 저 사람은 우리가 기대하는 신뢰감을 무자비하게 저버렸습니다. 신체적인 운동과 소마에 관한 그의 이단적인 관념으로 인해서, 비정상적이고 해괴한 성생활로 인해서, 근무 시간이 아닌 경우에는 우리 포드 님의 (여기에서 국장은 T 자를 그렸다) 가르침을 따르거나 올바르게 행동하지 않겠다고 '유리병에 담긴 아기처럼' 거부함으로써 그는 자신이 사회의 적이요, 반란자이며, 신사 숙녀 여러분, 모든 질서와 안정의 적이고, 문명사회 자체에 거역하는 음모를 꾸며온 자임을 증명해 보여주었습니다. 그런 이유 때문에 나는 그를 해고시키고, 그가 이곳 본부에서 맡아온 직책으로부터 불명예스러운 축출을 제안합니다. 나는 그를 가장 최하급의 지부로 전출시키고 어떤 중요한 인구 밀집 지역에서도 가능한 한 멀리 격리시켜서 사회의 이익에 최대한 보탬이 되는 처벌을 해야 한다고 제안합니다. 아이슬란드에서라면 그가 포드스럽지 않은 본보기를 보여 다른 사람들을 나쁜 길로 오도할 기회가 최소한으로 적어질 것입니다." 국장이 잠깐 말을 멈추더니 팔짱을 끼고는 위압적인 표정을 지으며 버나드에게로 돌아섰다. "마르크스." 그가 말했다. "자네에 대해서 내린 판결을 내가 지금 당장 실행해서는 안 된다는 이유를 하나라도 입증할 수 있겠나?"

"예, 있습니다." 아주 큰 목소리로 버나드가 대답했다.

약간 주춤했지만 여전히 당당하게 국장이 말했다. "그렇다면 이유를 제시해봐."

"그러죠. 하지만 그 이유는 복도에 있습니다. 잠깐만 기다리세요." 버나드가 서둘러 문으로 가서 벌컥 열었다. "들어와요." 그가 명령하자, 그 이유가 안으로 들어와서 모습을 보여주었다.

사람들은 숨을 몰아쉬는가 하면, 놀라고 무서워서 웅성거렸다. 젊은 여자 한 명이 비명을 질렀다. 더 자세히 보려고 의자 위에 올라선 어떤 사람은 정충이 가득 담긴 시험관 두 개를 엎질렀다. 온몸이 통통 부어오른 듯 살이 축 늘어진 중년의 린다가 방으로 들어섰는데, 얼굴에 주름살이 전혀 없고 몸매가 탄탄한 방 안의 젊은이들 사이로 걸어오는 그녀의 모습은 이상하고도 무시무시한 괴물 같았다. 거기다가 애교를 부리느라 빛이 바랜 듯 창백하고 일그러진 미소까지 지으며 걸어오던 그녀가 딴에는 관능적인 율동을 시도하자 어마어마하게 큰 엉덩이가 씰룩씰룩거렸다. 버나드가 그녀를 따라 나란히 걸어 들어왔다.

"저기 계십니다." 그가 국장을 가리키며 말했다.

"내가 저이를 알아보지 못했을 거라고 생각하세요?" 린다가 짜증스럽게 묻고는 국장을 향해 돌아섰다. "물론 나는 당신을 한눈에 알아봤어요, 토마킨. 난 어디에서라도, 1,000명이 모인 곳에서라도 틀림없이 당신을 알아봤을 거예요. 하지만 당신은 나를 잊어버렸는지도 모르죠. 나를 기억하지 못하시나요? 기억을 못 하시나요, 토마킨? 난 당신의 린다예요." 그녀는 머리를 한쪽으로 갸우뚱한 채 그를 쳐다보면서 여전히 미소를 짓고 있었다. 그러나 역겨움으로 표정이 굳어버린 국장의 얼굴을 보자 점점 자신감을 잃더니, 결국 어색함에 미소가 사라지고 말았다. "당신은 기억을 못 하시나요, 토마킨?" 그녀가 떨리는 목소리로 되풀이해서 물었다. 그녀의 눈에는 불안하고 고뇌에 찬 표정이 가득했다. 얼룩덜룩하고 축 늘어진 얼굴이 괴이하게 뒤틀려 심한 슬픔으로 일그러졌다. "토마킨!" 그녀가 두 팔을 내밀었다. 누군가 뒤에서 킬킬거리기 시작했다.

"도대체 무슨 속셈으로 이런 흉악한 짓을……" 국장이 말문을 열었다.

"토마킨!" 길게 늘어진 담요를 질질 끌면서 그녀는 앞으로 달려나가 국장의 목을 두 팔로 끌어안고 얼굴을 그의 가슴에 파묻었다.

사방에서 요란한 웃음소리가 마구 터져 나왔다.

"……이런 흉측한 장난을 치는지 모르겠군!" 국장이 소리쳤다.

얼굴이 시뻘게진 그는 린다의 포옹을 뿌리치려고 발버둥 쳤다. 그녀는 결사적으로 매달렸다. "하지만 나는 린다예요, 내가 린다라고요." 그녀의 목소리는 다른 사람들의 웃음소리에 묻혀 잘 들리지 않았다. "당신은 내가 아기를 갖게 했잖아요." 시끄러운 소음보다 더 큰 소리로 그녀가 외쳤다. 갑자기 소름 끼치는 침묵이 뒤따랐고, 어디에 시선을 두어야 할지 몰라서 사람들의 눈이 거북하게 갈팡질팡했다. 국장은 갑자기 얼굴이 새파래지며 저항을 중단하고 그녀의 손목을 잡은 채 공포에 질려 여자를 빤히 내려다보았다. "그래요, 아기를 뱄고—그리고 난 그 아기의 엄마가 되었어요." 그녀는 격노한 침묵에 도전이라도 하듯 그 추잡한 말을 불쑥 던졌다. 그러더니 갑자기 그를 뿌리치고 떨어져, 창피하고 또 창피해서, 두 손으로 얼굴을 가리고는 흐느껴 울었다. "그건 내 잘못이 아니었어요, 토마킨. 난 항상 세척을 했어요, 안 그랬나요? 안 그랬어요? 항상요……. 어떻게 된 노릇인지 난 모르지만……. 얼마나 끔찍한 일이었는지 당신이 알았으면 좋겠어요, 토마킨……. 하지만 그 애가 어쨌든 나에게는 위안이 되었어요." 그녀는 문 쪽으로 돌아서며 "존!"이라고 소리쳐 불렀다. "존!"

존이 얼른 안으로 들어왔다. 그는 문 바로 안쪽에서 잠깐 멈추었다가 주위를 둘러본 다음, 사슴 가죽신을 신은 발로 조심스럽고도 빠른 걸음으로 방을 가로질러 건너가 국장 앞에 무릎을 꿇고 또렷한 목소리로 말했다. "아버지!"

('아버지'란 아이를 낳는 현상에 관련된 도덕적으로 부정한 요소와 혐오감을 일차적으로 배제한 의미이기 때문에, 음탕하다기보다는 차라리 그냥 추악하고, 외설적이라기보다는 배설물처럼 더럽고 야비함을 뜻하는 어휘여서) 존이 외친 더럽고 우스꽝스러운 어휘는 견디기 힘들 정도로 팽팽해졌던 긴장감을 크게 이완시켰다. 거의 발작적이라고 할 만큼 요란한 웃음이 터져 나오더니 절대로 끝나지 않을 것처럼 이어지고 또 이어졌다. 아버지라니—그것도 국장님더러 말이다! 아버지라니! 오 포드 님이시여, 오 포드 님 맙소사! 그것은 정말로 너무나 믿어지지 않는 얘기였다. 환호성과 고함 소리가 다시금 요란해졌다. 요원들의 얼굴은 흐물흐물 일그러지기 직전이었고, 눈물이 줄줄 흘러내렸다. 정충이 담긴 시험관이 여섯 개 더 엎어졌다. 아버지라니!

당황하고 수치심과 고뇌에 빠진 국장은, 창백해진 얼굴로 눈을 부라리며 주변 사람들을 노려보았다.

　아버지라니! 수그러지려는 기미를 보이던 웃음소리가 더 요란하게 다시 한 번 터져 나왔다. 그는 두 손으로 귀를 막고 방에서 뛰쳐나갔다.

제11장

/

수정실에서 벌어진 소동 이후에 런던의 상부 계급 사람들은 누구
나 부화-습성 훈련국장(이라기보다는 그 사건 직후에 사임하고
본부에 다시는 발을 들여놓지 않았기 때문에 전직 국장이라고 해
야 더 어울릴 이 가엾은 남자)의 앞에서 무릎을 꿇고 털썩 주저앉
아 그를 (이토록 멋진 농담이 정말이라고는 믿어지지도 않을 지경
이지만!) "아버지"라고 불렀다는 희한한 인간을 만나고 싶어서 온
통 야단들이었다. 그와는 대조적으로 린다는 아무런 관심도 불러일
으키지 않아서, 그녀를 만나고 싶다는 욕구를 조금이라도 느낀 사
람은 아무도 없었다. 어떤 사람을 어머니라고 말한다는 것—그것
은 단순한 농담의 정도를 넘어서, 하나의 음란한 행위였다. 그뿐 아
니라 그녀는 참된 야만인이 아니었다. 유리병으로 부화 과정을 거
쳐 다른 사람들과 마찬가지로 기능 조절을 받았던 여자였으므로, 정
말로 해괴한 관념의 노예가 될 가능성은 아예 존재하지 않았다. 마
지막으로, (이것은 사람들이 불쌍한 린다와의 만남을 원하지 않았
던 가장 큰 이유였는데) 그녀의 겉모습이 문제였다. 뚱뚱하고, 젊

음을 상실했고, 이가 상했고, 안색이 반점으로 얼룩덜룩하고, 그리고 (포드 님 맙소사!) 그 몸집—그녀를 쳐다보기만 해도 사람들은 구역질을, 그렇다, 정말로 구역질을 느끼지 않을 수가 없었다. 그래서 최고위층 사람들은 린다를 보지 않겠노라고 단단히 마음을 먹었다. 린다 역시 그들을 만나고 싶지 않았다. 문명 세계로의 귀환이 그녀에게는 소마로의 귀환을 의미했다. 그것은 페요틀을 마신 다음이면 항상 그랬듯이 너무나 수치스러울 만큼 반사회적인 행동을 범해서 다시는 머리를 들지 못하겠다는 그런 기분을 느끼지 않아도 된다는 뜻이었으며, 다시는 심한 두통이나 구역질 없이 침대에 누워 휴식을 취하고 또 취할 수가 있다는 것을 의미했다. 소마는 그녀에게 페요틀처럼 거북한 장난을 치지도 않았다. 소마가 제공하는 휴식은 완벽했으며, 혹시 이튿날 아침에 기분이 좋지 않더라도 그것은 소마의 본질적인 양상 때문이 아니라 휴식의 기쁨과 비교가 되기 때문이었다. 그런 불쾌감의 치료 방법은 휴식을 지속시키는 것이었다. 그녀는 탐욕스럽게 점점 더 많이, 점점 더 많은 양을 달라고 아우성쳤다. 닥터 쇼는 처음에 반대했지만, 나중에는 그녀 마음대로 하도록 내버려두었다. 그녀는 하루에 20그램씩이나 소마를 복용했다.

"이러다가는 저 여자 한두 달 안에 끝장이 날 거예요." 의사가 버나드에게 털어놓았다. "언젠가는 호흡 중추가 마비될 테니까요. 더 이상 숨을 못 쉬죠. 끝난다고요. 그게 차라리 다행일지도 몰라요. 물론 우리 힘으로 회춘이라도 시켜놓는다면야 얘기가 달라지겠지만요. 하지만 그건 불가능하잖아요."

의사의 처방에 존이 반발하고 나서자 (소마 휴식을 취할 때면 린다가 다행히도 남들에게 전혀 부담을 주지 않았으므로) 다른 사람들은 모두 의아하게 생각했다.

"하지만 그토록 많이 복용시킴으로써 생명을 단축시키는 건 아닌가요?" 존이 이의를 제기했다.

"어떤 점에서는 그렇기도 하죠." 닥터 쇼가 시인했다. "하지만 또 어떤 면에서 보면 우리가 사실상 그녀의 생명을 연장시키는 셈입니다." 무슨 말인지 알아듣지 못해서 어리둥절해진 젊은이가 의사를 멍하니 쳐다보았다. "소마는 시간적으로 몇 년쯤 상실하게 만들기는 합니다." 의사가 얘기를 계속했다. "하지만 그것이 시간을 벗어나서 인간이 측정할 수 없는 다른 존속성의 기간을 얼마나 무한하게 누리도록 도와주는지 생각해보세요. 모든 소마 휴식은 우리 조상들이 예전에 영원성이라고 부르던 그런 개념의 한 조각입니다."

존은 이해가 가기 시작했다. "영원은 우리의 입술과 눈에 깃들었나니."* 그가 중얼거렸다.

"뭐라고요?"

"아무것도 아닙니다."

---

* 「안토니우스와 클레오파트라」 1막 3장 35행으로 클레오파트라가 안토니우스에게 한 말

닥터 쇼가 말을 이었다. "물론 중요한 일을 해야 할 사람이 걸핏하면 영원에 몰입하도록 그냥 내버려둘 수는 없는 노릇입니다. 하지만 그 여자는 아무런 중요한 일도……."

"아무리 그렇다고 해도 난 그것이 옳은 일이라고는 생각하지 않아요." 존의 마음은 꺾이지 않았다.

의사가 납득이 안 간다는 시늉을 했다. "글쎄요, 물론 그 여자가 미친 듯 늘 소리를 질러대는 걸 더 좋아한다면야……."

결국 존은 양보할 수밖에 없었다. 린다에게는 원하는 만큼의 소마가 투약되었다. 이때부터 그녀는 버나드의 아파트 37층에 배정된 그녀의 작은 방에서 계속 침대에 누워, 라디오와 텔레비전을 항상 켜놓고, 차조기 잎으로 만든 향유가 조금씩만 똑똑 떨어지도록 틀어놓고, 손이 닿는 자리에 소마 정제들을 두고 지냈다. 그러면서도 그녀는 전혀 그곳에 존재하지 않았으니, 그녀는 항상 멀리, 한없이 멀리서 휴식을 취하는 중이었다. 그 세계는 라디오의 음악이 낭랑하게 울려 퍼지는 빛깔들로 가득한 미궁이었고, 미끄러지며 고동치는 미궁을 한없이 따라가면 (너무나도 아름답고 필연적인 우회로들을 거쳐) 절대적인 신념의 눈부신 중심지에 이르렀다. 그곳에 다다르면 텔레비전 상자에서 춤추는 영상들은 말로 표현하기가 불가능할 만큼 온통 감미로운 노래를 부르는 촉감 영화의 연기자들이었고, 그곳에서는 똑똑 떨어지는 차조기 향유가 단순한 향기가 아니라 태양이기도 했고, 백만 개의 색소폰이기도 했고, 성교를 나누는 포페이기도 했다. 포페의 성교는 훨씬 더 많이, 어디에도 비교가 안 될 정도로 영원히 계속되었다.

"그래요, 우린 회춘을 시킬 수는 없어요." 닥터 쇼가 결론을 내렸다. "하지만 인간에게서 나타나는 노쇠증의 한 본보기를 관찰할 기회를 얻었다는 사실이 아주 기쁩니다. 이렇게 나를 불러준 걸 대단히 고맙게 생각합니다." 그는 버나드와 다정한 악수를 나누었다.

결국 누구나 다 노리던 인물은 존이었다. 그리고 보호자로 인정을 받은 버나드를 통해서만 존을 만날 수 있었던 까닭에, 버나드는 이제 세상에 태어나서 처음으로 단순히 정상적인 인물을 넘어 대단히 중요한 인물로서의 대우를 받는 신분이 되었다. 그의 대용 혈액에 섞였다는 알코올 얘기는 더 이상 나오지 않았고, 개인적인 외모에 관한 조롱도 없어졌다. 헨리 포스터는 일부러 그와 친한 척하려고 애썼으며, 베니토 후버는 그에게 여섯 개들이 성호르몬 껌을 선물로 주었고, 기능 설정 보조원은 버나드가 저녁에 벌이는 모임에 초대받기 위해 쫓아다니며 거의 비굴할 정도로 졸라댔다. 여자들로 말하자면, 버나드가 초청의 가능성을 내비치기만 해도 마음에 드는 어느 누구나 골라잡을 수 있는 위치가 되었다.

"버나드가 나더러 다음 수요일에 야만인을 만나러 오라고 청했어요." 패니가 의기양양하게 말했다.

"난 너무나 기뻐요." 레니나가 말했다. "그리고 이제는 패니도 버나드에 관해서 잘못 알았다는 걸 시인해야 해요. 버나드가 정말로 괜찮은 남자라는 생각 안 들어요?"

패니가 머리를 끄덕였다. "그리고 내가 상당히 기분 좋은 쪽으로 놀랐다는 얘기도 해야겠어요." 그녀가 말했다.

유리병 배양실 실장, 기능 설정국 국장, 세 명의 수정 담당 부총장 보좌관, 정서공학 대학의 촉감 영화 교수, 웨스트민스터 공동체 합창 대원장, 보카노프스키 처리 감독관—버나드가 접촉하게 된 유명 인사들의 명단은 끝이 없었다.

"그리고 난 지난 주일에 여자를 여섯 명이나 상대했어요." 그는 헬름홀츠 왓슨에게 털어놓았다. "월요일에 하나, 화요일에 둘, 금요일에 두 명 더, 그리고 토요일에 한 명을요. 내가 시간이 넉넉하고 그럴 마음만 내킨다면 잔뜩 들떠서 좋다고 덤빌 여자가 적어도 10여 명은……."

헬름홀츠는 버나드가 기분 나쁠 정도로 못마땅해 보이는 음침한 침묵을 지키며 그의 자랑을 들어주었다.

"샘이 나는 모양이군요." 그가 말했다.

헬름홀츠가 고개를 저었다. "난 그냥 서글픈 생각이 들었을 뿐이에요." 그가 대답했다.

버나드는 발끈 화가 나서 가버렸다. 그는 절대로, 절대로 헬름홀츠와 다시는 말도 하지 않으리라고 마음속으로 다짐했다.

하루하루가 흘러갔다. 성공은 버나드의 머리를 핑핑 돌게 만들었고, 성공의 과정을 거치면서 그는 (모든 좋은 마취제가 다 그렇듯이) 그때까지는 꽤나 못마땅하다고 느꼈던 세계와 완전히 타협하기에 이르렀다. 그를 중요하다고 인정해주는 한 세상의 모든 질서는 한없이 좋기만 했다. 하지만 성공으로 인해 타협이 이루어졌음에도 불구하고 그는 아직도 기존 질서를 비판하는 특권을 포기하려고 하지는 않았다. 비판한다는 행위 자체가 자신이 중요한 존재라는 인식을 드높였으며 그로 하여금 훨씬 큰 인물이라도 된 듯한 기분이 들게 했기 때문이다. 그뿐 아니라 그는 비판을 받아야 마땅한 대상들이 실제로 존재한다고 진심으로 믿었다. (그와 동시에 성공의 기쁨을 누리고 마음 내키는 대로 모든 여자를 갖게 되었다는 상태 역시 진심으로 기뻤다.)

이제는 '야만인' 때문에 그에게 굽실거리게 된 자들 앞에서 버나드는 이단을 들먹이며 활개를 치고 돌아다녔다. 사람들은 얌전히 그의 얘기에 귀를 기울였다. 하지만 그의 등 뒤에서는 머리를 설레설레 흔들었다. "저 젊은 친구, 저러다가 끝판에는 입장이 곤란해질 텐데." 그들은 적당한 때가 오기만 하면 그의 종말이 좋게 끝나지 않도록 각별히 손을 쓰겠다는 경고를 더욱 은근하게 내비치며 말했다. "두 번째 곤경에 빠졌을 때는 더 이상 구제해줄 야만인을 찾아내기가 쉽지 않을 테니까."

하지만 어쨌든 첫 번째 야만인은 건재했으며, 그래서 그들은 버나드에게 공손했다. 그 때문에 버나드는 자신이 위대한 인물이라고 스스로 존재의 무게감을 느꼈으며, 동시에 그는 공기보다도 더 가뿐해진 기분으로 의기양양하게 들떠 있었다.

"공기보다도 더 가뿐해진 기분이에요." 버나드가 위를 가리키며 말했다.

기상대의 계류기구가 그들의 머리 위로 높다랗게 떠서, 하늘에 박힌 진주알처럼 햇빛을 받아 반짝였다.

"……앞에서 언급한 야만인에게 문명 세계의 삶이 지닌 모든 양상을 보여줘야 하고……." 버나드의 지시 내용이었다.

존에게 현재의 시점에서 그들이 보여준 문명 세계의 삶은 채링 T 타워의 승강단에서 내려다본 조감도였다. 역장과 상임 기상학자가 안내원 노릇을 했다. 하지만 정작 대부분의 설명을 주도한 사람은 버나드였다. 그는 마치 세계 통제관이라도 되는 듯한 태도로 도취감에 빠져 행동했다. 공기보다도 가뿐하게.

뭄바이 녹색 로켓이 하늘에서 내려왔다. 승객들이 내렸다. 황갈색 제복 차림의 일란성 드라비다* 쌍둥이 여덟 명이 승객석의 여덟 개의 창문으로 내다보았다. 이들은 승무원이었다.

"시속 1,250킬로미터입니다." 역장이 으쓱해서 말했다. "대단하다고 생각하지 않나요, 야만인 선생?"

존은 그만하면 아주 훌륭하다고 생각했다. "그렇기는 해도 말

---

* 남부 인도 지역의 종족

입니다." 그가 말했다. "아리엘*은 40분이면 지구를 한 바퀴 돌아요."**

"야만인은 문명 세계의 발명품들에 대해서 믿어지지 않을 정도로 미미한 놀라움이나 경이감을 나타냈습니다." 버나드는 무스타파 몬드에게 보내는 보고서에 이렇게 기록했다. "의심할 나위 없이 이것은 부분적으로 린다라는 여자가 그런 사물들에 대해 하는 얘기를 자주 들었다는 사실에서 기인하는데, 그 여자는 그의 어—입니다."

(무스타파 몬드는 얼굴을 찡그렸다. '이 멍청이는 그 단어를 제대로 다 써놓으면 내가 비위가 뒤집혀 읽지도 못할 줄 아는 모양이지?')

"그리고 또 한편으로는 그가 '영혼'이라고 일컫는 바에 대해서 관심이 집중되었기 때문인데, 그는 영혼을 물질적인 환경과는 무관한 독립된 존재로서 간주하려는 관점을 고집하고 있습니다. 그래서 본인은 그에게 지적해주기를……."

통제관은 문장들을 몇 개 건너뛰고는 보다 흥미 있고 구체적인 내용을 찾기 위해 막 다음 장으로 넘기려다가 상당히 색다른 구절에

---

* Ariel은 본디 「템페스트」에 등장하는 정령인데, 여기에서 말하는 아리엘은 「한여름 밤의 꿈」에 등장하는 로빈 굿펠로, 즉 '퍽'이라는 이름의 장난꾸러기 요정을 잘못 얘기하고 있으니 혼동하지 않기 바람
** 「한여름 밤의 꿈」 2막 1장 75~76행 참조

시선이 쏠렸다. "……그렇기는 해도 본인은 문명화한 유아 상태의 삶이 지나치게 쉽고 편하다는 야만인의 견해나, 그의 표현을 빌리면, 정당한 대가를 충분히 치르는 삶이 아니라고 판단한 시각에 대해서 공감을 느낍니다." 그는 보고서를 읽어 내려갔다. "그리고 이번 기회를 이용해서 포드 님께 상기시켜드리고 싶은 점이……."

무스타파 몬드의 유쾌한 기분은 당장 분노로 바뀌었다. 이 작자가 그에게, 다른 사람도 아닌 바로 그에게, 감히 준엄한 훈계를 하려고 덤빈다는 생각을 하니 정말로 너무나 괴이했다. 이 친구가 틀림없이 미쳐버린 모양이었다. "내가 버릇을 좀 고쳐줘야겠군." 그는 혼잣말을 한 다음 머리를 젖히고 큰 소리로 웃었다. 어쨌든 지금 당장은 그럴 만한 때가 아니었다.

헬리콥터의 조명 장비들을 생산하는 자그마한 공장은 전기 기구 회사의 자회사였다. (통제관이 발부한 회람 추천장은 마술 같은 효력을 지녀서) 그들은 옥상에 내리자마자 기술 주임과 인력관리 부장의 깍듯한 영접을 받았다.

"하나하나의 과정은 저마다 가능한 한 단 하나의 보카노프스키 집단에 의해서 운영됩니다." 인력관리 부장이 설명했다.

그리고 그런 방침에 따라 코가 납작하고 피부가 검은 단두형의 델타 83명이 냉각 압연 작업을 담당했다. 매부리코에 적황색 제복을 걸친 56명의 감마들이 네 개의 굴대가 달려 철컥거리며 돌아가는

56대의 기계를 조작했다. 주물 공장에서는 뜨거운 열기를 견디는 훈련을 받은 107명의 세네갈계 엡실론들이 일했다. 두개골이 길고, 모래 빛깔 머리에, 골반이 좁고, 하나같이 키가 169센티미터에서 20밀리미터 이내의 차이밖에 없는 33명의 델타 여자들이 나사못을 잘라 내는 중이었다. 조립실에서는 감마 플러스 난쟁이들 두 집단이 발전기를 조립하고 있었다. 두 개의 나지막한 작업대가 마주 배치되었고, 작업대들 사이로 갖가지 부품들을 잔뜩 실은 운반대가 느릿느릿 이동했으며, 47명의 금발 머리와 47명의 갈색 머리가 마주보고 도열했다. 47개의 들창코와 47개의 매부리코, 47개의 움푹 들어간 턱과 47개의 튀어나온 턱. 완성된 기계들은 초록색 감마 제복 차림에 적갈색 머리가 곱슬거리는 여덟 명의 똑같은 여자들에게 검사를 받고는, 다리가 짧고 왼손잡이인 34명의 델타 마이너스 남자들의 손으로 상자에 담겼다. 포장된 완제품은 눈이 푸르고 노르스름한 피부에 주근깨가 앉은 반백치 엡실론 63명에 의해서 대기하는 트럭과 짐차에 실렸다.

"오, 멋진 신세계여……." 그의 기억력에 스며든 어떤 악의에 의해서이기라도 한 듯 야만인은 자기도 모르게 미란다의 말을 되풀이했다. "오, 그런 사람들이 살아가는 멋진 신세계여."

"그리고 꼭 알려드리고 싶은 게 있어요." 그들이 공장을 나서는데, 인력관리 부장이 결론을 지었다. "우리는 직원들하고 거의 아무런 마찰이 없습니다. 우리들이 항상 느끼는 바로는……."

그러나 야만인은 갑자기 동행인들로부터 떨어져 나오더니, 마치 그가 디딘 단단한 땅이 갑자기 꺼지기라도 한 듯, 월계수 수풀 뒤로 가서 심한 구토를 했다.

　　"야만인은 소마 복용을 거절하고 있으며, 그의 어—인 여성 린다가 한없이 휴식 상태로만 지내기 때문에 무척 상심한 듯 보입니다." 버나드가 보고서를 작성했다. "노망한 어—의 모습이 지극히 역겨움에도 불구하고 야만인이 그녀를 자주 만나러 가고, 깊은 애착을 지닌 것처럼 보인다는 점은 주목할 만한 사실이며, (이런 경우에는 불쾌한 대상을 거부하려는 충동이 되겠지만) 이른 시기의 길들이기가 타고난 충동들을 보완하거나 심지어는 그에 역행하게끔 인간을 개조하는 효과를 가져온다는 하나의 흥미 있는 본보기가 되겠습니다."

　　그들은 이튼에서 상급 학교 건물의 옥상에 착륙했다. 학교 교정 맞은편에는 52층짜리 럽턴스 타워 건물이 햇빛을 받아서 하얗게 빛나고 있었다. 철근 콘크리트와 자외선 투과 유리로 만든 웅장한 건물이 양쪽에 우뚝 서 있었는데, 왼쪽은 대학, 오른쪽은 학교 공동체 합창소였다. 네모난 안뜰의 중앙에는 크롬강으로 만든 해괴하고 낡은 포드 님의 동상을 세워놓았다.

　　교장 개프니 박사와 여교장 키트 양이 비행기에서 내리는 그들을 맞아주었다.

"이곳에도 쌍둥이들이 많은가요?" 시찰을 시작하면서 야만인이 꽤나 불안해하며 물었다.

"오, 아닙니다." 교장이 대답했다. "이튼은 상류 계급의 소년들과 소녀들만을 위해서 마련된 학교입니다. 난자 하나에 성인 하나로 생산된 학생들이죠. 물론 그러면 교육을 시키기가 훨씬 어려워집니다. 하지만 그들은 예기치 못한 비상사태들에 책임감을 가지고 대처해야만 하는 신분이기 때문에 그것은 불가피한 일입니다." 그는 한숨을 지었다.

그러는 사이에 버나드는 키트 양에게 깊은 관심을 드러냈다. "혹시 월요일이나 수요일, 아니면 금요일 저녁에 시간이 있으신지 모르겠습니다." 버나드가 말했다. 그리고 엄지손가락으로 야만인 쪽을 얼른 가리키며 "아시겠지만 저 친구는 호기심이 많아서요"라고 덧붙였다. "괴짜거든요."

키트 양이 미소를 지으며 (그는 그녀의 미소가 정말로 매혹적이라고 생각했다) '고마워요'라고 말했다. 그리고 그가 개최하는 파티에 기꺼이 가겠노라고 약속했다. 교장이 문을 열어주었다.

알파 더블 플러스의 교실에서 5분을 보내고 난 존은 약간 얼떨떨해진 모양이었다.

"기초 상대성 이론이 도대체 뭔가요?" 존이 버나드에게 속삭였다. 버나드는 설명을 하려다가 생각을 고쳐먹고 다른 교실로 가는 편이 좋겠다고 제안했다.

베타 마이너스 지리 강의실로 뻗어 있는 복도의 어느 문 뒤에서 짜랑짜랑한 소프라노가 "하나, 둘, 셋, 넷"이라고 소리친 다음 짜증스럽고 지친 목소리로 말했다. "쉬어요."

"맬서스식 세척이에요." 여교장이 설명했다. "이곳 여학생들은 물론 대부분 불임입니다. 나도 역시 불임이고요." 그녀는 버나드에게 미소를 지었다. "하지만 이곳에도 불임 처리를 하지 않은 여자가 800명가량 있어서 끊임없이 세척을 해야 합니다."

존은 베타 마이너스 지리 교실에서 "야만인 보호 구역이란 풍토나 지리적인 여건이 좋지 못하거나, 천연자원이 부족하기 때문에 개화할 노력의 가치가 없다고 판단된 곳"이라는 사실을 배웠다. 짤까닥, 방이 캄캄해졌다. 그러더니 갑자기 선생의 머리 위 영사막에 아코마의 참회수도회* 수도사들의 모습이 나타났다. 존이 얘기를 들었던 그대로 그들은 '우리의 성모 마리아님' 앞에 엎드려 통곡했으며, 십자가에 매달린 예수 앞에서, 그리고 푸콩의 독수리상 앞에서 죄를 고했다. 젊은 이튼 학생들은 깔깔대며 시끄럽게 소리를 질렀다. 참회 수도사들이 아직도 통곡하면서 몸을 일으키더니 윗옷을 홀랑 벗어던지고는 매듭을 묶은 채찍으로 자신의 몸을 때리고 또 때리기 시작했다. 더욱 높아진 웃음소리에, 녹음된 수도사들의 신음 소리조차 들리지 않을 정도였다.

---

* 멕시코에서 기원한 종교 단체, Los Hermanos Penitentes

"그런데 학생들이 왜 웃나요?" 고통스러운 혼란에 빠진 야만인이 의아해서 물었다.

"왜냐고요?" 교장은 아직도 활짝 웃는 얼굴로 돌아보았다. "왜냐고요? 그야 물론 너무나 이상할 만큼 우습기 때문이죠."

버나드는 영화에서 흘러나오는 침침한 빛을 틈타 전에는 완전히 캄캄한 어둠 속에서조차 감히 엄두도 못 냈을 대담한 행동을 감행했다. 새롭게 부여된 중요한 신분으로 인해 자신이 강력한 인물이 되었다고 느낀 그는 여교장의 허리를 팔로 끌어안았다. 그녀의 허리가 나긋나긋하게 응했다. 그가 한두 번쯤 도둑 키스를 하고 한 번 슬쩍 꼬집어주기까지 하려던 참에 덧문들이 짤각거리며 다시 열렸다.

"시찰을 계속하는 게 좋겠군요." 키트 양이 말하고는 문을 향해 걸음을 옮겼다.

"그리고 이곳은 최면 교육 통제실입니다." 잠시 후에 교장이 말했다.

각 공동 숙소마다 하나씩 배정된 수백 개의 합성 음악 연주통들이 세 면의 벽을 따라 설치된 선반 위에 비치되었고, 네 번째 벽의 분류함 속에는 갖가지 최면 교육 강의 내용을 인쇄한 종이 녹음테이프 두루마리들이 꽂혀 있었다.

"두루마리를 이렇게 통 속으로 밀어 넣는 거예요." 개프니 박사의 말을 가로막으며 버나드가 설명했다. "그리고 스위치를 누르면……."

"아뇨, 그 스위치가 아니에요." 역겨움을 느낀 교장이 바로잡아주었다.

"그렇다면 저것이로군요. 두루마리가 펼쳐집니다. 셀레늄* 전지들이 광선을 음파로 변형시키고……."

"다 왔습니다." 개프니 박사가 말끝을 맺었다.

"학생들은 셰익스피어를 읽나요?" 그들 일행이 생화학 실험실로 가기 위해 학교 도서관 앞을 지나 걸어가는 동안 야만인이 물었다.

"물론 안 읽습니다." 낯을 붉히며 여교장이 말했다.

"우리 도서관에는 참고서들만 비치합니다." 개프니 박사가 말했다. "혹시 이곳의 젊은이들이 기분 전환할 대상이 필요하면, 그들은 촉감 영화를 보러 갑니다. 우리는 학생들이 혼자서만 즐기는 오락에 탐닉하는 것을 권장하지 않아요."

노래를 부르거나 말없이 포옹을 한 남녀 학생들을 가득 태운 버스 다섯 대가 유리 도로를 따라 지나갔다.

바로 그날 저녁에 여교장과 만날 약속을 하느라 버나드가 귓속말을 하는 사이에 개프니 박사가 설명했다. "방금 늪지대 화장터에서 돌아오는 길이죠. 죽음에 대한 길들이기는 생후 18개월에 시작됩니다. 모든 유아는 일주일에 이틀간 오전 시간에, 죽어가는 자들을 위한 병원에서 지냅니다. 그곳에는 온갖 최고급 장난감들을 비치해 놓았으며, 죽음의 날에는 아이들에게 초콜릿 크림을 주죠. 그들은 죽음을 당연한 사실로 받아들이게끔 길이 들어요."

---

* 희유원소의 하나로 유리의 착색, 광전지, 전송 사진 등에 사용함

"다른 모든 생리학적 작용과 마찬가지로요." 여교장이 전문가답게 한마디 덧붙였다.

그들은 사보이에서 8시에 만나기로 약속했다. 모든 일이 척척 들어맞았다.

런던으로 돌아가는 길에 그들은 브렌트퍼드에 있는 텔레비전 회사의 공장에 들렀다.

"난 가서 전화를 하고 와야 하니까 여기서 잠깐 기다려주겠어요?" 버나드가 말했다.

야만인은 기다리는 동안 주변 풍경을 구경했다. 주간 제1근무조가 방금 작업을 끝내고 교대하는 중이었다. 하급 계층 근로자들이 잔뜩 떼를 지어 모노레일 정거장 앞에서 줄지어 기다렸는데, 700명이 훨씬 넘는 감마와 델타와 엡실론 남녀들이었지만 그들의 얼굴 모습과 체격은 10여 종류를 넘지 못했다. 매표원은 그들에게 각각 차표와 더불어 조그마한 마분지 약상자를 내밀었다. 기다란 송충이처럼 줄을 지어 남녀가 천천히 앞으로 나아갔다.

"저 속에는 도대체 무엇이—." (그러더니 「베니스의 상인」을 기억하며) "저 궤들 속에는 무엇이 들어 있나요?"[•] 버나드가 다시 그에

[•] 「베니스의 상인」에서 부유한 상속녀 포샤와 결혼하려면 구혼자는 그녀의 아버지가 유언을 남긴 대로 금궤, 은궤, 납궤 가운데 포샤의 초상화가 담긴 궤를 골라야 함. 2막 7장에서 모로코의 왕이 등장하는 장면 참조

게로 돌아오자 야만인이 물었다.

"하루치 소마 정량이죠." 버나드가 대답했는데, 베니토 후버가 준 껌 한 토막을 우물우물 씹고 있어서 그가 하는 말은 알아듣기가 힘들었다. "그들은 근무를 끝낸 다음에 저것을 받아 갑니다. 반 그램짜리 정제 네 개씩을요. 토요일에는 여섯 개씩이고요."

그는 다정하게 존의 팔을 잡고 다시 헬리콥터가 기다리는 곳으로 걸어갔다.

레니나가 노래를 부르며 탈의실로 들어왔다.

"아주 기분이 좋아 보이는군요." 패니가 말했다.

"그야 물론 기분이 좋죠." 그녀가 대답하며 지퍼를 주루룩 내렸다. "버나드에게서 반 시간 전에 전화가 왔어요." 주루룩! 주루룩! 그녀는 반바지를 벗었다. "혹시 나더러 오늘 저녁에 야만인과 함께 촉감 영화를 보러 가지 않겠느냐고 묻더군요. 난 어서 가야 해요." 그녀는 서둘러 화장실로 갔다.

"복도 많은 여자야." 레니나가 가버리는 뒷모습을 지켜보며 패니가 혼잣말을 했다.

그녀의 말에는 시기심이 전혀 내포되지 않았으니, 마음씨가 좋은 패니는 단순히 사실을 진술했을 따름이었다. 레니나는 정말로 복이 많았다. 야만인의 엄청난 명성을 버나드와 함께 흠뻑 누리게 되었고, 하찮은 존재였던 그녀가 이제는 지극히 화려한 영광을 맛보게 되었다. 포드 여자 청년회YWFA˙의 간사는 그녀에게 개인적인 경험담에 관한 강연을 해달라고 부탁하지 않았던가? 그리고 그녀는 아프로디테움 클럽의 연례 만찬회에도 초청을 받지 않았던가? 또한 이미 촉감 영화 뉴스에도 나와, 전 세계 수백만 명의 사람들이 그녀를 보고, 듣고, 감촉하지 않았던가?

저명인사들이 그녀에게 보여준 관심도 그에 못지않게 기분 좋은 일이었다. 상임 세계 통제관의 제2비서관이 그녀를 저녁과 아침 식사에 초대했다. 그녀는 포드 대법원장과 주말을, 그리고 캔터베리의 공동체 합창원 대원장과 다음 주말을 함께 보냈다. 내외분비물회사의 사장은 쉴 새 없이 전화를 걸었고, 유럽 은행의 부총재와 도빌˙˙에도 놀러 갔었다.

"물론 좋고말고요." 그녀가 패니에게 고백했다. "그렇기는 해도 어떤 면에서는 마치 내가 거짓된 구실로 무엇인가 덕을 보는 듯한 기분이 들어요. 그건 물론 그들 모두가 가장 먼저 묻는 질문이 야만인과 관계를 하면 기분이 어떠냐 하는 따위이기 때문이죠. 그러면 난 모르겠다는 대답을 할 수밖에 없어요." 그녀는 고개를 저었다. "물론 대부분의 남자들은 내 말을 믿지 않아요. 하지만 그건 정말이에요. 사실이 아니라면 얼마나 좋을까요." 그녀는 서글프게 덧붙여 말하고는 한숨을 지었다. "그 사람 굉장히 미남이라고 생각하지 않

˙   기독교 여자 청년회, 즉 YWFA. YWCA의 변형임
˙˙ 프랑스 북부 칼바도스현縣의 센만灣에 있는 해변 휴양지

아요?"

"하지만 그 남자가 레니나를 좋아하지 않나요?" 패니가 물었다.

"때로는 좋아하는 것 같기도 하고 때로는 그렇지 않은 것 같기도 해요. 그는 자꾸 나를 피하는데, 내가 들어서면 방에서 나가버리고, 심지어는 나를 쳐다보려고도 하질 않아요. 하지만 때로는 내가 갑자기 돌아서면 그가 나를 빤히 쳐다보고 있었다는 걸 알게 되는데, 그러면—글쎄요, 남자들이 좋아할 때의 시선 알잖아요."

그렇다, 패니는 알고 있었다.

"난 갈피를 잡을 수가 없어요." 레니나가 말했다.

그녀는 갈피를 잡을 수가 없었고, 영문을 몰라 어리둥절해졌을 뿐 아니라 상당히 마음이 착잡하기도 했다.

"그 이유는 말이에요, 알다시피, 패니, 내가 그 남자를 좋아하기 때문이에요."

그녀는 점점 더 존을 좋아하게 되었다. 그렇다, 이제는 제대로 기회가 찾아올지도 모른다고 생각하며 그녀는 목욕을 한 다음 몸에다 향수를 뿌렸다. 찍어 바르고, 바르고, 또 바르며 그녀는 제대로 기회가 찾아오기를 기대했다. 그녀의 상쾌한 기분은 노래로 넘쳐 흘러나왔다.

"정신이 나갈 정도로 나를 안아줘요, 그대여,
정신을 잃을 때까지 키스해줘요.

나를 안아줘요, 푹신한 토끼 같은 그대여,

사랑은 소마처럼 즐거우니까요."

냄새 풍금이 기분 좋게 기운을 북돋우는 음악을 연주했다. '향초들의 기상곡'은 백리향과 라벤더, 로즈메리, 꿀풀박하, 도금양, 사철쑥이 물결치는 아르페지오로 시작하여, 향료나무 장단조를 거쳐 용연향龍涎香의 전조轉調로 과감하게 이어졌다. 그리고 (콩팥 푸딩의 냄새가 스치는 듯하고, 돼지똥 냄새도 지극히 미약하게나마 풍기는 듯, 가끔 어울리지 않는 미묘한 냄새가 끼어들기는 했지만) 백단향白檀香과 녹나무, 삼나무, 그리고 갓 베어낸 건초를 거쳐서 처음 이 곡이 시작되었을 때와 마찬가지인 소박한 방향芳香 식물들로 천천히 되돌아갔다. 최후의 폭발적인 백리향이 차분하게 가라앉고, 한 차례 박수가 터져 나오며, 불이 들어왔다. 합성 음악 기계 속에서 음향 기록 두루마리가 펼쳐지기 시작했다. 그러자 초바이올린과 슈퍼 첼로와 대용 오보에의 삼중주가 나른한 쾌적감으로 주변을 가득 채웠다. 3, 40쯤 되는 소절—그리고 이런 기악의 연주를 배경으로 삼아 육성보다 훨씬 우렁찬 목소리가 노래를 부르기 시작했다. 목청이 울리는 소리이기도 하다가, 머리에서 울려 나오는 소리이기도 하다가, 피리처럼 공허한 소리이기도 하다가, 그리움이 넘치는 화성和聲들로 가득 차기도 하면서, 가스파드 포스터의 극치에 이르는 저음에서부터 루크레치아 아후가리가 역사상 모든 가수들 가운데 혼자밖에 내지 못했던 파열하는 듯한 발성의(1770년 파르마의 국립 오페라 극장에서 모차르트를 놀라게 한) 가장 높은 C음보다도 훨씬 높은 전음顫音까지 아무 힘도 안 들이고 훑어나갔다.

레니나와 야만인은 푹신한 특실에 느긋하게 앉아서 냄새를 맡고 귀를 기울였다. 이제는 눈과 피부의 차례였다.

실내의 조명등이 꺼졌고, 불타오르는 글자들이 어둠 속에서 떠오르더니 뚜렷하게 자리를 잡았다.

〈헬리콥터에서 보낸 3주일〉, 완전 초음향 노래, 합성 발성, 총천연색 입체 시각 촉감 영화. 냄새 풍금의 동시 반주.

"의자 팔걸이에 달린 금속 손잡이들을 잡아요." 레니나가 속삭였다. "그러지 않으면 촉감 효과를 전혀 느끼지 못할 테니까요."

야만인은 그녀가 시키는 대로 했다.

불타는 글자들이 어느새 사라졌고, 완전한 어둠 속에서 10초가 흘렀다. 그러더니 거대한 흑인과 황금빛 머리카락에 젊고 단두형인 베타 플러스 여자가 서로 꽉 껴안은 입체 시각 영상들이 갑자기 나타났는데, 피와 살로 이루어진 실물보다 비교가 안 될 만큼 훨씬 더 눈부시고 탱탱해 보였고, 현실보다도 더욱 현실감이 났다.

야만인은 깜짝 놀랐다. 엉덩이에서 느껴지는 생생한 감각! 그가 입으로 손을 가져가자 야릇한 느낌이 중단되었다. 손으로 다시 금속 손잡이를 쥐자 그제야 감촉이 다시 시작되었다. 그러는 사이에 냄새 풍금이 순수한 사향을 내뿜었다. 음향 녹음기에서 특급 대역 비둘기가 당장 숨이 넘어갈 듯 "오오오우우!"라고 우는 소리를 냈으며, 아프리카인의 저음보다도 낮은 소리가 초당 겨우 32회만 진동하면서 "아아아아"라고 응답했다. "오오오우! 오오오우!" 입체 시각 영상의 입술들이 다시 맞닿았고, 또 한 번 알람브라 극장 안에 모여 앉은 6,000명 관객의 안면 성감대가 거의 참기 어려울 정도의 짜릿한 쾌감으로 경련을 일으켰다. "오오오우……."

영화의 줄거리는 지극히 단순했다. (두 남녀가 이중창을 부르고 난 후, 기능 설정 보조원의 말마따나 털이 한 올 한 올 생생하게 느껴지는 곰 가죽 위에서 얼마쯤 성교에 열중하며) 처음 '오오오'와 '아아아'가 몇 분 동안 계속된 다음에, 흑인은 헬리콥터 사고를 당해서 머리부터 거꾸로 추락한다. 쿵! 이마가 얼마나 지끈거렸던가! 관객석에서 '어이쿠'와 '아야' 소리가 합창처럼 터져 나왔다.

뇌진탕의 충격은 흑인이 여태까지 받았던 모든 유도 조건 길들이기 훈련을 엉망으로 만들어놓는다. 그는 금발의 베타 여자에게 갑자기 독점적이면서 광적인 욕정을 느낀다. 여자가 싫다고 저항하지만 그는 끈질기게 달라붙는다. 싸우고, 추적하고, 사랑의 경쟁자를 공격하고, 결국은 경악을 불러일으킬 만한 납치 사건이 벌어진다. 금발의 베타 여자는 하늘로 끌려 올라가 강간을 당하고, 그곳 허공에 떠서 3주일 동안 미치광이 흑인과 더불어 난폭하고 반사회적인 단 두 사람만의 관계를 계속한다. 젊고 미남인 세 명의 알파가 온갖 모험을 거치고 공중에서의 여러 묘기가 벌어진 다음에야 마침내 그녀를 구출하는 데 성공한다. 흑인은 성인 재조정 길들이기 본부로 끌려가고 금발의 베타 여자는 그녀를 구출한 세 사람의 애인이 된다는 얘기로 영화는 행복하고도 화려한 마무리를 지었다. 세 남자와 한 여자는 막간에 특급 관현악단 연주와 냄새 풍금에서 나오는 치자 향기에 맞춰 합성 4중창을 불렀다. 그러더니 곰 가죽이 마지막으로 한 번 더 나타났고, 색소폰들이 울부짖는 속에서 최후의 입체 시각 키스 장면이 희미해지다가 사라졌다. 최후의 짜릿한 전기 감각이 입술에서 파르르 떨렸다. 입술의 떨림은 죽어가는 나방처럼 점점 더 약하게 파닥였고, 조용해지다가, 결국 생명이 다한 듯 사라져 갔다.

하지만 레니나는 나방이 완전히 죽었다고 느껴지지 않았다. 불들이 켜지고 수많은 사람들과 함께 승강기를 향해서 천천히 걸어가는 동안에도 영화의 은은한 감촉은 그녀의 입술에서 아직도 파닥거렸다. 그녀의 피부를 타고 흐르며 갈증과 쾌락의 미묘하고도 떨리는 자취를 남기고 계속해서 진동했다. 그녀의 두 뺨이 발갛게 상기되었고, 두 눈은 이슬방울처럼 반짝였으며, 호흡까지 거칠어졌다. 그녀는 야만인의 축 늘어진 팔을 잡아서 자신의 허리에다 감고 꼭 눌렀다. 그는 잠깐 동안 그녀를 내려다보았는데, 그의 고통스럽고 창백한 얼굴에서는 욕망을 느끼면서 동시에 욕망을 부끄러워하는 표정이 역력했다. 자신에게는 그럴 만한 자격이 없다는 생각이 들었다……. 두 사람의 시선이 잠깐 마주쳤다. 그녀의 시선이 얼마나 고귀한 보물들을 약속해주고 있는가! 여왕이 베푸는 열정이라는 몸값. 그는 황급히 시선을 피하며 레니나의 손에 잡혀 있던 팔을 빼냈다. 그는 자신이 부족한 인간이라는 인식을 느끼게 만드는 그녀의 존재 가치가 끝나버리지는 않을까 하는 막연한 두려움을 느꼈다.

"난 당신이 그런 것들을 봐서는 안 된다는 생각이 듭니다." 과거에 이미 이루어졌거나 혹시 미래에 이루어질지도 모르는 그녀의 완전함에 대한 몰락의 탓을 레니나 자신보다는 주변의 환경 탓으로 서둘러 전가시키며 그가 말했다.

"그런 것들이라뇨, 존?"

"이런 한심한 영화 따위요."

"한심하다고요?" 레니나는 진심으로 놀랐다. "하지만 난 영화가 좋았다고 생각하는데요."

"그건 천박한 영화였어요." 그가 화를 내며 말했다. "천박한 영화였다고요."

그녀는 고개를 저었다. "난 당신이 하는 얘기를 하나도 못 알아듣겠어요." 그는 왜 이토록 해괴한 생각을 할까? 그는 왜 일부러 일을 망쳐놓으려고 그렇게 애를 쓸까?

존은 택시 헬리콥터를 탄 후부터 그녀에게 눈길조차 주지 않았다. 겉으로 천명된 적이 없는 어떤 강력한 맹세에 속박되어, 벌써 오래전부터 통하지 않는 어떤 법들을 따르느라, 그는 시선을 돌리고 앉아 침묵을 지켰다. 끊어질 듯 팽팽한 현을 손가락으로 튕기기라도 한 듯 가끔 그의 온몸이 갑작스럽게 신경질적으로 떨렸다.

헬리콥터는 레니나의 아파트 옥상에 내려앉았다. '마침내 기회가 왔어.' 택시에서 내리며 그녀는 환희에 차서 생각했다. 비록 방금 전만 해도 그가 그토록 해괴한 태도를 보이기는 했지만, 이제는 마침내 때가 온 것이다. 전등 밑에 서서 그녀는 손거울을 들여다보았다. 그렇다, 드디어 때가 왔다. 그녀의 코끝이 짐작했던 대로 땀이 맺혀 약간 반짝였다. 그녀는 분첩에서 풀썩거리는 가루를 털어 묻혔다. 그가 택시 헬리콥터 값을 치르는 동안 얼굴을 매만질 시간이 겨우 났다. 그녀는 반짝거리는 부분에 분가루를 문질러 바르며 생각했다. '존은 정말로 미남이야. 그러니까 버나드처럼 소심하게 굴 필요가 없어. 그렇기는 해도…… 다른 남자라면 누구라도 벌써 오래전에 그걸 했을 텐데. 어쨌든, 이제는 드디어 기회가 왔다고.' 동그랗고 작은 거울 속에 담긴 얼굴이 그녀에게 미소를 지었다.

"잘 있어요." 그녀의 뒤에서 볼멘 목소리가 말했다. 레니나는 휙 몸을 돌렸다. 존은 택시 문 옆에 서서 뚫어져라 그녀를 응시하고 있었는데, 보아하니 레니나가 콧등에 분을 바르는 동안 줄곧 그녀를 지켜보고 있었던 듯했다. 도대체 왜 그랬을까? 그녀로서는 존이 무엇을 기다렸는지, 아니면 곰곰이 생각하고 또 생각하면서 어떤 결심을 하려고 고심했는지, 무슨 해괴한 생각을 했는지 전혀 상상이 가지 않았다. "잘 자요, 레니나." 그가 되풀이해서 말하고는 미소를 지어 보이려고 야릇하게 얼굴을 찡그렸다.

"하지만, 존…… 난 당신이 혹시…… 내 얘긴, 당신 그거 생각이 없나요……?"

그는 택시에 올라 문을 닫고는 몸을 앞으로 내밀더니 조종사에게 무슨 말을 했다. 택시가 공중으로 솟구쳐 올랐다.

바닥 창문을 통해서 존이 밑을 내려다보니, 위를 쳐다보는 레니나의 얼굴이 전등의 푸르스름한 빛을 받아 퍽 창백해 보였다. 그녀는 입을 벌리고 소리쳐 불러대는 중이었다. 하늘에서 굽어보니 짤막해진 듯한 그녀의 모습이 삽시간에 멀어졌고, 점점 작아지는 정사각형 옥상은 어둠 속으로 떨어지는 것 같았다.

5분 후에 존은 그의 방으로 돌아갔다. 그리고 숨겨두었던 곳에서 생쥐가 조금 갉아먹은 책을 꺼내 경건하고 조심스러운 손길로 얼룩지고 구겨진 책장들을 넘기면서 「오셀로」를 읽기 시작했다. 그가 기억하기로는 〈헬리콥터에서 보낸 3주일〉의 주인공과 마찬가지로 오셀로는 흑인 남자였다.

레니나는 눈물을 닦으며 옥상을 가로질러 승강기를 향해 걸어갔다. 27층으로 내려가는 도중에 그녀는 소마 병을 꺼냈다. 1그램으로는 충분하지 못하리라고 판단했다. 지금 그녀가 처한 역경은 1그램이상을 필요로 했다. 하지만 만일 2그램을 복용한다면 그녀는 내일 아침에 때맞춰 일어나지 못할 위험이 있었다. 절충을 해야겠다는 생각에서 그녀는 오므린 왼쪽 손바닥에다 반 그램짜리 정제 세 알을 털어냈다.

제12장

버나드는 야만인이 열어주지 않아 잠긴 문밖에서 소리를 질러댈 수
밖에 없었다.

"하지만 모두들 모여서 당신을 기다린단 말이에요."

"기다릴 테면 기다리라고 해요." 문에 막혀서 둔탁해진 목소리가
들려왔다.

"하지만 당신도 잘 알잖아요." (목청을 한껏 돋워 소리를 지르면서
설득력이 있는 목소리를 내기란 얼마나 어려운 일인가!) "난 당신을
만나보라고 일부러 그들을 청했다고요."

"내가 그들을 만나고 싶은지 여부를 당신은 나한테 먼저 물어봤어
야 했어요."

"하지만 전에는 당신이 항상 만나러 왔잖아요, 존."

"바로 그 이유 때문에 난 다시는 가고 싶지 않아요."

"나를 생각해서라도……." 버나드가 소리를 질러가며 비위를 맞추
려고 애썼다. "나를 생각해서라도 가지 않겠어요?"

"싫어요."

"그거 진심으로 하는 얘기예요?"

"그래요."

절망에 빠져 버나드가 애원했다. "그럼 난 어떻게 하죠?"

"가서 죽어버려요!" 격분한 목소리가 안에서 소리쳤다.

"하지만 오늘 밤에는 캔터베리 공동체 합창원 대원장이 그곳에 참석해요." 버나드는 울음을 터뜨리기 직전이었다.

"Ai yaa tákwa!"[*] 야만인이 합창원 대원장에 대해서 그가 느끼는 바를 제대로 표현할 수 있는 길은 주니어를 통해서뿐이었다. "Háni!"[**] 그는 마치 뒤늦게 생각이 나기라도 한 듯 (비웃음과 광포함을 너무나 노골적으로 드러내며!) 덧붙여 말했다. "Sons éso tesná."[***] 그리고 포페라면 당연히 그랬을 것처럼, 땅바닥에다 침을 뱉었다.

결국 버나드는 잔뜩 위축되어 마지못해 그의 방으로 되돌아가서, 초조해하는 사람들에게 오늘 저녁 모임에는 야만인이 참석하지 않으리라는 말을 전했다. 이런 통보를 받고 사람들은 격분했다. 남자들은 평판이 좋지 않고 이단적인 견해를 제멋대로 피력하는 하찮은 인간에게 속아서 지금까지 자신들이 겸손하게 행동했다는 데 대해

---

* 이 소설에 등장하는 주니어[語] 표현에 대해서는 의견이 분분한데, 이것은 '땅바닥에 침을 뱉는다'는 경멸의 뜻이 담겼다는 견해도 있음
** '그래!'
*** '어련하겠느냐' 또는 '한심하다'는 정도의 의미가 담긴 경멸적인 표현이라고 함

화가 났다. 지위가 높으면 높을수록 불만은 그만큼 더 심했다.

"나한테 이런 장난을 치다니." 합창원 대원장이 여러 차례 되풀이해서 말했다. "감히 나한테 말이야!"

한편 여자들은 그가 태아였을 때 병 속에 실수로 알코올이 들어갔다고 알려진 초라하고 작달막한 남자에게, 감마 마이너스 체격의 남자에게 속아서 몸을 주었다는 생각에 분하고 억울해서 화를 냈다. 그것은 모욕적인 사건이었으며, 여자들은 그런 반발을 점점 더 노골적으로 드러냈다. 이튼의 여교장이 특히 격분했다.

레니나 한 사람만 말이 없었다. 푸른 눈에 깊은 수심이 구름처럼 낀 채 창백한 얼굴로 한쪽 구석에 앉아 있었다. 그녀는 누구와도 공감하지 못하는 감정 때문에 주변의 모든 사람들과 단절감을 느꼈다. 그녀는 초조하면서도 이상한 환희를 느끼며 모임에 참석했다. "몇 분만 지나면 뜻을 이루게 되겠지." 그녀는 방으로 들어서면서 혼잣말을 했다. "그를 만나 얘기를 하고, 내 마음을 알려줄 거야."(그녀는 단단히 마음을 다져먹고 온 터였다.) "내가 자기를 좋아한다는 사실을, 지금까지 내가 만났던 어느 누구보다도 더 좋아한다는 걸 말이야. 그러면 아마도 그이는 결국⋯⋯."

그는 무슨 말을 하려나? 그녀의 뺨으로 피가 화끈거리며 몰렸다.

"지난 번 밤에 촉감 영화를 본 다음 그이는 어째서 그토록 이상하게 굴었을까? 너무나 묘했어. 하지만 나는 그가 정말로 나를 좋아한다고 믿어. 절대적으로 믿어⋯⋯."

바로 그 순간에 버나드가 야만인이 모임에 참석하지 않는다고 발표했다.

레니나는 '격렬한 열정 대치' 처리 요법이 시작될 때 일반적으로 느끼는 모든 감각을—무서운 공허감과, 숨 막히는 불안감과, 구토증을 갑자기 느꼈다. 그녀는 심장의 고동이 멈추는 것 같았다.

"아마도 그이가 나를 좋아하지 않기 때문인지도 몰라." 그녀는 혼잣말을 했다. 그녀를 싫어하기 때문에 존이 참석을 거부했으리라는 가능성은 어느새 확고부동한 기정사실이 되었다. 그는 그녀를 좋아하지 않는다…….

"정말로 그건 좀 심했어요." 이튼의 여교장이 화장인 火葬燼 회수 공장의 이사장에게 말했다. "내가 정말로 그랬다는 걸 생각하면 참 한심해요."

"그래요." 패니 크라운의 목소리가 들려왔다. "알코올에 관한 소문은 틀림없는 사실이에요. 내가 아는 어떤 사람은 그때 당시에 태아저장고에서 근무했던 사람과 잘 아는 사이예요. 내 친구가 그 여자한테 들은 얘기를 나에게 해주었는데……."

"너무하군요, 너무했어요." 공동체 합창원 대원장과 공감을 느끼며 헨리 포스터가 말했다. "이런 사실을 알면 혹시 대원장님께서 관심을 가지실지 모르겠습니다만, 우리 전 국장님은 그를 아이슬란드로 전출시키려던 참이었어요."

팽팽한 풍선 같았던 버나드의 자신감은 한마디 한마디의 말에 찔려 수많은 상처를 통해 바람이 빠졌다. 마음이 산란하고, 불안하고, 주눅이 든 그는 창백한 얼굴로 두서없이 어물어물 변명을 늘어놓으며 손님들 사이를 돌아다녔다. 그리고 다음 모임에는 틀림없이 야만인이 참석할 거라고 다짐하면서 사람들더러 자리에 앉아 카로틴 샌드위치와 얇게 썬 비타민 A 파이 조각과 대용 샴페인 한 잔을 들라고 권했다. 그들은 마지못해 먹기는 했지만 그를 못 본 체했고, 샴페인을 마시면서도 그의 면전에서 무례하게 굴거나, 마치 그가 눈에 보이지 않는 듯 큰 소리로 기분 나쁘게 자기들끼리 그에 관한 얘기를 나누었다.

"이제는 말입니다, 나의 친구들이여." 포드의 날 기념행사를 이끌어 나가던 캔터베리의 공동체 합창원 대원장이 아름답고 낭랑한 목소리로 말했다. "그럼 나의 친구들이여, 이제 시간이 된 듯싶으니……." 그는 몸을 일으켜 유리잔을 내려놓고는 자줏빛 인조견 조끼에 떨어진 음식 부스러기를 털고 문으로 향했다.

버나드가 달려가서 그의 앞을 가로막았다.

"정말 꼭 가셔야 하나요, 대원장님? 아직 시간이 너무 이른데요. 제 생각에는……."

그렇다, 초청장을 보내기만 하면 공동체 합창원 대원장이 이를 받아줄 거라고 레니나가 그에게 슬그머니 귀띔을 해주었을 때 그는 온갖 희망을 다 품었었다. "아시겠지만 대원장님은 정말로 상냥한 분이라고요." 그녀는 버나드에게 램버스에서 그녀가 보낸 주말을 기넘하는 뜻으로 대원장이 그녀에게 주었던 T 모양으로 만든 작은 황금 지퍼 쥠쇠를 보여주었다. 그래서 버나드는 초청장마다 '캔터베리 공동체 합창원 대원장과 야만인을 만날 기회를 마련하는 뜻에서'라고 의기양양하게 써넣었다. 그런데 야만인은 하필이면 오늘 저녁을 골라서 방 안에 틀아박혀 문을 닫아걸고는 "Háni!"라고 소리를 질렀고 (버나드가 주니어를 몰라서 다행이었지만) 심지어는 "Sons éso tse-nà!"라고도 소리쳤다. 버나드의 생애 전체에서 절정에 달했을지도 모르는 그 순간이 결국은 그의 가장 수치스러운 순간이 되었다.

"저는 너무나 많은 기대를 걸었는데……." 그는 더듬거리는 말투로 되풀이하며 애절하고도 실망한 눈으로 위대한 인물을 올려다보았다.

"이보게, 젊은 친구." 엄숙하고 근엄한 어조로 합창원 대원장이 큰 소리로 말하자, 모두들 잠잠해졌다. "내가 충고를 한마디 해주겠어요." 그는 버나드에게 손가락을 흔들어 보였다. "너무 늦기 전에 말이에요. 좋은 충고를 한마디 해주죠." (그의 목소리가 음산해졌다.) "처신을 바르게 해요, 젊은 친구, 처신을 바르게 해야 한다고요." 대원장은 그의 머리 위로 T를 긋고는 돌아섰다. "우리 레니나." 그가 어조로 바꿔서 말했다. "나하고 같이 갑시다."

고분고분하게, 하지만 (그녀에게 베풀어진 영광을 전혀 인식하지 못해서) 미소를 짓거나 우쭐해하지도 않으며, 레니나는 그를 따라

방에서 나갔다. 다른 손님들도 적절한 시간 간격을 두고 뒤따라 나갔다. 마지막 사람이 문을 쾅 닫았다. 버나드는 완전히 혼자 남았다.

구멍이 뚫려 완전히 바람이 빠져버린 그는 의자에 털썩 주저앉아 두 손으로 얼굴을 가리고 흐느껴 울기 시작했다. 하지만 몇 분 후에 그는 생각을 고쳐먹고 소마 네 알을 먹었다.

위층 그의 방에서 야만인은 「로미오와 줄리엣」을 읽고 있었다.

레니나와 합창원 대원장은 램버스 궁전의 옥상에서 내렸다. "어서 서둘러요, 우리 젊은 아가씨." 승강기 입구에서 대원장이 초조하게 소리쳤다. 달을 구경하느라 잠깐 우물쭈물하던 레니나가 눈을 떨구고는 옥상을 가로질러 그에게로 달려갔다.

무스타파 몬드가 방금 다 읽은 논문의 제목은 〈새로운 생물학 이론〉이었다. 그는 깊은 생각에 잠겨 얼굴을 찡그리고 얼마 동안 앉아 있다가 펜을 집어 속표지에다 갈겨썼다. "저자가 목적성 개념을 다루는 수학적인 방법은 아주 우수하고 새롭지만 이단적인 면이 보이기 때문에 현재의 사회 체제에서는 위험한 반발의 잠재력을 지닌다. 출판 불가." 그는 출판을 금지한다는 마지막 말에다 밑줄을 그었다. "저자는 감시의 대상이 되어야 한다. 그를 세인트헬레나의 해양 생물 연구소로 전출시킬 필요가 있을지도 모름."

'불쌍하구먼.' 그는 서명을 하면서 생각했다. 그것은 사실 걸작이라고 해야 마땅할 작품이었다. 하지만 일단 목적성에 제대로 입각해서 설명들을 받아들이기 시작하면—그렇다, 그러면 결과가 어떻게 될지는 알 길이 없었다. 그런 종류의 관념은 상류 계급 사람들 사이에서 보다 불안정한 이성을 가진 사람들을 대상으로 실시했던 길들이기 훈련을 쉽게 제거해버릴지도 모른다. 그리고 그들로 하여금 '지상至上의 선善'으로서의 행복에 대해서 그들이 지녔던 신념을 상실하게 하고 대신에 목적이란 현재의 인간 세계를 벗어난 어디엔가 존재하며, 인생의 목적이란 복지 생활을 유지하는 것이 아니라 의식을 강화하고 정제시키는 무엇, 지식을 확대시키는 무엇이라고 믿게 만들지도 모를 일이었다. 그것은 어쩌면 옳은 얘기일지도 모르겠다고 통제관은 생각했다. 하지만 현재의 상황에서는 받아들일 수가 없는 사상이었다. 그는 다시 펜을 집어서 '출판 불가'라는 단어 밑에다 처음보다 훨씬 굵고 시커멓게 두 번째 밑줄을 그었다. 그리고 한숨을 지으며 '인간이 만일 행복에 관해서 생각할 필요가 없다면 인생이 얼마나 재미있을까!'라고 생각했다.

눈을 감은 채 황홀경에 빠져 환히 빛나는 얼굴로, 존은 허공에다 대고 나지막이 낭송했다.

"오! 그녀는 횃불더러 환하게 타오르라고 가르치는구나!

그녀는 에티오피아인의 귀에 걸린 값비싼 보석처럼

어두운 밤의 뺨에 매달려 있는 듯하니—

불사르기에는 너무 소중한 아름다움이요,

땅에서는 너무 아깝도다……."•

황금빛 T형 목걸이가 레니나의 가슴에서 빛났다. 대원장은 쾌활하게 그것을 손에 쥐고는 장난스럽게 잡아당겼다. "전 소마를 2그램쯤 먹는 게 좋겠어요." 오랜 침묵을 깨고 레니나가 불쑥 말했다.

이때쯤 버나드는 곤히 잠들어 꿈이라는 자기만의 낙원을 둘러보고 미소를 짓고 있었다. 미소를 짓고, 또 지었다. 하지만 그의 침대 위에 걸린 전기 시계의 큰 바늘은 30초에 한 번씩 거의 들리지 않을 정도의 재깍 소리를 내며 앞으로 나아갔다. 재깍, 재깍, 재깍, 재깍……. 그리고 아침이 되었다. 버나드는 다시 공간과 시간의 비참한 현실로 되돌아왔다. 지극히 침울한 기분으로 그는 택시를 타고 습성 훈련 본부로 출근했다. 성공의 도취감이 물거품처럼 사라졌고, 그는 다시 과거의 자신으로 돌아갔다. 지난 몇 주일 동안 일시적으로 부풀었던 풍선과는 대조적으로 과거의 자아는 어느 때보다 무거운 주변의 분위기 속에 가라앉았다.

• 「로미오와 줄리엣」 1막 5장 45~48행으로, 로미오가 무도회에서 줄리엣을 보고 하는 말임

이렇듯 맥이 풀린 버나드에게 야만인은 예기치 않았던 동정적인 반응을 보였다.

"당신은 말파이스에서의 모습과 훨씬 가까워졌어요." 버나드의 처량한 얘기를 듣고 그가 말했다. "우리가 처음 같이 얘기를 나눴던 때를 기억하나요? 작은 집 밖에서요. 당신은 그때의 모습을 되찾았어요."

"그건 내가 다시 불행해졌기 때문이에요."

"글쎄요, 난 이곳에서 당신들이 누리는 그런 거짓된 가짜 행복을 느끼기보다는 차라리 불행해지고 싶은데요."

"난 그런 행복이 좋아요." 버나드가 씁쓸하게 말했다. "모든 기쁨의 원인이 당신이었을 때라면 말입니다. 내가 마련한 모임에 참석하지 않겠다고 거절해서 모든 사람이 나를 적으로 삼게 만들다니!" 그는 자신이 하는 말이 어처구니없고 부당하다는 사실을 알고 있었다. 그토록 하찮은 실수를 저질렀다고 해서 적으로 돌변해 사람을 괴롭히려는 못된 친구들에 관해서 방금 야만인이 한 모든 얘기의 진실성을 속마음으로 받아들였고, 나중에는 공공연히 그렇게 시인하기까지 했다. 하지만 이런 사실을 시인하면서도, 친구의 동정과 공감이 이제는 그에게 남은 유일한 위안이라는 것을 알면서도, 버나드는 야만인에 대한 순수한 애정과 함께 은밀한 불만을 뒤틀린 마음속에 계속 품고 있었다. 그래서 그에게 약간의 분풀이를 하려고 여러 작전을 곰곰이 궁리해보았다. 합창원 대원장에게 불만을 품어봤자 아무 소용이 없었고, 유리병 처리실 실장이나 기능 설정 보조원에게 복수를 할 가능성 또한 없었다. 버나드는 야만인이라면 희생자로 삼기에 다른 사람들보다 무척 만만해 보였고, 다루기가 아주 쉬운 대상이라는 생각이 들었다. 친구가 지닌 한 가지 중요한 기능이란, 적들에게 가하고 싶기는 하지만 그렇게 하기가 어려운 보복들을 (보다 온건하고 상징적인 형태로) 기꺼이 감수한다는 것이다.

버나드가 희생자로 삼을 만한 또 다른 친구는 헬름홀츠였다. 그가 한창 인기를 누릴 때는 간직할 가치조차 없다고 생각했던 우정을 다시 한 번 요청했을 때, 헬름홀츠는 기꺼이 좌절에 빠진 그를 찾아왔다. 헬름홀츠는 마치 그들 사이에 마찰이 있었다는 사실을 완전히 망각한 듯, 불평이나 비판조차 없이, 그에게 우정을 그냥 베풀어주었다. 버나드는 그런 너그러움 앞에서 감동과 동시에 부끄러움을 느꼈다. 더욱이 그것이 소마에 의존한 것이 아니라 온전히 헬름홀츠의 인간성에서 우러난 너그러움이었기 때문에 그만큼 더 놀랍고 굴욕적인 수치심까지 느꼈다. 잊어버리고 용서하는 너그러움을 베풀기 위해 헬름홀츠는 반 그램의 소마를 취할 필요가 없었다. 헬름홀츠에게는 그것이 그냥 몸에 밴 일상적인 태도였다. 버나드는 (친구를 되찾게 되어서 크나큰 위안을 얻었으므로) 마땅히 고마워했고, 또한 화가 나기도 했다. (그의 너그러움에 대해서 헬름홀츠에게 보복하는 것은 기쁜 일이 될 것이다.)

사이가 멀어진 후에 처음으로 만난 자리에서 버나드는 비참해진 그의 삶에 관한 얘기를 잔뜩 늘어놓은 뒤 위안을 받았다. 찜찜한 부끄러움을 느끼게 만드는 일이었지만, 며칠이 지난 다음에야 그는 곤경에 처했던 게 자기 혼자만이 아니었다는 사실을 깨닫게 되었다. 헬름홀츠 역시 당국과 마찰을 겪었다고 했다.

"어떤 글 때문에 생긴 일이었죠." 그가 설명했다. "난 3학년 학생들에게 고등 감정공학 시간에 평범한 내용의 강의를 했어요. 12회의 강의에서 일곱 번째는 각운脚韻에 관한 것이었죠. 정확히 얘기하자면 '도덕적인 선전 활동과 광고에 있어서 시의 용도에 관한 고찰'이었어요. 나는 강의를 할 때면 항상 많은 기교적인 예를 인용해가며 보충 설명을 해줍니다. 이번에는 내가 얼마 전에 직접 썼던 시 하나를 그들에게 예로 보여주기로 했어요. 물론 한심할 만큼 미친 짓이었지만 나는 그만 충동을 억누를 수가 없었어요." 그가 웃었다. "난 그들이 어떤 반응을 보일지 호기심이 생겼죠. 그리고 또 다른 이유가 있었어요." 그는 훨씬 심각하게 덧붙여 말했다. "나는 약간의 선전을 좀 하고 싶었는데, 문제의 시를 썼을 때 내가 느꼈던 바를 그들의 감정 속에서도 불러일으키기를 원했던 거예요. 포드 님 맙소사!" 그가 다시 웃었다. "정말 굉장한 대소동이 벌어졌어요! 교장은 나를 호출해서 당장 쫓아내겠다고 위협했고요. 나는 문제아로 찍혔죠."

"무슨 시를 썼기에 그랬나요?" 버나드가 물었다.

"고독에 관한 시였거든요."

버나드는 눈썹이 쫑긋 올라갔다.

"원한다면 내가 암송해주겠어요." 그러더니 헬름홀츠가 읊어대기
시작했다.

"어제의 모임,
북채는 남았지만 북은 찢어졌고,
도시로 찾아든 한밤중
공허한 정적 속에서 울리는 피리 소리,
꼭 다문 입술들, 잠든 얼굴들,
모든 기계가 멈추었고,
군중이 모였던 곳에는
지저분하고 고요한 공간들만 남았으니
모든 침묵이 환희하고,
(큰 소리로 또는 나지막이) 흐느껴 울고,
얘기를 하지만―그 목소리를
나는 알지 못하더라.

예컨대, 수전의
그리고 에게리아의
두 팔, 그리고 반겨 맞아주는 젖가슴,
입술과, 오, 그리고 둔부가 없는 곳에서
천천히 하나의 존재가 이루어지니⋯⋯.

누구일까? 그리고 내가 묻노니

존재하지 않는 그 무엇은

우리들이 하는 교미보다 훨씬

텅 빈 밤을 가득 채우나니,

그토록 부조리한 본질을 우리는

왜 추악하다고 여겨야 하는가?"

"그러니까 난 그걸 예로 들었고, 학생들이 날 교장에게 일러바쳤죠."

"놀랄 말한 일도 아니군요." 버나드가 말했다. "그건 그들이 받은 모든 수면 강의와 완전히 상반되는 내용이니까요. 고독을 비난하는 경고를 학생들이 적어도 25만 번은 들었다는 걸 잊지 말아요."

"나도 알아요. 하지만 결과가 어떨지 난 알고 싶었어요."

"이제는 알게 되었잖아요."

헬름홀츠는 웃기만 했다. 잠깐 침묵을 지킨 다음에 그가 말했다. "난 마치 글을 쓸 만한 어떤 대상을 이제 막 발견하기 시작한 듯한 기분이 들어요. 내가 내면에 지녔다고 느끼는 어떤 힘, 그런 잠재적인 잉여분의 힘을 스스로 사용하게 된 느낌이에요. 무언가가 나를 찾아오고 있는 것 같아요." 버나드는 그 모든 곤경에도 불구하고 그가 무척 행복해 보인다고 생각했다.

헬름홀츠와 야만인은 첫눈에 서로 호감을 느꼈다. 그들의 사이가 어찌나 좋았는지 버나드는 심한 질투의 아픔을 느낄 지경이었다. 최근 여러 주일 동안에 버나드와 야만인이 어느 정도 가까워지기는 했었지만, 헬름홀츠가 순식간에 야만인과 가까워진 만큼 그렇게까지 친밀했던 적은 한 번도 없었다. 버나드는 그들을 지켜보고, 그들이 나누는 얘기에 귀를 기울이며 때때로 두 사람을 공연히 만나게 해주었다고 후회하기도 했다. 그는 자신이 느끼는 질투심을 부끄럽게 생각해서 그런 감정을 느끼지 않으려고 소마의 힘을 빌려가며 노력했다. 하지만 그런 노력은 별로 성공하지 못했을뿐더러, 소마 휴식 시간들 사이에는 어쩔 수 없이 공백이 생겼다. 불쾌한 감정이 자꾸만 그를 사로잡았다.

야만인과 세 번째 만난 자리에서 헬름홀츠는 고독을 다룬 그의 시를 낭송해주었다.

"어떻게 생각해요?" 낭송이 끝난 다음에 그가 물었다.

야만인이 고개를 저었다. 그의 반응은 "차라리 이걸 들어봐요"라는 뜻이었다. 그는 서랍을 열어 생쥐가 갉아먹은 책을 꺼내 펼쳐 들고는 읽어주었다.

> "가장 큰 소리로 우는 새를
> 외딴 아라비아 눈물나무에 앉아
> 슬픈 소식을 전하는 나팔이 되게 하여……."®

® 〈사랑의 순교자 또는 로잘린의 아픔Love's Martyr or, Rosalins Complaint〉이라는 제목이 붙었고 〈불사조와 호도애The Phoenix and the Turtle〉라고 알려진 셰익스피어의 시 1~3행

헬름홀츠는 점점 고조되는 흥분감을 느끼며 귀를 기울였다. "외딴 아라비아 눈물나무"라는 구절에서 그는 깜짝 놀랐고, "그대 소리치는 예언자여"*에서는 갑자기 기뻐하며 빙그레 미소를 지었다. 그런가 하면 "포악한 모든 날개 달린 새들아"**에서는 핏기가 뺨으로 몰렸지만, "죽음의 음악"***에서는 얼굴이 창백해지더니 여태껏 드러내지 않던 격한 감정을 보이며 몸을 떨었다. 야만인은 계속해서 읽어 내려갔다.

"이렇듯 속성이 뒤흔들리니
자아는 같지 아니하고,
하나의 본성에 명칭만 둘이었으니
둘로도 하나로도 불리지 못하느니라.

이성 자체가 혼란에 빠졌으니
분열이 함께 자라는 것을 보고⋯⋯."****

"흥겹고도 흥겹구나!" 낭독을 가로막으려고 버나드가 불쾌하고 커다란 소리로 웃으며 말했다. "꼭 친목 찬가 같네요." 그는 자기를 좋

---

*   〈불사조와 호도애〉의 2연 1행
**   같은 시의 3연 2행
***   같은 시의 4연 2행
****   같은 시의 10연 그리고 11연의 1~2행

아하는 것보다 훨씬 더 서로를 좋아하는 두 친구에게 복수를 하려는 생각이었다.

그 후 두세 차례 다시 만나는 과정에서 그는 이런 하찮은 보복 행위를 자주 반복했다. 헬름홀츠와 야만인이 각별히 좋아하는 보석 같은 시를 그가 훼손시키거나 욕되게 하면 두 사람이 모두 심한 고통을 받았기 때문에, 보복은 지극히 효과적이고도 간단한 방법으로 이루어졌다. 결국 헬름홀츠는 또다시 그런 식으로 방해를 했다가는 버나드를 방에서 쫓아내겠다고 겁을 주었다. 그러나 다음 만남에서 가장 굴욕적인 방해는 이상하게도 헬름홀츠 자신이 저지르고 말았다.

야만인은 「로미오와 줄리엣」을 큰 소리로 읽는 중이었는데, (항상 자신이 로미오이며 레니나는 줄리엣이라고 생각했기 때문에) 강렬하고도 떨리는 격정에 휩싸인 상태에서 읽어 내려갔다. 헬름홀츠는 두 연인이 처음 만나는 장면의 대사를 어리둥절하면서도 흥미 있게 들었다. 정원에서 벌어지는 장면*은 시적인 감흥이 그를 기쁘게 해주었지만, 거기에 묘사된 감정은 웃음이 절로 나오게 만들었다. 여자 하나 갖기 위해 그토록 수선을 떨다니, 그것은 퍽이나 우스꽝스러운 짓이었다. 하지만 대사를 한 구절 한 구절 자세히 뜯어 살펴보면 거기에 담긴 감정의 구조는 기막힌 걸작품이었다! "이 친구 말입니다." 그가 말했다. "그만하면 이곳의 최고 선전 기술자들이 완전히

---

* 2막 캐풀렛 집 정원에서 벌어지는 장면을 뜻함

무색해질 지경이로군요." 야만인이 의기양양하게 미소를 짓고는 계속해서 읽어 내려갔다. 모든 일이 그런대로 무사하게 넘어갔지만, 3막의 마지막 장에서 캐풀렛과 그의 아내가 줄리엣을 강제로 패리스와 결혼시키려고 못살게 굴기 시작하면서 사정이 달라졌다. 헬름홀츠는 이 대목이 진행되는 동안 줄곧 초조해했다. 야만인이 애처롭게 줄리엣의 대사를 읊었다.

> "내 가슴속의 슬픔을 꿰뚫어 보는
> 자비로운 마음이 저 구름 속에 없나요?
> 오 사랑하는 어머니시여, 저를 버리지 마옵시고
> 이 결혼을 한 달, 한 주일만 미루시거나,
> 그렇지 못하시겠으면 티볼트가 누워 있는
> 저 컴컴한 무덤 속에 신방을 차려주소서……"*

줄리엣의 이 대사가 나오자 헬름홀츠는 걷잡을 수 없는 폭소를 터뜨렸다. (괴이하고도 음탕한 존재들인) 어머니와 아버지가 딸더러 그녀가 원하지도 않는 어떤 사람을 가지라고 강요하다니! 그리고 멍청한 젊은 여자는 (어쨌든 한순간이나마) 좋아하는 사람이 따로 있다는 사실을 얘기하지도 않다니! 그렇지 않아도 어처구니없는

---

* 3막 5장 198~204행, 아버지가 퇴장한 다음 어머니에게 애원하는 내용

음담패설 같기만 하더니, 이쯤 되자 견딜 수 없을 정도로 웃겼다. 그는 터져 나오려는 웃음을 참느라 무척 애를 썼다. 하지만 (고뇌에 차서 떨리는 야만인의 목소리로) "사랑하는 어머니"라는 말이 나오고, 티볼트가 죽어서도 화장을 하지 않아 컴컴한 무덤 속에서 인을 낭비한다는 내용을 듣고는 더 이상 견딜 재간이 없었다. 그는 웃고 또 웃었으며, 결국 얼굴로 눈물이 줄줄 흘러내렸다. 그가 걷잡을 수 없이 마구 웃어대는 동안 격분한 나머지 얼굴이 새파랗게 질린 야만인이 책 너머로 그를 쳐다보았다. 아직도 웃음이 계속되자, 그는 화가 나서 책을 덮고는 몸을 일으키더니 돼지 앞에 놓인 진주를 치우는 듯한 동작으로 책을 서랍 속에 넣고 잠가버렸다.

"그렇기는 해도 말이죠." 헬름홀츠가 사과할 여유가 생길 만큼 겨우 숨을 돌리고 나서 설명을 들어달라고 야만인을 달랜 다음에 말했다. "이쯤에서는 그런 우스꽝스럽고 미치광이 같은 상황이 필요하다는 건 나도 이해를 하겠는데, 하기야 그보다 더 잘 써낼 수도 없는 노릇이겠죠. 그 늙은 친구는 왜 그토록 뛰어난 선전 기술자가 되었을까요? 그건 그를 흥분시킬 만큼 한심하고 괴로운 일이 너무나 많았기 때문이에요. 사람이란 상처를 받거나 좌절하지 않고는 정말로 훌륭하고 X선처럼 통찰력이 깊은 표현들을 생각해낼 수가 없어요. 하지만 아버지와 어머니라니!" 그는 고개를 저었다. "당신은 아버지와 어머니 얘기가 나오는데도 내가 진지한 표정을 지은 채 버티리라고 기대해서는 안 되죠. 그리고 한 남자가 어떤 여자를 갖느냐 못

갖느냐 하는 걸 가지고 누가 그런 식으로 흥분을 하겠어요?" (야만인은 기가 죽었지만, 깊은 생각에 잠긴 듯 물끄러미 마룻바닥만 쳐다보던 헬름홀츠는 아무것도 눈치채지 못했다.) "그건 말도 안 됩니다." 한숨을 지으며 그가 결론을 지었다. "그런 식으로는 안 되죠. 우린 훨씬 광적이고 폭력적인 어떤 요소가 필요합니다. 하지만 그것이 무엇일까요? 그게 무엇이죠? 우린 그것을 어디에서 발견할 수가 있을까요?" 그는 잠깐 침묵을 지키더니, 고개를 저으며 다시 입을 열었다. "난 모르겠어요. 모르겠다고요."

제13장

태아 저장고의 침침한 불빛 속에서 헨리 포스터의 모습이 희미하게 나타났다.

"오늘 저녁에 촉감 영화 보러 가겠어요?"

레니나는 대답을 하는 대신 머리만 흔들었다.

"다른 사람하고 나가기로 했나요?" 그는 그의 친구들 가운데 누가 누구와 관계하는지에 대해서 관심이 많았다. "베니토인가요?" 그가 물었다.

그녀는 다시 고개를 저었다.

헨리는 그녀의 자줏빛 두 눈에 깃든 피곤함과 번들거리는 결핵성 피부 밑의 창백함과, 미소를 짓지 않는 진홍빛 입가에서 슬픔을 보았다. "몸이 불편한 건 아니죠?" 그는 그녀가 세상에 몇 안 남은 전염병 중에 혹시 무슨 병에 걸리지나 않았는지 걱정이 되어 약간 불안하게 물었다.

또다시 레니나가 고개를 저었다.

"어쨌든 가서 의사를 만나는 게 좋겠어요." 헨리가 말했다. "하루에 의사를 한 번씩만 보면 신경과민이 없어져요."[*] 최면 학습으로 터득한 금언을 주입시키는 듯 어깨를 탁 치며 그가 유쾌하게 덧붙여 말했다. "아마 당신에게 필요한 건 임신 대용 정제인지도 몰라요." 그가 권했다. "아니면 초강력 V.P.S.[**] 요법을 받든지요. 아시겠지만 때로는 표준 열정 정제로는 별로……."

"오, 포드 님 맙소사." 침묵을 깨뜨리며 레니나가 앙칼지게 말했다. "입 좀 닥쳐요!" 그러더니 그녀는 잠시 방치해 두었던 태아들 쪽으로 돌아섰다.

V.P.S. 요법이라니! 울음이 터지려던 참만 아니었다면 그녀는 웃고 말았으리라. 격렬한 열정이라면 이미 넘쳐나서 오히려 골치가 아플 지경이 아니던가! 그녀는 깊은 한숨을 내쉬며 주사기를 다시 채웠다. "존." 그녀는 혼자 중얼거렸다. "존……." 그러다 그녀는 잠시 헷갈렸다. "포드 님 맙소사. 내가 여기에다 수면병 주사를 놓았나, 안 놓았나?" 그녀는 통 기억이 나지 않았다. 결국 그녀는 두 번이나 주사를 놓는 위험을 무릅쓰진 않겠다고 마음먹고는 줄지어 늘어놓은 다음 유리병으로 옮겨 갔다.

그로부터 22년 8개월 4일 후에 장래가 촉망되던 젊은 알파 마이너스 관리가 므완자-므완자에서 트리파노소마증trypanosomiasis[***]

---

[*] 하루에 사과 하나를 먹으면 의사를 멀리하게 된다는 격언을 변형시킨 것
[**] 격렬한 열정 대치 처리 요법, Violent Passion Surrogate
[***] 일종의 수면병

으로 죽게 되는데, 그것은 반세기 만에 처음 벌어진 사고였다. 레니나는 한숨을 지으며 일을 계속했다.

한 시간 후에 탈의실에서 패니가 맹렬하게 공박했다. "하지만 자신이 이런 상태에 빠지도록 그냥 내버려둔다는 건 말도 안 돼요. 말도 안 된다고요." 그녀가 되풀이해서 말했다. "게다가 그 이유는 또 뭔가요? 남자, 한 남자 때문이잖아요."

"하지만 난 바로 그 한 남자를 원한단 말이에요."

"세상에는 다른 남자들이 수백만 명이나 있다고요."

"하지만 난 다른 남자들은 원하지 않아요."

"거쳐 보지 않고서야 그걸 어떻게 알아요?"

"거쳐 봤어요."

"하지만 몇 명이나요?" 경멸하듯 어깨를 추스르며 패니가 물었다. "한 명? 두 명?"

"수십 명이요." 고개를 저으며 그녀가 덧붙여 말했다. "하지만 조금도 좋지 않았어요."

"글쎄요, 인내심이 필요할 거예요." 패니가 타이르듯 말했다. 하지만 이미 스스로 제시한 충고에 대해 그녀의 자신감이 흔들리고 있는 게 분명했다. "인내하지 않고서는 아무것도 달성할 수가 없어요."

"하지만 그때까지는……."

"그 남자를 생각하지 말아요."

"난 어쩔 수가 없어요."

"그렇다면 소마를 먹어요."

"소마는 복용하고 있어요."

"계속 먹어요."

"하지만 그런 틈틈이 난 그이를 여전히 좋아해요. 난 항상 그이를 좋아할 거예요."

"정 그렇다면 그냥 찾아가서 그 남자를 갖지 그래요." 패니가 단호하게 말했다. "그가 원하든 말든 말이에요."

"그 남자가 얼마나 이상한 사람인지 모르니까 그런 소릴 하는 거라고요!"

"그러니까 더 꿋꿋하게 나가야죠."

"말이야 쉽죠."

"절대로 멍청하게 굴면 안 돼요. 행동을 취하라고요." 패니의 목소리가 나팔처럼 울렸는데, 그녀는 사춘기의 베타 마이너스들에게 저녁 강의를 하는 YWFA 강사 같았다. "그래요, 행동을 취해야죠, 당장요. 지금 하라고요."

"난 겁이 나요." 레니나가 말했다.

"우선 소마를 반 그램 먹기만 하면 돼요. 그럼 이제 난 목욕을 해야겠어요." 그녀는 수건을 질질 끌며 가버렸다.

초인종이 울렸다. (레니나에 관한 얘기를 헬름홀츠에게 해야겠다고 마침내 결심이 선 후, 그런 속마음을 한순간도 더 지체할 수 없었기 때문에) 그날 오후에 헬름홀츠가 찾아오기를 초조하게 기다리던 야만인은 벌떡 일어나 문으로 달려갔다.

"당신이 올 거라는 예감이 들었어요, 헬름홀츠." 문을 열면서 그가 소리쳤다.

문간에는 하얀 아세테이트 공단 세일러복에 둥글고 하얀 모자를 멋을 부려 왼쪽 귀 위로 비스듬히 쓴 레니나가 서 있었다.

"오!" 마치 누구에게 세게 얻어맞기라도 한 듯 야만인이 말했다.

레니나가 두려움과 어색함을 극복하기에는 반 그램으로 충분했다. "안녕하세요, 존." 그녀가 미소를 지으며 말하고는 그를 스쳐 지나가 방으로 들어갔다. 그는 기계적으로 문을 닫고 그녀를 따라갔다. 레니나가 자리에 앉았다. 한참 동안 침묵이 흘렀다.

"날 만나는 게 별로 반갑지 않은 모양이로군요, 존." 마침내 그녀가 말했다.

"기쁘지 않냐고요?" 야만인은 꾸짖는 듯한 눈으로 쳐다보더니 그녀의 앞에 무릎을 꿇고 앉아서 경건하게 레니나의 손을 잡아 입을 맞추었다. "기쁘지 않냐고요? 오, 당신은 내 심정을 너무나 모릅니다." 그는 용기를 내어 그녀의 얼굴을 올려다보면서 "사모하는 레니나여"라고 속삭이고는 말을 계속했다. "진실로 세상에서 비견할 바 없이 가장 고귀한 존재요,* 경이의 극치로군요.**" 그녀는 감미롭고

---

* 「템페스트」 3막 1장 48행에서 나폴리 왕의 아들 퍼디낸드가 미란다를 이렇게 불렀음
** 같은 작품 3막 1장 49~50행

부드럽게 그에게 미소를 지었다. "오, 그대는 너무나 완벽하오." (그녀는 입술을 벌린 채 그에게로 몸을 내밀었다.) "모든 인간의 가장 좋은 것들만 뽑아서 함께 빚어," (가까이 그리고 더 가까이) "너무나 완벽하여 비견할 바가 없어요."* 더욱 가까이. 야만인이 갑자기 몸을 일으켰다. "그렇기 때문에 나는 우선 무엇인가를 하고 싶었어요……." 얼굴을 돌린 채로 그가 말했다. "내 얘기는, 내가 당신이 부끄럽게 여기지 않을 만한 인간이라는 점을 보여주고 싶었어요. 언젠가는 내가 그런 훌륭한 사람이 될 수 있을 거라는 얘기가 아닙니다. 하지만 어쨌든 내가 전혀 형편없는 존재가 아니라는 사실을 보여주고 싶었어요. 나는 무엇인가 하고 싶었습니다."

"당신은 왜 그래야만 한다고 생각하는지……." 레니나가 말문을 열었지만 말을 채 끝내지 못했다. 그녀의 목소리에서 짜증스러운 기미가 엿보였다. 사람이 앞으로 몸을 내밀고, 입술을 벌린 채로 점점 더 가까이 접근하다가, 갑자기 멍청한 바보가 벌떡 몸을 일으키는 바람에 기대했던 반응이 없어진 상황에 처한다면, 그렇다, 아무리 혈관 속에서 반 그램의 소마가 돌고 있더라도 짜증이 나는 게 당연했다.

"말파이스에서는 여자한테 사자의 가죽을 가져다줘야 합니다." 야만인은 두서없이 중얼거렸다. "그러니까, 어떤 여자하고 결혼을 하

---

* 「템페스트」 3막 1장 57~60행

고 싶을 때 말입니다. 아니면 늑대 가죽이라도요."

"영국에는 사자가 살지 않는데요." 레니나가 쏘아붙이듯 말했다.

"그리고 비록 산다고 해도 보아하니 사람들은 헬리콥터를 타고 독가스나 뭐 그런 것으로 사냥을 하겠죠." 갑자기 못마땅해서 경멸하는 어조로 야만인이 덧붙여 말했다. "난 그런 짓은 못 하겠어요, 레니나." 그는 어깨를 활짝 펴고 용기를 내어 그녀를 바라보았지만, 납득이 안 가서 짜증스러워하며 빤히 쳐다보는 그녀와 눈이 마주쳤다. 당황한 그는 "난 무엇이라도 하겠어요"라고 말하고는 점점 더 두서없는 말을 늘어놓았다. "당신이 시키는 건 무엇이든지요. 아시겠지만, 어떤 운동들은 고통스럽습니다. 하지만 그 고통 속에서 즐거움이 생겨납니다.˚ 내가 느끼는 기분이 바로 그렇습니다. 그러니까 당신이 원한다면 나는 마룻바닥이라도 쓸겠어요."

"하지만 우린 진공청소기를 사용해요." 어리벙벙해진 레니나가 말했다. "그럴 필요가 없어요."

"그래요, 물론 그럴 필요는 없죠. 하지만 어떤 경우에는 천한 일들을 고귀하게 행할 수도 있습니다. 나는 무언가 고귀한 일을 하고 싶습니다. 모르시겠어요?"

"하지만 진공청소기가 있으면……."

"문제는 그게 아니에요."

˚ 「템페스트」 3막 1장 1~2행을 인용하고 있음

"그리고 엡실론 반백치들이 그런 기계를 다루죠." 그녀가 말을 이었다. "그런데 정말이지 왜 이러세요?"

"왜 이러느냐고요? 하지만 당신을 위해서라면, 오직 당신을 위해서입니다. 그저 내가 보여주고 싶은 것은······."

"그리고 도대체 진공청소기와 사자가 무슨 관계가 있다고······."

"내가 보여주고자 하는 것은 내가 얼마나······."

"그리고 또 나를 만나서 기쁜 것하고 사자는 무슨 관계가······." 그녀는 점점 더 화가 났다.

"내가 얼마나 당신을 사랑하는지 보여주고 싶어요, 레니나." 그는 거의 절망에 빠진 상태로 말했다.

놀라움과 황홀함으로 내면에서 밀려오는 파도처럼 피가 레니나의 뺨으로 왈칵 몰렸다. "그거 진담이에요, 존?"

"하지만 난 그런 얘기를 할 생각은 아니었어요." 무슨 고민에 빠진 듯 주먹을 불끈 쥐고 야만인이 소리쳤다. "때가 되기 전에는······. 내 말을 잘 들어봐요, 레니나, 말파이스에서는 사람들이 결혼을 합니다."

"무얼 한다고요?" 그녀의 목소리에 다시 짜증이 스며들기 시작했다. 지금 그는 무슨 얘기를 하려는 걸까?

"영원히요. 그들은 영원히 같이 살기로 약속합니다."

"그건 생각만 해도 너무나 끔찍하군요!" 레니나는 진심으로 충격을 받았다.

"외적인 아름다움보다 오래 지속되고, 육신이 썩는 것보다 훨씬 빨리 새로워지는 마음으로 인하여."[*]

"뭐라고요?"

"셰익스피어의 작품 속에서도 마찬가지입니다. '만일 모든 성스러운 예식과 거룩한 혼례를 제대로 행하기 전에 자네가 그 애의 처녀 매듭을 끊었다가는…….'"[**]

"포드 님의 이름으로 빌겠는데, 존, 이치가 닿는 얘기를 해요. 난 당신이 하는 말을 한마디도 못 알아듣겠어요. 처음에는 진공청소기 얘기를 하더니 이제는 매듭 얘기를 하는군요. 당신 얘기를 듣고 있으려니까 미치겠어요." 그녀는 벌떡 일어서서 그가 마음뿐만 아니라 몸까지 달아날까 봐 걱정이 되는 듯 그의 손목을 잡았다. "내가 하는 질문에 대답해봐요. 당신은 정말로 나를 좋아하나요, 안 좋아하나요?"

잠깐의 침묵 뒤에 아주 나지막한 목소리로 그가 말했다. "나는 세상 무엇보다도 당신을 사랑합니다."

"그렇다면 당신은 왜 그렇게 말해주지 않았나요?" 그녀가 격분해서 외쳤다. 감정이 어찌나 강렬했던지 그녀의 날카로운 손톱이 그의 손목 살갗을 파고들 지경이었다. "매듭이니 진공청소기니 사자니 해

- [*] 「트로일러스와 크레시다」 3막 2장 169행
- [**] 「템페스트」 4막 1장 16~18행으로, 프로스페로가 퍼디낸드에게 딸 미란다를 약혼시키며 충고하는 말

가면서 허튼소리를 늘어놓고 몇 주일씩이나 내 마음을 비참하게 만들어놓는 대신에 말이에요."

그녀는 화가 난 듯 그의 손을 뿌리쳐버렸다.

"만일 내가 당신을 그토록 좋아하지만 않았다면 난 당신한테 화를 냈을 거예요." 그녀가 말했다.

그러고는 갑자기 그녀가 두 팔로 그의 목을 감았다. 그는 입술에 부드럽게 닿는 그녀의 입술을 느꼈다. 너무나 감미로우면서 부드럽고, 너무나 따스하고 짜릿해서 그는 자기도 모르게 〈헬리콥터에서 보낸 3주일〉의 포옹이 머리에 떠올랐다. 오오오우! 오오오! 입체 시각적인 금발 여인의 모습과 아아아! 실제보다도 더 실감 났던 아프리카 흑인. 공포, 공포, 공포……. 그는 몸을 빼내려고 했지만 레니나가 더욱 꼭 껴안았다.

"왜 그렇게 말하지 않았어요?" 그를 쳐다보려고 얼굴을 뒤로 젖히면서 그녀가 속삭였다. 그녀의 눈이 부드럽게 꾸짖었다.

"아무리 어두운 굴속이나 아무리 기회가 좋은 장소라고 하더라도—." (양심의 소리가 시적으로 우렁차게 울렸다.) "인간의 사악한 본성이 아무리 강렬히 유혹할지라도 욕정으로 내 명예를 녹이지는 못할지니.* 절대로, 절대로!" 그는 결심했다.

---

* 「템페스트」 4막 1장 27~30행, 퍼니낸드가 미란다에게 충실한 인간이 되겠다고 프로스페로에게 약속하는 말

"한심한 사람 같으니라고!" 그녀가 말했다. "난 당신을 너무나 원했어요. 그리고 당신도 역시 나를 원했다면, 왜 그러지 않았나요?"

"하지만 레니나……." 그가 이의를 제기하려는데, 그녀가 두 팔을 풀고는 그에게서 물러났다. 그는 레니나가 무언의 암시를 눈치챈 모양이라고 생각했다. 하지만 그녀가 하얀 에나멜 탄띠형 허리띠를 풀어 조심스럽게 의자의 등받이에 걸쳐놓자 그는 자신이 잘못 생각했다는 의심이 들기 시작했다.

"레니나!" 그가 불안하게 되풀이해서 말했다.

그녀가 자신의 목 뒤로 손을 가져가더니 지퍼를 길게 수직으로 끌어내렸다. 하얀 세일러복 블라우스가 양쪽으로 벌어졌다. 그의 의심은 너무나도 확고히 현실로 굳어졌다. "레니나, 뭐하는 거예요?"

주룩, 주루룩! 그녀는 침묵으로 대답했다. 그녀는 나팔바지를 벗었다. 지퍼가 달린 속옷은 조개처럼 연한 분홍빛이었다. 합창원 대원장이 준 황금 T형 목걸이가 그녀의 가슴에서 늘어졌다.

"창살들 사이로 남자들의 시선을 끄는 젖꼭지들이……."* 노래를 부르는 듯 우렁차게 울리는 마법의 어휘들은 그녀를 더욱 위험하고 유혹적인 여자처럼 느껴지게 했다. 부드러우면서도 얼마나 날카롭게 찌르고, 이성을 뚫고 들어가며 확고한 마음을 흔들어놓는가! "지극히 군센 맹세라 할지라도 핏속에서 타오르는 불길 앞에서는 한낱

---

* 아테네의 유명한 염세주의자를 주인공으로 한 셰익스피어의 희곡 「아테네의 티몬」 4막 3장 115~116행에서 티몬이 여자에 대한 경고를 하는 말

지푸라기. 더 절제하지 않으면……."*

지퍼가 주루룩! 둥그런 분홍빛 젖가슴이 말끔하게 갈라놓은 사과처럼 양쪽으로 벌어졌다. 두 팔이 꿈틀거리고, 처음에는 오른발, 그러고는 왼발을 들어 올렸다. 지퍼가 달린 속옷이 바람이 빠져 생명을 잃은 듯 마룻바닥으로 떨어졌다.

하얗고 동그란 모자를 멋을 부려 비스듬히 쓰고 구두와 양말을 그대로 신은 채 그녀가 그에게로 다가갔다. "나의 사랑, 나의 사랑! 진작 그런 얘기를 해주었다면 얼마나 좋았겠어요!" 그녀가 두 팔을 내밀었다.

하지만 야만인은 덩달아 "나의 사랑!"을 부르면서 마주 두 팔을 내미는 대신에, 공포에 질려 뒤로 물러나며 마치 무슨 위험한 동물이 들어오지 못하도록 겁을 주어 쫓아버리려는 듯 그녀에게 손을 휘저었다. 네 발자국 뒤로 물러선 그는 벽에 막혀 꼼짝도 못하게 되었다.

"사랑하는 당신!" 레니나가 그의 어깨에 손을 얹었더니 몸을 밀착시켜왔다. "나를 껴안아주세요." 그녀가 요구했다. "숨이 막힐 정도로 나를 안아줘요, 당신." 그녀 역시 시를 읊을 줄 알았고, 북처럼 우렁찬 마법의 어휘들로 노래할 줄 알았다. "키스해줘요." 그녀는 눈을 감고, 졸린 듯한 목소리로 낮게 중얼거렸다. "내가 혼수상태에 빠질

---

* 「템페스트」4막 1장 58~59행, 프로스페로가 퍼디낸드에게 충고하는 말

정도로 키스를 해줘요. 껴안아줘요, 당신, 포근하게…….”

야만인은 그녀의 손목을 잡아 손을 어깨에서 떼어내고는 가까이 오지 못하도록 왈칵 밀어냈다.

“그러면 아파요, 그러면…… 아!” 그러더니 레니나가 갑자기 조용해졌다. 공포가 아픔을 잊게 만들었다. 눈을 뜬 그녀는 그의 얼굴을—아니, 그의 얼굴이 아니라, 광적이고 형언할 수 없는 격노 때문에 일그러지고 경련을 일으키는 무서운 낯선 사람의 얼굴을 보았다. 겁이 덜컥 난 그녀가 나지막한 목소리로 물었다. “도대체 왜 그래요, 존?” 그는 대답을 하는 대신 광기에 찬 눈으로 그녀의 얼굴을 빤히 들여다보기만 했다. 그녀의 손목을 잡은 두 손이 부르르 떨렸다. 그는 거칠게 숨을 몰아쉬었다. 거의 들리지 않을 정도로 희미했지만 그녀는 소름 끼치게 그가 이를 가는 소리를 얼핏 들었다. “왜 그래요?” 그녀가 비명을 지르다시피 했다.

그녀의 비명에 정신이 들기라도 한 듯 그는 어깨를 움켜잡고 그녀를 흔들었다. “더러운 계집!” 그가 소리쳤다. “창녀 같으니라고! 뻔뻔스러운 계집년!”

“오, 그러지 말아요, 그러지 말아요.” 그가 흔들어대는 바람에 괴이하게 떨리는 목소리로 그녀가 애원했다.

“더러운 창녀!”

“제발—요.”

“저주받을 창녀 같으니라고!”

"욕설보다는 차라리 1그램이 더 좋다는……." 그녀가 말했다.

야만인이 어찌나 세차게 떠밀었는지 그녀는 비틀거리다 쓰러졌다.

"어서 가요." 험악한 표정으로 그녀를 굽어보며 그가 소리쳤다. "내 눈앞에서 얼른 사라지지 않으면 죽여버리고 말겠어요." 그는 주먹을 불끈 쥐어 보였다.

레니나는 얼굴을 가리려고 손을 들었다. "안 돼요, 제발, 그러지 말아요, 존……."

"어서 가요. 어서!"

그녀는 한 팔을 여전히 치켜든 채, 겁에 질린 눈으로 그의 모든 동작을 지켜보며 몸을 일으켰다. 그리고 아직도 몸을 웅크리고, 머리를 가리면서 욕실로 달려갔다.

그녀가 빨리 나가도록 재촉하느라 세차게 후려갈기는 소리가 마치 총성 같았다.

"아!" 레니나가 앞으로 튀어 나갔다.

욕실로 들어가 안전하게 문을 잠근 후에야 그녀는 상처를 살펴볼 여유가 생겼다. 그녀는 고개를 돌려 거울에 등을 비춰 보았다. 왼쪽 어깨 너머로 보니 진주 빛깔의 살에 활짝 편 손자국이 진홍빛으로 선명하게 찍혀 있었다. 그녀는 상처 난 자국을 조심스럽게 문질렀다.

바깥 다른 방에서는 야만인이 마술적인 어휘들의 음악과 북소리에 맞춰 행군하고 또 행군하듯, 성큼성큼 이리저리 걸어 다녔다. "굴

뚝새도 그러하고, 자그마한 똥파리도 내 눈앞에서 색욕을 부리는
도다."* 어휘들이 귓속에서 요란하게 울리자 그는 미칠 듯한 기분
이 들었다. "족제비나 더러운 말도 그토록 극성스러운 탐욕으로 덤
비지는 아니한다. 위쪽은 여자이되, 허리 밑으로는 켄타우로스로다.
허리띠까지는 신으로부터 물려받았지만 그 밑은 모두 악마의 차지
다. 거기엔 지옥이 있고, 암흑이 있고, 이글이글 타오르며 악취를 풍
기고 집어삼키는 유황 구덩이가 있으니, 퉤, 퉤퉤, 더럽구나, 더러워!
내 상상력을 감미롭게 만들고 싶으니, 착한 약제사여, 사향을 조금
만 나에게 다오."**

　"존!" 그녀가 욕실에서 비위를 맞추려고 눈치를 살피며 나지막한
목소리로 불렀다. "존!"

　"오 독초 같은 그대여, 너무나 사랑스럽고 아름다우며 향기가 감
미로워서 그대 앞에서는 감각이 아프구나."*** 이 훌륭한 책은 '창
녀'라는 말을 써넣기 위해서 쓰였더냐?**** 그래서 하늘도 코를 막
고……."*****

　하지만 레니나의 보드라운 몸에서 향내를 풍기던 분가루가 그
의 상의에 하얗게 묻었기에, 그녀의 향기가 아직도 그의 주변에 서

・　　「리어 왕」 4막 6장 114~115행, 리어 왕의 대사
・・　　「리어 왕」 4막 6장 124~133행, 리어 왕의 대사
・・・　　「오셀로」 4막 2장 77~79행, 오셀로가 데스데모나에게 하는 말
・・・・　　같은 장면 82~83행
・・・・・　　같은 장면 88행

려 있었다. "뻔뻔스러운 화냥년,* 뻔뻔스러운 화냥년, 뻔뻔스러운 화
냥년." 쉴 새 없이 계속되는 운율이 저절로 되풀이되었다. "뻔뻔스
러운……."

"존, 내 옷 좀 주겠어요?"

그는 나팔바지와 블라우스, 지퍼가 달린 속옷을 집어 들었다.

"열어요!" 문을 발로 차면서 그가 명령했다.

"싫어요, 열지 않겠어요." 겁에 질린 목소리로 그녀가 저항했다.

"그럼 이걸 어떻게 당신한테 건네주죠?"

"문 위에 있는 통풍구로 밀어 넣으세요."

그는 그녀가 가르쳐준 대로 하고는 다시금 불안하게 방 안에서 서
성거렸다. "뻔뻔스러운 화냥년, 뻔뻔스러운 화냥년. 엉덩이가 투실
투실하고 손가락이 감자 같은 환락의 악마가……."**

"존."

그는 대답하지 않았다. "엉덩이가 투실투실하고 손가락이 감자 같
은 악마."

"존."

"왜 그래요?" 그가 퉁명스럽게 말했다.

"내 맬서스 허리띠 좀 갖다 주겠어요?"

---

* Impudent strumpet이라는 말은 「오셀로」의 4막 2장 92행에 나오는 표현인데, 셰익스피어
   가 즐겨 쓰는 말임
** 「트로일러스와 크레시다」 5막 2장 55~56행

레니나는 자리에 앉아 다른 방에서 나는 발소리에 귀를 기울이며 그가 얼마나 오랫동안 저렇게 서성거릴지, 그가 아파트에서 나갈 때까지 기다려야 할지, 아니면 그의 광증이 가라앉도록 기다린 다음에 욕실 문을 열고 얼른 달려가서 허리띠를 집어도 될지 궁금했다.

그녀의 불안한 추측들은 다른 방에서 울리는 전화 소리 때문에 중단되었다. 서성거리던 발소리가 갑자기 그쳤다. 대화를 나누는 야만인의 목소리가 들렸다.

"여보세요."

"……."

"네."

"……."

"바로 전데요."

"……."

"네, 제가 하는 말 못 들었어요? 제가 야만인이라고요."

"……."

"뭐라고요? 누가 아프다고요? 그야 물론 관심이 있죠."

"……."

"하지만 심한가요? 정말로 상태가 나쁘냔 말이에요. 그렇다면 당장 가겠습니다……."

"……."

"지금은 방에 있지 않다고요? 어디로 데리고 갔나요?"

"……."

"오, 하나님 맙소사! 주소가 어떻게 되죠?"

"……."

"파크 레인 거리 3번지―그게 주소인가요? 3번지요? 감사합니다."

레니나는 수화기를 놓는 짤까닥 소리와, 황급히 달려 나가는 발소리를 들었다. 문이 쾅 닫히고 침묵이 흘렀다. 그가 정말로 나갔을까?

그녀는 조심스럽게 문을 빠끔히 열어 내다보고는 방에 아무도 없다는 사실을 깨닫자 용기를 얻어 문을 조금 더 연 다음에 머리를 완전히 바깥으로 내밀었다. 그리고 발돋움을 한 채 방으로 들어가서 심하게 두근거리는 가슴으로 몇 초 동안 가만히 서서 귀를 기울이다가, 앞문으로 달려가 살그머니 빠져나온 뒤 문을 쾅 닫고 도망쳤다. 승강기를 타고 밑으로 내려갈 때가 되어서야 그녀는 마음이 놓였다.

제14장

임종을 앞둔 사람들을 위한 파크 레인 병원은 앵초꽃 빛깔 타일로 장식한 60층짜리 고층 빌딩이었다. 야만인이 헬리콥터에서 내리자 알록달록한 영구靈柩 비행기들이 무리를 이루어 윙윙거리며 옥상에서 떠오르더니, 공원을 가로질러 슬라우 화장터를 향해 서쪽으로 날아갔다.

승강기 입구에서 우두머리 짐꾼이 그에게 필요한 안내를 해주었고, 그는 ('급성 노쇠' 병동이라고 짐꾼이 설명한) 17층의 제81병동으로 내려갔다.

햇빛이 잘 들고 노란 페인트칠을 한 방은 환하고 널찍했으며, 20개의 병상은 모두 자리가 차 있었다. 린다는 편리하고 현대적인 온갖 시설에 둘러싸여, 여러 동반자들과 더불어 죽음을 맞는 과정을 거치는 중이었다. 유쾌한 합성 음악의 선율을 타고 끊임없이 생동하는 분위기가 이어졌다. 침대 발치마다 텔레비전이 죽어가는 환자와 마주 보고 놓여 있었다. 텔레비전은 아침부터 밤까지 계속해서 틀어두었다. 방 안을 가득 채우는 향기가 15분마다 한 번씩 자동적으로 순환됐다. "우리들은 노력하고 있습니다." 야만인을 담당할 간호사가 문간에서 그를 맞으며 설명했다. "제 말을 이해하실지 모르겠습니다만, 일류 호텔과 촉감 영화 극장의 중간쯤이라고나 할까요, 우리들은 이곳에서 철저히 상쾌한 분위기를 유지하려고 노력하죠."

"어디 계신가요?" 공손한 설명을 무시하며 야만인이 물었다.

간호사는 기분이 상한 눈치였다. "급하기도 하시군요." 그녀가 말했다.

"희망이 조금이라도 있나요?" 그가 물었다.

"죽지 않을 가능성을 말하시는 건가요?" (그가 머리를 끄덕였다.) "아뇨, 물론 희망이 없습니다. 일단 이곳에 들어온 사람이라면 아무도……." 그의 창백한 얼굴에서 절망하는 표정을 보고 깜짝 놀란 그녀는 갑자기 말을 중단했다. "아니, 왜 그러세요?" 그녀가 물었다. 그녀는 방문객에게서 이런 반응이 나오리라고는 전혀 예상하지 못했다. (그렇다고 해서 이곳을 찾는 방문객이 많았다는 뜻은 아니었다. 방문객이 많아야 할 아무런 이유도 없었다.) "어디 몸이 안 좋으신 건가요?"

그는 고개를 저었다. "그 여자는 나의 어머니예요." 겨우 들릴락 말락 하는 목소리로 그가 말했다.

간호사는 깜짝 놀라서 겁에 질린 눈으로 그를 힐끗 쳐다보더니 얼른 시선을 피했다. 목에서부터 관자놀이까지 그녀는 온통 얼굴이 붉게 달아올랐다.

"나를 그분한테 데려다줘요." 평범한 어조를 쓰려고 노력하며 야만인이 말했다.

아직도 낯을 붉히며 그녀는 병동으로 내려가는 길을 안내했다. 그들이 지나가자 (노쇠 현상이 너무나 급속도로 진행되어 심장과 두뇌만 늙었을 뿐, 뺨은 아직 늙지 않은) 싱싱하고 시들지 않은 얼굴들이 두 사람에게로 시선을 돌렸다. 두 번째의 유아기로 들어선 무감각하고 멍한 눈들이 그들을 따라 움직였다. 그들을 둘러본 야만인은 부르르 몸을 떨었다.

린다는 길게 줄지은 침상들 가운데 맨 끝에, 벽 바로 옆의 침대에 누워 있었다. 그녀는 베개에 몸을 기대고 침대 발치에 놓인 텔레비전에서 무성無聲으로 축소 재생해 방영되는 남아메리카 리만 수상 정구 선수권 대회의 준결승전을 보고 있었다. 반짝이는 정사각형 유리판에서는 어항 속의 물고기들처럼, 다른 세상에 거주하는 말없고 분주한 사람들처럼, 작은 형상들이 아무 소리도 내지 않고 이리저리 뛰어다녔다.

이해가 안 간다는 듯 어설프게 미소를 지으며 린다가 멍하니 쳐다보았다. 창백하고 퉁퉁 부어오른 그녀의 얼굴에는 백치 같은 행복의 표정이 가득했다. 가끔 졸기라도 하는 듯 그녀는 몇 초 동안 눈을 꼭 감았다. 그러다가 약간 놀라면서 다시 정신을 차리고는 했는데—정신이 들면 그녀는 정구 선수들의 어항 속 물고기 같은 묘한 움직임을 처다보고, 초음성 전기 월리처* 연주기로 편곡된 〈기절할 때까지 나를 안아줘요, 그대여〉를 듣고, 머리 위에 설치된 통풍구를 통해서 불어오는 버베나**의 따뜻한 향기를 어렴풋이 느꼈다. 주변의 이런 것들을 의식한다고는 하지만, 아니, 그것은 의식하기보다는 꿈을 꾸는 듯한 상태였다. 그나마도 그녀의 핏속에 흐르는 소마로 인해 변형되고 채색되어 멋진 요소들로만 이루어진 환각들을 몽롱하게 꿈꾸면서, 만족한 어린애처럼 빛바래고 흐트러진 미소를 다시금 지었다.

"그럼 난 가볼게요." 간호사가 말했다. "내가 맡을 아이들이 한 무더기 오기로 되어 있으니까요. 그뿐 아니라, 제3병동도 가봐야 합니다." 그녀는 위쪽 병동을 가리켰다. "이제는 가봐야겠어요. 그럼 편히 계시다 가세요." 그녀는 활기찬 걸음으로 나갔다.

야만인은 침대 옆에 앉았다.

"린다." 어머니의 손을 잡으며 그가 속삭였다.

자신의 이름을 부르는 소리를 듣고 그녀가 시선을 돌렸다. 그를 알아보자 그녀의 몽롱한 눈이 밝아졌다. 그녀는 그의 손을 꼭 쥐고, 미소를 지으며 입술을 움찔거렸다. 그러더니 갑자기 그녀의 머리가 앞으로 푹 수그러졌다. 잠이 든 것이다. 그는 그녀를 처다보고 앉아

---

* 1930년대에 특히 영화관에서 쓰이던 오르간. 루돌프 월리처사Rudolph Wurlitzer Company, 흔히 월리처Wurlitzer는 미국의 회사로, 현악기, 금관악기, 페어그라운드 오르간, 오케스트리언, 전자 오르간, 전자 피아노, 주크박스 등을 생산함
** 화려한 꽃이 피는 관상용 화초

서, 말파이스에서 보낸 어린 시절에 그를 굽어보던 젊고 밝은 얼굴을 찾으려고, 지쳐빠진 몸뚱이에서 그 얼굴을 찾으려고 살펴보았다. (그러고는 눈을 감은 다음) 그녀의 목소리와, 몸놀림과, 그들이 함께 보냈던 삶의 모든 순간들을 기억해내려고 했다. "스트렙토콕-지에서 밴버리-T까지……." 그녀가 부르던 노래는 얼마나 아름다웠던가! 그리고 그 동요가 얼마나 마술처럼 이상하고 신비스러웠던가!

A, B, C, 그리고 비타민 D—
지방질은 간에 있고, 대구는 바다에서 살아요.

그는 노래를 되풀이해 부르며 동요의 어휘들과 린다의 목소리를 회상하는 동안 뜨거운 눈물이 솟아오르는 것을 느꼈다. 그리고 "아기가 아장아장, 고양이가 야옹야옹" 읽기 공부를 한 기억이 떠올랐다. 다음에는 태아 저장고 속에서 근무하는 베타 직원들을 위한 기초 교육, 그리고 겨울에는 불가에서, 여름에는 작은 집의 지붕 위에서 그녀가 보호 구역 밖의 타처에 관한 얘기들을 들려주던 기나긴 저녁들……. 아름답고도 아름다운 타처에 관한 얘기들을 천국의 추억처럼, 선량함과 사랑스러움이 넘치는 낙원의 추억처럼 그는 지금까지 마음속에 간직하고 있었다. 그것은 진짜 런던의 현실과 문명화한 남자들과 여자들과의 접촉에도 불구하고 더럽혀지지 않은 채 완전하고 깨끗하게 고스란히 남아 있었다.

그때 날카로운 소리가 갑자기 들려오자 그는 눈을 뜨고 황급히 눈물을 닦은 뒤에 주위를 둘러보았다. 여덟 살 난 일란성 사내 쌍둥이들이 끝없는 물길처럼 방 안으로 쏟아져 들어왔다. 쌍둥이에 또 쌍둥이, 그리고 쌍둥이에 또 쌍둥이, 그들은 악몽처럼 자꾸만 들어왔다. 그토록 많은 아이들이 있었지만 얼굴은 하나뿐이었다. 반복되기만 하는 그들의 얼굴, 하나같이 콧구멍과 휘둥그레진 눈만이 두드러진 그들의 얼굴이 흉측한 표정으로 빤히 그를 쳐다보았다. 그들은 황갈색 제복 차림이었다. 모두 입을 헤 벌리고 있었다. 그들이 시끄럽게 떠들고 소리를 질러대며 들어왔다. 잠시 후에는 그들 때문에 병동이 온통 구더기로 우글거리는 듯싶었다. 그들은 병상들 사이로 떼를 지어 몰려다니고, 요란하게 기어오르고, 밑으로 기어 다니고, 텔레비전을 들여다보고, 환자들에게 짓궂은 표정을 지어 보였다.

그들은 린다를 보고 상당히 놀라며 이상하게 생각했다. 그녀의 침대 발치에 한 무리의 아이들이 몰려와서, 미지의 대상과 갑자기 마주친 동물처럼 멍청한 호기심과 두려움을 느끼며 물끄러미 쳐다보았다.

"야, 저것 봐, 저걸 보라고!" 그들은 나지막하고 겁에 질린 목소리로 말했다. "저 여자 왜 저렇지? 왜 저렇게 뚱뚱한 거야?"

그들은 지금까지 그녀처럼 피부에 탄력이 없고 젊지 않은 얼굴과, 날씬하지도 않고 꼿꼿하지 못한 몸을 본 적이 없었다. 이곳에서 죽음을 맞는 모든 육십 대 여자들은 어린 소녀 같은 모습이었다. 그와는 대조적으로 린다는 불과 마흔네 살에 살이 축 늘어지고 일그러진 늙은 괴물이 되어 있었다.

"저 여자 흉측하지 않니?" 속삭이는 말들이 들려왔다. "저 여자의 이 좀 보라고!"

갑자기 침대 밑에서 원숭이를 닮은 쌍둥이 한 명이 존이 앉아 있는 의자와 벽 사이로 불쑥 튀어나와 린다의 잠든 얼굴을 살펴보기 시작했다.

"세상에 이건⋯⋯." 아이가 얘기를 꺼내려고 했지만 미처 말을 끝내기도 전에 비명을 지르고 말았다. 야만인이 그의 옷깃을 움켜잡고 의자 위로 번쩍 들어 올려 귀를 냅다 후려갈기자, 아이가 소리를 지르며 도망쳤다.

비명 소리를 듣고 수간호사가 도와주려고 달려왔다.

"저 애한테 어떻게 하셨어요?" 그녀가 험악하게 물었다. "애들을 때리면 안 된다고요."

"좋아요, 그렇다면 아이들이 이 침상에 가까이 오지 못하게 하세요." 야만인의 목소리가 분노로 떨렸다. "도대체 더럽고 어린 녀석들이 여기서 뭘 하는 건가요? 이건 불경스러운 짓이에요."

"불경스럽다니요? 왜 그런 소리를 하세요? 아이들은 죽음에 대한 길들이기를 받는 중이라고요." 그녀는 사나운 어조로 그에게 경고했다. "그리고 만일 아이들의 길들이기에 당신이 조금이라도 방해를 한다면 직원들을 불러서 당신을 쫓아내겠어요."

야만인은 몸을 일으키더니 두어 발자국 그녀에게로 다가섰다. 얼굴에 드러난 그의 표정과 행동이 어찌나 위협적이었는지 간호사는 공포에 질려 뒤로 물러섰다. 그는 자제하느라 무척 애를 먹으며, 아무 말도 하지 않고 몸을 돌려 다시 침대 옆에 앉았다.

"난 경고했어요." 수간호사는 안심이 되기는 했지만 약간 자신 없고 불안한 위엄을 겨우 보이며 말했다. "그러니까 조심하세요." 그러더니 그녀는 호기심이 지나치게 많은 쌍둥이들을 데리고 방의 한쪽 끝으로 가서 다른 간호사가 벌여놓은 지퍼 찾기 놀이에 어울리게 했다.

"아이들은 나한테 맡기고 가서 카페인 용액이나 한 잔 들어요." 그녀가 다른 간호사에게 말했다. 수간호사로서의 권위를 잠깐 행사하고 나자 그녀는 자신감을 되찾았고, 기분이 훨씬 좋아졌다. "자, 애들아!" 그녀가 소리쳤다.

린다가 불안하게 몸을 움직이더니 잠깐 눈을 뜨고는 멍하니 주위를 둘러본 후에 다시금 잠이 들었다. 야만인은 그녀의 곁에 서서 몇 분 전에 그가 느꼈던 기분을 되살려보려고 무척 애를 썼다. "A, B, C, 그리고 비타민 D." 그는 동요의 어휘들이 죽어버린 과거에 다시 생명을 불어넣는 마력을 지니기라도 한 듯 속으로 되풀이해서 읊었다. 하지만 마력은 효과가 없었다. 아름다운 추억들은 다시 솟아오르기를 고집스럽게 거부했고, 질투와 추악함과 비참한 불행만이 가증스럽게 되살아났다. 어깨에 찔린 상처에서 피를 뚝뚝 흘리던 포페, 흉측한 모습으로 잠든 린다와 침대 옆에 엎질러진 메스칼주, 주변에서 윙윙거리던 파리 떼, 그리고 그녀가 지나갈 때면 그토록 놀려대던 사내아이들……. 아, 아니다, 아니다! 그는 눈을 감고, 이런 기억들을 떨쳐버리려고 세차게 고개를 저었다. "A, B, C, 그리고 비타민 D……." 그는 어머니의 무릎에 앉아 있으면 그녀가 두 팔로 안아주고, 잠이 들도록 흔들고 또 흔들면서 거듭거듭 노래를 부르던 시절을 떠올려보려고 했다. "A, B, C, 그리고 비타민 D, 비타민 D, 비타민 D……."

초음성 전기 오르간은 흐느껴 우는 듯 점점 고음으로 올라갔고, 갑자기 향기 순환 장치 속에서 버베나 냄새가 짙은 차조기 향기로 바뀌었다. 린다가 몸을 꿈틀거리더니 잠에서 깨어 어리벙벙한 표정으로 몇 초 동안 정구 준결승 선수들을 멀거니 쳐다보았다. 그러고는 얼굴을 들고 새로운 향기를 한두 차례 킁킁거리고 맡더니 갑자기 미소를 지었다. 그것은 황홀감에 빠진 어린애의 미소였다.

"포페!" 그녀가 중얼거리고는 눈을 감았다. "오, 난 그게 너무나 좋아요, 난 정말로 그것이……." 그녀는 한숨을 짓고 다시 베개 위로 축 늘어졌다.

"날 봐요, 린다!" 야만인이 애원하듯 말했다. "내가 누구인지 모르겠어요?" 그는 너무나 열심히 노력했고, 최선을 다했다. 그런데 왜 그녀는 그가 잊도록 그냥 놓아주지 않는가? 그는 미천하고 가증스러운 기억들에서, 이런 추악한 쾌락의 꿈에서 어머니가 돌아오도록—다시금 현실로, 소름 끼치고 끔찍한 현실로 돌아오도록, 두려움을 느끼게 만드는 절박함이 있기 때문에 더욱 숭고하고, 고귀하고, 한없이 소중한 세계로 돌아오도록 하려고 강제로 끌어내기라도 하려는 듯 그녀의 힘없는 손을 난폭할 정도로 움켜잡았다. "나를 모르겠어요, 린다?"

그는 린다가 응답을 하느라 힘없이 마주 손을 쥐는 감촉을 느꼈다. 그의 눈에서 눈물이 솟기 시작했다. 그는 허리를 수그려 그녀에게 키스했다.

그녀의 입술이 움직였다. "포페!" 그녀가 다시 속삭였는데, 그는 마치 누가 얼굴에다 오물을 한 통 끼얹기라도 한 것 같은 기분이 들었다.

갑자기 그의 마음속에서 분노가 끓어올랐다. 두 번씩이나 거부를 당한 터라 그의 격렬한 슬픔은 다른 돌파구를 찾아내기 위해 고뇌에 찬 강렬한 격노의 감정으로 바뀌었다.

"하지만 나는 존이에요!" 그가 소리쳤다. "나는 존이라고요!" 비참하고 격분한 나머지 그는 그녀의 어깨를 움켜잡고 마구 흔들었다.

린다는 파르르 떨며 눈을 떴다. 그녀는 그를 보고 ("존이로구나!") 누구인지 알았지만, 현실의 얼굴을, 난폭한 현실의 두 손을 상상의 세계 속으로 이동시켜서, 차조기 향기와 초음성 전기 오르간의 내적이고도 은밀하고 유사한 요소들 속으로, 그녀의 꿈속 세계를 형성하는 뒤틀린 기억들과 이상하게 변형된 감각들 속으로 옮겨놓았다. 그녀는 그가 자신의 아들 존이라는 사실을 알았지만, 그녀가 포페와 소마 휴식을 취하며 시간을 보냈던 낙원 같은 말파이스를 침입한 자라고 상상했다. 그는 그녀가 포페를 좋아했기 때문에 화가 났고, 포페가 잠자리에 그녀와 함께 있었기 때문에, 마치 그것이 무슨 잘못이기라도 한 것처럼, 마치 모든 개화된 사람들과 똑같은 행동을 하는 것이 무슨 죄라도 되는 것처럼, 그녀를 흔들어댔던 것이다. "모든 사람은 다른 모든 사람의 소유이다……." 그녀의 목소리가 갑자기 숨을 몰아쉬며 꼬르륵거리는 소리처럼, 거의 들리지 않을 정도로 낮아졌다. 그녀가 입을 벌려 폐에 공기를 채우려고 결사적으로 애를 썼다. 하지만 그녀는 호흡하는 방법을 잊어버린 것 같았다. 그녀는 소리를 지르려고 했지만 아무 소리도 나지 않았고, 멍하니 쳐다보는 눈에 나타난 공포만이 그녀가 어떤 고통을 받는지 보여주었다. 그녀의 두 손이 목으로 올라갔다. 그러더니 더 이상 호흡할 수 없는 공기를, 그녀에게는 존재하지 않는 공기를 움켜잡으려 허우적거렸다.

야만인이 몸을 일으켜 그녀를 굽어보았다. "왜 그래요, 린다? 왜 그러세요?" 안심을 시켜달라고 부탁하듯 애원하는 목소리였다.

그를 쳐다보는 그녀의 눈은 말로 형언할 수 없는 공포를, 그가 보기에는 공포뿐만 아니라 비난을 잔뜩 머금고 있었다. 그녀는 침대에서 몸을 일으키려고 했지만 다시 베개 위로 쓰러졌다. 그녀의 얼굴은 흉악하게 뒤틀렸고 입술이 파랗게 질렸다.

야만인은 몸을 돌려 병동을 달려 올라갔다.

"빨리요, 빨리!" 그가 소리쳤다. "빨리요!"

지퍼 찾기를 하는 쌍둥이들이 원으로 둘러싼 한가운데 서 있던 수간호사가 뒤를 돌아다보았다. 잠깐 놀란 듯싶더니 그녀는 어느새 못마땅한 표정을 지었다. "소리를 지르지 말아요! 어린애들도 생각해야죠." 얼굴을 찡그리며 그녀가 말했다. "이러다가는 당신 때문에 길들이기가 헛수고로……. 아니 이게 무슨 짓이에요?" 그가 빙 둘러선 아이들의 벽을 뚫고 들어왔다. "조심해요!" 어느 아이가 소리를 질렀다.

"빨리요, 빨리!" 그가 간호사의 소매를 잡아끌었다. "빨리요! 뭔가 잘못되었어요. 내가 죽였나 봐요."

그들이 병동의 끝으로 되돌아갔을 때쯤에는 이미 린다가 숨을 거둔 다음이었다.

야만인은 얼어붙은 듯 침묵을 지키며 잠시 가만히 서 있더니, 침대 옆에 무릎을 꿇고 앉아 두 손으로 얼굴을 가리고는 주체할 수 없을 정도로 흐느껴 울었다.

간호사는 침대 옆에서 무릎을 꿇은 남자의 모습을 보고 (어처구니없는 광경에 기가 막혔다!) 어찌할 바를 몰라 머뭇거렸다. 그리고 지퍼 찾는 놀이를 중단하고 병동의 끝에 서서 모든 콧구멍과 눈을 이쪽으로 향한 채 20호 침상 주변에서 벌어지는 충격적인 장면을 멍하니 지켜보던 (불쌍한 아이들!) 쌍둥이들을 번갈아 쳐다보았다. 그에게 말을 해야 하나? 정신을 차리고 품위를 지키라고? 이곳이 어디인지 그에게 상기시키고, 순진하고 불쌍한 아이들에게 얼마나 치명적인 잘못을 범하고 있는지를? 마치 죽음이 어떤 무서운 사건이라도 된다는 듯, 그렇게까지 중요한 인간이 한 명이라도 세상에 존재한다는 듯, 이렇게 역겨울 정도로 울부짖고 소란을 떨어서 그들이 지금까지 행한 죽음에 길들이는 훈련을 몽땅 헛수고로 만들어놓고 있다는 사실을! 이런 행동은 죽음에 관해서 아이들에게 지극히 위험한 편견을 불어넣고, 그들을 불안하게 함으로써 철저히 그릇되고 반사회적인 면으로 반응하게끔 만들지도 모를 노릇이었다.

그녀는 앞으로 나서서 그의 어깨를 가볍게 두드렸다. "좀 점잖게 굴면 안 되나요?" 그녀는 나지막하고 성난 목소리로 말했다. 하지만 주위를 둘러본 그녀는 대여섯 명의 쌍둥이들이 이미 몸을 일으켜 병동 쪽으로 내려오는 것을 보았다. 그들이 이루었던 둥근 원이 흩어졌다. 다음 순간에는……. 안 된다, 위험성이 너무 컸다. 그녀가 맡은 집단 전체가 길들이기 훈련에서 여섯 달이나 일곱 달을 손해 볼지도 모를 일이었다. 간호사가 위험에 빠진 아이들에게로 서둘러 되돌아갔다.

"자, 초콜릿 생과자 먹고 싶은 사람 없어요?" 그녀는 명랑한 어조로 크게 말했다.

"저요!" 보카노프스키 집단 전체가 이구동성으로 소리쳤다. 20호 침대는 완전히 망각의 대상이 되었다.

"오, 하나님, 하나님, 하나님……." 야만인이 자꾸만 되풀이해서 혼잣말을 했다. 그의 마음을 가득 채운 슬픔과 회한의 혼돈 속에서는 오직 그 한마디 말만이 또렷했다. "하나님!" 그가 속삭였다. "하나님…….."

"저 사람 도대체 무슨 헛소리를 하는 거지?" 초음성 전기 오르간이 울리는 속에서도 날카롭고 분명한 목소리가 아주 가까운 곳에서 들려왔다.

흠칫 놀란 야만인이 사나운 몸짓으로 얼굴에서 손을 치우고는 주변을 둘러보았다. 황갈색 제복을 입은 쌍둥이 다섯 명이, 저마다 오른손에 기다란 초콜릿 생과자 한 조각씩을 들고, 하나같이 초콜릿 범벅이 된 똑같은 얼굴로, 원숭이들처럼 한 줄로 늘어서서 그를 빤히 쳐다보고 있었다.

야만인과 시선이 마주치자 그들은 동시에 히죽 웃었다. 그들 가운데 한 명이 생과자 조각으로 병상을 가리켰다.

"저 여자 죽었어요?" 그가 물었다.

야만인은 말없이 잠시 그들을 물끄러미 쳐다보았다. 그러더니 조용히 몸을 일으키고 문을 향해서 천천히 걸어갔다.

"저 여자 죽었어요?" 호기심 많은 쌍둥이가 그의 곁에서 타박타박 따라 걸으며 다시 물었다.

야만인은 그를 내려다보더니 역시 아무 말도 하지 않고 아이를 밀어버렸다. 쌍둥이는 마룻바닥으로 쓰러지더니 당장 소리를 지르기 시작했다. 야만인은 뒤도 돌아보지 않았다.

제15장

사망자들을 관리하는 파크 레인 병원의 하급 직원들은 각각 84명의 붉은 머리 여자들과 78명의 검은 장두형_{長頭型} 남자 쌍둥이들인 두 보카노프스키 집단 162명의 델타들로 구성되었다. 근무 시간이 끝나는 6시에 두 집단은 병원 현관에 모여 하급 출납계 보조원에게서 소마 배급을 받았다.

야만인은 승강기에서 내려 그들 한가운데로 뒤섞여 들어갔다. 하지만 그의 마음은 다른 데에 몰입한 상태였다. 온통 죽음에 대한 생각과 그가 겪은 슬픔이나 고뇌에만 정신이 팔려 있어서 자신이 하는 행동을 의식조차 하지 않고 기계처럼 주변에 몰린 사람들을 밀치며 나아갔다.

"왜 밀고 그래요? 뭐가 그렇게 바빠서 야단이요?"

무수한 사람들이 저마다 얘기를 주고받았지만 그들의 목구멍에서는 고음으로 빽빽거리거나 저음으로 투덜거리는 오직 두 가지 음성만이 뚜렷했다. 얼굴 또한 두 가지 유형뿐이어서, 하나는 털이 없고 주황빛 달무리처럼 주근깨가 퍼진 둥근 얼굴이었고, 또 하나는 이틀 동안 수염이 자라서 덥수룩하고 갸름하며 코는 부리가 튀어나온 듯 새를 닮은 얼굴이었다. 줄지어 늘어놓은 무수한 거울에 비친 것처럼 끝없이 반복되는 두 유형의 얼굴이 화가 나서 그에게로 시선을 돌렸다. 그들이 쏘아붙이는 말과, 팔꿈치가 갈빗대를 날카롭게 찔러대는 아픔 때문에 그는 무감각 상태에서 벗어났다. 그는 다시금 정신이 들어 외부의 현실에 눈을 뜨고, 주위를 둘러보고는 눈에 비치는 주변의 존재들을 인식했다. 그것은 공포와 역겨움의 무게로 그를 절망시켰다. 눈앞의 현실은 개체로서의 구별이 불가능한 동일성이 소용돌이를 일으키는 악몽이나 마찬가지여서, 그가 밤낮으로 반복하여 겪었던 일종의 정신착란 상태였기 때문이다. 수많은 쌍둥이들, 쌍둥이들……. 그들은 구더기처럼 린다의 죽음이라는 신비를 향해 떼를 지어 불결하게 몰려들었다. 그리고 훨씬 크고 완전히 성장한 개체들인 또 다른 구더기들이 이제 그의 슬픔과 참회에 달라붙어 사방에서 기어 다녔다. 그는 흠칫 동작을 멈추고, 당혹과 공포에 질린 눈으로 주변에 몰려든 황갈색 집단을 멀거니 쳐다보았다. 그의 키는 그들보다 머리 하나가 컸기 때문에, 한가운데에 홀로 우뚝 높이 솟았다. "얼마나 많은 훌륭한 인간들이 이곳에 존재하는가!"* 노래의 가사가 그를 조롱하듯 놀려댔다. "인간은 얼마나 아름다우냐! 오, 멋진 신세계여……."**

---

* 「템페스트」 5막 1장 182행
** 같은 작품 「템페스트」 5막 1장 183행. 셰익스피어 희곡에는 많은 노래가 등장함

"소마 배급 시간입니다!" 누군가 큰 소리로 외쳤다. "질서를 잘 지켜주기 바랍니다. 거기 빨리 좀 움직여요."

문이 하나 열리고, 근무자들이 책상과 의자를 하나씩 현관으로 옮겨 왔다. 큰 목소리의 주인공은 검은 철제 금고를 들고 들어온 말쑥하고 젊은 알파였다. 기대감에 부풀었던 쌍둥이들이 만족해서 웅얼거리는 소리가 들려왔다. 그들은 야만인을 까맣게 잊어버렸다. 그들의 관심은 이제 젊은 남자가 책상 위에 놓고 자물쇠를 막 열려고 하는 검정 금고로 온통 쏠려 있었다. 뚜껑이 열렸다.

"오오!" 불꽃놀이라도 구경하는 듯 162명이 동시에 소리쳤다.

젊은 남자가 자그마한 약통을 한 움큼 꺼냈다. "자." 그가 단호하게 말했다. "앞으로 나와요. 밀지 말고 한 사람씩 차례대로요."

쌍둥이들이 한 사람씩 차례대로 앞으로 나왔다. 처음에는 두 명의 남자, 그러고는 여자 한 명, 그러고는 또다시 남자, 다음에는 세 명의 여자, 다음에는……

야만인은 그냥 서서 구경만 했다. "오, 멋진 신세계여, 오, 멋진 신세계여……" 그의 머릿속에서는 노래 가사의 음조가 달라지는 듯했다. 노래는 비탄과 회한에 빠진 그를 비웃었으며, 너무나도 흉악하고 냉소적인 모욕의 어조로 그를 놀려댔다! 노래는 악마처럼 웃으며 구역질 나는 추악함의 악몽을, 비천한 더러움의 악몽을 끈질기게 내보였다. 그러더니 갑자기 전투 준비 명령이 떨어졌다. "오, 멋진 신세계여!" 미란다가 사랑스러운 아름다움의 가능성을, 악몽까지도 숭고하고 멋진 무엇으로 변형시킬 수 있는 가능성을 선포했다. "오, 멋진 신세계여!" 그것은 하나의 도전, 하나의 명령이었다.

"자, 거기 밀지 말아요." 하급 출납계 보조원이 화를 내며 소리쳤다. 그는 금고의 뚜껑을 쾅 닫았다. "질서를 지키지 않으면 배급을 당장 중단하겠어요."

델타들이 투덜거리며 서로 조금 밀치더니 조용해졌다. 위협은 효과를 발휘했다. 소마를 박탈한다는 것은 생각만 해도 끔찍한 일이었다.

"좋아요." 젊은이가 금고를 다시 열며 말했다.

린다는 노예였고, 그녀는 죽었다. 그러나 다른 사람들은 자유롭게 살아야 하고 세상을 아름답게 만들어야 한다. 배상이요, 의무이다. 갑자기 그가 해야 할 일이 무엇인지가 명확해졌다. 그는 마치 앞을 가렸던 덧문이 열리고 울타리가 사라진 듯한 기분이 들었다.

"다음 차례요." 하급 출납계 보조원이 말했다.

또 한 명의 황갈색 여자가 앞으로 나섰다.

"그만해요!" 야만인이 우렁차고 쩌렁쩌렁한 목소리로 외쳤다. "그만하라고요!"

그는 사람들을 밀치고 책상 쪽으로 나아갔다. 델타들은 놀란 표정으로 그를 쳐다보았다.

"포드 님 맙소사!" 하급 출납계 보조원이 숨을 몰아쉬며 말했다.

"야만인이로구나." 그는 겁이 났다.

"내 말 들어요, 부탁입니다." 야만인이 진지하게 소리쳤다. "내 얘기에 귀를 기울여요⋯⋯." 그는 지금까지 사람들이 모인 앞에서 연설을 했던 적이 전혀 없었으므로 자신이 하고 싶은 얘기를 표현하기가 아주 힘들었다. "그 끔찍한 건 먹지 말아요. 그건 독약이에요, 독약이라고요."

"이것 보세요, 야만인 씨." 비위를 맞추려고 미소를 지으며 하급 출납계 보조원이 말했다. "제발 부탁이니 내가 그냥⋯⋯."

"육체뿐만 아니라 영혼까지도 죽이는 독약입니다."

"그렇더라도 내가 배급을 계속하게 해주세요, 네? 아무렴 그래야죠." 그는 성미가 고약하기로 악명 높은 짐승을 쓰다듬는 사람처럼 조심스럽고 다정하게 야만인의 팔을 토닥거렸다. "그냥 가만히⋯⋯."

"절대로 안 돼요!" 야만인이 소리쳤다.

"하지만 이것 봐요⋯⋯."

"그걸 버려요, 그 무서운 독약을 모두 버리라니까요."

'모두 버려요'라는 말이 층층이 여러 겹으로 둘러싼 무의식을 뚫고 델타의 생생한 의식에까지 닿았다. 성난 군중이 웅성거리는 소리가 점점 더 커졌다.

"나는 여러분에게 자유를 전해주려고 왔습니다." 쌍둥이들에게로 다시 돌아서며 야만인이 말했다. "나는 여러분에게⋯⋯."

하급 출납계 보조원은 더 이상 얘기를 듣지 않고 현관에서 빠져나가 전화번호부에서 연락처를 찾았다.

"자기 방에 없어요." 버나드가 간략하게 말했다. "내 방에도 없고 당신 방에도 없어요. 아프로디테움에도 없고, 본부나 대학에도 없어요. 도대체 어디로 갔을까요?"

헬름홀츠는 어깨를 으쓱했다. 그들은 늘 만나는 곳들 중에 어디선가 야만인이 기다리려니 예상하며 일터에서 돌아왔지만 그의 모습은 어디에서도 눈에 띄지 않았다. 헬름홀츠의 4인용 스포츠콥터를 타고 비아리츠로 가볼 계획이었던 터라 그들은 당연히 짜증이 났다. 그가 곧 나타나지 않으면 그들은 저녁 식사에 늦으리라.

"5분만 더 기다려보죠." 헬름홀츠가 말했다. "그때까지 안 오면 우리끼리 그냥……."

그의 말은 전화가 울리는 바람에 중단되었다. 그는 수화기를 집어 들었다. "여보세요. 나예요." 그러더니 한참 동안 얘기를 듣고는 "포드 님 맙소사!"라고 투덜거렸다. "당장 갈게요."

"왜 그래요?" 버나드가 물었다.

"내가 아는 친구한테서 온 전화인데, 파크 레인 병원에서 근무하는 사람이에요." 헬름홀츠가 말했다. "야만인이 그곳에 있다고 하네요. 미쳐버린 모양이에요. 어쨌든 급하게 됐어요. 같이 가겠어요?"

그들은 함께 복도를 따라 서둘러 승강기로 갔다.

"여러분은 노예로서 살아가는 신세가 좋습니까?" 그들이 병원으로 들어서자 야만인은 이런 말을 하는 중이었다. 그의 얼굴은 상기되고 눈은 열정과 분노로 번득였다. "여러분은 아기처럼 살아가는 것이 좋습니까? 그래요, 아기들. 질질 울고 토하면서 말이에요." 야만인은 그들의 짐승 같은 우매함에 화가 치밀어서 자기가 구하러 온 사람들에게 모욕적인 욕설까지 퍼부으며 덧붙여 말했다. 모욕적인 그의 말은 거북의 등 껍데기처럼 굳어버린 그들의 우둔함에 부딪혀 튕겨 돌아왔고, 그들은 둔감하고 심술궂은 불만의 표정이 담긴 멍한 눈으로 그를 물끄러미 쳐다보았다. "그래요, 게우면서 말이에요!" 그는 소리를 지르다시피 했다. 슬픔과 회한, 연민과 의무감 따위의 감정은 그의 주변에 모여 선 인간 이하의 괴물들에 대한 강력하고도 벅찬 증오 속으로 흡수되었다. "여러분은 자유롭고 인간다운 사람이 되고 싶지 않습니까? 여러분은 인간성과 자유가 무엇인지조차 이해하지 못합니까?" 격노는 그의 언변을 차츰 유창하게 만들었고, 그의 입에서는 어휘들이 마구 쏟아져 나왔다. "이해를 못 하겠나요?" 그가 되풀이해서 물었지만, 질문에 대한 응답은 없었다. "그렇다면 좋습니다." 그는 음산하게 말을 이었다. "내가 여러분에게 길을 가르쳐 주고, 여러분이 원하든 원하지 않든 나는 여러분을 해방시킬 것입니다." 그러고는 병원 안뜰을 향한 창문을 열고 소마 정제가 담긴 약통들을 한 움큼씩 집어 마당으로 던져버리기 시작했다.

이렇게 방자하고 신성모독적인 광경을 보고 놀라움과 공포로 돌처럼 굳어버린 황갈색 군중은 잠깐 동안 침묵을 지켰다.

"저 친구 미쳤구먼." 휘둥그레진 눈으로 멍청하게 쳐다보며 버나드가 속삭였다. "저 사람들이 죽이려고 덤빌 거야. 저 사람들이……." 갑자기 요란한 외침이 군중에게서 터져 나왔으며, 그들의 아우성은 물결치듯 무서운 기세로 야만인을 향해 밀려갔다. "포드님이시여, 그를 살려주소서!" 버나드가 시선을 돌리며 말했다.

"포드 님은 스스로 돕는 자를 돕습니다." 그리고 헬름홀츠 왓슨은 웃으면서, 정말로 환희하는 웃음을 지으며 군중을 헤치고 나아갔다.

"자유를, 자유를 찾아요!" 야만인이 소리치며, 한 손으로는 계속해서 소마를 마당으로 집어 던졌고 다른 손으로는 그를 공격하는 사람들의 얼굴을, 다 똑같아서 서로 구별이 가지 않는 얼굴들을 후려쳤다. "자유를 찾으라고요!" 그리고 갑자기 그의 곁에 헬름홀츠가 나타났고 ("선량하고 다정한 헬름홀츠!") 헬름홀츠 역시 주먹을 휘둘렀다. "드디어 인간이 되어야 할 때입니다!" 그러면서 존은 주먹을 휘두르는 틈틈이 열린 창문으로 독약을 한 줌씩 집어 던졌다. "그래요, 인간! 인간요!" 이제 독약은 더 이상 남아 있지 않았다. "여러분은 자유를 찾았습니다!"

델타들은 소리를 지르며 더욱 격분해서 덤벼들었다.

버나드는 싸움이 벌어지는 언저리에서 머뭇거리며 "저 친구들 끝장이 났군"이라고 말하더니, 갑작스러운 충동에 이끌려 그들을 도와주려고 앞으로 달려 나갔다. 그러다 생각이 달라져서 우뚝 멈춰 섰고, 비겁한 자신이 창피해서 다시 앞으로 나섰다. 그러고는 또다시 생각이 달라져서 우유부단하고 굴욕스러운 고뇌에 빠져 그대로 서 있었다. 그가 돕지 않으면 그들이 죽을지도 모르고, 도와준다면 자신 또한 죽을지 모른다는 생각을 하고 있는데, (포드 님의 이름을 칭송할지어다!) 바로 그 순간 큼직한 보호안경에 돼지 코처럼 생긴 방독면을 쓰고 경찰관들이 우르르 달려 들어왔다.

버나드는 그들을 맞으러 달려가며 손을 흔들었다. 어쨌든 무엇인가 하는 셈이었으므로 적극적으로 행동을 취했다는 자부심이 들었다. 그는 누군가를 돕는다는 환각을 자신의 머릿속에서 불러일으키려는 듯 "도와줘요!"라고 점점 더 크게 몇 차례 소리를 질렀다. "도와줘요! 도와줘요! 도와줘요!"

경찰관들은 그를 옆으로 밀쳐버리고 하던 일을 계속했다. 어깨에 분무기를 잠금쇠로 채워 부착시킨 세 사람이 짙은 소마 연기를 구름처럼 공중에 뿜어댔다. 다른 두 사람은 휴대용 합성 음악기를 틀어대느라 분주했다. 강력한 마취제를 장전한 물권총을 들고 다른 네 사람이 군중을 밀치고 들어오더니, 사납게 대항하는 자들을 능숙하게 한 명씩 찍찍 쏴서 쓰러뜨렸다.

"어서요, 어서요!" 버나드가 소리를 질렀다. "서두르지 않으면 저 사람들이 죽을 거예요. 그들이…… 이런!" 너무 떠들어대던 버나드에게 짜증이 난 경찰관 한 명이 물권총을 쏘았다. 그는 몇 초 동안 두 다리로 비틀거리며 겨우 버텼다. 하지만 뼈와 힘줄과 근육이 녹아내리는 듯 흐물흐물한 젤리로 만든 막대기처럼 맥이 풀리더니, 결국은 젤리도 아니고 물이 된 듯 힘없이 마룻바닥에 털썩 쓰러졌다.

갑자기 합성 음악기에서 '목소리'가 얘기를 시작했다. 이성에 호소하는 목소리, 우호적인 목소리였다. 음향 기록 두루마리가 저절로 풀어지면서 '종합 폭동 진압 연설 제2번, 중간 단계'가 흘러나왔다. "나의 친구들이여, 나의 친구들이여." 존재하지 않는 심장의 깊은 곳으로부터 울려 나오는 '목소리'가 너무나 애처로우면서도 한없이 부드럽게 꾸짖는 어조로 설득을 시작하자, 방독면을 쓴 경찰관들의 눈에서도 어느새 앞이 흐려질 정도로 눈물이 맺혔다. "이런 행동은 무엇을 의미하나요? 왜 여러분은 모두 함께 행복하고 선량해지려고 하지 않나요? 행복하고 선량해집시다." 목소리가 되풀이해서 말했다. "평화를, 평화를 찾읍시다." 목소리가 떨리며 속삭임으로 낮아지더니 잠시 잠잠해졌다. "아, 나는 여러분이 행복하기를 진심으로 바랍니다." 열렬하게 갈망하는 어조로 목소리가 말을 이어나갔다. "나는 여러분이 선량해지기를 진심으로 바랍니다! 부탁이니, 제발 선량해지고……."

2분 후에 '목소리'와 소마 연기의 효과가 나타나기 시작했다. 델타들은 눈물을 흘리면서 서로 입을 맞추고 포옹했는데, 한꺼번에 대여섯 명씩 쌍둥이들이 무리를 지으며 끌어안았다. 심지어는 헬름홀 츠와 야만인까지도 울음이 나올 지경이었다. 출납계로부터 새로 공급된 약상자들이 들어왔고, 서둘러 다시 배급이 이루어졌다. 풍부한 애정이 담긴 바리톤의 고별인사에 맞춰 쌍둥이들은 가슴이 찢어지기라도 하는 듯 울먹이며 뿔뿔이 흩어졌다. "안녕히, 나의 다정하고도 다정한 친구들이여, 포드 님의 가호가 있기를! 안녕히, 나의 다정하고도 다정한 친구들이여, 포드 님의 가호가 있기를! 안녕히, 나의 다정하고도 다정한 친구들이여……."

마지막 델타가 나간 다음에 경찰관은 스위치를 껐다. 천사 같은 목소리가 잠잠해졌다.

"조용히 따라오겠어요?" 경사가 말했다. "아니면 우리들이 마취를 시켜야만 할까요?" 그가 위협적으로 물권총을 겨누었다.

"아, 우린 조용히 따라가겠어요." 찢어진 입술과 긁힌 목, 깨물린 왼손을 차례로 확인하면서 야만인이 대답했다.

헬름홀츠는 피가 나는 코에 손수건을 댄 채 시키는 대로 하겠다는 뜻으로 머리를 끄덕였다.

정신이 들어 다시 다리를 움직일 수 있게 된 버나드는 이런 난처한 순간에 가능한 한 남의 눈에 띄지 않고 얼른 문 쪽으로 가려고 했다.

"이봐요, 거기 당신." 경사가 소리쳐 부르자, 돼지 코 마스크의 경찰관이 서둘러 방을 가로질러 와서는 젊은이의 어깨를 붙잡았다.

버나드는 결백하고 짜증스러운 표정으로 얼굴을 돌렸다. 도망을 친다고? 그는 그런 짓은 상상도 하지 않았다. "도대체 나는 왜 끌고 가려는 겁니까?" 그가 경사에게 말했다. "난 정말 이해가 안 가요."

"당신은 체포된 사람들과 친구죠? 그렇죠?"

"뭡니까……." 버나드는 말을 하려다가 머뭇거렸다. 아니다, 그는 정말로 그 말을 부정할 수가 없었다. "친구 사이라는 것이 뭐가 잘못인가요?" 그가 물었다.

"그렇다면 따라오세요." 경사가 말하고는, 경찰차가 기다리는 문을 향해 앞장서서 걸어갔다.

제16장

세 사람이 안내를 받아 들어간 방은 통제관의 서재였다.

"포드 님께서 곧 내려오실 겁니다." 감마 시종이 그들만 남겨두고 방에서 나갔다.

헬름홀츠가 큰 소리로 웃었다.

"이건 재판이라기보다는 카페인 용액 파티에 더 가깝군요." 푹신한 안락의자들 가운데 가장 사치스러운 자리를 골라 털썩 앉으며 그가 말했다. "기운을 내요, 버나드." 불쾌해하는 친구의 음산한 얼굴을 보고 그가 덧붙여 말했다. 하지만 버나드는 기운을 내려고 하지 않았으며, 대답조차 없이, 헬름홀츠를 아예 쳐다보지도 않으면서, 더 계급이 높은 사람들의 분노를 어떻게 해서든지 진정시키고 싶은 막연한 소망으로 조심스럽게 방 안에서 가장 불편한 의자를 골라 앉았다.

그러는 사이에 야만인은 초조하게 방 안에서 이리저리 서성이며 막연하고 피상적인 호기심을 드러낸 표정으로, 책장의 책들과 번호를 붙인 분류함 속에 들어 있는 음향 녹음 두루마리들과 독서 기계

타래들을 기웃거리며 들여다보았다. 창 밑 책상 위에는 부드러운 검정 대용 가죽의 장정에 커다랗게 금박으로 T 자를 박아 넣은 육중한 책이 놓여 있었다. 그는 책을 집어 펼쳐 보았다. 포드 님이 쓰신 『나의 삶과 업적』이었다. 디트로이트에서 포드 학문 전파 협회가 출판한 자서전이었다. 그는 한가하게 책장들을 넘기며 여기저기 닥치는 대로 한 문장씩 읽었다. 흥미가 없는 책이라고 그가 결론을 막 내렸을 즈음에 문이 열리더니 서부 유럽 주재 세계 통제관이 활기찬 걸음으로 들어왔다.

무스타파 몬드는 그들 세 사람 모두와 악수를 나누었지만 말을 건 대상은 야만인이었다. "그러니까 당신은 문명 세계를 별로 좋아하지 않는군요, 야만인 씨." 그가 말했다.

야만인은 그를 쳐다보았다. 그는 거짓말을 하고, 험악하게 날뛰고, 심술을 부리며 말대꾸도 안 하고 버틸 작정이었다. 하지만 통제관의 얼굴에 뚜렷하게 나타난 지적이고 유쾌한 성품에 안심이 되어 태도를 바꿔 숨김없이 사실대로 얘기했다. "그렇습니다." 그는 머리를 끄덕였다.

깜짝 놀란 버나드가 겁에 질린 표정을 지었다. 통제관이 뭐라고 생각할지 걱정됐기 때문이다. 문명 세계가 싫다는 말을, 그것도 하필이면 공공연히 통제관 면전에서 그런 말을 한 인물과 친구라는 딱지가 붙어버리는 것은 무서운 일이었다. 버나드는 "하지만, 존"이라고 말문을 열었다. 그러나 무스타파 몬드의 눈초리 때문에 그는 기가 죽어 얼른 입을 다물었다.

"물론 아주 좋은 면들이 좀 있기는 합니다." 야만인은 인정할 사항은 인정하겠다는 생각으로 말을 이었다. "예를 들면, 허공에 울리는 온갖 음악이라든가……."

"때로는 무수한 악기들이 내 귓전에서 퉁기며 울리고 때로는 목소리들이 들려올 때*처럼 말인가?"

야만인의 얼굴이 갑자기 기쁨으로 환히 밝아졌다. "당신도 그 작품을 읽었나요?" 그가 물었다. "난 이곳 영국에서는 아무도 그 책을 모르는 줄 알았는데요."

"거의 아무도 모르죠. 나는 그 몇 명 안 되는 사람들 가운데 하나입니다. 아시다시피 그것은 금지된 도서예요. 하지만 이곳에서는 내가 법을 만들기 때문에 그 법들을 깨뜨릴 권리도 있어요. 처벌을 받지 않으면서 말이에요. 마르크스 군." 그는 버나드에게로 시선을 돌리며 덧붙여 말했다. "자네는 그렇지 못하겠지만."

버나드는 더욱 절망적이고 비참한 기분에 빠졌다.

"하지만 왜 그것이 금서가 되었나요?" 야만인이 물었다. 셰익스피어를 읽은 사람을 만났다는 흥분으로 그는 잠시 다른 모든 문제들을 망각했다.

통제관이 어깨를 추켜올렸다. "오래된 책이라는 사실이 가장 큰

---

* 「템페스트」 3막 2장 142~143행에서 칼리반이 아리엘의 연주를 듣고 하는 말

이유입니다. 이곳에서는 낡은 것들은 전혀 쓸모가 없으니까요."

"아름다운 것들도요?"

"아름다운 것들이라면 특히 더 그렇죠. 아름다움은 마음을 끄는 힘이 있는데, 우린 사람들이 옛것에 끌리는 걸 원하지 않아요. 우린 그들이 새로운 것을 좋아하기를 바랍니다."

"하지만 새로운 것들은 너무나 한심하고 바보 같아요. 헬리콥터들만 나오고, 사람들이 키스하는 걸 실제로 느끼게 하는 연극들만 해도 그렇죠." 그는 얼굴을 찡그렸다. "염소와 원숭이들!"* 그는 자신의 혐오와 증오를 충분히 전달할 수단을 오셀로의 말에서밖에는 찾아낼 길이 없었다.

"하지만 길이 잘 들고 착한 동물들이기는 하죠." 통제관이 한마디 했다.

"왜 당신은 사람들이 「오셀로」를 읽게 그냥 내버려두지 않나요?"

"얘기했잖아요, 낡은 것이라고요. 더구나 그들은 그런 책을 이해하지도 못합니다."

그렇다, 그것은 사실이었다. 그는 헬름홀츠가 「로미오와 줄리엣」 때문에 얼마나 웃었는지를 기억했다. "그렇다면 말이에요." 잠깐 침묵을 지킨 다음에 그가 말했다. "「오셀로」와 비슷하면서 사람들이 이해할 만한 새로운 것은 어떤가요?"

---

* Goats and monkeys, '추잡하고 간사한 것들'이라는 의미. 「오셀로」4막 1장 289행에서 오셀로가 화를 내며 퇴장할 때 쓴 표현

"우리들 모두가 쓰고 싶어 하는 글이 바로 그거예요." 한참 동안의 침묵을 깨뜨리고 헬름홀츠가 말했다.

"하지만 절대로 그런 책을 쓰지는 못할 거예요." 통제관이 말했다. "만일 어떤 작품이 정말로 「오셀로」와 같다면 아무리 새로운 작품이라고 하더라도 어느 누구 하나 그것을 이해하지 못할 테니까요. 그리고 만일 새로운 작품이라면 그건 「오셀로」가 아닐 거예요."

"어째서요?"

"그래요, 어째서요?" 헬름홀츠가 똑같은 반응을 보였다. 헬름홀츠 역시 지금 그들이 처한 달갑지 않은 현실을 잊어버렸다. 불안하고 초조해서 얼굴이 파랗게 질린 버나드만이 눈앞의 현실을 상기했지만, 그들은 그를 무시했다. "어째서요?"

"그건 우리들이 살아가는 세계가 「오셀로」의 세계와는 다르기 때문입니다. 강철이 없으면 자동차를 생산할 수가 없으며, 사회적인 불안정이 없으면 비극을 생산할 길이 없으니까요. 세계는 이제 안정이 되었어요. 사람들은 행복하고, 원하는 바를 얻으며, 얻지 못할 대상은 절대로 원하지 않습니다. 그들은 모두가 잘살고, 안전하고, 전혀 병을 앓지 않고, 죽음을 두려워하지 않고, 늙는다는 것과 욕정에 대해서 모르기 때문에 즐겁습니다. 어머니나 아버지 때문에 시달리지도 않고, 아내나 아이들이나 연인 따위의 강한 감정을 느낄 대상도 없고, 마땅히 따르도록 길이 든 방법 이외에는 사실상 다른 행동은 하나도 하지 못하도록 되어 있어요. 그리고 혹시 무엇이 잘못되는 경우에는 소마가 기다립니다. 그것을 자유라는 이름으로 당신이 창밖에 던져버렸어요, 야만인 씨. 자유 말입니다!" 그가 웃었다. "델타들이 자유를 이해하리라고 기대하다니! 그리고 이제는 그들이 「오셀로」를 이해하리라고 기대하고요! 참 순진한 청년이군요!"

야만인은 잠시 침묵을 지켰다. "그렇기는 해도 말입니다." 그는 굽히지 않았다. "「오셀로」는 훌륭합니다. 「오셀로」는 촉감 영화들보다 훌륭합니다."

"그야 물론이죠." 통제관이 시인했다. "하지만 그것은 안정을 위해서 우리들이 치러야 할 대가입니다. 당신은 행복 아니면 과거에 사람들이 고급 예술이라고 일컫던 것 가운데 양자택일을 해야 됩니다. 우리들은 고급 예술을 희생시켰어요. 대신 우리들에게는 촉감 영화와 냄새 풍금이 있습니다."

"하지만 그런 것들은 아무런 의미가 없어요."

"그것들은 자체적으로 가치가 있으며, 관객에게 큰 쾌감을 제공합니다."

"하지만 그것들은…… 그것들은 백치가 하는 얘기*입니다."

통제관이 웃었다. "당신은 친구인 왓슨 군에게 제대로 예의를 갖추지 못하고 있군요. 왓슨 군은 가장 뛰어난 감정공학자들 가운데 한 사람으로서……."

---

* 「맥베스」 5막 5장 27행, 맥베스의 유명한 독백에서 나오는 말

"하지만 그의 말이 옳습니다." 헬름홀츠가 음울하게 말했다. "그것은 정말로 백치 같은 짓이기 때문이죠. 할 얘기도 없는데 글을 쓴다는 것은……."

"맞네. 하지만 그렇기 때문에 지극히 뛰어난 재능이 필요해. 자네는 최소한의 강철로 자동차를 만들어내는 걸세. 사실상 순수한 감각이외에는 아무것도 없는 무에서 예술 작품들을 창조하는 거네."

야만인이 고개를 저었다. "나에게는 모두가 상당히 끔찍하게 보입니다."

"물론 그렇겠죠. 비참한 불행에 대한 과잉 보상에 비하면 현실적인 행복은 상당히 추악해 보입니다. 그리고 물론 안정이란 불안정만큼 그렇게 요란하지는 않습니다. 만족한 상태는 불우한 환경에 대한 멋진 투쟁의 찬란함도 없고, 유혹에 대한 저항 그리고 격정이나 회의가 소용돌이치는 숙명적인 패배의 화려함도 전혀 없습니다. 행복이란 전혀 웅장하지 못하니까요."

"그야 그렇겠죠." 잠깐 침묵을 지킨 다음에 야만인이 말했다. "하지만 그것이 이곳 쌍둥이들만큼 그렇게 꼭 나쁜 건 아니잖아요?" 그는 조립 작업대에서 길게 줄지어 늘어선 일란성 쌍둥이들의 행렬과, 브렌트퍼드 모노레일 정거장 입구에 줄을 선 쌍둥이 무리들과, 린다가 임종하던 침대 주변으로 몰려든 인간 구더기들과, 그를 공격하던 끝없이 반복되는 얼굴의 영상을 기억에서 지워버리려는 듯 손을 눈으로 가져갔다. 그는 붕대를 감은 자신의 왼손을 보고는 몸을 부르르 떨었다. "끔찍합니다!"

"하지만 얼마나 효율적인가요! 내가 보기에 당신은 우리 보카노프스키 집단들을 좋아하지 않는 모양이지만, 장담하겠는데, 그들은 다른 모든 것을 이루는 기초가 됩니다. 그들은 국가라는 로켓 비행기가 궤도를 이탈하지 않고 날아가도록 바로잡아 주는 종타從舵 조정기나 마찬가지입니다." 그의 굵은 목소리가 감격으로 떨리더니, 손으로는 모든 공간과 비행기가 어김없이 앞으로만 나아가는 모양을 시늉해서 보여주었다. 무스타파 몬드의 웅변은 거의 합성 음악 기준에 이를 정도였다.

"난 궁금했어요." 야만인이 말했다. "태아 유리병들을 가지고 마음대로 무엇이나 다 얻어내는 방법을 잘 알면서도 도대체 왜 그들을 만들어놓았는지 말이에요. 이왕이면 왜 모든 사람을 알파 더블 플러스로 만들지 않나요?"

무스타파 몬드가 웃었다. "그건 우리들이 스스로 자신의 목을 자르고 싶지 않기 때문이죠." 그가 대답했다. "우린 행복과 안정을 신봉합니다. 알파들로 이루어진 사회는 틀림없이 불안정하고 비참해집니다. 알파들이 근무하는 공장을 상상해봐요. 그것은 훌륭한 자질을 물려받아, 자유로운 선택을 하고, (어느 한도 내에서의) 책임을 지도록 훈련을 받아 길이 든 개인들이 저마다 분리되고 상관이 없는 집단을 이루는 셈이죠. 그런 사회를 상상해보라고요!" 그가 되풀이해서 말했다.

야만인이 상상해보려고 했지만, 잘 되지 않았다.

"그건 부조리한 짓입니다. 알파 태생에 알파 길들이기를 받은 사람이 엡실론 반백치의 일을 해야 한다면 미쳐버릴 겁니다. 미치거나 닥치는 대로 물건들을 때려 부수기 시작하겠죠. 알파들은 알파 일을 하도록 해준다는 여건하에서만 완전히 사회화합니다. 오직 엡실론만이 엡실론다운 희생을 하리라고 기대할 수가 있는데, 최소한의 저항을 하는 훌륭한 혈통인 그들에게는 그것이 희생이 아니기 때문이죠. 그들이 받는 길들이기 훈련은 지정된 궤도 안에서만 달리게끔 목책을 둘러놓는 셈입니다. 그들에게는 미리 운명이 결정되어 있으므로 어쩔 수가 없어요. 숙성기가 끝난 다음이더라도 그들은 여전히 병 속에 머무는 상태를 벗어나지 못하죠. 유아기와 태아기의 고정관념이라는 눈에 보이지 않는 병 속에 갇혀 살아갑니다. 물론 우리들도 저마다 병 속에서의 삶을 살아갑니다." 통제관이 깊은 생각에 잠겨 말을 계속했다. "하지만 만일 우리들이 알파인 경우에는 우리들이 들어가 사는 병은, 상대적으로 얘기할 때, 굉장히 크다고 하겠죠. 만일 보다 좁은 공간에 갇혀 있다면 우리들은 틀림없이 심한 고통을 겪을 것입니다. 상급 대용 샴페인을 하급 병에다 부어 넣을 수는 없어요. 그건 이론적으로 자명한 사실입니다. 실제로도 그것은 증명이 되었습니다. 사이프러스 실험의 결과는 신빙성이 높아요."

"그게 뭔데요?" 야만인이 물었다.

무스타파 몬드가 미소를 지었다. "글쎄요, 유리병 재처리 작업에

관한 실험이라고 해도 되겠죠. 그건 포드 기원 473년에 시작되었어
요. 통제관들은 사이프러스에서 기존의 거주자들을 모두 철수시키
고는 특별히 준비된 2만 2,000명의 알파 집단을 새로 정착시켰습니
다. 온갖 농기구와 산업 장비를 그들이 인수했고, 스스로 일을 처리
해 나가도록 그들끼리만 남았어요. 그 결과 모든 이론적인 예언들이
그대로 충족됐어요. 땅은 제대로 경작되지 않았고, 모든 공장에서
파업이 일어났고, 법들이 아무런 효력도 발휘하지 못했고, 사람들은
명령에 복종하지 않았어요. 하층 작업의 근무를 위해 배정된 사람들
은 고급 직책을 얻기 위해 끝없이 책략을 꾸몄고, 고급 직책을 맡은
사람들은 그들의 자리를 지키기 위해 있는 힘을 다 기울여 역으로
책략을 꾸몄습니다. 6년 이내에 그들은 1급 내란을 일으켰고, 2만
2,000명 가운데 1만 9,000명이 죽었으며, 생존자들은 이구동성으로
세계 통제관들에게 섬의 통치를 다시 맡아달라고 탄원했어요. 결국
그들의 뜻대로 되었죠. 세상 사람들이 알파들로만 이루어진 사회를
본 것은 그것이 마지막이었어요."

야만인이 깊은 한숨을 지었다.

"적정 인구는 빙산을 모형으로 삼으면 되는데—." 무스타파 몬드
가 말을 이었다. "9분의 8은 물 밑에, 9분의 1은 물 위에 나와 있는
빙산 말입니다."

"그러면 그들은 수면 밑에 잠겨 있어도 행복한가요?"

"위에 있을 때보다야 행복하죠. 예를 들면, 여기 있는 당신 친구들

보다 훨씬 행복합니다." 그가 손가락으로 가리켰다.

"그런 한심한 일에도 불구하고요?"

"한심하다니요? 그들은 그렇게 생각하지 않아요. 오히려 그들은 그런 일을 좋아해요. 그것은 부담이 없고, 유치할 만큼 단순하죠. 정신적으로나 육체적으로 아무런 부담을 주지 않으니까요. 쉽고 피곤하지 않은 일을 7시간 반 동안 하고 난 다음에는 소마 배급과 놀이와 자유분방한 성교와 촉감 영화를 누립니다. 그들이 더 이상 무엇을 요구하겠어요? 그야 물론 그들이 근무 시간을 줄여달라고 요구할지도 모르죠." 그가 덧붙여 말했다. "그리고 근무 시간을 단축시키기는 어렵지 않아요. 모든 하층 계급의 작업 시간을 하루에 서너 시간으로 단축시킨다는 것쯤은 기술적으로 지극히 간단한 일이에요. 하지만 그렇다고 해서 그들이 조금이라도 더 행복해질까요? 아뇨, 그들은 그렇지 못할 겁니다. 그런 실험을 시도해본 것은 벌써 150년도 더 되는 과거의 일이었어요. 아일랜드 전역에서 하루에 4시간 작업을 실시했었죠. 결과가 어땠을까요? 불안정과 소마 소비량의 급격한 증가, 그것이 전부였습니다. 3시간 반이라는 잉여 여가는 행복의 원천이 되기는커녕, 오히려 사람들은 그렇게 남는 시간으로부터 벗어나기 위한 휴식을 취해야 한다는 부담을 느낄 따름이었어요. 발명 관리국은 노동력을 절감하려는 조처를 잔뜩 마련해 두었습니다. 그런 계획이 수천 가지나 되죠." 무스타파 몬드가 엄청나게 많다는 시늉을 해보였다. "그런데 왜 우리들이 그것을 실천으로 옮기지 않을까요? 그런 계획들은 근로자들을 돕자고 마련해놓은 것인데, 과다한 여가로 오히려 그들을 괴롭힌다면 그건 너무나 잔인한 처사가 되겠죠. 농사도 마찬가지입니다. 원한다면 우리들은 모든 필요한 양식을 합성시켜 생산할 수 있습니다. 하지만 우린 그러지 않아요. 우리들은 인구의 3분의 1이 흙과 더불어 일하게 하고 싶습니다. 그들 자신을 위해서 그러는 것인데, 공장보다는 땅에서 식량을 얻는 쪽이 더 시간이 걸리기 때문입니다. 그뿐 아니라 우리들은 자신의 안정도 고려해야 하죠. 우린 변화를 원하지 않아요. 모든 변화는 안정에 위협이 되니까요. 우리들이 새로운 발명들을 실생활에 적용하기를 그토록 삼가는 또 다른 이유가 바로 그것입니다. 순수 과학의 모든 발견은 잠재적인 파괴성을 지니기 때문에 때로는 과학까지도 적이 될 가능성이 크다고 간주해야 됩니다. 그래요, 과학까지도요."

과학이라고? 야만인이 얼굴을 찡그렸다. 그는 그 어휘를 알고 있었다. 하지만 그것이 정확히 무엇을 의미하는지는 알 길이 없었다. 셰익스피어와 푸에블로 마을의 노인들은 과학을 언급한 바가 전혀 없었다. 린다에게 들은 지극히 막연한 암시들로 미루어 보건대, 과학이란 헬리콥터를 만드는 무엇이었고, 옥수수 춤*을 비웃는 무엇이었으며, 주름이 지거나 치아가 빠지지 않게 해주는 무엇이었다. 그는 통제관이 한 말의 의미를 이해하려고 무척 애를 썼다.

---

* 옥수수의 파종이나 수확 때 북미 토인들이 추는 춤

"그래요." 무스타파 몬드가 얘기를 계속했다. "그것도 안정을 위해서 치러야 하는 또 다른 대가랍니다. 행복과 양립될 수 없는 것은 예술뿐만 아니라, 과학도 마찬가지입니다. 과학은 위험합니다. 우리들은 과학에 쇠사슬을 채우고 재갈을 물려 지극히 조심스럽게 감시해야 합니다."

"뭐라고요?" 헬름홀츠가 깜짝 놀라서 물었다. "하지만 우리들은 항상 과학이 최고라는 말을 하는데요. 그건 최면 교육의 표어입니다."

"열세 살 때부터 열일곱 살 때까지 일주일에 세 번씩 듣는 말이죠." 버나드가 말을 거들었다.

"그리고 대학에서 우리들이 내세우는 모든 과학의 선전은……."

"그래. 하지만 어떤 종류의 과학인가?" 무스타파 몬드가 비꼬는 말투로 물었다. "자네들은 과학적인 훈련을 전혀 받지 않았으니까 판단을 내릴 능력이 없어. 나도 한창때는 상당히 훌륭한 물리학자였지. 지나치게 훌륭했다고 할까―우리들의 모든 과학이란 어느 누구도 의심해서는 안 되는 정통적인 요리 이론과, 수석 요리사에게 특별히 허락을 받은 경우 이외에는 덧붙이면 안 되는 요리법 목록을 수록한 요리책에 지나지 않는다는 사실을 깨우칠 만큼 훌륭했어. 이제는 내가 수석 요리사인 셈이지. 하지만 과거에는 나도 젊고 호기심이 많은 풋내기 조수였어. 나는 내 나름대로 조금씩 요리를 하기 시작했지. 비정통적인 요리, 불법 요리를. 사실은 약간의 참된 과학이라고나 할까." 그는 입을 다물었다.

"그래서 어떻게 되었나요?" 헬름홀츠 왓슨이 물었다.

통제관이 한숨을 지었다. "자네들 같은 젊은이들이 앞으로 겪어야 할 상황과 거의 비슷한 일이 벌어졌지. 나는 하마터면 어떤 섬으로 쫓겨날 뻔했어."

그 말에 충격을 받아 버나드는 격렬하고도 어울리지 않는 행동을 저질렀다. "저를 섬으로 보낸다고요?" 그는 벌떡 일어나 방을 가로 질러 달려가 통제관 앞에 서서 요란한 손짓을 해보였다. "통제관님 은 저를 쫓아버리시면 안 돼요. 전 아무 짓도 저지르지 않았으니까 요. 다른 사람들 짓이에요. 맹세컨대 다른 사람들의 짓이었다고요." 그는 헬름홀츠와 야만인을 고발하듯 손으로 가리켰다. "오, 제발 저 를 아이슬란드로 쫓아내지 마세요. 제가 해야 할 바를 올바르게 하 겠다고 약속하겠습니다. 저한테 기회를 한 번만 더 주세요. 제발 저 한테 기회를 한 번만 더 주시기 바랍니다." 그의 눈에서 눈물이 줄 줄 흘러내리기 시작했다. "맹세컨대 그건 저 사람들의 잘못이었습니 다." 그가 흐느껴 울었다. "아이슬란드로는 안 됩니다. 오, 제발, 포드 님, 부탁합니다……." 그는 자포자기한 나머지 발작적으로 통제관 앞에 몸을 던지다시피 무릎을 꿇었다. 무스타파 몬드는 그를 일으켜 세우려 했지만 버나드는 막무가내로 비굴하게 널브러져 버렸고, 강물처럼 어휘들이 그의 입에서 쉴 새 없이 마구 쏟아져 나왔다. 결 국 통제관은 그의 제4비서관을 부를 수밖에 없었다.

"세 명을 데리고 와서 마르크스 군을 침실로 끌고 들어가라고 해."

그가 명령했다. "소마 가스를 많이 준 다음 침대에 눕혀 둬."

제4비서관이 밖으로 나가더니 세 명의 초록색 제복을 입은 쌍둥이 시종들을 데리고 들어왔다. 버나드는 아직도 소리를 지르고 흐느껴 울면서 그들에게 들려 나갔다.

"마치 목이라도 잘리는 것처럼 그러는군." 문이 닫히자 통제관이 말했다. "하지만 조금이라도 지각이 있다면 저 친구는 마땅히 그가 받을 처벌이 사실은 하나의 보상이라는 사실을 이해할 테지. 그는 섬으로 전출될 거야. 다시 말하면 세상 어느 곳에서도 찾아보기 힘들 정도로 지극히 흥미진진한 남자들과 여자들이 있는 곳으로 가게 된 거지. 어떤 이유에서든 너무 자아의식이 강해 사회생활에 적응하지 못하는 온갖 사람들이 있는 곳 말이야. 정통성에서 만족을 찾지 못하고, 그들 나름대로의 독자적인 관념을 지닌 사람들. 다시 말하면, 조금이라도 자기주장을 할 줄 아는 모든 사람들이지. 난 자네들이 부러울 지경이라네, 왓슨."

헬름홀츠가 웃었다. "그렇다면 왜 통제관님은 스스로 섬으로 찾아가지 않으시나요?"

"그건 결국 내가 이쪽을 더 좋아하기 때문이야." 통제관이 대답했다. "나에게는 선택권이 주어졌었어. 내가 좋아하는 순수 과학을 계속하기 위해 섬으로 가느냐, 아니면 제대로 올바른 과정을 거쳐 실제로 통제관이라는 직책을 계승할 전망을 고려해 통제관 협의회에 들어가느냐 하는 선택권이었지. 나는 이쪽을 선택하고 과학은 포기했어." 잠시 침묵한 후에 그가 말을 이었다. "가끔 난 과학을 상당히 못마땅하게 생각해. 행복이란 가혹한 주인이고, 특히 다른 사람들의 행복에 대해서는 더 고지식하지. 만일 아무런 회의도 품지 않고 그냥 받아들이도록 길이 들지 못했을 때는 과학이란 진실보다 훨씬 더 가혹한 주인이야." 그는 한숨을 짓고는, 다시 잠잠해졌다. 그러더니 훨씬 활기찬 어조로 얘기를 계속했다. "어쨌든 의무는 의무지. 자신의 기호만 따질 여유는 없어. 나는 진실에 관심이 많고, 과학을 좋아해. 하지만 진실은 불편한 위협일 따름이고, 과학은 공공의 위험이야. 그것은 혜택 못지않게 위험을 주었어. 그것은 우리에게 역사상 가장 안정된 평정을 마련해주었어. 거기에 비하면 중국에서 찾아낸 마음의 평정 상태는 기가 막힐 정도로 불안정한 것이었고, 심지어 원시적인 모계 사회까지도 지금의 우리만큼 자리가 잡히지는 않았어. 다시 얘기하겠는데, 과학 덕택이었지. 하지만 과학이 이루어놓은 훌륭한 일을 과학이 스스로 무너뜨리도록 그냥 내버려둘 수는 없어. 그렇기 때문에 우리는 과학의 연구 범위를 그토록 치밀하게 제한했고, 나는 그 때문에 하마터면 섬으로 쫓겨날 뻔했지. 우리는 과학이 눈앞에 닥친 가장 긴박한 문제 이외에는 아무것도 다루지 못하게 해. 다른 모든 연구는 지극히 용의주도하게 막아내지." 그는 잠깐 침묵을 지킨 다음에 말을 이었다. "과학적인 발전에 관해서 우리 포드 님의 시대에 사람들이 어떤 글을 썼는지 읽어보면 기분이 묘해. 그들은 다른 분야와의 관계는 상관하지 않고 과학의 발전이 무한히 계속되도록 내버려두어도 좋으리라고 상상했던 모양이야. 지식은 가장 고귀한 선善이었고, 진리는 가장 숭고한 가치를 지녔으며, 나머지 다른 모든 것은 부수적이고 이차적이었어. 물론 그 시절에도 사람들의 관념이 달라지기 시작했다는 건 사실이야. 우리 포드님 자신도 진실과 아름다움보다 행복과 안락함에 중요성을 부여하기 위해서 굉장히 많은 노력을 했지. 대량 생산이 그런 변화를 요구했으니까. 만인의 행복은 바퀴들을 끊임없이 돌아가게 해주지만, 진실과 아름다움은 그러질 못해. 물론 민중이 정치권력을 장악했을 때마다 중요성을 강조했던 대상은 진실이나 아름다움보다는 행복이었지. 하지만 아무리 그렇다고 해도 제한이 없는 과학적인 연구는 아직 허용되었어. 사람들은 마치 진리와 아름다움이 지상至上의 선이기라도 한 것처럼 여전히 떠들어댔어. 9년 전쟁이 터지기 직전까지 그랬지. 전쟁은 정말로 그들의 인식을 바꿔놓았어. 사방에서 탄저열 폭탄이 터지는 마당에 진리나 아름다움이나 지식이 무슨 소용이 있겠나? 9년 전쟁 이후에, 그때부터 과학이 처음으로 통제를 받기 시작했지. 그때는 사람들이 식욕까지도 통제를 받을 각오가 되어 있었으니까. 조용한 삶을 위해서라면 무엇이라도 좋다는 식이었어. 우리들은 그 후부터 통제를 계속해왔어. 물론 그것은 진실을 위해서는 별로 좋은 일이 아니었지. 하지만 행복을 위해서는 아주 좋은 일이었어. 인간은 무엇인가를 얻으려면 필연적으로 대가를 치러야 해. 행복은 대가를 치러야만 성취할 수 있다고. 자네들은 지금 그런 대가를 치르고 있어. 왓슨, 자네는 아름다움에 너무 관심이 많아졌기 때문에 그에 대한 대가를 치르게 되었지. 나도 역시 진리에 관심이 너무 많았기 때문에 대가를 치렀으니까."

"하지만 당신은 섬으로 가지는 않았잖아요." 한참 동안의 침묵을 깨트리고 야만인이 말했다.

통제관이 미소를 지었다. "그것이 바로 내가 치른 대가였습니다. 행복을 섬기겠다는 선택에 의해서요. 그것도 내 행복이 아니라 다른 사람들의 행복을 말이에요." 잠깐 침묵을 지킨 다음에 그가 덧붙여 말했다. "세상에 섬이 그렇게 많다는 게 참 다행이에요. 섬이 없었다면 우리들이 어떻게 했을지 모르겠군요. 아마 당신들을 모두 무통도살실無痛屠殺室에 집어넣었겠죠. 그건 그렇고, 왓슨 군, 자넨 열대풍토를 좋아하나? 마르키즈 제도*나 사모아** 같은 곳은 어때? 아니면 더 상쾌한 곳이 좋을까?"

헬름홀츠는 푹신한 의자에서 몸을 일으켰다. "전 철저히 나쁜 풍토가 좋겠어요." 그가 대답했다. "저는 기후가 나빠야 글을 더 잘 쓰게 된다고 생각합니다. 예를 들어 바람과 폭풍이 심하면……."

통제관은 승인한다는 뜻으로 머리를 끄덕였다. "난 자네의 그런 정신이 마음에 들어, 왓슨. 정말로 그런 태도가 아주 마음에 들어. 공식적으로는 못마땅하지만……." 그가 미소를 지었다. "포클랜드 제

---

* 남태평양의 프랑스령 폴리네시아에 있는 제도
** 남태평양 사모아 제도에 있는 나라. 아홉 개의 섬으로 이루어져 있음

도라면 어떤가?"

"네, 그만하면 되겠어요." 헬름홀츠가 대답했다. "개의치 않으신다면 이제 전 버나드가 어떤 상태인지 가서 보고 싶은데요."

제17장

"예술에, 과학이라—보아하니 당신은 행복을 얻기 위해 상당히 비싼 대가를 치른 셈이로군요." 그들끼리만 남게 되자 야만인이 말했다. "또 없나요?"

"물론 종교도 있었죠." 통제관이 대답했다. "9년 전쟁이 터지기 전에는 하나님이라고 하는 무엇이 존재했었어요. 난 거의 다 잊었지만, 당신은 하나님에 관해서 잘 알 텐데요."

"글쎄요……." 야만인이 머뭇거렸다. 그는 고독에 관해서, 밤하늘에 관해서, 달빛을 받아 하얗게 펼쳐진 암석의 대지에 관해서, 깊고도 어두운 암흑에 관해서, 죽음에 관해서 무엇인가 얘기를 하고 싶었다. 그러나 적절한 말이 머리에 떠오르지 않았다. 셰익스피어의 작품에서도.

한편 통제관은 방의 다른 쪽으로 건너가서 책장들 사이의 벽에 박힌 커다란 금고를 열었다. 묵직한 문이 활짝 열렸다. 컴컴한 속을 더듬거리며 그가 말했다. "나는 그 주제에 항상 크나큰 흥미를 느꼈어요." 그는 검고 두툼한 책을 한 권 끄집어냈다. "아마 당신은 이 책을 한 번도 읽어보지 않았겠죠."

야만인이 책을 받았다. "『성경—신구약 합본』." 그는 속표지에 적힌 제목을 큰 소리로 읽었다.

"그리고 이것도요." 그것은 표지가 떨어져 나간 작은 책이었다.

"『그리스도를 본받아』."[*]

"이것도요." 그는 또 한 권을 내주었다.

"『다양한 종교적인 경험』. 윌리엄 제임스 저서."

"그리고 아직도 더 많아요." 다시 자리에 앉으며 무스타파 몬드가 말을 계속했다. "옛날 음란 서적이 잔뜩 쌓여 있죠. 하나님은 금고에, 포드 님은 책장에." 그는 웃으면서 독서기 타래, 음향 녹음 두루마리를 잔뜩 담은 진열대와 책장으로 이루어진 그의 공식적인 서재를 가리켰다.

"하지만 신에 관해서 알고 있다면 왜 당신은 사람들에게 그것을 알려주지 않나요?" 야만인이 화를 내며 물었다. "왜 당신은 그들에게 신에 관한 이런 책들을 보여주지 않습니까?"

"「오셀로」를 그들에게 보여주지 않는 이유와 마찬가지로, 수백 년 전의 신을 다루는 옛날 책들이기 때문이죠. 현재의 신이 아니라 말입니다."

"하지만 신은 변하지 않아요."

---

[*] 라틴어로는 'Imitatio Christi'라고 하는 기독교 기도서

"그래도 인간은 변하죠."

"그래서 뭐가 다르다는 얘긴가요?"

"차이야 엄청나죠." 무스타파 몬드가 말했다. 그는 다시 몸을 일으켜 금고로 걸어갔다. "옛날에 뉴먼 추기경*이라는 사람이 있었어요." 그가 말했다. "추기경이란 합창원 원장 비슷한 직책이죠." 그가 설명을 덧붙였다.

"'나는 아름다운 밀라노의 추기경입니다'**이라고 언급한 글을 셰익스피어의 작품에서 읽었습니다."

"물론 그랬겠죠. 어쨌든 내가 얘기했듯이 전에 뉴먼 추기경이라는 사람이 있었어요. 아, 여기 그 책이 있군요." 그가 책을 뽑아 들었다. "그리고 이왕 얘기가 나온 김에 이 책도 꺼내죠. 이것은 멘드비랑***이라는 사람의 저서랍니다. 혹시 무슨 뜻인지 알고 있는지 모르겠지만, 그런 사람을 철학자라고 했어요."

"하늘과 땅에 있는 것들을 미처 다 꿈꾸지 못하는 사람**** 말이군요." 야만인이 재빨리 말했다.

"맞아요. 잠시 후에 그가 무슨 꿈을 꾸었는지 읽어주겠어요. 그러기 전에 옛날 합창원 원장이 무슨 말을 했는지 들어봐요." 그는 종이쪽지를 끼워 표시한 곳을 펼치고 책을 읽기 시작했다. "'우리가 소유

---

* 19세기 영국의 신학자, 문필가, 시인인 존 헨리 뉴먼으로, 『대학론』 등의 유명한 저서가 있음
** 「존 왕」 3막 1장 138행
*** 본명은 Marie François-Pierre-Gonthier Maine de Biran으로 프랑스의 철학자
**** 「햄릿」 1막 5장 191~192행에서 햄릿이 호레이쇼에게 한 대사

한 바가 우리 것이 아닌 것과 마찬가지로 우리는 우리 자신이 아니다. 우리는 우리 자신을 만들지 못했고, 우리는 우리 자신보다 숭고해질 수가 없다. 우리는 우리 자신의 주인이 아니다. 우리는 하나님의 소유다. 문제를 그렇게 보는 것이 우리의 행복이 아니겠는가? 우리가 우리 자신의 소유라고 생각한다면 그것이 조금이라도 행복이나 위안을 주는가? 젊고 앞날이 창창한 사람들은 그렇게 생각할지도 모른다. 이런 사람들은 스스로 상상하듯이 무엇이나 그들 마음대로 하고, 어느 누구에게도 의존하지 않고, 눈에 보이지 않는 것은 생각할 필요가 없다고 믿는다. 그리고 그들이 하는 행동에 대해서 타인의 의지를 끊임없이 고려하거나 계속해서 기도하고, 늘 인정을 받아야 하는 거북함을 벗어난다는 것이 대단히 좋은 일이라고 생각할지도 모른다. 하지만 시간이 흐름에 따라 그들은 다른 사람들과 마찬가지로 독립이란 인간을 위해서 마련된 개념이 아니라 부자연스러운 상태이며, 일시적으로는 괜찮겠지만 끝까지 우리를 안전하게 이끌어주지는 못할 터이고⋯⋯.'" 무스타파 몬드는 잠깐 말을 멈추고, 첫 번째 책을 내려놓고는 다른 책을 집어서 책장을 넘겼다. "예를 들어 여기를 봅시다." 그가 굵은 목소리로 다시 읽기 시작했다. "'인간은 나이를 먹고, 자신의 내면에서 노화를 촉진시키는 나약함과 무기력함과 불편함을 느끼게 된다. 그러면서 자신이 그냥 병에 걸렸다고 생각하고, 이런 좌절스러운 상태가 어떤 특별한 원인 때문이며, 질병을 고치듯 이 원인으로부터 회복할 희망이 있으리라는 생각으로 자신의 두려움을 달랜다. 헛된 꿈이로다! 그것은 노쇠함이라는 질병이다. 노쇠함이란 얼마나 무서운 것인가. 그들은 사람이 나이를 먹어감에 따라 종교로 귀의하게 되는 이유가 죽음과 죽음 이후에 찾아오는 것에 대한 두려움 때문이라고 말한다. 하지만 나 자신의 경험으로 분명하게 터득한 바로는, 종교적인 감정은 그런 상상이나 두려움과는 아무 상관없이 우리가 나이를 먹어감에 따라 발전하는 경향을 보인다. 왜냐하면 격정들이 차분하게 가라앉아 상상력과 감수성이 덜 자극을 받고, 자극을 받는 가능성 또한 줄어들기 때문이다. 그리하여 우리의 이성에 침투해서 방해를 하던 관념들과 욕구, 잡념들로 인해 간섭을 덜 받아 사고력이 명석해지면, 그제야 구름 뒤에서 나타나는 것처럼 하나님이 나타난다. 우리의 영혼은 모든 빛의 원천을 향하고 그 빛을 보고 느낀다. 그것은 자연스럽고 불가피한 일이다. 왜냐하면 존재라는 현상이 내면이나 외부로부터의 인상들에 의해서 더 이상 속박을 받지 않기 때문에 우리는 존속하는 무엇에─그러니까 절대적이고도 영구한 진실처럼 절대로 우리에게 거짓된 장난을 치지 않는 어떤 현실에 의존할 필요성을 느끼게 된다. 따라서 감각들의 세계에 생명과 매력들을 부여하는 모든 힘이 이제는 우리로부터 흘러나가기 때문이라는 확신을 얻게 된다. 그렇다, 우리는 불가피하게 신에게로 향하기 마련인데, 그 까닭은 이 종교적인 감정이 본질상 너무나 순수하고, 그것을 경험하는 영혼을 매우 기쁘게 해주기 때문에, 그것은 우리의 모든 다른 상실을 보상해준다.'" 무스타파 몬드는 책을 덮고 의자에 길게 기대었다. "이 철학자들이 하늘과 땅의 수많은 일들 가운데 미처 꿈도 꾸지 못했던 것 중 하나가 이것입니다." (그는 손을 내저었다.) "우리, 그러니까 현대 세계 말입니다. '사람이란 젊음과 번영을 누릴 때만 신으로부터 독립할 수 있으며, 독립은 끝까지 안전하게 이끌어주지는 못한다.' 그런데 우린 지금 종말이 찾아오기 직전까지 젊음과 번영을 누릴 수가 있게 되었답니다. 그다음에는 어떻게 될까요? 분명히 우리는 신으로부터 독립하게 되겠죠. '종교적인 감정은 모든 상실에 대해서 우리에게 보상을 해준다.' 하지만 우리가 보상해줘야 할 손실은 하나도 없고, 종교적인 감정은 불필요합니다. 도대체 젊음의 욕망이 전혀 감소하지 않았는데, 왜 우리가 젊음의 욕망에 대한 대용품을 찾아 나서야 하나요? 옛날부터 전해 내려오는 온갖 어리석은 유희를 마지막 순간까지 계속해서 만끽할 수 있는 판에 여흥을 위한 대용품이 왜 필요합니까? 우리의 몸과 마음이 활발하게 계속 즐거움을 누리고 있는데 무엇 때문에 휴식이 필요합니까? 소마가 있는데 왜 위안이 필요하죠? 사회 질서가 있는데 왜 불변하는 무엇이 필요합니까?"

"그렇다면 당신은 신이 존재하지 않는다고 생각하나요?"

"아뇨, 난 신이 존재할 가능성이 꽤 크다고 생각해요."

"그런데 왜……."

무스타파 몬드가 그의 말을 가로막았다. "하지만 신은 사람에 따라 여러 가지 다른 방법으로 자신의 모습을 드러냅니다. 현대 이전의 시대에는 사람들이 신을 이런 책들에서 묘사한 존재로 이해했습니다. 지금은······."

"지금은 어떤 모습인가요?" 야만인이 물었다.

"글쎄요, 전혀 존재하지 않는 형태로서 발현합니다."

"그건 당신 잘못이에요."

"문명의 잘못이라고 해둡시다. 신은 기계와 과학적인 의학과 보편적 행복과는 병립되지 못합니다. 사람들은 선택을 해야만 합니다. 우리 문명은 기계와 의약품과 행복을 선택했어요. 그렇기 때문에 나는 이런 책들을 금고 안에 넣고 잠가둬야 합니다. 이것들은 음란하니까요. 사람들이 충격을 받을 테니······."

야만인이 그의 말을 가로막았다. "하지만 신이 존재한다고 느끼는 편이 자연스럽지 않을까요?"

"차라리 바지의 지퍼를 올리는 편이 자연스러운 행동이 아닌지 물어보지 그래요?" 통제관이 비꼬아서 말했다. "당신은 브래들리 Bradley* 라는 또 다른 옛날 친구를 생각나게 하는군요. 그는 철학을 인간이 본능에 따라 믿는 대상을 정당화하기 위해 형편없는 이유를 찾아내는 행위라고 정의했어요. 사람들이 본능에 의해서 믿는 바가 하나라도 있기나 한 것처럼 말이에요! 사람들이 어떤 사물을 믿는

---

* 19세기 영국의 언어학자이자 사전 편찬자였던 헨리 브래들리를 뜻함

것은 그것을 믿게끔 길들이기 훈련을 받았기 때문입니다. 사람들이 믿는 것을 정당화하는 엉터리 이유를 대신할 다른 엉터리 이유들을 찾아내는 행위—그것이 철학입니다. 사람들은 신을 믿도록 길이 들었기 때문에 신을 믿는 것입니다."

"하지만 어쨌든 말입니다." 야만인이 끈질기게 주장했다. "혼자 있을 때, 그러니까 밤에 무척 외롭게, 혼자 죽음을 생각할 때 신을 믿게 된다는 것은 자연스러운 현상이죠……."

"하지만 이제는 사람들이 혼자일 때가 전혀 없어요." 무스타파 몬드가 말했다. "우린 그들이 고독을 싫어하도록 만들고, 그들이 고독을 느끼기가 거의 불가능하도록 삶을 꾸며놓습니다."

야만인은 침울하게 머리를 끄덕였다. 말파이스에서 지낼 때 그는 푸에블로 마을의 공동체 행사가 열리면 늘 사람들이 그를 따돌렸기 때문에 괴로웠고, 문명화한 런던에서는 공동체 활동들에서 전혀 빠져나갈 길이 없어 조용히 혼자 지낼 시간이 없었기 때문에 고통을 받았다.

"「리어 왕」에 나오는 이런 장면을 기억하십니까?" 마침내 야만인이 말했다. "'신들은 공정하고 우리의 사악한 쾌락은 우리를 괴롭히는 도구가 될 터이니, 그는 어둡고도 험한 곳에다 너를 낳았기에 두 눈을 잃었도다.'* 그리고 기억하시겠지만, 부상을 입어 죽어가던 에

---

* 「리어 왕」 5막 3장 170~173행으로, 글로스터의 아들 에드거가 사생아인 이복동생 에드먼드에게 하는 대사로서, '그'는 두 사람의 아버지를 뜻함

드먼드가 '형의 말이 옳습니다. 사필귀정으로 운명의 바퀴가 한 바퀴를 완전히 돌아서 제가 이렇게 되었어요.'*라고 대답했죠. 이것은 어떤가요? 사물을 지배하고, 벌하고, 보상해주는 신이 존재하리라고 생각되지 않습니까?"

"그럼 존재한다는 말인가요?" 이번에는 통제관이 질문을 던졌다. "여기서는 당신이 불임녀하고 아무리 사악한 쾌락을 만끽하더라도 아들의 애인에게 두 눈이 뽑힐 위험이 전혀 없어요. '한 바퀴를 완전히 돌아서 제가 이렇게 되었어요.' 하지만 현재에서라면 에드먼드는 어땠을까요? 푹신한 의자에 앉아 젊은 여자의 허리를 껴안고는 성호르몬 껌을 실컷 씹어대며 촉감 영화나 보겠죠. 신들은 공정하다, 그야 그렇겠죠. 하지만 신들의 법규란 결국 사회를 구성하는 사람들에 의해서 좌우되고, 하나님도 인간들로부터 지시를 받아요."

"당신은 그렇게 믿나요?" 야만인이 물었다. "푹신한 의자에 앉은 에드먼드가 부상을 입고 피를 흘리며 죽어가는 에드먼드만큼 무거운 벌을 받지 않았다고 당신은 확신하나요? 신들은 공정하죠. 신들은 인간을 몰락시키기 위한 도구로 인간의 사악한 쾌락들을 사용하지 않았던가요?"

"어떤 위치에서부터 인간을 몰락시킨다는 얘기인가요? 행복하고, 열심히 일하고, 제품들을 소비하는 시민으로서 그는 완벽합니다. 물

---

* 「리어 왕」 5막 3장 174~175행

론 당신이 우리들과 다른 기준을 선택한다면, 아마도 당신은 그가 몰락했다는 말을 할 수도 있겠죠. 하지만 당신은 한 가지 방향으로 제한된 전제 조건들만 고수해야 합니다. 내쏘고 치기 경기 규칙에 따라 전자 골프를 칠 수는 없으니까요."

"하지만 가치란 어느 특정한 의지에 따라 좌우되지는 않아요."* 야만인이 말했다. "그것은 쟁취하려는 자에게 그 자체로서 소중할 뿐 아니라, 그의 판단과 권위에 따라서도 그 가치가 좌우됩니다."

"이봐요, 이봐요." 무스타파 몬드가 반박했다. "그건 좀 심하다고 생각하지 않아요?"

"진지하게 신에 대한 생각을 하는 사람이라면 사악한 쾌락으로 인해 몰락하도록 자신을 방치하지는 않았을 거예요. 고난을 인내심으로 이겨내고, 용기를 내어 무엇인가를 하겠다는 목적의식을 찾아낼 테니까 말입니다. 나는 그런 예를 인디언 원주민들에게서 보았어요."

"물론 그랬겠죠." 무스타파 몬드가 말했다. "하지만 우리들은 인디언이 아니에요. 문명 세계의 사람들은 무엇이라도 심히 불쾌한 것을 참을 필요가 없습니다. 그리고 행동을 하는 문제라면—사람들이 목적의식을 갖지 못하도록 내버려두면 안 됩니다. 사람들이 저마다 마음대로 행동하기 시작했다가는 사회 질서 전체가 무너질 테니

• 「트로일러스와 크레시다」 2막 2장 54~57행에서 헥터가 트로일러스에게 하는 말을 그대로 인용했음

까요."

"그렇다면 자아 부정은 어떻습니까? 만일 신의 존재를 믿는다면 자아 부정을 위한 이유가 생길 텐데요."

"하지만 자아 부정이 없을 때에만 산업 문명이 이루어질 가능성이 생겨납니다. 위생학과 경제학이 설정하는 최대한의 자아 탐닉. 그렇지 않고서는 돌아가던 바퀴들이 멈춥니다."

"순결을 지켜야 할 이유는 어쩌고요!" 약간 얼굴을 붉히며 야만인이 말했다.

"하지만 순결은 욕정과 신경 쇠약증을 의미합니다. 그리고 욕정과 신경 쇠약증은 불안정을 의미하고, 불안정은 문명의 종말을 의미합니다. 사악한 쾌락이 풍요롭지 못하다면 문명은 영구적으로 존재할 길이 없어요."

"하지만 신은 숭고하고 훌륭하고 영웅적인 모든 것의 존재 이유를 마련해줍니다. 만일 당신에게 신이……."

"이봐요, 젊은 친구." 무스타파 몬드가 말했다. "문명은 숭고함이나 영웅성을 전혀 필요로 하지 않습니다. 그런 개념들은 정치적인 비능률성의 징후들이죠. 우리처럼 제대로 조직된 사회에서는 어느 누구도 숭고하거나 영웅적인 존재가 될 기회가 전혀 없어요. 그런 기회가 생겨나기 전에 여건들이 철저히 안정되어야 합니다. 전쟁이 벌어지는 경우, 충성의 대상이 여럿인 경우, 저항해야 할 유혹이나 싸워서 얻고 지켜야 할 사랑의 대상들이 생겨나는 경우라면—그런 경우에는 분명히 숭고함과 영웅성이 어떤 의미를 지니게 됩니다. 하지만 요즈음에는 전쟁이 벌어지지 않아요. 가장 큰 걱정거리는 사람들이 어느 특정한 한 명을 너무 많이 사랑하지 않도록 방지하는 일이에요. 지금은 충성의 대상이 여럿으로 갈라지는 상황이 존재하지 않고, 사람들은 그들이 마땅히 해야 할 일을 할 수밖에 없도록 길이 들었어요. 그리고 사람들이 마땅히 해야 할 일들은 전체적으로 볼 때 너무나 즐겁고, 너무나 많은 자연스러운 충동들을 자유롭게 실천하도록 용납되었으므로, 사실상 저항하고 싶은 유혹이 전혀 없습니다. 그리고 어떤 불운한 상황에 의해서 혹시 불쾌한 상황이 일어나는 경우라면, 그럼요, 소마가 언제라도 현실로부터 휴식을 마련해줍니다. 분노를 진정시키고, 적들과 타협을 하고, 고통을 오래 견디고 인내하게 만들어주는 소마가 항상 곁에 있단 말이에요. 과거에는 굉장히 많은 노력을 기울이고 여러 해 동안 힘든 도덕적인 훈련을 거쳐야만 이런 일들을 달성할 수가 있었어요. 하지만 이제는 반 그램짜리 정제 두세 알만 삼키면 다 해결됩니다. 이제는 어느 누구라도 덕망을 지니기가 쉬워요. 사람들은 인성人性*의 절반쯤은 병 하나에 넣어 가지고 다닐 수 있어요. 눈물 없는 기독교 정신—소마가 바로 그것이죠."

"하지만 눈물은 필요해요. 오셀로가 한 말을 기억하시나요? '만일

---

* 본문에는 mortality라고 되어 있으나 morality 즉 '도덕성'의 오식이 아닌가 생각됨

폭풍이 지나간 다음마다 이런 평온이 찾아온다면 바람은 죽음이 깨어날 때까지 불어도 좋으리라!'* 어느 인디언 노인이 '마트사키의 처녀'에 관해서 우리들에게 자주 해주던 얘기가 생각나는군요. 그녀와 결혼하고 싶은 젊은 남자들은 그녀의 밭에서 아침에 풀을 베야 했습니다. 쉬운 일 같았지만 마술을 부리는 파리들과 모기들이 문제였어요. 젊은이들 대부분은 물고 쏘아대는 벌레들을 견딜 재간이 없었어요. 하지만 그걸 견뎌낸 한 남자가 여자를 차지하게 되었죠."

"멋진 얘기로군요! 하지만 문명국가에서는 풀을 베지 않더라도 아가씨들을 차지할 수가 있고, 쏘아대는 파리 떼나 모기들도 없어요." 통제관이 말했다. "우린 그런 것들을 모두 몇 세기 전에 제거했습니다."

야만인이 얼굴을 찌푸리고 머리를 끄덕였다. "제거를 하셨겠죠. 예, 당연히 그러셨을 겁니다. 못마땅한 모든 장애물을 인내하는 대신에 없애버리죠. 포악한 운명의 돌팔매질과 화살들에 시달릴 것이냐, 아니면 바다처럼 밀려오는 고난을 맞아 무기를 들고 싸워 그 뿌리를 뽑을 것이냐, 어느 쪽이 우리들의 이성을 위해서 좋으냐……** 하지만 당신은 어느 쪽도 행하지 않습니다. 맞서 싸우지도 않고 인고하지도 않으니까요. 당신은 그냥 돌팔매질과 화살들을 없애버릴 따름이죠. 그건 지극히 간단한 일이니까요."

---

* 「오셀로」 2막 1장 214~215행
** 「햄릿」 3막 1장 66~68행, 유명한 "To be or not to be"로 시작되는 햄릿의 대사 가운데 일부임

그는 갑자기 어머니 생각이 나서 입을 다물었다. 린다는 37층 그녀의 방에서 노래하는 빛과 어루만지는 향기의 바다 속에서 둥둥 떠올랐다. 그녀의 기억과, 습관과, 늙고 퉁퉁 부어오른 육체의 감옥으로부터, 시간과 공간으로부터 벗어나 날아갔다. 그리고 전직 부화-습성 훈련국장인 토마킨은 아직도 휴식을 취하는 중이었다. 역겨운 어휘들과 조롱하는 웃음소리가 들려오지 않고, 흉악한 얼굴들도 보이지 않고, 그의 목에 감긴 축축하고 투실투실한 팔들의 감촉을 느끼지 않아도 되는 세계에서, 굴욕과 고통을 벗어나 아름다운 세계에서 휴식을 취하는 중이었다…….

"당신에게 절실한 것은 모처럼 한 번씩이나마 흘리는 눈물입니다." 야만인이 말을 이었다. "이곳에는 대가를 치러야 할 만큼 값진 것이 하나도 없으니까요."

("1,250만 달러가 들어갔어요." 야만인이 그런 얘기를 했을 때 헨리 포스터가 반박한 말이었다. "1,250만 달러, 그것이 새 습성 훈련 본부에 들어간 돈입니다. 한 푼도 더 보태지 않았어요.")

"장래를 알 길이 없고 결국은 죽음을 맞아야 하는 모든 존재를 운명에 내맡기고, 달걀 껍질 하나를 얻기 위해 죽음과 위험을 무릅쓰고.* 이런 자세에는 무엇인가 심오한 의미가 있지 않을까요?" 무스타파 몬드를 올려다보면서 그가 물었다. "신의 존재성이 물론 그런

* 「햄릿」4막 4장 51~53행의 독백

각오를 설명하는 이유가 되기는 하겠지만, 신은 차치하고서라도 말입니다. 위험하게 살아가는 삶이라면 무엇인가 특별한 의미가 있지 않을까요?"

"크나큰 의미가 있겠죠." 통제관이 대답했다. "남자들과 여자들은 때때로 그들의 부신副腎에 자극을 줘야만 합니다."

"뭐라고요?" 무슨 말인지 이해가 가지 않아서 야만인이 물었다.

"그건 완벽한 건강을 위한 조건들 가운데 한 가지예요. 그렇기 때문에 우리들은 V.P.S. 처리를 의무적인 과제로 정해놓았어요."

"V.P.S.라고요?"

"격렬한 열정 대치 처리 요법이란 뜻이에요. 한 달에 한 번씩 정기적으로 받죠. 몸 전체에 아드레날린을 공급해줍니다. 그건 생리학적으로 두려움과 분노에 대등한 작용을 해요. 어떤 불편함도 겪지 않으면서 데스데모나를 살해하거나 오셀로에게 살해를 당하는 상황과 똑같은 모든 활기 촉진 효과를 유도합니다."

"하지만 난 불편한 편이 더 좋아요."

"우린 그렇지 않아요." 통제관이 말했다. "우린 편안하게 일하기를 더 좋아합니다."

"하지만 난 안락함을 원하지 않습니다. 나는 신을 원하고, 시를 원하고, 참된 위험을 원하고, 자유를 원하고, 그리고 선을 원합니다. 나는 죄악을 원합니다."

"사실상 당신은 불행해질 권리를 요구하는 셈이군요." 무스타파 몬드가 말했다.

"그렇다면 좋습니다." 야만인이 도전적으로 말했다. "나는 불행해질 권리를 주장하겠어요."

"늙고 추악해지고 성 불능이 되는 권리와 매독과 암에 시달리는 권리와 먹을 것이 너무 없어서 고생하는 권리와 이虱투성이가 되는 권리와 내일은 어떻게 될지 끊임없이 걱정하면서 살아갈 권리와 장티푸스를 앓을 권리와 온갖 종류의 형언할 수 없는 고통으로 괴로워할 권리는 물론이겠고요."

한참 동안 침묵이 흘렀다.

"나는 그런 것들을 모두 요구합니다." 마침내 야만인이 말했다.

무스타파 몬드가 머리를 끄덕였다. "그렇다면 좋을 대로 해요." 그가 말했다.

제18장

문이 조금 열려 있었다. 그들은 안으로 들어갔다.

"존!"

욕실에서 불쾌한 소리가 났는데, 무엇 때문에 그런 소리가 나는지 이유를 빤히 알 만했다.

"뭐 잘못되었어요?" 헬름홀츠가 소리쳤다.

대답이 없었다. 듣기 싫은 소리가 두 차례 더 반복되더니 잠잠해졌다. 그러더니 딸그락 소리와 함께 문이 열리고 아주 핼쑥한 얼굴의 야만인이 나왔다.

"이런." 헬름홀츠가 걱정스럽게 소리쳤다. "당신 정말 심하게 아픈 모양이군요, 존!"

"무얼 잘못 먹었나요?" 버나드가 물었다.

야만인이 머리를 끄덕였다. "난 문명을 삼켰어요."

"뭐라고요?"

"그래서 난 식중독에 걸렸고, 불결해졌어요." 그는 목소리를 낮춰 덧붙여 말했다. "그리고 난 나 자신의 사악함을 삼켰어요."

"그랬겠죠. 한데 그게 정확히 무엇이었나요? ……내 얘긴, 조금 아까 당신은……."

"이제 난 깨끗해졌어요." 야만인이 말했다. "겨자와 더운물을 좀 마셨죠."

두 사람이 놀라서 그를 빤히 쳐다보았다. "그럼 일부러 그랬다는 거예요?" 버나드가 물었다.

"인디언들은 항상 그런 식으로 자신을 정화시킵니다." 그는 자리에 앉아 한숨을 지으며 이마를 손으로 쓸었다. "몇 분 쉬어야겠어요." 그가 말했다. "상당히 피곤하군요."

"글쎄요, 그야 당연하겠죠." 헬름홀츠가 말했다. 잠깐 침묵을 지킨 다음에 "우린 작별 인사를 하려고 찾아왔습니다"라고 말하더니, 어조를 바꾸어 말을 계속했다. "우린 내일 아침에 떠나요."

"그래요, 내일 아침에 떠나죠." 버나드가 말했다. 야만인은 자포자기한 새로운 표정을 그의 얼굴에서 읽어냈다. "그건 그렇고요, 존." 의자에 앉은 채로 몸을 앞으로 내밀고 야만인의 무릎에 손을 얹으며 그가 말을 계속했다. "어제 있었던 모든 일에 대해서 내가 얼마나 미안하게 생각하는지를 얘기해주고 싶었어요." 그는 얼굴을 붉혔다. "너무나 창피합니다." 목소리가 갈팡질팡하는데도 그는 말을 계속했다. "정말로 어쩌나……."

야만인이 말을 가로막고 그의 손을 잡더니 다정하게 꼭 쥐었다.

"헬름홀츠가 나한테 정말로 잘해주었어요." 잠깐 침묵을 지킨 다음에 버나드가 다시 말을 이었다. "헬름홀츠가 아니었더라면 아마도 나는……."

"그만해요, 그만해." 헬름홀츠가 반박했다.

침묵이 흘렀다. 그들에게 닥친 슬픔에도 불구하고, 그들의 슬픔은 서로 사랑한다는 증거였기 때문에, 바로 그 슬픔으로 인해 세 젊은 이는 행복했다.

"난 오늘 아침에 통제관을 만나러 갔었어요." 마침내 야만인이 말했다.

"뭐하려고요?"

"혹시 내가 당신들하고 같이 섬으로 가도 되는지 물어보려고요."

"그랬더니 뭐라고 하던가요?" 헬름홀츠가 솔깃해서 물었다.

야만인이 고개를 저었다. "허락해주질 않더군요."

"왜요?"

"실험을 계속하고 싶기 때문이라고 그랬어요. 하지만 난 못 하겠어요." 갑자기 화를 내며 야만인이 덧붙여 말했다. "난 다시는 실험의 대상이 되지 않겠어요. 세상의 모든 통제관들이 붙잡고 매달려도 안 된다고요. 나도 내일 떠나겠어요."

"하지만 어디로요?" 다른 두 사람이 이구동성으로 물었다.

야만인이 어깨를 으쓱했다. "아무 곳이나요. 상관없어요. 혼자 있게만 된다면요."

하행 항로는 길드퍼드를 출발해서 웨이 계곡을 따라 고달밍으로 간 다음, 밀퍼드와 위틀리 상공을 지나 하슬미어로 계속 가서 피터즈필드를 거쳐 포츠머스 쪽으로 향했다. 하행과 거의 평행을 이루며 상행 항로는 워플스덴, 통햄, 퍼튼햄, 엘스테드 그리고 그레이쇼트 상공을 지나갔다. 호그스백Hog's Back*과 하인드헤드Hindhead** 사이에는 두 항공로가 겨우 6, 7킬로미터밖에 안 떨어진 지점들이 있었다. 그 거리가 너무 가까웠기 때문에 조심성 없는 항공사들은, 특히 야간이거나 소마를 반 그램쯤 초과 복용을 했을 때면, 자칫 실수를 범했다. 여러 차례 사고까지 일어났었다. 심각한 사고들이었다. 그래서 상행선을 몇 킬로미터 서쪽으로 우회시키기 위한 결정이 내려졌다. 그레이쇼트와 통햄 사이에서는 네 개의 폐기된 항공 등대가 포츠머스로부터 런던을 연결하는 옛 항공로의 이정표 노릇을 했다. 그곳의 상공은 조용하고 한적했다. 지금 헬리콥터들이 끊임없이 윙윙거리고 폭음이 울리는 지점은 셀본과 보든과 팬햄의 상공이었다.

야만인은 퍼튼햄과 엘스테드 사이의 언덕 꼭대기에 세운 낡은 등대를 은둔처로 선택했다. 철근 콘크리트로 지어서인지 건물은 상태가 아주 좋았다. 처음 그곳을 둘러본 야만인에게는 거의 지나칠 정도로 편안하고, 문명화되고, 사치스럽다는 생각까지 들었다. 그는 이에 대한 충분한 보상을 하기 위해 더욱 힘든 극기 수련과, 더욱 완

---

* 돼지의 등처럼 굽은 산등성이. 영국 본토의 모양은 앉은 돼지의 옆모습처럼 생겼음
** 영국 잉글랜드 남동부의 주 서리에 위치한 작은 마을. 돼지의 뒤통수처럼 생겼음

전하고 철저한 정화淨化를 이루겠다고 자신에게 약속함으로써 양
심을 달래었다. 그는 은둔처에서의 첫 밤은 일부러 잠을 자지 않고
보냈다. 그는 무릎을 꿇고 죄를 지은 클라우디우스*가 용서를 빌었
던 하늘에 기도를 드리고, 이어서 주니어로 아워나윌로나에게, 예수
와 푸콩에게, 그리고 그를 보호해주는 동물인 독수리에게 기도를 드
렸다. 때때로 그는 십자가에 매달린 듯 두 팔을 벌렸고, 통증이 점
점 심해져서 결국 견디기 어려운 고통으로 부르르 떨릴 때까지 한참
동안 팔을 벌린 채로 서서 버텼다. 그리고 스스로 그렇게 못 박혀서
(얼굴에서는 땀이 마구 쏟아져 내리는 동안) 이를 악물고는 "오, 저
를 용서해주소서! 오, 저를 순수하게 만들어주소서! 제가 선하게 되
도록 도와주소서!"라고, 고통 때문에 기절할 지경에 이를 때까지 거
듭거듭 되풀이해서 기도했다.

아침이 되자 그는 등대에서 거처할 자격을 얻었다고 느끼기는 했
지만, 그래도 대부분의 창문에는 아직 유리가 멀쩡했고 발판을 딛
고 올라서서 내다본 경치가 지나치게 훌륭해서 아직 그는 양심의 가
책을 느꼈다. 왜냐하면 그가 등대를 선택했던 바로 그 이유가 이제
는 당장 다른 어떤 곳으로 가야 할 이유로 바뀌었기 때문이다. 그가
이곳에서 살기로 결정했던 까닭은 경치가 참으로 아름다웠고, 이 좋
은 위치에서 바라보니 마치 신성한 존재의 구현을 내다보고 있는 것

---

* 햄릿의 아버지를 죽이고 왕권과 왕비를 차지한 인물

같아서였다. 하지만 자신이 뭐라고 날이면 날마다, 시시각각으로 아름다운 광경의 흡족함을 누려야 하는가? 어디가 대단하다고 자신이 신의 존재가 눈에 보이는 곳에서 살아야 하는가? 그에게 양심적으로 어울리는 적절한 거처는 누추한 돼지우리나 땅속의 컴컴한 구덩이 정도가 고작이었다. 고통스럽게 긴 밤을 보낸 다음이라 몸이 뻣뻣하고 아직도 통증이 느껴졌지만 바로 그런 이유 때문에 속으로는 안심이 된 그는 등대의 발코니로 올라가서, 그가 삶의 권리를 되찾은 눈부신 해돋이의 세계를 둘러보았다. 북쪽으로는 호그스백의 기다란 백악 산등성이가 막아섰으며, 그 너머 동쪽 끝에서는 길퍼드의 마천루 일곱 개가 드높게 솟아올랐다. 고층 건물들이 눈에 띄자 야만인은 얼굴을 찌푸렸지만, 시간이 지남에 따라 그는 밤이면 기하학적인 성좌처럼 찬란하게 빛나는 건물들과 차츰 타협을 이루게 되었다. 투광 조명을 받아 빛을 발산하는 건물들이 모양이 달라지면서 마치 손가락으로 (그 손짓의 의미를 영국에서는 지금 야만인 이외에 어느 누구도 이해하지 못했지만) 하늘의 드높은 신비를 엄숙하게 가리키는 듯했기 때문이다.

등대가 위치한 모래 언덕과 호그스백을 갈라놓은 계곡 안에는 9층 높이의 곡식 창고들과 닭 농장, 조그마한 비타민 D 공장을 갖춘 아담하고 작은 마을 퍼튼햄이 자리를 잡고 있었다. 등대의 남녘으로는 황량한 땅이 개진달래 덤불의 언덕을 따라 내려가며 낮아지고, 그 아래쪽으로는 호수들이 줄지어 나타났다.

골짜기 너머 중간 지점의 숲 위로는 엘스태드의 14층짜리 건물이 솟아올라 있었다. 안개가 낀 영국의 상공에서 희미하게 모습을 드러 낸 하인드헤드와 셀본은 아득하고 푸른 낭만적인 경치로 시선을 끌었다. 하지만 야만인이 등대에 마음이 끌린 것은 아득한 거리감뿐만이 아니었으니, 가까운 경치 역시 먼 곳의 풍경 못지않게 매혹적이었다. 무성한 숲, 시원스럽게 뻗어 나간 개진달래 덤불과 노란 가시금작화 덤불, 스코틀랜드 전나무 수풀, 축 늘어진 자작나무 밑에서 빛나는 호수들, 수련, 골풀 등 이런 아름다움은 아메리카 사막의 살벌함에 익숙한 그의 눈에 놀랍게만 보였다. 그리고 또 고적함! 인간이라고는 전혀 보이지 않은 채 하루가 지나가고는 했다. 등대는 채링 T 타워에서 비행기로 15분밖에 안 걸리는 거리였지만, 말파이스의 언덕들도 이곳 서리*의 황무지보다 황량하지는 않았다. 날마다 런던을 떠나는 수많은 무리들은 전자 골프나 정구를 치기 위해서만 그곳을 떠났다. 퍼튼햄에는 경기장이 없었고, 가장 가까운 리만 수상 정구장은 길퍼드까지 가야 있었다. 이곳의 매력이라고는 꽃과 풍경뿐이었다. 따라서 사람들이 이곳을 찾아올 만한 이유가 별로 없었기 때문에 아무도 찾아오지 않았다. 처음 며칠 동안 야만인은 아무 방해도 받지 않고 혼자서 지냈다.

처음 도착했을 때 개인 경비로 그가 지급받았던 돈 가운데 대부

* 영국 남동부 지역

분은 장비와 도구를 구입하느라 지출했다. 그는 런던을 떠나기 전에 인조견 양모 담요 넉 장과 밧줄과 끈, 못, 아교, 몇 가지 연장, (때가 되면 불을 붙이는 송곳을 만들 계획이기는 하지만 당분간 필요한) 성냥, 냄비와 번철 몇 개, 씨앗 20여 봉투, 밀가루 10킬로그램을 구매했다. "아니에요, 합성 전분이나 목화 폐기물로 만든 대용 밀가루는 싫다고요." 그가 고집했다. "아무리 그런 게 영양분이 더 많다고 해도 난 싫어요." 하지만 종합 내분비선 비스킷과 비타민이 든 대용 쇠고기를 살 때는 가게 점원의 설득을 받아들일 수밖에 없었다. 깡통들을 살펴보면서 그는 자신의 나약함을 쓸쓸하게 꾸짖었다. 역겨운 문명의 산물! 그는 굶어 죽는 한이 있더라도 그것을 절대로 먹지 않겠다고 결심했다. "그래야 정신들을 차리겠지." 그는 분풀이를 하는 기분으로 생각했다. 그에게도 또한 교훈이 되리라.

그는 가지고 있던 돈을 헤아려 보았다. 그나마 남은 얼마 안 되는 돈이 겨울을 나기에 충분했으면 좋겠다고 바랐다. 내년 봄이면 밭에서는 바깥 세계에 의존하지 않고 살아갈 만큼 충분한 식량이 생산되리라. 그때까지는 언제라도 밖으로 나가기만 하면 사냥감이 있었다. 그는 토끼를 많이 보았고, 호수에는 물새들이 살았다. 그는 당장 활과 화살을 만드는 일에 착수했다.

등대 부근에는 서양물푸레나무들이 자랐고, 화살대를 만들기에 적합한 아름답고 곧은 개암나무도 많았다. 그는 어린 물푸레나무를 베어내면서 일을 시작했다. 가지가 뻗지 않은 줄기를 2미터쯤 잘라

내고, 껍질을 말끔히 벗긴 후, 미치마 노인이 가르쳐준 대로 하얀 나무를 한 겹 한 겹 다듬어서, 자신의 키만큼 큰 장대를 마련하고는 가운데 부분은 굵고 빳빳하게, 양쪽 끝은 가늘고 유연하게 만들었다. 그는 일을 하면서 벅찬 기쁨을 느꼈다. 무엇이든 원하는 물건이 있으면 스위치를 누르거나 손잡이를 돌리면 그만이라 아무 할 일도 없이 런던에서 나태하게 여러 주일을 보낸 다음이라서, 기술과 인내를 요구하는 무엇을 한다는 것이 그에게는 순수한 기쁨이었다.

장대를 깎아 거의 다 모양을 갖추었을 때 그는 자기가 노래를(!) 흥얼거리고 있다는 사실을 깨닫고 깜짝 놀랐다. 그것은 마치 바깥으로부터 자신의 내면으로 들어오다가 발이 걸려 넘어지려는 찰나에 정신을 차리고는 흉악무도한 잘못을 범한 자신을 의식하는 순간과 같았다. 그는 죄의식을 느끼며 낯을 붉혔다. 그가 이곳으로 찾아왔던 까닭은 노래나 부르고 즐기기 위해서가 아니었다. 그것은 문명생활의 더러움으로 더 오염되지 않도록 피하기 위해서였고, 순수해지고 선해지기 위해서였으며, 능동적으로 잘못을 속죄하기 위해서였다. 그는 활을 깎는 일에 몰두한 나머지 가엾은 린다를 잊었고, 그녀에 대한 자신의 흉포한 매정함을 잊었고, 그녀의 죽음이라는 신비를 구경하려고 역겨운 쌍둥이들이 벌레처럼 떼를 지어 몰려들어 그의 슬픔과 회한뿐만 아니라, 신들까지 욕되게 하던 일 따위를 영원히 기억하리라는 맹세를 망각했다는 사실을 깨닫고 경악했다. 그는 잊지 않겠다고 맹세했으며, 끊임없이 잘못을 속죄하겠다고 맹세했었다. 그런데 지금 활을 깎으며 행복하게 앉아 노래를, 정말로 노래를 부르고 있었다니…….

그는 안으로 들어가서 겨자 통을 열고는 불 위에 얹어 끓이려고 물을 좀 부었다.

반 시간 후에 버튼햄의 보카노프스키 집단 소속인 델타 마이너스 토지 근로자 세 명이 마침 엘스테드로 차를 몰고 지나가다가, 언덕 꼭대기에서 상반신을 노출시키고 임자 없는 등대 바깥에 서서 매듭진 채찍으로 자신의 몸을 때리는 젊은 남자를 보고 깜짝 놀랐다. 그의 등은 시뻘건 채찍 자국이 수평으로 나 있었으며, 상처마다 피가 방울방울 떨어졌다. 화물 자동차를 몰던 운전수는 길가에 차를 댔고, 두 동료는 이 해괴한 광경을 보고 입이 딱 벌어졌다. 하나, 둘, 셋—그들은 채찍을 후려치는 숫자를 헤아렸다. 여덟 번째에 젊은이는 자신에게 가하던 처벌을 중단하고는 숲가로 달려가서 심하게 토했다. 구토가 끝난 다음에 그는 채찍을 집어 들더니 다시 자학을 시작했다. 아홉, 열, 열하나, 열둘…….

"포드 님 맙소사!" 운전수가 속삭였다. 그리고 그의 쌍둥이 동료들도 같은 마음이었다.

"포드 님 맙소사!" 그들이 말했다.

3일 후에는 시체에 몰려드는 칠면말똥가리들처럼 기자들이 찾아왔다.

생나무를 때서 불로 천천히 말리고 굳혀 활을 만드는 작업이 끝난 다음이었다. 야만인은 화살을 만드느라 바쁘던 참이었다. 30개의 개암나무 막대기를 깎아 말리고는 끝에다 날카로운 못을 달고 활고자를 꼼꼼하게 다듬어 붙였다. 며칠 전 밤에 그는 퍼튼햄 양계장에서 몰래 닭을 훔쳐내어 이제는 화살을 모두 완성하기에 충분한 깃털을 확보해놓은 상태였다. 처음 도착한 기자들이 그를 찾아냈을 때 그는 화살대에다 깃털을 달기 직전이었다. 기자는 탄력성이 좋은 신발을 신은 덕택에 아무 소리도 내지 않고 그의 뒤로 바싹 접근했다.

"안녕하십니까, 야만인 선생님." 그가 말했다. "전 「라디오 시보」에서 나온 사람인데요."

야만인이 뱀에게 물리기라도 한 듯 깜짝 놀라 벌떡 일어서는 바람에 화살과 깃털, 아교 항아리가 사방으로 흩어졌다.

"실례했습니다." 진심으로 미안해하면서 기자가 말했다. "전 그럴 생각이 아니었는데……." 그는 인사를 하는 시늉으로 모자를 살짝 만졌다. 난로 연통처럼 생긴 알루미늄 모자에는 무전 수신기와 송신기가 부착되어 있었다. "모자를 벗지 않은 걸 양해해주세요." 그가 말했다. "약간 무거워서요. 아까 말씀드렸듯이 전 「라디오 시보」에서 나온 사람이고……."

"무슨 일이시죠?" 험악한 표정으로 야만인이 물었다. 기자는 지극히 알랑거리는 미소를 지으며 그 질문에 답했다.

"그야 물론 우리 독자들이 깊은 관심을 느낄 것 같아서죠……." 애교에 가까운 미소를 지으며 그는 머리를 한쪽으로 갸우뚱 기울였다.

"몇 마디만 얘기해주시면 됩니다, 야만인 선생님." 그러고는 재빨리 예식을 치르는 듯한 일련의 동작을 거쳐 허리에 부착된 휴대용 축전 지에 연결된 두 가닥의 줄을 풀어 알루미늄 모자의 양쪽에다 동시에 꽂았다. 그런 다음 머리 꼭대기 중앙에 달린 용수철을 건드리자 안 테나가 공중으로 불쑥 솟아올랐다. 이번에는 모자 테에 달린 또 다 른 용수철을 건드리자 뚜껑을 열면 괴상한 인형이 불쑥 튀어나오는 장난감처럼 마이크가 튀어나와 그의 코앞 한 뼘쯤 되는 곳에 매달려 덜렁거렸다. 그러고는 귀 위쪽의 수신기 한 쌍을 끌어내리고 모자의 왼쪽에 달린 스위치를 눌렀더니, 모자 속에서 어디선가 땅벌이 아득 하게 윙윙거리는 소리가 났다. 이어서 손잡이를 오른쪽으로 돌리자, 청진기에다 대고 누가 딸꾹질을 하는 듯 갑자기 삑삑거리고, 씨근덕 거리고, 칵칵거리는 소리 때문에 윙윙대던 소음이 묻혀버렸다. "여 보세요." 마이크에다 대고 기자가 말했다. "여보세요, 여보세요……." 갑자기 모자 속에서 종이 울렸다. "당신인가요, 에드젤? 난 프리모 멜론인데요. 예, 찾아냈습니다. 이제 야만인 선생께서 마이크를 잡 고 몇 마디 말씀을 하실 겁니다. 그렇게 해주시겠어요, 야만인 선생 님?" 그는 버릇처럼 되어버린 매혹적인 미소를 또다시 지으며 야만 인을 올려다보았다. "독자들에게 왜 당신이 이곳으로 왔는지 간단히 설명해주시면 됩니다. 어째서 그토록 갑자기 (끊지 말고 기다려요, 에드젤!) 런던을 떠나게 되었나요? 그리고 물론 채찍 얘기도 해주시 고요." (야만인은 깜짝 놀랐다. 그들이 채찍을 어떻게 알아냈을까?)

"우린 모두 채찍 얘기를 알고 싶어서 미칠 지경이에요. 그리고 문명 세계에 관해서도 좀 언급해주세요. 그런 거 있잖아요. '나는 문명 세계의 여자를 어떻게 생각한다'거나 뭐 그런 얘기요. 아주 짤막하게, 몇 마디만 해주시면……."

야만인은 상대방이 오히려 난처할 정도로 요구를 그대로 따랐다. 그는 정말로 짤막하게 다섯 마디만 말하고는 입을 다물었는데, 캔터베리 합창원 대원장에 관해서 그가 버나드에게 했던 바로 그 다섯 마디 말이었다. "Háni! Sons éso tse-ná!"[*] 그러더니 (덤빌 테면 덤벼보라는 듯 제법 방어 자세를 잘 취한) 기자의 어깨를 잡아 빙글 돌려 세우고는 그의 엉덩이를 노련한 축구선수처럼 냅다 걷어찼다.

8분 후에는 「라디오 시보」의 최신호가 런던 길거리에 깔렸다. 「라디오 시보」 취재 기자, 신비의 야만인에게 꼬리뼈 걷어채이다.' 1면에 실린 제목의 내용이었다. '서리에서 벌어진 대사건.'

"런던에서 벌어졌더라도 대사건이지." 직장으로 돌아와서 기사의 제목을 읽어본 기자의 생각이었다. 그것도 아주 고통스러운 대사건이었다. 그는 점심 식사를 하려고 조심스럽게 자리에 앉았다.

동료의 미골에 든 멍을 경고로 삼아야 마땅했지만 전혀 동요하지 않고 「뉴욕 타임스」, 「프랑크푸르트 4차원 연속체」, 「포디언 사이언스 모니터」, 그리고 「델타 미러」 소속의 다른 기자 네 명이 그

---

[*] 제12장 266쪽 참조

날 오후에 등대로 찾아갔다가 점점 더 난폭해지는 반발의 제물이 되었다.

"미개한 바보 같으니라고!" 안전하게 떨어진 거리에서 아직도 엉덩이를 문지르며 「포디언 사이언스 모니터」 기자가 소리쳤다. "당신은 왜 소마를 먹지 않나요?"

"어서 꺼져요!" 야만인이 주먹을 흔들어 보였다.

기자가 몇 발자국 물러난 다음에 다시 돌아섰다. "1, 2그램만 먹으면 악은 비현실이 돼요."

"Kohakwa iyathtokyai!" 그가 위협적이고 조롱하는 어조로 그따위 헛소리는 하지 말라고 말했다.

"고통은 환각이라고요."

"누가 그래요?" 야만인이 말하고는 굵직한 개암나무 몽둥이를 집어 들고 성큼성큼 앞으로 나섰다.

「포디언 사이언스 모니터」 기자가 헬리콥터로 재빨리 도망쳤다.

그 후 얼마 동안은 야만인을 성가시게 구는 사람이 없었다. 헬리콥터 몇 대가 와서 궁금한 듯 등대 주변을 돌아다니고는 했다. 그는 귀찮을 정도로 가장 가까이 접근하는 헬리콥터를 향해 활을 쏘았다. 화살이 탑승실 바닥을 뚫고 들어가자 날카로운 비명 소리가 들려왔다. 헬리콥터는 고속 기어를 최대한으로 넣으며 쏜살같이 공중으로 치솟아 올랐다. 그 이후에는 다른 헬리콥터들이 조심을 하느라 적절한 거리를 두었다. (자신이 마트사키의 처녀에게 구혼을 하는 한 남자라고 상상하며 날개가 달린 독충들 따위는 개의치 않고 꿋꿋하게 버티면서) 야만인은 짜증스럽게 윙윙거리는 헬리콥터들의 소음을 무시하고 열심히 땅을 일구어 밭을 만들었다. 얼마 후에는 독충들도 따분해진 모양인지 멀리 날아가버렸고, 그의 머리 위 하늘은 종달새 들 이외에는 아무것도 없이 몇 시간씩 조용하기만 했다.

날씨는 숨이 막힐 정도로 더웠고, 하늘에서는 천둥이 울렸다. 그 는 아침 내내 땅을 파다가, 마룻바닥에 길게 누워 휴식을 취했다. 그 러자 갑자기 레니나가 생각났다. 그녀가 슬그머니 현실적인 존재로 바뀌더니, 구두와 양말만 신고 발가벗은 모습으로 향수 냄새를 풍 기며 손에 잡힐 듯 생생하게 그의 눈앞에 나타났다. 그리고 "다정한 그대여!"라거나 "그대 품에 나를 안아줘요"라고 유혹하며 다가왔다. 뻔뻔스러운 화냥년! 하지만, 오, 오, 그의 목을 휘감은 그녀의 두 팔, 발딱 일어선 젖가슴, 그녀의 입! 영원은 우리의 입술과 눈에 깃들었 나니,* 레니나······. 아니다, 아니다, 아니다, 아니다! 그는 벌떡 일어 나더니 반쯤 벌거벗은 몸으로 집에서 뛰쳐나갔다. 개진달래 덤불 황 무지의 언저리에는 하얀 노간주나무 덤불이 늘어서 있었다. 그는 덤불로 몸을 던졌다. 그가 욕망하던 매끄러운 살이 아니라 푸른 가 시만이 가득했다. 수없이 많은 뾰족한 바늘 끝이 그를 찔러댔다. 그 는 불쌍한 어머니의 모습을 기억하려고, 몽롱한 눈에 형언할 수 없

---

* 「안토니우스와 클레오파트라」 1막 3장 35행

는 공포가 가득 담긴 채로 숨을 몰아쉬며 두 주먹을 꼭 쥐었던 가엾은 린다를 기억해내려고 했다. 그가 잊지 않겠노라고 맹세했던 불쌍한 린다. 하지만 그의 눈앞에서 자꾸만 어른거리는 여인은 레니나였다. 그가 잊어버리겠노라고 다짐했던 레니나. 비록 노간주나무 가시들에 찔린 육체가 쑤시고 아파서 움츠러들기는 했지만, 그의 의식은 생생한 그녀의 모습으로부터 도피할 길이 없었다. "다정하고 다정한 그대……. 당신도 나를 원했다면 어째서 당신은 그렇게 하지 않았나요……."

그는 기자들이 나타나면 당장 꺼내 들고 휘두르기 쉽도록 문가의 못에 채찍을 걸어두고 있었다. 그는 발작적으로 집에 다시 달려가서 채찍을 집어 휘둘렀다. 매듭진 끈이 그의 살을 후벼 팠다.

"화냥년! 화냥년!" 그는 마치 (자기도 모르는 사이에 사실이 그렇기를 너무나 바라기도 했지만) 하얗고 따스하고 향기를 풍기는 오욕의 레니나를 후려치기라도 하는 듯 채찍을 휘두를 때마다 소리를 질렀다. "화냥년!" 그러더니 절망적인 목소리로 계속 외쳤다. "오, 린다, 용서해주세요. 용서해주옵소서, 하나님이시여. 저는 나쁜 인간입니다. 저는 사악합니다. 저는……. 안 돼, 안 돼, 이 화냥년아, 이 화냥년아!"

촉감 영화 회사의 가장 노련한 거물급 촬영 기사인 다윈 보나파르트는 300미터 떨어진 숲 속에 교묘하게 지어놓은 은신처에 몰래 숨어서 이런 과정을 모두 지켜보았다. 노련함과 인내심이 톡톡히 보상받은 셈이었다. 그는 3일 동안 낮에는 가짜 떡갈나무의 밑동 속에 앉아서 보냈고, 밤에는 개진달래 덤불 속으로 기어 다니며 가시금작화 수풀 속에다 마이크 여러 개를 숨겨두었고, 고운 회색 모래 속에는 전선을 묻어놓았다. 그렇게 지극히 불편하게 보낸 72시간. 하지만 이제 위대한 순간이 왔으니—다윈 보나파르트는 그가 고릴라들이 울부짖으며 결혼하는 과정을 입체 시각 촉감 영화로 기록해놓은 유명한 장면 이래 가장 멋진 순간을, 가장 위대한 순간을 맞았다고 되뇌며 갖가지 장비들 사이로 돌아다녔다. "멋있어!" 그는 망원 촬영기를 조심스럽게 겨누어서 움직이는 대상을 끈질기게 쫓았고, (기막히구나!) 광분해서 일그러진 얼굴의 근접 촬영을 위해 동력을 올렸다. (오묘한 희극적인 효과가 나오리라고 자신에게 다짐하면서) 30초 동안은 느린 동작으로 바꿔 촬영했고, 그러면서도 필름의 가장자리 녹음부에 녹음되는 채찍 소리와 신음과 마구 쏟아내는 거친 헛소리에 열심히 귀를 기울였다. (그렇다, 그러니까 확실히 더 좋았다!) 약간 음향을 증폭하는 효과를 시도했고, 잠깐 잠잠해진 사이에 종달새가 날카롭게 지저귀는 소리가 들리자 기뻐했다. 그는 등에서 흘러내리는 피를 제대로 근접 촬영할 기회를 잡으려고 야만인이 돌아서기를 바랐다. (이런 놀라운 행운이 어디 있겠는가마는!) 마침 그 순간에 저 착한 친구가 정말로 몸을 돌려, 그는 완벽한 근접 촬영을 하는 데 성공했다.

"자, 멋있게 되었어!" 일이 다 끝난 다음에 그는 혼잣말을 했다.

"정말로 멋있어!" 그는 얼굴에 흐르는 땀을 닦았다. 작업소에서 촉감 효과를 첨가시키고 나면 이것은 멋진 영화가 될 터였다. 〈향유고래의 성생활〉에 거의 맞먹을 만큼이나 훌륭한 작품이 되리라고 다윈 보나파르트는 생각했는데, 그만하면 포드 님의 이름으로 맹세컨대 대단한 수준이었다!

사람들은 열이틀 후에 개봉된 〈서리의 야만인〉을 서부 유럽의 모든 일류 촉감 영화관에서 보고 느낄 기회를 얻었다.

다윈 보나파르트의 영화가 끼친 영향은 엄청나고 즉각적이었다. 영화는 저녁에 개봉되었다. 존의 전원적인 고적함은 이튿날 오후에 수많은 헬리콥터들이 무리를 지어 하늘로 몰려오는 통에 갑자기 깨졌다.

그는 밭에서 땅을 파고 있었으며, 머릿속에서는 생각의 알맹이를 열심히 캐내는 중이었다. 죽음—그리고 그는 삽을 한 번, 다시, 그리고 또다시 찔렀다. 우리의 모든 어제는 바보들에게 흙으로 돌아가는 죽음의 길을 비추어주었도다.* 그 어휘들 속에서는 천둥이 실감나게 우르릉거렸다. 그는 흙을 또 한 삽 펐다. 린다는 왜 죽었는가? 왜 그녀는 서서히 인간 이하의 존재로 몰락하고 말았으며, 그러고는 마침내……. 그는 몸을 부르르 떨었다. 썩은 시체에 입을 맞추는 신.** 그는 삽을 발로 밟고는 단단한 땅으로 세차게 찔러 넣었

---

* 「맥베스」5막 5장 22행
** 「햄릿」2막 2장 200행

다. 장난꾸러기 아이들이 파리를 대하듯 신들은 인간을 장난삼아 죽이는구나.* 다시 천둥이 울리고, 어휘들은 스스로 진리라고—어쩌면 진리 자체보다도 훨씬 참된 진리라고 선언했다. 그런데도 글로스터는** 그들을 한없이 상냥한 신들이라고도 했다. 뿐만 아니라, 그대에게 가장 좋은 휴식은 잠이고, 그대는 자주 잠을 청한다. 하지만 그러면서도 잠자는 것에 지나지 않는 죽음을 무척이나 두려워한다.*** 잠자는 것에 지나지 않는데. 잠. 꿈을 꾸는 것인지도 모르지.**** 삽이 돌멩이에 걸리자, 그는 그것을 집으려고 허리를 굽혔다. 죽음의 잠 속에서 무슨 꿈을 꾸겠는가?……*****

머리 위에서 윙윙거리던 소리가 요란한 소음으로 바뀌었다. 야만인과 태양 사이를 뭔가가 가로막은 듯 갑자기 그의 머리 위로 그늘이 드리웠다. 생각에 잠겼던 그는 깜짝 놀라 땅을 파다 말고 위를 올려다보았다. 진실보다도 더욱 진실한 다른 세계에서 방황하던 그의 마음은 제신들과 죽음이라는 거대한 개념에 아직도 몰입한 상태였다. 그가 어리둥절하고 당황해서 위를 올려다보았더니, 가까운 허공에 떼를 지어 떠 있는 기계들이 눈에 띄었다. 그들은 메뚜기 떼처럼 몰려와서 허공에 잠시 가만히 떠 있다가 그의 주변 사방에서 개진

---

* 「리어 왕」 4막 1장 37~38행
** 「리어 왕」에 등장하는 백작으로 앞의 인용구는 그의 대사임
*** 「자에는 자로」 3막 1장 17~19행
**** 「햄릿」 3막 1장 65행, To be or not to be 독백의 한 구절임
***** 같은 출처 66행

달래 덤불로 내려앉았다. 그리고 거대한 메뚜기들의 배 속에서 하얀 인조견 플란넬 차림의 남자들과, (날씨가 더웠기 때문에) 아세테이트-산둥山東 비단 파자마나 벨벳 반바지나 소매가 없고 반쯤 지퍼가 달린 셔츠를 입은 여자들이, 한 대에서 한 쌍씩 내렸다. 몇 분 후에는 수십 명이 등대 주변에 커다랗게 원으로 둘러서서 야만인을 빤히 쳐다보고, 웃고, 찰깍거리며 사진을 찍고, (원숭이에게 그러듯이) 땅콩이나 성호르몬 껌, 종합 내분비선 버터 과자를 던져주었다. 그리고 (호그스백을 가로지르는 통행로가 이제는 끊임없이 오가는 항공기들로 붐비면서) 그들의 숫자는 점점 많아지기만 했다. 악몽에서처럼 10여 명은 몇십 명이 되었고, 몇십 명은 몇백 명이 되었다.

야만인은 숨을 곳을 찾아 뒤로 물러났다. 궁지에 몰린 짐승의 자세로 등대의 벽을 등지고 서서, 감각을 상실한 사람처럼 공포에 질려 말도 못 하고 이 얼굴 저 얼굴을 멍하니 쳐다보았다.

야만인은 이렇게 멍청한 상태에서 그를 정확하게 겨냥해 던진 껌 한 통을 뺨에 맞고, 그 충격으로 생생한 현실의 감각을 되찾았다. 깜짝 놀랄 만한 아픔—그는 정신이 번쩍 들면서 맹렬한 분노를 느꼈다.

"가란 말이에요!" 그가 소리쳤다.

유인원이 말을 하자 웃음과 박수가 터져 나왔다. "훌륭하고도 멋진 야만인! 만세, 만세!" 그는 떠들썩한 아우성 속에서 함성 소리를 들었다. "채찍질, 채찍, 채찍질을 하라!"

그 말에 따라 반응하듯 그는 문 뒤쪽 못에 걸린 매듭진 채찍 다발을 잡고 그를 괴롭히는 사람들에게 흔들어 보였다.

야유하는 환호성이 터져 나왔다.

그는 험악한 표정으로 사람들을 향해 나아갔다. 한 여자가 겁에 질려 비명을 질렀다. 모여든 구경꾼들 가운데 가장 공격을 받기 쉬운 가장자리의 사람들이 잠시 위협을 느껴 술렁이다가, 다시 정신을 가다듬고는 단호하게 버텼다. 압도적인 숫자를 믿고 관광객들이 용기를 낸 것이다. 이것은 야만인으로서는 전혀 예상치 못했던 사태였다. 그는 주춤하면서 멈춰 선 채 주위를 둘러보았다.

"왜 나를 가만히 내버려두지 않는 거죠?" 그의 분노한 목소리에는 거의 애원에 가까운 그늘이 드리웠다.

"마그네슘 소금에 절인 복숭아를 먹어봐요!" 만일 야만인이 돌진한다면 가장 먼저 공격을 받게 될 위치까지 다가온 남자가 말했다. 그는 꾸러미를 내밀었다. "정말 좋은 거예요." 비위를 맞추려는 듯 상당히 불안한 미소를 지으며 그가 덧붙여 말했다. "마그네슘 소금은 당신이 늙지 않도록 도와줄 테니까요."

야만인은 그의 제안을 못 들은 체했다. "나를 어떻게 하려고 그래요?" 히죽거리는 얼굴들을 하나씩 둘러보면서 그가 물었다. "나를 어떻게 하려고 그래요?"

"채찍질을 해봐요." 100명의 목소리가 중구난방으로 외쳤다. "채찍질 묘기를 부려봐요. 채찍 묘기를 보여줘요."

그러더니 이구동성으로 천천히 우렁차게 "우리들은—채찍질을—보고 싶다"라고 인파의 언저리에 모여 선 집단이 구호를 외쳤다. "우리들은—채찍질을—보고 싶다."

다른 사람들이 당장 따라서 고함을 질렀고, 구호는 앵무새처럼 거듭거듭 되풀이됐다. 함성은 한없이 커지다가 결국 일고여덟 번쯤 반복될 무렵에는 다른 말을 하는 사람이 아무도 없었다. "우리들은—채찍질을—보고 싶다."

그들은 모두 함께 외쳤다. 함성과 일체감에 도취된 그들은, 고동치는 공감대를 형성한 나머지 몇 시간 동안이라도, 거의 끝없이 계속해서 외쳐댈 것만 같은 기세였다. 하지만 스물다섯 번쯤 반복되었을 무렵에 놀랍게도 함성이 갑자기 중단되었다. 또 다른 헬리콥터 한 대가 호그스백을 횡단해서 날아오더니 군중의 머리 위에서 잠시 정지 비행을 했다. 그러고는 관광객들의 행렬과 등대 사이의 빈 공간으로 내려와 야만인이 버티고 선 자리에서 몇 미터밖에 안 떨어진 곳에 착륙했다. 헬리콥터 추진기의 소음 때문에 함성 소리가 잠깐 들리지 않았다. 착륙한 헬리콥터가 엔진을 끄고 나서야 "우리들은—채찍질을—보고 싶다, 우리들은—채찍질을—보고 싶다"는 함성이 아까처럼 시끄럽고 끈질기고 단조롭게 다시 터져 나왔다.

헬리콥터의 문이 열렸다. 흰 피부에 혈색이 좋은 젊은 남자가 먼저, 그리고 초록색 짧은 벨벳 바지에 하얀 셔츠와 승마용 모자 차림의 젊은 여자가 내렸다.

젊은 여자를 보자 야만인은 깜짝 놀라 뒷걸음질을 치며 얼굴이 파랗게 질렸다.

젊은 여자가 걸음을 멈추고 서더니 그에게 미소를 지었다. 그것은 어정쩡하고 거의 주눅이 든 듯한 애원의 미소였다. 몇 초가 흘러갔다. 무슨 말을 하는지 입술이 움직였지만 그녀의 목소리는 시끄럽게 반복되는 관광객들의 구호 때문에 들리지 않았다.

"우리들은—채찍질을—보고 싶다! 우리들은—채찍질을—보고 싶다."

젊은 여자가 두 손으로 왼쪽 옆구리를 누르더니, 복숭아처럼 화사하고 인형처럼 아름다운 얼굴에 어울리지 않을 정도로 이상하고 절망적인 그리움의 표정을 지어 보였다. 그녀의 두 눈이 점점 커지면서 밝아지는 듯하다가, 갑자기 눈물 두 방울이 뺨을 타고 흘러내렸다. 그녀는 들리지 않는 무슨 말인가를 다시 하더니, 갑작스럽고도 열정적인 몸짓으로 야만인을 향해 두 팔을 내밀며 앞으로 나섰다.

"우리들은—채찍질을—보고 싶다. 우리들은—채찍질을—."

그러자 갑자기 그들은 원하던 구경거리를 보게 되었다.

"화냥년!" 야만인이 미친 사람처럼 그녀에게 달려들었다. "족제비 같은 년!" 그는 미친 사람처럼 작은 끈들을 엮어서 만든 채찍으로 그녀를 마구 후려쳤다.

겁에 질린 그녀는 도망치려고 몸을 돌렸지만, 발이 걸려 개진달래 덤불 속으로 넘어졌다. "헨리, 헨리!" 그녀가 소리쳐 불렀다. 하지만 혈색이 좋은 그녀의 동반자는 재빨리 위험을 피해 헬리콥터 뒤로 몸을 숨겼다.

신이 난 구경꾼들이 흥분해서 함성을 지르는 사이에 야만인과 대치하던 방어선이 무너졌고, 자력에 이끌리듯 그들은 중심을 향해 사방에서 아우성치며 몰려들었다. 고통은 매혹적인 공포였다.

"불에 타 죽어라, 색욕이여, 불에 타서 죽어라!" 광분한 야만인이 다시 후려쳤다.

굶주린 듯 사람들이 몰려들어, 여물통에 덤벼드는 돼지처럼 밀치고 기어올랐다.

"오, 육욕이여!" 야만인이 이를 갈았다. 이번에는 채찍이 그의 어깨를 때렸다. "육욕을 죽여라, 죽여 없애라!"

그들은 발광한 야만인의 미친 듯한 동작들을 흉내 내기 시작했다. 반항하는 자신의 육신을 때리는 그를 보고, 사악한 타락을 상징하는 풍만한 여인이 채찍을 맞고 야만인의 발치에서 몸부림치며 개진달래 초원 위에 나뒹구는 모습을 보고, 그들은 고통의 공포라는 매혹에 홀렸다. 그리고 길들이기 훈련을 통해서 그들의 마음속에 그토록 뿌리 깊게 심어진 일체감과 화합에 대한 욕망의 지배를 받아, 협동하려는 습성과 내적인 충동에 이끌려, 그들은 닥치는 대로 주변 사람들을 서로 마구 때렸다.

"죽여라, 죽여라, 죽여라……" 야만인이 계속해서 소리쳤다.

그러자 갑자기 누군가 "흥겹고도 흥겹구나"를 노래하기 시작했고,

어느새 그들은 모두 후렴을 따라 부르고 합창을 하면서 춤을 추기 시작했다. 흥겹고도 흥겹게, 돌고 돌고 또 돌고, 8분의 6박자로 서로 때리면서. 흥겹고도 흥겹구나…….

자정이 넘어서야 마지막 헬리콥터들이 떠났다. 소마로 몽롱해진 야만인은 관능의 광란으로 한참 기운을 뺀 다음이어서 기진맥진한 채 개진달래 덤불 위에 누워 잠을 잤다. 그가 잠에서 깨어났을 때는 벌써 해가 높이 떠 있었다. 그는 잠깐 동안 누워 햇빛을 보고는 부엉이처럼 어리벙벙하게 눈을 껌벅였다. 그러자 기억이 났다—모든 것이.

"오, 하나님! 하나님!" 그는 손으로 눈을 가렸다.

그날 저녁에 윙윙거리며 호그스백을 횡단해 떼를 지어 몰려온 헬리콥터들은 10킬로미터에 걸쳐 시커먼 구름처럼 하늘을 뒤덮었다. 어젯밤에 벌어진 참회의 향연을 신문마다 대서특필했기 때문이다.

"야만인!" 처음 도착한 관광객들이 헬리콥터에서 내리며 소리쳤다. "야만인 선생!"

대답이 없었다.

등대의 문이 조금 열려 있었다. 그들은 문을 밀고 덧문을 닫아놓아 어두컴컴한 안으로 걸어 들어갔다. 방 저쪽의 아치형 복도를 통해서 위층으로 올라가는 층계 밑이 보였다. 아치형 복도의 꼭대기 바로 밑에 매달린 한 쌍의 발이 눈에 띄었다.

"야만인 선생!"

천천히, 아주 천천히, 느긋한 두 개의 나침반 바늘처럼 두 발은 전혀 서두르지 않고 오른쪽으로 돌면서 북쪽, 북동쪽, 동쪽, 남동쪽, 남쪽, 남남서쪽을 가리켰다. 그러더니 잠깐 멈추었고, 몇 초가 지난 다음에 서두르지 않고 다시 왼쪽으로 돌았다. 남남서쪽, 남쪽, 남동쪽, 동쪽…….

현재를 예언하는 소설

『멋진 신세계』는 매끈하게 다듬어진 이상향이라는 부자연스러운 세계에 자연인을 투입시켜 인간의 미래를 이해하려는 하나의 예언적인 시도로서, 조지 오웰George Orwell의 『1984』나 마찬가지로 미래의 공포라는 충격을 제시하고, 그러한 예언을 통해 인간의 자유와 도덕성을 주창하는 선언서 노릇을 한다.

이미 『멋진 신세계』에서 인간이 구성해놓은 미래의 전주곡이 진행되는 세계에 살고 있는 우리들로서는 올더스 헉슬리의 풍자적이면서도 냉혹한 미래상이 얼마나 현실로서 대두될지 사뭇 관심거리일 수밖에 없다. 시험관 아기는 이미 일반화되었고, 태아를 냉동시켜 보관하는 기술도 개발되었다. DNA와 두뇌의 뇌파까지 인간의 기술로 변형시키려고 덤비는 현대의 관점에서 보면 인류를 맞춤형으로 대량 생산하거나 인구를 통제하는 시대 또한 그리 멀지 않은 셈이다.

물론 미래를 꼭 그렇게 비관적인 눈으로만 볼 필요는 없으리라. 인간이란 언젠가는 핵무기의 공포를 완충시키고 극복할 터이며, 지구가 터져버리더라도 지구와 같은 다른 혹성을 찾아내어 이주할 만큼의 지혜와 지능을 발휘할 것이다.

그러나 이 작품에서 우리들은 공상과학적인 타당성을 따져서는 안 된다. 그보다 이것은 인간성이 맞게 될 위기를 다루는, 인간을 소재로 삼은 작품이기 때문이다.

A. F. 즉 헨리 포드가 T형 자동차를 생산해낸 해를 기원으로 삼은 시대의 세계국World State에서 개성과 인격을 상실한 '인간 제품'들은 인류에 관한 낭만적인 관념을 말살한다. 『멋진 신세계』에서는 유토피아가 곧 파멸이라는 역설이 두드러지고, 문명의 발달과 인간의 몰락이라는 반비례 원칙을 제시한다.

그리고 『1984』와 마찬가지로 전체주의 국가가 인간을 파멸시키는 참혹한 과정이 이 소설에서는 마지막 부분, 마르크스와 헬름홀츠를 섬으로 추방하는 자리에서 이루어진 야만인Savage과 통제관Controller 사이의 대화를 통해 노출된다. 과연 사회 안정과 물질적인 복지를 추구하는 것이 미래 이상향의 궁극적인 목적이어야 할까?

결국 야만인은 고통과 불행을 달라고 부르짖고는 외딴 등대로 가지만, 그곳에서 과연 그는 갈망하던 원시적인 평화를 누렸던가?

마리화나, LSD, 애시드, 코카인 따위의 온갖 마약에서 본드 냄새까지 동원되어 인간의 의식을 마비시키는 지금의 현실에 미루어 볼 때, 『멋진 신세계』에서 대량 생산하여 배급하는 소마soma가 지니는 의미는 또 무엇일까? 인간이 공장에서 '생산'되기 때문에 가족이라는 유대가 사라진 세계, 죽음까지도 익숙해지도록 길들이기 훈련을 받게 되는 세상에서 인간은 어느 만큼이나 인간일까?

『멋진 신세계』에서는 성생활이 완전히 개방되었다. 주인도 없고 책임도 없고 도덕도 없이, 그냥 '생리적인 과정'으로서만 이루어지는 성행위, 지금의 세태가 가고 있는 성도덕의 미래는 과연 어디가 목적지일까? 그리고 과연 철저한 계급 사회가 이상향일까?

보호 구역Reservation에서는 '야만인'들이 격리되어 살아간다. 이들 원시 집단은 지금의 인간을 미래의 상황에다 투입시키기 위해서 설정되었다. 그들의 '원시적'인 세계를 관찰함으로써 우리들은 현재와 미래를 병립竝立시켜 비교하는 기준을 얻는다.

이런 많은 질문들의 해답이 이 작품에서 제시되기는 하지만, 또한 우리들에게 숙제로서 남겨지기도 한다. 헉슬리는 『멋진 신세계』에 대해서 「파리 리뷰The Paris Review」의 조지 웍스와 레이 프레이저 기자와의 면담을 통해 스스로 이렇게 밝힌다.

문   『멋진 신세계』는 어떻게 착수하게 되었나요?

답   글쎄요, 처음에는 H. G. 웰스Herbert George Wells의 『신을 닮은 인간Men Like Gods』의 장난스러운 비유로서 시작했지만, 점점 엉뚱한 방향으로 발전하더니 처음에 내가 의도했던 것과는 상당히 다른 형태를 이루었어요. 주제에 대해서 점점 더 관심이 깊어지자 나는 본디 목적에서 점점 벗어나고 만 거예요.

문   요즈음(1950년대 말)은 무엇을 집필하고 있나요?

답   요새는 좀 독특한 소설을 하나 쓰는 중입니다. 일종의 환상극

인데 『멋진 신세계』와 대조가 되는 작품이죠. 인간의 잠재성을 실현하기 위한 노력이 실제로 이루어지는 사회에 관한 얘기니까요……. 아직 결론은 내리지 못했는데, 사실적이 되려면 낙원을 상실해야 한다는 결론을 내려야 할 것 같아요.

문　1946년판의 『멋진 신세계』 서문에서 새로운 유토피아를 예시하는 듯한 언급을 하셨는데, 그때 벌써 그 작품이 머릿속에 있었던 건 아닌가요?

답　예, 당시에 대강 줄거리가 머릿속에 잡혀 있었고, 꼭 소설의 주제로서는 아닐지라도 그 이후로 줄곧 어떤 특정한 주제가 나를 사로잡아 왔습니다. 오랫동안 나는 인간의 잠재적인 가능성을 실현시키는 온갖 방법에 관해서 무척 많은 생각을 했었어요……. 나는 내가 말하고자 하는 바를 확실히 파악했다고 생각해요.

문　선생님의 저서 『인식의 문The Doors of Perception』에서는 마약의 영향을 받은 시각적인 경험에 관해서, 그리고 또 그림에 관해서 주로 말씀

하셨는데, 심리학적인 통찰에 관해서도 혹시 비슷한 결론을 내릴 수는 없을까요?

답　가능한 일이라고 생각합니다. 마약의 영향을 받는 동안에는 주변의 사람들과 또한 자신의 삶에 대해서 예리한 통찰력을 얻게 됩니다. 많은 사람들이 놀랍게도 잊어버렸던 사실들을 많이 기억해냅니다. 심리 분석으로 6년이나 걸려야 해낼 일이 단 한 시간 동안에, 그것도 아주 쉽게 이루어집니다. 또 그런 경험을 다른 방면으로 대단히 자유롭게 확대하고 접목시킬 수도 있고요. 그것은 그가 당연시하는 세계가 사실은 치밀하게 조절을 당하는 습성, 그러니까 관습의 부산물일 따름이고, 외부에는 아주 다른 세계들이 존재한다는 가능성을 보여줍니다.

문　그런 심리학적인 통찰이 작가에게 도움이 될까요?

답　그건 모르겠어요. 결국 소설이란 지속적인 노력의 결실이니까요. 리세르그산lysergic acid의 경험이란 시간과 사회 질서 밖의 어떤 환각적인 계시입니다. 소설을 쓰기 위해서는 실제 환경 속에 존재하는 사람들에 관한 총체적인 영감들이 필요합니다. 그런 후에 그 영감을 바탕으로 삼아 고된 작업의 과정이 이어집니다.

문 **리세르그산이나 메스칼린과 『멋진 신세계』의 소마는 어떤 유사성이 있나요?**

답 아무런 유사성도 없습니다. 소마는 가상적인 약으로서, 세 가지 다른 효과인 도취감과 환각 작용과 진정제의 효과를 내는 약입니다. 메스칼린은 페요틀 선인장의 주성분으로서, 남서부 원주민들이 종교 예식에 오래전부터 사용해왔습니다. 지금은 그것을 합성시키는 방법이 밝혀졌어요. 리세르그산디에틸아미드LSD-25는 메스칼린과 비슷한 효과를 내는 화학 합성물이에요. 그것은 약 12년쯤 전에 개발되었는데, 현재 실험용으로만 사용됩니다. 메스칼린과 리세르그산은 외부 세계를 변형시키고, 어떤 경우에는 환상을 일으킵니다. 대부분의 사람들은 제가 묘사한 대로 긍정적이고 지식을 일깨

위주는 경험을 겪지만, 환상이란 천국인 동시에 지옥일지도 모릅니다.

올더스 헉슬리의 말을 통해서 우리들은 소마가 '의식을 포기하는 수단'임을 알게 된다. 따라서 인간은 주체성이 없는 '기계의 부속품'이라는 개념이 여기에서도 대두된다. 과학과 행복과 인간성의 함수는 결국 기계 문명만이 남는다는 불평등 방정식을 남긴다.

그렇다면 과연 인간에게는 무엇이 참된 이상향이며, 우리들은 그곳에 다다르기 위해서 어느 길로 가야 할까?

/

미래를 내다본 현대 고전을 남긴 올더스 헉슬리Aldous Leonard Huxley는 명문 집안 출신의 영국 작가로서 유명한 생물학자 토머스 헨리 헉슬리Thomas Henry Huxley, 1825~1895의 손자이고, 생물학자이자 철학자, 교육자인 줄리언 소렐 헉슬리Julian Sorell Huxley의 동생이며, 매슈 아널드Matthew Arnold는 그의 큰아버지다. 이렇듯 빅토리아 왕조1837~1901의 두 명문으로부터 과학과 문학적인 배경을 물려받은 그는 보기 드물게 박식한 작가가 되었다.

광범위한 지식뿐 아니라 뛰어나고도 예리한 지성과 우아한 문체에 때로는 오만하고 냉소적인 유머 감각으로 유명한 그는 1894년 7월 26일 서리 지방 고달밍에서 레너드 헉슬리Leonard Huxley의 셋째 아들로 태어났다. 그는 이튼과 옥스퍼드의 밸리올 대학에서 교육을 받았다.

소설가로서 널리 알려지기는 했어도 수필, 전기,. 희곡, 시 등 다양한 작품을 남겼다. 1921년에는 『크롬 옐로Crome Yellow』를 발표해서 당대의 가장 재치 있고 이지적인 작가라는 평을 들으며 위치를 굳혔다. 이 작품과 그 후의 여러 소설에서는 흔히 주인공들이 작가의 사상과 견해를 표현하는 '입' 노릇만 한 경우가 많은데, 이것은 그가 19세기 영국의 시인이요 소설가인 토머스 러브 피콕Thomas Love Peacock의 기법을 답습했기 때문이다.

1920년대의 대부분을 이탈리아에서 보낸 그는 당시 전후 지식층에 만연했던 혼미하고 퇴폐한 삶을 풍자적으로 묘사하기를 즐겼다. 인도와 동양을 방문한 것도 이 무렵이고, 이때부터 1930년까지 D. H. 로렌스David Herbert Lawrence와 교류했다.

1923년에 발표한 『어릿광대의 춤Antic Hay』은 유쾌한 풍자로서 당시 문인들과 보헤미안들의 세계를 꼬집었으며, 1928년의 『연애 대위법Point Counter Point』도 같은 맥락으로 쓴 작품이었다.

『멋진 신세계』는 1932년에 발표했다.

그는 열여덟 살 때 완전히 실명했다가 몇 년 동안 고생한 후에 차차 시력을 회복한 경험이 있었으며, 1936년에는 그런 경험을 바탕으로 삼아 『가자에서 눈이 멀어Eyeless in Gaza』를 발표했다. 『가자에서 눈이 멀어』는 헉슬리의 '후기파' 성향을 지닌 첫 소설로서, 그의 작품 세계에서 분기점 노릇을 한다.

'후기'에 그는 점점 힌두 철학과 신비주의에 깊이 끌렸으며 이런 경향이 여러 작품에 반영되었다.

그는 미국에 정착해서 살았는데, 1963년 11월 22일 캘리포니아에서 사망할 때까지 그가 남긴 대표 작품들은 다음과 같다.

『하찮은 이야기Those Barren Leaves』(풍자 소설, 1925)

『뜻대로 하라Do What You Will』(산문집, 1929)

『매미The Cicadas and Other Poems』(시집, 1931)

『숨은 실력자Grey Eminence』(전기물, 1941)

『불멸의 철학The Perennial Philosophy』(신비주의 연구서, 1945)

『루덩의 악마The Devils of Loudun』(비소설적 소설, 1952)

『섬Island』(소설, 1962)